아리랑

조정래 대하소설

아리랑

2

제1부 아, 한반도

해냄

차례

아리랑 제1부 아, 한반도

2권

14

횃불 횃불 횃불

들녘에 봄기운이 아련하게 어렸다. 그 아련함은 땅에서부터 하늘까지 자욱했다.

그 환상적인 자욱함은 그냥 머물러 있는 것이 아니라 살아서 움직이고 있었다. 저 높은 곳을 향하여 아른아른 피어오르고 꼬물꼬물 기어오르고 있었다. 그건 겨울이 풀리고 있는 모습이었다.

얼었던 산천만 풀리고 있는 것이 아니었다. 사람들의 몸도 풀리고 있었다. 몸이 풀리기를 기다려 제일 먼저 몸을 일으킨 곳이 충청도였다. 안병찬이 의병의 깃발을 세운 것이다.

송수익은 임병서와 향교 뒤뜰에서 만나고 있었다. 감시의 눈을 피해 만날 때마다 장소를 바꾸었다.

"충청도 의병 소식 들었습니까?"

임병서가 무거운 얼굴로 말을 꺼냈다.

"왜, 잘못되었습니까?"

송수익은 불길한 느낌을 감추지 않고 나타냈다.

"예, 왜놈들 군대와 접전해서 패했다는 소식입니다."

땅을 내려다보고 있는 임병서의 얼굴은 침통했다.

"패했다면…… 의병들이 전멸했다는 건가요?"

송수익은 엄습해 오는 절망감을 떠밀어내며 물었다.

"그것까진 잘 모르겠습니다." 임병서는 된숨을 쉬고 나서, "워낙 무기가 비교가 안 되는 판이니……." 중얼거리듯 말했다.

"그렇기도 하지만, 너무 서둘러 봉기한 것 아닌가요?"

송수익은 첫 싸움에서의 패인을 좀더 근본적인 데서 찾고자 했다.

"예, 그럴 수도 있지요."

"제 생각으로는 그 패인이 여러 가지로 사료됩니다. 애초에 무기의 우열이 현저한 형편인데다가 이쪽의 사전준비 부족, 전투에 능한 왜군을 상대한 병법 미숙 같은 것이 아닌가 합니다."

송수익의 지적에 임병서가 떨구고 있던 고개를 얼른 돌렸다. 송수익을 바라보는 임병서의 얼굴에는 놀라는 기색이 완연했다.

"그리 보시는 게 여러모로 타당할 것 같습니다. 그런 점들을 우리가 하는 일에도 교훈으로 삼아야 되겠군요."

임병서는 주저함이 없이 송수익의 판단을 수긍함과 동시에 한 발을 더 내딛고 있었다. 그런 임병서의 도량에 송수익은 새로운 신뢰를 느꼈다.

"예, 제 생각으로는 또 한 가지 긴요한 문제가 있습니다. 그건 다름이 아니라 의병을 일으킴에 있어서 지방마다 산발되어서는 곤란하지 않을까 하는 점입니다. 왜군들은 일사분란하게 조직을 갖추고 있는데, 우리는 그런 조직력이 없이 지방마다 소규모로 일어났다가는 번번이 희생만 커지고 힘이 분산되어 항쟁의 효과가 없어질 게 아닙니까. 물론 일을 비밀리에 추진하는 거니까 타지방과 연결해서 합심한다는 것이 용이한 일은 아니겠지요. 그렇더라도 힘을 합치도록 노력하는 것이 급선무가 아닌가 합니다."

"예, 옳은 말씀입니다. 그 점을 웃어른들께 말씀 여쭙도록 해야 되겠습니다." 임병서는 폭넓게 고개를 끄덕이고는, "요새 세상 돌아가는 형국은 어떤가요? 이등박문이란 자가 초대 통감으로 부임해 왔다지요?" 하며 언짢은 얼굴이 되었다.

"논을 사들이는 왜놈들은 날로 늘어만 가고, 왜물건들도 점점 더 범람해 가는 판인데 결국 이등박문이란 놈이 통감이 되어 자리를 잡았습니다. 그놈이 부임해서 첫 번째로 한 짓이 참으로 가관입니다. 그놈은 정부한테 일본 흥업은행에서 천만 원을 차관하도록 강요했습니다. 그 막대한 빚을 얻게 해가지고는 통감부가 그 돈을 가로채서 무슨 일을 한 줄 아십니까? 경성이나 인천, 부산 등지에 제놈들 거류민을 위해 수도시설을 하는 데 써먹었습니다."

"수도라니요?"

"예, 문자 그대로 물길을 만드는 거지요. 샘물은 더러우니까 깨끗한 물을 먹겠다고 해서 쇠통으로 집집마다 물길을 대는 신식시설을 말합니다."

"아니, 왜놈들한테 그 큰 빚을 내서 왜놈들을 위해 물길을 만들다니, 그 빚더미는 결국 조선사람들이 떠안는 것 아니오!"

"그리된 거지요."

"조정대신놈들, 정말이지 다 쳐죽여야 할 놈들이오!"

임병서가 주먹을 부르쥐었다.

"어차피 왜놈들 주구 아닌가요."

송수익이 쓰디쓰게 웃었다. 그 얼굴에 증오의 빛이 서리고 있었다.

두 사람 사이에는 잠시 침묵이 흘렀다. 다같이 목소리를 맞추어 책을 읽어내리는 어린 음성들이 멀찍이서 들려오고 있었다. 햇살 다사로운 속에 들려오는 그 맑고 카랑한 목소리들은 마치 즐거운 노래라도 부르는 것처럼 율동적이고 탄력적이었다.

송수익은 손이 닿는 대로 파릇하게 돋고 있는 쑥잎을 뜯어 입에 물며 고개를 내저었다. 그 발랄한 목소리들에 실리고 있는 한문이 역겹고 괴롭게 들렸던 것이다.

"무슨 심사 불편한 일이라도 있으시오?"

임병서가 송수익을 지그시 바라보며 물었다.

"아닙니다. 저 아이들 글 읽는 소리가 귀에 들어와서…… 세상이 이리 급변하고 있는데 태평세월로 아이들한테 한문이나 읽혀대고 있는 것이 답답하고 마땅찮기도 해섭니다."

송수익은 잘근잘근 씹고 있던 쑥잎을 뱉으며 허탈하게 웃었다. 입 안에 쌉싸름하고 씁쓰름하면서도 싱그럽고 화한 쑥의 그 독특한 향내가 가득했다. 그는 숨을 한껏 들이켰다. 진한 쑥향기에 답답하던 가슴이 조금 뚫리는 기분이었다.

"그렇지요. 저 아이들에게 어서 신식공부를 시켜야 옳지요. 저러다가는 세상 돌아가는 것하고는 정반대로 애늙은이들이나 만들 뿐이지요."

"향교에서 이런 말을 하다니, 고루한 유생들이 들으면 경을 칠 일입니다."

"저도 아직 구태를 다 못 벗은 처집니다. 아버님 눈치가 뵈서……."

임병서는 갓을 매만지며 멋쩍게 웃었다.

"의관이야 무슨 상관입니까. 마음이 중한 거지요."

송수익은 신뢰를 담은 눈으로 임병서를 응시했다.

"고루한 생각 버리고 마음을 바로잡으려고 애쓰고는 있습니다." 임병서는 또 멋쩍게 웃고는, "헌데, 왜놈행상들이 거의가 헌병대나 주재소 앞잽이라는 건 알고 계시지요?" 그는 화제를 바꾸었다.

"예, 눈치를 채고 있습니다. 그놈들이 혼자가 아니라 꼭 둘씩 붙어다니는 것이 그 근거지요. 신변의 위험을 막으려고 혼자서는 안 다닙니다."

"그놈들이 골골이 파고 다니면서 우리 조선에 입히는 피해가 이중 삼중으로 막대합니다. 제놈들 물건 퍼뜨리지, 민심이고 비밀 탐지하지, 아주 못된 종자들입니다."

"그놈들만 그런 못된 짓 하는 건 아닙니다. 이 땅에 기어든 모든 왜놈들이 다 똑같은 짓을 하고 있다고 생각해야 될 겁니다. 다 헌병대나 주재소의 보호를 받고 있지 않습니까."

"맞는 말이오. 특히 행상들의 행위를 대원들에게 다 알려 피해가 없도록 하라는 언명입니다."

"예, 그리해야지요."

"다음으로, 충청도의 봉기 소문으로 대원들의 언행이 경해지거나 마음에 동요를 일으킬지도 모르니 단속에 철저를 기하라는 점입니다."

임병서는 낮은 소리로 한 가지씩을 분명하게 전달하고 있었다.

"예, 그렇게 하지요."

송수익도 하달되는 사항 하나하나를 정중하게 받드는 태도를 취하고 있었다.

"윗분들께 전할 말씀이 있으면 하시지요."

"뭐 별다른 건 없고, 아까 말씀드린 대로 타지방과 연결이 가하면 서로 힘을 합칠 수 있도록 해달라는 겁니다."

"예, 꼭 전하도록 하겠습니다. 헌데, 혹시 요새 일진회놈들이 더 불어난 것 같지는 않습니까?"

"글쎄요, 그런 눈치는 못 챘고, 전부 다는 아니지만 총으로 무장하기 시작한 것은 알고 있습니다."

"일진회놈들한테까지 총을 쥐여주다니, 헌병대놈들도 좌불안석인 것만은 틀림없는 거지요. 그나저나 우린 돈이 있어도 총을 구할 수가 없는 형편이니 원……."

임병서가 말끝을 흐렸다.

임병서의 흐려진 말이 송수익의 가슴에서 금방 먹구름으로 변했다.

두 사람 사이에는 다시 말이 끊겼다.

새소리가 맑게 울리고 있었다.

"방법이 전혀 없는 건 아니지요."

송수익이 무겁게 입을 열었다.

"어떻게……?"

임병서가 송수익을 의아하게 쳐다보았다.

"그놈들 것을 탈취하는 겁니다."

송수익의 말은 결연했다.

"탈취……? 그건 너무 위험하고 무모한 것 같습니다. 좀더 생각해 보도록 합시다."

임병서가 두루마기를 털며 일어섰다.

임병서와 헤어진 송수익은 들길을 혼자 걸으며 이런저런 생각에 골몰하고 있었다. 그는 전라도땅의 봉기도 차츰 임박해 오고 있음을 느끼고 있었다.

일단 불을 당기기 시작한 충청도의 봉기는 전라도와 경상도로 파급되지 않을 수가 없었다. 두 지방에서 제각기 의병거사를 준비해 온 사람들이 자극되지 않을 수가 없고, 해동을 기다려온 그 시기도 우연찮게 일치하고 있었던 것이다.

사람들의 생각이란 거의 비슷하게 마련이었다. 보호조약 체결과 함께 우국의 자결이 태풍을 일으켰었다. 그리고 겨울이 되면서는 세상이 침묵 속으로 빠져들었다. 그 침묵은 보호조약의 시인이 아니었고, 조약체결 사실의 망각은 더구나 아니었다. 그건 항쟁을 위한 준비의 침묵일 뿐이었다. 강이 얼었다고 하여 물고기가 다 얼어죽는 것은 아니었다. 얼어붙은 것은 강 표면일 뿐이고 얼음 아래로 강물은 유유히 흐르고, 물고기들은 엄연히 살아서 봄이 오기를 기다리는 것이었다.

충청도의 의병은 비록 패배했다고는 해도 왜 겨울 동안 침묵했었는지를 보여주는 좋은 본보기였다. 일본도 그 봉기를 결코 단순하게 받아들이지는 않을 것이었다.

송수익은 각 지방의 의병들이 연합하는 것이 꼭 좋지만은 않을지도 모른다는 생각을 다른 측면에서 하고 있었다. 조직이 잘 짜여진 일본군들과 싸우면서 정면대결이란 무모한 병법일 수도 있었다. 그들은 무력이 강하고 전투술이 좋을지 모르나 그 대신 지리에 어둡고 호응하는 민간인들을 갖지 못하고 있었다.

지리가 밝은 것을 이용해 산병전으로 그들을 괴롭히고, 민간인들을 결속시켜 가면서 그들을 고립상태로 몰아넣는 것도 좋은 병법이 아닐까 싶었다.

그는 총의 탈취에 대해서 깊이 생각했다. 그건 결코 용이한 일이 아니었다. 목숨의 위험이 너무나 컸다. 그러나 총은 꼭 필요했다. 사들일 길이 없다면 목숨을 내걸고라도 총을 탈취하러 나서는 방법밖에 없었다. 총 앞에 대창이나 연장을 들고 나서봐야 백전백패일 뿐이었다. 일본군들 외에 총을 가진 것은 조선군인들이었다. 총을 탈취하지 않으려면 그들을 의병으로 돌아서도록 설득시키는 방법이 있었다. 그러나 그건 총을 탈취하는 것이나 마찬가지로 쉽지 않은 일이었다.

어떻게 하면 총을 용이하게 탈취할 수 있을까……. 송수익은 곰 꼼히 궁리해 보았다. 기습·유인·유혹 등 몇몇 가지 방법이 떠올랐으나 위험하기만 할 뿐 신통하지가 않았다.

그 막막함 때문에 송수익은 신음을 씹었다. 문장이 최우선이요 기술이란 모두 천하다는 그 잘난 제도에 다시금 혐오를 느꼈다. 그는 얼마 전에 군산에 나갔다가 군함이라는 것을 본 기억을 다시 떠올렸다. 그 배의 크기가 어마어마한 데 놀랐고, 그것이 온통 쇠로 만들어졌다는 사실에 더더욱 놀라고 말았던 것이다. 쇠는 당연히 물에 가라앉기만 하는 물건인 줄 알았었다. 그런데 그 엄청나게 큰 쇳덩어리가 물에 둥둥 떠다니는 것이었다. 그것도 대포며 식량 같은 것에다가 사람까지 수백 명씩 싣고서 말이다. 그건 도저히 믿을 수 없는 일이었다. 그러나 그건 엄연한 사실이었다. 그런데 그 쇳덩어리 배를 왜놈들이 손수 만든 것이라고 했다. 그만 기가 질리고 말았다. 그 다음에 오는 것은 '우리는 무엇을 하고 살았는가' 하는 낙담이고 탄식이었다. 그는 여지껏 그 충격에서 벗어날 수가 없었다.

"맘만 묵음사 못헐 것도 없지라우."

지삼출의 힘진 대꾸였다.

"한바탕 히보면 좋겠는디요."

손판석도 맞장구를 쳤다.

"무슨 좋은 방법이 있소?"

너무 쉬운 대꾸에 송수익은 어이가 없어 두 사람을 멍하니 쳐다
보았다.

"죽이고 뺏는 것이제라."

지삼출의 주저없는 대답이었다.

"안 죽이고야 이쪽이 죽응게요."

손판석이 자신 있게 거들었다.

송수익은 그만 쿡 웃음을 터뜨렸다.

"어찌 웃으신당게라우?"

지삼출이 의아스런 표정을 지었다.

"속이 시원해서 그러는 거요. 허나 좀더 생각해 봅시다. 그런 방
법으로는 너무 위험하군요. 뒤도 시끄러워질 거고."

"뒤야 잠 시끄럽게 되겠지라우."

지삼출이 뚱하게 말하고는 고개를 돌리며 입맛을 다셨다.

백종두는 뒷짐을 지고 서서 포구와 바다를 폭넓게 조망하고 있
었다.

포구는 왁자지껄하고 시끌덤벙한 소란 속에서 활기가 넘치고 있
었다. 배들은 통통거리고 택택거리는 엔진소리들을 내며 부두로
밀려들기도 하고 포구를 빠져나가기도 했다. 갯내음과 함께 부둣가
를 술렁이게 하고 들뜨게 하고 있는 왁자함과 시끄러움은 도착한
배에서 물건을 부리고, 떠나는 배에 물건을 싣느라고 사람들이 끼
리끼리 외치고 부르고 하는 소리들이 얽히고설키고 있는 것이었다.

전보다 부쩍 더 심해진 소란스러움에 백종두는 은근히 놀라고 있었다. 그건 보호조약 다음에 눈에 띄게 달라진 현상이었다. 보호조약의 효과가 그처럼 표나게 나타나고 있었던 것이다.

거만스럽고 냉엄한 얼굴을 한 백종두는 그런 번잡과 소란에는 아무런 관심도 없는 듯 눈길을 멀리 보내고 있었다.

그러나 그런 겉모습과는 달리 그의 마음은 온통 부둣가로 쏠려 있었다.

이거 위만 올려다볼 일이 아니로군. 아래도 내려다보고 살아야지. 보호조약으로 위만 달라지고 있는 것이 아니라 아래도 저리 야단법석 아닌가. 위에만 정신을 팔다간 아래를 놓치게 되는 것이지. 위가 명(名)으로 벼슬이라면 아래는 이(利)로 돈이렷다. 사람 일생에 세 가지가 뜻대로 이루기 어렵다고 했으니, 자식이 그렇고 명리가 그렇고 수명이 그렇다고 했겠다. 헌데 나는 어떤가? 자식은 신식학교에 떠밀어넣었으니 더 두고 볼 일이고, 수명이야 마흔고개 넘어서도 무병에다 정력 펄펄하니 철따라 보약으로 보해가면 앞으로 30년이야 맡아논 당상이고, 남은 것이 명리 아닌가. 시켜주기만 하면 상감인들 못하랴만 과욕은 금물이고, 내가 마땅찮으면서도 일진회 회장을 맡으면서 아전자리를 버린 것은 다 훗날을 기약하고 내일을 내다봐서가 아니더냐. 세상이 내가 바라는 대로 되어가고 있으니 쓰지무라 불알만 붙들고 늘어지면 군수자리 하나야 못 차지할까. 그렇지, 아무리 못해도 군수자리는 차고 앉아야지. 명 다음에 이가 남았구나. 벼슬은 높을수록 좋고 돈은 많을수록 좋은 거 아닌가. 버슬이야 평생 아전일 것을 군수로 뛰어오르면 이무기가 여의주 얻어 용으로 승천하는 격이니 더 욕심부릴 것 없고, 돈은 얼마쯤이나 있으면 좋을까. 어쨌거나 만석꾼은 돼야 돈 있단 말 듣고, 어디서나 큰기침하며 배 내밀 수 있는 것 아닌가? 만석꾼……. 그리되자면 아직 멀었지? 일본것들 상대로 가장 손쉽고 배짱 튕겨가며 하는 돈벌이가 쌀 많이 지니는 것 아니던가. 돈 많은 일본것들이 논을 그리 마구잡이로 사들이는 것도 다 돈벌이가 손쉬워 그런 것인데……. 그렇지만 그것들이 논값을 다 올려놔 버렸으니 나는 한발 늦었지! 에에이 빌어먹을, 나도 눈치 빠르게 초장에 나섰어야 하는건데. 아니다, 가만있자, 하시모토 같은 젊은 놈이 이제 대드는 판 아닌가! 논은 아직도 얼마든지 남아 있고, 그런 놈이 대드는 판에 나라고 보고만 있을 수 있나. 그래, 이제라도 일본것들 하는 대로 따라서만 하면 제일 안전한 돈벌이다. 사람이야 새끼 치고 또 쳐서 늘어나지만 땅이야 늘어날 리 없으니 쌀이야 갈수록 귀한 물건이지. 맞다, 논을 사들이자. 돈이란 돈을 다 긁어모아 논을 사들여서…….

"백상, 백상!"

새로 도착한 배에서 내린 한 남자가 먼발치에서 손을 흔들며 외쳤다. 그러나 몸이 달아오른 백종두는 그 소리를 전혀 듣지 못하고 있었다.

"백상, 하시모토 여깄소, 여기."

가까워진 그 남자가 다시 소리쳤다. 그때서야 백종두는 생각에서 깨어났다. 그는 '하시모토'라는 소리에 정신이 번쩍 들었던 것이다.

"아이고 하시모토 상! 어서 오십시오. 원로에 얼마나 수고하셨습니까."

상대방을 먼저 알아보지 못한 자신의 실수를 깨달은 백종두는 과장되게 반가움을 표하며 하시모토에게로 내달았다.

"안녕하셨습니까, 백상. 무슨 생각을 그리 깊이 하고 계십니까."

하시모토의 꼬집는 듯한 말이었다.

"아 예, 저 새로 시작된 축항공사를 보고 대일본제국의 막강한 힘을 생각하느라고 그만……."

백종두는 거침없이 둘러붙였다.

"아, 그랬군요. 저 정도를 가지고 뭘……."

하시모토는 만족스러운 얼굴로 한창 축대를 쌓고 있는 쪽으로 고개를 돌렸다.

"저 정도라니요, 뻘 밭에다 축대를 쌓는 일이 얼마나 어렵습니까. 그런데 저리 대대적으로 공사를 시작해서 척척 해나가고 있으니, 대일본제국의 힘이 아니고선 조선의 힘으로는 어림도 없는 일이지요, 그러믄요."

백종두는 손짓까지 해가며 너스레를 떨었다.

"오는 길에 봤는데 부산 축항공사에 비하면 저건 아무것도 아니오. 그리고 저 축항공사는 원산, 청진, 진남포, 신의주, 목포 등지의 여덟 개 항구에서 동시에 벌어지고 있어요. 조선의 항구들이 비로소 항구다운 꼴을 갖추게 되는 것이오. 그건 다 보호조약의 책임 아래 우리 일본제국이 조선한테 베푸는 은혜요."

하시모토의 당당하기 이를 데 없는 말에 백종두는 그만 머쓱해지고 말았다. 하시모토가 처음 했던 말이 겸손인 줄 알고 너스레를 떨었던 것인데 알고 보니 그 반대로 자만에서 나온 말이었던 것이다.

일본말을 한다고 했지만 가끔 그렇게 헛짚는 경우가 생겼다.

"왜, 내 말이 기분 나쁜가요?"

하시모토는 매정한 듯 날카로운 듯한 얼굴을 돌려 백종두를 주시했다.

"아닙니다, 아닙니다. 그럴 리가 있나요. 대일본제국이야 우리 조선한테 끝없이 은혜를 내리는 대국이지요. 청이다 아라사다 다 몰아내 주었고, 철도를 놓아주었고, 또 저리 축항공사까지 대대적으로 해주시니 그 은혜가 백골난망이지요."

백종두는 헤헤 웃어가며 상대방의 비위를 맞추고 있었다. 그의 의식 속에는 상대방이 쓰지무라하고 선이 닿아 있다는 사실이 또렷하게 새겨져 있었다.

"백상은 역시 우리와 친화할 만한 인물이오. 조선사람들이 전부 백상처럼 생각해야 하는데 그렇지 못한 부류들도 있단 말이오. 나 같은 사람이 조선에 자리잡기로 한 것도 다 조선 농촌을 위해서요. 조선은 좋은 땅을 가지고서도 농법이 미개해서 탈이오. 난 조선의 농법개량을 위해 일할 참이오. 내 생각이 어떻소?"

"아, 고맙고 고마운 일이지요. 하시모토 상 같은 분들이 많이 오실수록 우리 조선은 살기 좋은 개명천지가 되는 거지요. 그렇고말고요."

야이 도적놈아, 니놈이 바로 쥐 생각 해주는 괭이로구나. 독헌 생긴대로 맘보도 느자구라고는 없구나, 호로자석!

백종두는 겉말과는 다르게 속으로는 욕을 퍼대고 있었다. 그로서는 처음 느끼는 아니꼬운 왜놈이었던 것이다.

"쓰지무라 서기님은 안녕하신가요?"

하시모토가 걸음을 옮기며 물었다.

"예, 편안하십니다. 하시모토 상을 마중 나온 것도 쓰지무라 서기님 말씀을 듣고 오시는 걸 안 것이지요."

쓰지무라의 이야기가 나오자 백종두의 마음은 재빠르게 뒤집혔다. 순간적으로 가졌던 하시모토에 대한 아니꼬운 생각이 깨끗하게 지워졌다.

두 사람은 인력거를 잡아탔다.

"일진회는 번성하고 있는가요?"

하시모토가 담뱃갑을 꺼내들며 물었다.

"예, 그런대로 돼가고 있습니다."

백종두는 가슴이 찔끔해지며 대답했다.

"이 중대한 시기에 회원이 배가돼야 할 텐데, 그렇게 되고 있습니까?"

백종두는 또 가슴이 찔끔해졌다. 그 말은 쓰지무라가 만날 때마다 하는 말과 떡판에 찍어낸 듯 똑같았던 것이다.

"예, 그리되도록 노력하고 있습니다."

얼른 대답을 해놓고 백종두는 그만 기분이 싸악 나빠졌다. 자신의 대답도 쓰지무라 앞에서 하는 것과 똑같이 나오고 말았던 것이다.

이놈이 대체 무얼 하는 놈인가. 그냥 아라사말 통변 노릇만 해먹었던 놈이 아니지? 쓰지무라하고는 어떤 사이이며, 젊은 놈이 돈은 어디서 나서 농장을 하겠다고 덤비는 것인가. 필시 예삿것이 아닌 게 분명한데…… 어디 두고 보자.

백종두는 목젖이 당기도록 마른침을 삼키며 먼 데로 눈길을 돌렸다.

"백상, 오늘 저녁에 바쁘신가요?"

하시모토는 말머리를 돌렸다.

"아닙니다, 별일 없습니다."

"잘됐군요. 이따가 저녁에 내가 술을 한턱내지요. 쓰지무라 서기님도 한자리에 모실 테니까."

"서기님을 지금 뵈러 가십니까?"

"아니오. 우선 여관에 가서 목간부터 하고, 인사는 전화로 올릴 거요. 장소는 그 집, 사쿠라요."

백종두는 또 의문에 싸였다. 젊은 놈이 전화로 인사를 해? 그는 자신도 모르게 고개를 갸웃거렸다.

해가 기울기를 기다려 백종두는 약속한 기생집으로 갔다. 능장을 부린다고 부렸는데도 쓰지무라는 물론이고 한턱을 낼 당자인 하시모토도 와 있지 않았다.

백종두는 기분이 멋쩍기도 하고 언짢기도 해서 마루로 올라서지 않고 머뭇머뭇했다. 어디로 나갔다가 다시 와서 체면을 차릴까 어쩔까 하는 생각을 하고 있었다. 그러나 막상 갈 만한 데가 마땅치 않았다. 또 나갔다가 쓰지무라보다 늦어지게 되면 낭패였다.

"어서 올라오세요. 백상. 연락받고 특실을 비워두었습니다. 먼저 차나 한잔하시면서 사다코하고 화투놀이나 한판 하면 곧 오실 텐데요 뭘. 어서 오르세요."

주인 요코가 사르르 눈웃음을 쳤다. 볼우물이 살짝 잡혔다가 사라졌다.

저년이 사람 잡네. 저년언 꼭 박하사탕 맛맨치로 웃는당게. 여자 색감은 웃음이 바로 거그 맛인 것인디, 저년 조갑지 맛언 박하사탕 맨치로 화아헐란 것잉가? 젠장, 화아 아니라 싸아혀도 멀혀. 저년이야 쓰지무라 차진디. 기생년 조갑지에 임자가 따로 있는 건 아니다만 우선에 참아두제.

"어찌 그래 볼까……."

백종두는 짭짭 입맛을 다시며 못 이기는 척 마루로 올라섰다.

사다코가 차를 한잔 따르고, 몇 마디 음담을 걸치고 있는데 하시모토가 들어왔다. 백종두는 그를 맞아들이며 요코의 말을 들은 게 잘한 일이라고 생각했다.

"쓰지무라 서기님이 기분이 별로 좋지 않아요."

하시모토가 주저앉으며 내뱉었다.

"아니 왜요?"

백종두는 민감하게 반응했다.

"모르겠소. 무슨 일이 생긴 모양이오."

하시모토의 눈이 고약해져 있었다.

백종두는 더 할 말이 없었다. 그 일이 무엇인지 모르지만 술맛 더럽게 되었다며 그는 소리내지 않고 입맛을 다셨다. 하시모토도 더 말이 없이 담배만 뻑뻑 빨아대고 있었다.

"이거 원, 조선놈들은 영 골칫덩어리야. 은혜를 베풀어도 고마워할 줄을 모르고 오히려 덤벼든단 말이야, 빌어먹을."

방으로 들어서며 쓰지무라는 큰소리로 말하고 있었다. 그건 종종걸음으로 뒤따라오고 있는 요코에게 하는 말로는 목소리가 너무나 컸다. 방 안 사람들이 다 듣도록 일부러 큰소리를 내고 있음이 분명했다.

"안녕하셨습니까, 쓰지무라 서기님." 하시모토는 벌떡 일어나 쓰지무라에게 절도 있게 인사를 하고는, "조선놈들이 또 무슨 말썽을 일으켰습니까?" 민첩하게 상대방의 말하고 싶어하는 욕구를 자극하고 있었다.

백종두는 또 어디선가 의병을 일으킨 것이라고 직감했다. 그는 반사적으로 몸이 움츠러드는 것을 느꼈다. 그는 마치 자신이 잘못한 것처럼 열적고 면목이 없었다.

"이번엔 또 경상도에서 정용기라는 자가 의병을 일으켰소. 삼남의진군이라고 이름까지 거창하게 내걸었소."

쓰지무라는 몹시 언짢은 기색이었다.

"삼남의진군이 아니라 조선의진군이라고 이름 붙였어도 하나도 염려하실 게 없습니다. 조선놈들은 중국놈들을 흉내 내서 무슨 이름이든지 거창하게 붙이기를 좋아하는 습성이 있습니다."

하시모토가 듣기 좋게 단말을 했다.

"꼭 그렇지만은 않소. 삼남이라면 충청도 경상도 전라도를 말하는 것인데, 지난번에 충청도, 이번에 경상도에서 일어났으니 다음엔 여기 전라도에서 일어나게 될 거라는 뜻인데, 그놈들이 정말 서로 내통이 되고 있는 것인지 어쩐지 모르겠단 말이오."

쓰지무라의 얼굴은 심각했다.

"예, 그놈들이 서로 내통하고 있다고 해도 너무 심려치 마십시오. 우리에겐 청국과 러시아를 물리친 막강한 군대가 있잖습니까. 러시아군대에 비해 조선의병이라는 건 개미떼에 불과하지 않습니까. 단숨에 박멸할 수 있습니다."

"그건 그런데…… 그래도 일단 의병이 일어나면 골치 아프오. 일반대중에게 파급효과가 생기고, 진압하더라도 민심을 잃게 될 염려가 있소."

"어차피 한번은 거쳐야 될 과정 아닌가요? 그것들도 사람인데."

"그렇긴 그렇소. 백상! 내일부터 일진회원들을 몰아치시오. 여기 전라도에선 사전에 탐지해 내야 한단 말이오."

"예, 예, 명심하겠습니다."

백종두는 그저 굽실거렸다.

다음날 아침 일찍 백종두는 일진회원들을 모아놓고 목에 핏줄을 세워가며 닦달해 대고 있었다.

"나가 일찍허니 의병 모으는 것얼 탐지해 내라고 일렀넌디, 이날 입때꺼정 이 많은 인종덜이 꼬타리 하나 알아내덜 못허고 있으니

다널 날이 날마동 멀허고 돌아가는겨! 부두서 노름밑천이나 뜯고, 술집마동 돌아댕김서 꽁짜술이나 퍼마심서 세월아 네월아 가그라 허고 원성이나 사는 것이 일이여? 시방 충청도서 의병이 일어난다, 경상도서 의병이 일어난다 허는 판에 자네덜이 그리 넋빼고 살 행편이여. 충청도고 경상도서 의병이 일어났으면 그 담언 어디서 일어나겄어. 바로 여그 전라도땅이여! 자네덜 붕알 밑서 불이 붙는지도 몰르고 그리 넋빼고 흘룽할룽 살다가 붕알이 타들어야 정신 채리겄어. 그때넌 때가 늦은 것이여. 우리 전라도땅에서넌 의병인지 염병인지가 대가리 들고 일어나기 전에 우리가 먼첨 찾아내서 씨럴 몰려부러야 히여. 긍게로 오늘보톰 회원덜언 한 사람도 빼지 말고 전부가 나서서 어느어느 골에서 의병을 모으는지 알아내라 그 말이여. 내 명 안 듣고 군산바닥서 흘룽할룽허는 놈언 당장에 주재소에 처박어 뼉다구가 노골노골허게 맹글어줄 챔이여. 무신 말인지 알아들어!"

제물에 흥분한 백종두는 발까지 굴러댔다.

"야아."

"알겄구만이라우."

잔뜩 긴장한 일진회원들은 고개를 바로 들지 못한 채 대답들을 했다. 사실 회원들은 그렇게 화가 나고 열이 오른 회장의 모습은 처음 보는 것이었다.

회원들 중에서도 제일 몸이 다는 것은 장칠문이었다. 간부로서 자기 책임을 다하지 못했다는 죄책감과 함께 자칫 잘못하다가는 감투가 날아갈 것 같은 위기감을 느꼈던 것이다.

장칠문은 회원들을 둘씩 짝지웠다. 그리고 동네를 지정해 나갔다.

"회장님 말씸 잘덜 들었제? 오늘로 다 군산얼 떠서 죽으나 사나, 무신 수럴 쓰든지 간에 그 소식얼 알아내 갖고 와얄 것이여. 안 그러면 우리넌 다 막판잉게로. 다 알아들었어!"

장칠문은 비장한 얼굴로 외쳤다.

"그려어."

"알겄구면."

시무룩해지고 기 꺾인 회원들의 대답이었다. 그들은 큰 근심을 앓는 얼굴들로 서로의 눈치를 힐끗힐끗 살폈다.

그들은 지정받은 동네를 향해 흩어져 갔다. 아랫입술을 깨문 장칠문은 총을 불끈 쥐고 서서 그들을 지켜보고 있었다.

"참 용허시. 회장님이 어찌케 우리가 꽁짜술 묵는 것도 아는고?"

"그 귀에넌 말뚝 박았간디?"

"근디 어찌서 그간에넌 암말 안 혔능고?"

"그냥 몰른 칙기히 준 것이제."

"속도 넓브네."

"긍게로 회장 해묵제."

"헌디, 우리넌 요것이 머시여. 총도 없이 맨손으로."

"긍게 말이여. 장칠문이허고 가차운 놈덜만 총맛얼 보제."

"총이란 거이 참 좋기넌 좋등마. 손에 척 든게 듬직헌 것이 시상에 무서운 것이 없드랑게로."

"근디 징상허기도 허제. 그 한 방으로 사람얼 칵 죽인다고 생각 허먼."

두 사내가 군산을 벗어나며 나누는 이야기였다.

"어이, 어이, 저것덜이 멋잉고?"

퇴비지게를 받쳐놓고 숨을 돌리느라고 담배를 빨고 있던 손판석 이가 낮춘 목소리로 빠르게 말했다.

"머시가 멋이여? 자네넌 눈감고 있는가?"

바지를 까내리고 오줌을 누고 있는 지삼출은 곰방대를 입에 문 채 되물었다.

"아따 오짐발도 질기넌 지네. 얼렁 누고 저것 잠 보소. 옷 입은 것이 일진회놈덜 같은디, 저것덜이 어찌서 총얼 미고 나섰는지 몰르겄네."

"머시여, 초옹?"

지삼출은 금방 목소리가 달라지며 고개를 획 돌렸다.

두 남자 중에 하나가 총을 메고 멀찍이서 이쪽으로 걸어오고 있 었다. 지삼출의 눈에도 그들은 분명 헌병이 아니라 일진회 회원이 었다. 지삼출은 그만 마음이 다급해 바지를 끌어올렸다. 그 바람에 끝마무리가 안 된 오줌이 옷 속에서 찔끔거렸고, 오줌이 오른쪽 허 벅지를 주르륵 타고 내렸다. 그는 급히 논두렁으로 올라서며 부르 르 몸을 떨었다.

"저 총 참 입맛 나게 생겼네 이."

지삼출이 손판석 옆에 앉으며 속삭였다. 그는 정말 입맛까지 다 셨다.

"아서 아서, 군침 돈다고 여그서 딴맘 묵덜 말어. 대낮인 디다가 동네가 너무 가차웅게 뒤탈 못 면혀."

손판석도 속삭이며 고개를 내둘렀다. 총을 빼앗고 싶은 마음이 동해 지삼출은 그 황소기운에다가 불끈하는 성미로 당장 무슨 일을 저지를지도 모를 일이었다.

"으쩌까? 그저 한주먹감인디……."

지삼출은 담배를 급하게 빨았다.

"저놈덜이 눈치채겄네. 딴전이나 침서 그냥 보내고 생각허세."

"이, 그리허드라고." 지삼출은 눈을 찡긋하고는, "어허어어 어어라아, 춘삼월이라 호시절이 오기넌 왔다아마는……." 그는 곰방대끝으로 돌멩이를 치며 육자배기 가락을 늘여빼기 시작했다. 그 능청스러움은 조금 전과는 전혀 딴사람이었다.

"이보시오, 당신네덜 저그 저 동네 사요?"

총을 멘 사내가 불쑥 물었다.

"야아, 그, 그렁마요. 어찌 그요?"

노랫가락을 뚝 멈춘 지삼출이 더듬거렸다. 곁눈질을 치고 있는 그의 얼굴까지도 잔뜩 겁질려 멍청해 보였다. 그 옆에서 손판석도 주눅든 듯 눈만 껌벅껌벅하고 있었다.

"그리 겁묵지 마시오. 우리가 당신덜 잡으로 온 것이 아닝게."

총 멘 사내가 옆의 사내에게 눈짓을 하며 두 사람 옆에 앉았다.

"아이고메, 가차이 오덜 말드라고라. 그놈에 총만 보면 붕알이 오그라붙소."

지삼출은 연상 곁눈질을 하며 옆으로 피해 앉았다.

"어허 참, 촌사람언 촌사람이시." 총 멘 사내는 만족스러운 듯 경멸하듯 웃고는 "자아, 궐련이나 한 대썩 맛볼라요?" 하며 담뱃갑을 꺼내 그들 앞에 내밀었다.

"하이고, 요 귀헌 것얼!"

손판석이 반색을 하며 얼른 한 개비를 뽑아들었다.

"히히, 촌놈 입맛 베리겄는디."

상대방의 눈치를 보며 담배를 뽑는 지삼출의 히히 웃는 얼굴은 천상 무지렁이 농군의 모습이었다.

총을 안 가진 사내가 성냥을 칙 그어 두 사람의 담배끝에 들이댔다.

두 사람은 황송한 듯 궐련에 불을 붙였다.

"올해 농사 잘되겄소?"

총 멘 사내의 말이었다.

"그야 하늘이 정헐 일잉게 두고 봐야겄제라 이."

손판석의 심드렁한 대꾸였다.

"하늘서 비 잘 내래줘도 농꾼덜이 딴맘 묵고 있으면 농사 다 망치요."

총 멘 사내가 손판석을 힐끔 쳐다보았다.

"하늘이 돌보는디 딴맘 묵다니, 그리되면 베락 맞제라."

손판석이 뚱하게 말했다.

"듣자닝게 딴맘 묵은 농꾼덜이 많다는 소문이든디."

"무신 소리다요? 농꾼이 딴맘 묵으면 장시로 나스겄소, 바다에 배럴 띄우겄소."

손판석이 무슨 맥 안 닿는 소리냐는 듯 상대방을 멀뚱하게 쳐다보았다.

"어허, 그런 소리가 아니고 거 머시냐 의병인가 머신가로 나슨다고 딴맘 묵은 사람들이 많다는디……."

총 멘 사내는 제 답답증을 못 참아 속마음을 너무 쉽게 드러내고 있었다.

"이, 그런 소문이 있기는 있제라."

지삼출이 멍청한 듯 내놓은 말이었다.

"아니, 그런 소문 들었소?"

총 멘 사내가 지삼출 옆으로 붙어앉았다.

"야아, 듣기넌 들었는디……."

"자아, 궐련. 그 소문 어디서 들었소?"

총 멘 사내가 담뱃갑을 지삼출의 손에 쥐어주며 눈을 반짝거렸다.

"글씨이…… 그런 말 히서 될라능가 몰르겄네."

지삼출은 뒷머리를 긁적거리며 사람들을 둘러보았다.

"자아, 요것 받으시오. 거그가 어디요?"

총을 안 멘 사내가 재빨리 돈을 꺼내 지삼출의 손에 쥐어주었다.

지삼출을 쳐다보고 있는 손판석의 가슴은 걷잡을 수 없이 벌떡거리고 있었다.

"거그가 쬐깨 먼디, 말로 히서 찾아가질랑가 몰르겄네."

"이, 요것 더 받고, 둘이서 앞장서!"

총 멘 사내가 또 돈을 꺼냈다.

"무신 소리다요. 대낮에 앞장섰다가 쥐도 새도 몰르게 죽을라고라."

눈을 뚱글하게 뜬 지삼출의 멍청한 듯한 말이었다.

"이, 알겄어. 해 떨어지자면 얼매 안 남었응게 어둔 담에 암도 모르게 갑시다."

총 멘 사내의 들뜬 말이었다.

"근다고 괜찮헐랑가…… 밤말언 쥐가 듣고 낮말언 새가 듣는다고, 그런 일 헌 것이 소문나불면 자네나 나넌 그날로 저승질인디……."

지삼출은 어눌하게 말하며 돈과 담뱃갑을 도로 두 사내 앞으로 밀어놓았다.

"돈이 작아서 그요? 여그 또 있소."

총을 안 멘 사내가 얼른 돈을 꺼냈다.

"우리 넷이만 아는 일인디 소문언 무신 소문이 나겄소. 우리야 입 딱 봉헐텅게 아무 걱정 마씨오."

총을 멘 사내도 또 돈을 꺼내 보태며 다짐했다.

"글먼 해가 떨어질 때꺼정 어디 있을라고 그요?"

지삼출이 마지못한 척 돈과 담뱃갑을 다시 챙기며 물었다.

"여그 어디 주막 안 있소."

총 멘 사내의 예사로운 대꾸였다.

"무신 소리다요? 눈 많은 주막서 우리가 만내불면 어찌 되겄소. 동네방네 소문내서 누구 죽일라고 작정헜소!"

지삼출은 버럭 소리를 지르며 돈과 담뱃갑을 내팽개치듯 했다.

"맞는 말이오, 맞어. 글면 딴디 어디서 기둘리겄소. 어디 존 디 없소?"

총 안 멘 사내가 서둘러 말했다.

"글씨…… 사람덜 눈에 안 띄자면 따로 존 디가 어디 있나요. 쩌 그 저 집 없는 야산자락에 가서 한숨 자고 있으시게라."

지삼출은 멀찍하게 마주 건너다보이는 야산을 턱짓으로 가리 켰다.

"그것이 좋겄네, 가세."

총 안 멘 사내가 몸을 일으켰다.

"해 떨어지는 대로 금세 와야 허요."

총 멘 사내가 지삼출과 손판석에게 눈다짐을 하며 일어났다.

두 사내가 멀어지자 손판석이 휴우 안도의 숨을 길게 내쉬었다.

"아이고메, 간이 콩알만히졌네. 자네 어쩔 심판으로 그려?"

"돈벌이도 허고 총도 뺏고 헐라는 심판이제 어째, 궐련이나 한 대 썩 꼬실리세."

지삼출은 씨익 웃으며 담뱃갑을 내밀었다.

"자네 참말로 영 쏭허네 이."

손판석은 어이없는 얼굴로 지삼출을 멍하니 바라보았다. 그로서 는 그런 지삼출의 모습이 너무나 뜻밖이었던 것이다.

"성냥도 얻을 것얼 잘못혔네그려."

지삼출은 부싯돌을 치며 배짱 두꺼운 소리를 하고 있었다. 손판

석은 그만 헛웃음을 치고 말았다

"자네 이따가 어찌헐랑가?"

"자네넌 나가 허는 대로 따라만 허소. 오래 쉬었응게 등짐이나
지세."

지삼출이 궐련을 뻑뻑 빨아대며 지게 쪽으로 걸어갔다.

지삼출과 손판석은 거름내기를 마친 다음 저녁까지 먹고 아무
렇지도 않게 집을 나섰다. 그들은 어둠을 밟고 고샅을 돌아 당산
나무 아래서 만났다.

"자네 그것 챙겼능가?"

"이, 골마리에 찼네."

두 사람은 걸음을 서둘러 어둠을 헤치기 시작했다. 밤의 서늘함
속에 땅의 훈기가 식고 있었다.

"누구여!"

어둠 속에서 들린 소리였다.

"이, 아까 만낸 사람잉마요."

지삼출이 대꾸했다.

"안 오는지 알았소."

"말이 되간디라. 얼렁 뜹시다."

"배가 고파 큰탈인디."

다른 목소리가 말했다.

"아 참어, 안 죽응게!"

처음의 목소리가 퉁을 놓았다.

네 사람은 어둠 속을 빨리 걷기 시작했다. 그들은 아무도 말을 하지 않았다. 뜸부기가 어디선지 울고 있었다.

그들은 새로 나타난 야산 가까이를 걷고 있었다.

"아이고 목도 타고, 쉬었다 가드라고."

"당아 멀었소?"

"쬐깨 더 가야 됭마요."

그들은 담배 한대짬을 쉬었다.

그들은 두 번째 야산자락에서 다시 다리쉼을 했다.

"당아 멀었소?"

"얼추 다 와가요."

"얼매나 걸었소?"

"한 20리가 넘었을랑게라……."

그들은 담배에 불을 붙였다. 동네의 불빛이 멀리 보였다.

"오짐이나 누고……."

지삼출이 몸을 일으켰다.

"나도 눠야 쓰겄구마."

손판석이 따라 일어났다.

그들은 담배를 피우고 앉아 있는 두 사람의 뒤쪽으로 몇 걸음 옮겨가는 것 같았다. 그러더니 느닷없이 돌아서 한 사람씩을 덮쳤다. 태평스럽게 앉았다가 기습을 당한 두 사람은 순간적으로 비명을 질렀다. 그러나 그 소리는 크지도 길지도 못했다. 그들의 목은 뒤에서부터 올가미에 걸렸던 것이다.

그들은 다리를 버둥거리고 팔을 휘두르며 저항했다.

"씨부랄 놈덜!"

힘을 모으듯이 지삼출이 내뱉으며 상대방의 얼굴을 후려쳤다.

"개잡녀러 새끼덜!"

화답하듯이 손판석도 내쏘며 상대방의 얼굴을 갈겨댔다.

그들은 있는 힘껏 목을 조여대면서 주먹질을 멈추지 않았다. 살이 살을 치는 둔한 소리가 어둠 속에 빨려들고 있었다.

몸부림과 발버둥이 멈춰지면서 상대방의 몸뚱이가 처져내렸다.

"뒤졌구만."

거친 숨소리와 함께 지삼출이 말했다.

"이놈도 꼴딱혔네."

숨을 토해내며 손판석이 말을 받았다.

"얼렁 파묻세."

"그래야제."

두 사람은 어깨에 시체를 하나씩 떠멨다. 그리고 나무가 많은 데로 올라갔다. 마땅한 장소를 찾아낸 그들은 시체를 부려놓고 허리춤에 차고 있던 호미를 빼들었다.

"요것 갖고 언제 다 파낼꼬?"

손판석이 혀를 찼다.

"맨손보담이야 낫제. 조상 묘 쓰는 것도 아니겄고, 두 자 짚이로만 파면 된게 금방이시."

지삼출이 손바닥에 퇴퇴 침을 튀겼다.

두 사람은 철 이른 땀을 흘리며 밤이 이슥해서 야산을 뒤로했다. 총은 지삼출이 메고 있었다.

"왼짝 팔이 안직꺼정도 요상스럽네."

"무신 소리여?"

지삼출의 말은 무뚝뚝했다.

"그놈이 살아나 보겄다고 내 팔뚝얼 쥐어뜯고 잡아채고 발광이 었는디 안직도 그 기운이 팔뚝에 찌릿찌릿허고 서물서물허니 남었단 말이시."

"원 사람, 사삭시럽기넌. 그리 맘이 얇아갖고 어디 의병질 허겄능가."

"그것덜도 사람인디…… 자네넌 아무치도 않은가?"

"다 잊어부러, 개만도 못헌 인종덜 없앤 것잉게. 개야 잡으면 포식이나 허제. 자네가 첨이라서 그런디 자꼬 히보면 덤덤혀지게 되네."

"자네넌 많이 했등가? 갑오년 그때보톰이여?"

"어허! 그런 말 자꼬 허는 것이 아니시. 이따가 집이 가서 마누래허고 야물딱지게 한바탕 허고 폭 자불소. 그러고 깨끔허니 잊어부러."

사나흘 뒤부터 통변을 앞세운 헌병들이 마을마다 뒤집고 다니기 시작했다. 탐문수사였다. 일진회원들도 눈을 희번득이며 여기저기 갈고 다녔다.

지삼출도 헌병들 앞에 끌려가 조사를 받았다.

"자알, 몰르겄는디라우."

지삼출은 좀 모자란 듯 멍청한 듯한 모습으로 이 말만 되풀이

했다.

손판석도 그런 지삼출을 그럴싸하게 흉내 내고 있었다.

"춘향아아 어와 이내 사라앙아아 이내 가심에에 불얼 놓고오
오……."

지삼출은 먼발치로 일진회원들을 힐끔거리며 지겟목발 장단을
맞춰 멋대로 된 가락을 뽑아대고는 했다.

헌병과 일진회원들이 설치고 다니는 가운데 경상북도에서 신돌
석이가 의병을 일으켰다는 소문이 퍼졌다. 닷새가 넘게 소란을 피
우고 다니던 헌병과 일진회원들은 제물에 지쳤는지 그 모습을 드
러내지 않게 되었다.

논농사가 시작되는 5월에 접어들어 충청도에서 민종식이 또 의
병을 일으켰다는 소문이 들려왔다.

"늘어진 쇠붕알이라는 충청도가 저 난린디 여그 전라도넌 머허고
있능겨. 오뉴월에 축 늘어진 말자지가 될랑가? 답답혀서 못살겠네."

지삼출은 손판석과 단둘이 마주 앉으면 투덜거리기 시작했다.

5월 중순이 넘어 민종식의 의병대가 홍주성을 일본군에게 되빼
앗겼다는 소문이 들려왔다. 지삼출이 송수익한테 연락을 받은 것
이 그즈음이었다.

"우리도 기병하게 됐소."

지삼출과 손판석을 눈여겨보고 난 송수익의 짧은 한마디였다.

"언젠게라우?"

어금니를 맞물었다가 풀며 지삼출은 침착하게 물었다.

"나흘 뒤요. 대원들에게 속히 알려 기병에 만전을 기하도록 해야 되겠소."

"어디서 기병형게라?"

긴장된 얼굴로 손판석이 물었다.

"그건 나도 아직 모르겠소. 임박해서 또 연락이 올 것이오."

"딴말씸 없으신게라우?"

지삼출은 곧 일을 시작해야 되겠다는 눈치를 보였다.

"웃어른이나 안식구한테 알리더라도 말이 안 나가게 단속하는 게 좋겠소. 특히 유념할 것은 아이들이 알아서는 안 된다는 것이오. 주재소의 감시가 더욱 심해지고 있으니까요."

"야아, 명념허겠구만이라우."

"편히 유허시게라우."

지삼출과 손판석은 함께 일어섰다.

두 사람을 배웅하고 난 송수익은 정좌하고 눈을 감았다. 마음에 물결이 일고 있었다. 이미 오래전에 작정되고 다짐되었으면서도 새삼스럽게 마음에서는 뜨거운 물결과 차가운 물결이 교차하고 있었다. 그건 어찌할 수 없는 사람의 마음이었다. 대의 앞에 서는 사람이라면 그 누구나 한번은 겪지 않으면 안 되는 괴로움일 것이었다.

뜨거운 물결에 실리는 것은 노모와 아내와 세 자식 그리고 막내 동생이었다. 출가외인이라고 둘러친 담 때문인지 세 여동생은 전혀 마음에 걸리지 않았다. 그 얼굴들이 새삼스럽게 가슴을 뜨겁게 하는 것은 핏줄인 탓만은 아니었다. 이제 노모와 아내와 막내동생에게는 집을 떠나게 된 연유를 알려야 될 시각이 닥쳐와 있었다.

그간에 식구 누구에게도 의병을 추진하는 일에 대해서 입에 올린 적이 없었다. 아내가 눈치로 모를 리 없었지만 먼저 입을 떼지 않았다. 장부가 하는 큰일을 아녀자가 간섭해서는 안 된다는 양반의 법도를 아내는 지켜내고 있었던 것이다. 그러기는 어머니 역시 마찬가지였다. 아니, 어쩌면 어머니의 엄격함에 눌려 아내는 그런 내색을 전혀 하지 못했는지도 모를 일이었다.

막내동생이 열두 살로 어린 것이 다소 마음에 걸렸다. 그러나 어머니는 아직 정정하셨고, 아내는 조신하고 참했다. 어머니가 끌고, 아내가 받치고, 막내동생이 거들면 집안이야 별 탈이 없을 것이었다.

세 아이들 중에 둘이 아들이니 장자의 몫은 어느 만큼은 한 셈이었다.

남자의 나이 스물다섯, 죽기는 아깝지만 큰일에 나서기는 더없이 적합한 나이였다. 이미 큰일은 여러 곳에서 벌어져 있었다. 그 길이 옳은 것은 두말할 것이 없었다. 옳은 길을 가는 것, 그것은 당연한 사람의 도리였다. 이기고 지는 것, 죽고 사는 것, 그런 것은 모두 그 다음의 문제였다.

송수익은 마음이 차분히 가라앉은 것을 느끼고 있었다. 곧게 사셨던 아버지를 생각했다. 그리고 천천히 눈을 떴다. 마침내 어머니 아내 막내동생과 한자리에 마주 앉을 시각이 다가와 있었다.

송수익은 무릎을 짚으며 더디게 몸을 일으켰다.

지삼출은 밤이 늦어서 집으로 돌아왔다. 아내는 바느질감을 안은 채 흐린 불빛 아래서 졸음에 젖어 있었고, 두 아이는 곤하게 잠들어 있었다.

"어이, 잠 깨소. 헐 말이 있네."

지삼출은 아이들 옆에 앉으며 아내에게 불쑥 말했다.

"안 자요, 무신 말인디 그요?"

무주댁은 머리를 쓸어올리며 반짇고리를 치웠다. 하품이 나오려는 것을 참아냈다.

"딴말이 아니고 말이여……." 지삼출은 아들 만복이의 조그만 손을 감싸잡으며 "사흘 뒤에 모다 의병으로 나슬 것이네. 그리 알고 옷이랑 챙길 것 챙기소." 그는 한달음에 말해 버렸다.

"워매메, 그 무신 뜸금없는 소리다요!"

무주댁은 깜짝 놀라 정신이 번쩍 들었다.

"뜸금없기넌. 나만 나스는 거이 아닝게 자네도 맘 단단허니 묵소."

"아이고메, 저 새끼덜 딜고……."

무주댁은 마구 흘러넘치는 말을 애써 되삼켰다. 한번 마음 정한 남편 앞에서 다 부질없는 소리였던 것이다.

"자네가 고상이 되겠제. 그려도 혼자 허는 고상이 아닝게 참아내소."

지삼출은 아내의 손을 꼬옥 잡았다.

나흘 뒤에 최익현과 임병찬은 전북 태인에서 봉기했다. 6월 4일이었다.

15

장마의 계절

호남평야의 중간지점인 태인에서 의병이 봉기하자 그 일대는 일제히 비상상태로 바뀌었다. 통감부 조직은 신속하게 움직여 각 군마다 토벌대로 일본군 20명씩을 파견했다.

의병이 일어나자 입장이 난감해진 인물들이 있었다. 백종두며 장덕풍 같은 사람들이었다.

"도대체 일진회는 낮잠만 자는 거요, 술만 취해 있는 거요. 사전에 정보 하나 입수하지 못하다니 이래서야 무슨 쓸모가 있단 말이오. 나 백상한테 크게 기대했었는데 실망이 이만저만이 아니오."

백종두를 사무실로 부른 쓰지무라는 가차없이 내질렀다.

"예, 면목 없습니다. 한다고는 했으나…… 예, 앞으로는 잘하도록 하겠습니다. 예……."

백종두는 얼굴을 들지 못하고 그저 굽실거리기만 했다. 그로서는 형식적인 면전복배가 아니었다. 진심으로 할 말이 없었고, 어떤 위기마저 느끼는 형편이었다. 연속된 사건이 한마디 변명조차 못하게 만들고 있었다.

"그 총이 어디로 갔겠소. 틀림없이 의병 준비하는 놈들 손으로 들어간 것 아니냐 그거요. 그놈들한테 총 한 자루를 뺏기면 그게 어떻게 되는지 아시오! 그건 우리 일본군 몇수십 명의 목숨을 앗아갈지도 모를 흉기로 둔갑한다 그 말이오. 이래도 무슨 할 말이 있소."

지난번에 쓰지무라가 몰아친 말이었다. 그때도 꼼짝 못하고 당할 수밖에 없었던 것이다.

"앞으로 할 일은 의병놈들의 씨를 말리는 일이 남았을 뿐이오. 그건 무슨 놀이가 아니라 전쟁이오, 전쟁. 백상이 심기일전해서 잘해보겠다면 그놈의 두루마긴지 도폰지부터 벗어던지시오."

쓰지무라는 백종두를 마땅찮게 노려보았다.

"아 예에, 그리하겠습니다."

백종두는 얼떨결에 대답했다.

"이 비상사태에 직면해서 일진회는 일신하지 않으면 안 될 것이오. 전처럼 놀고먹어서는 안 되고 본격적으로 군대화해야 된단 말이오. 그러자면 회장인 백상부터 옷을 갈아입고 정신무장을 하시오. 옷에 따라 정신상태가 달라지는 거니까. 무슨 말인지 알겠소!"

"예에, 알겠습니다."

백종두는 또 꼼짝없이 떼밀리고 있었다. 그러나 두루마기를 벗고 일본 군복을 걸쳐야 한다는 걸 생각하면 암담하지 않을 수가 없었다. 상투를 자를 때와는 또다른 심정이었던 것이다.

"조선정부에서도 전주와 남원 진위대에 의병토벌령을 내렸으니까 일진회원들도 철저하게 군사훈련을 받아 의병토벌에 본격적으로 가담해야 할 것이오. 초장에 그놈들 씨를 말리지 않으면 두고두고 골칫거리가 될 거니까. 조선놈들이란 이상하게 질기고 끈적끈적해서……."

쓰지무라의 말끝은 흐려지고 있었다. 그는 상대방이 그나마 조선인이라는 것이 의식되었던 것이다.

아니, 내가 그럼 총을 들고 토벌에 나서야 된단 말이오?

이 말이 곧 터져나가려고 했지만 백종두는 이빨을 사리물며 가까스로 참아냈다. 더 두고 볼 일이었고, 사태가 그렇게 되는 때에 가서 태도를 바꾸어도 늦지 않다는 생각을 하고 있었다. 군수자리가 아니라 관찰사자리가 약속되어 있다고 해도 총을 들고 의병토벌에 나설 마음은 털끝만치도 없었다. 아예 목숨이 위태로운 일에는 가까이 갈 필요가 없었던 것이다. 만약 죽지는 않고 어디를 다친다 해도 그것 역시 문제였다. 출세라는 것이 아무리 중하다 해도 몸과 바꿀 만큼 중한 것은 아니었다.

"예, 그러믄요. 의병은 초장에 씨를 말려야 하고말고요."

백종두는 우선 쓰지무라의 비위를 맞추며 난처한 자리를 모면하려고 했다.

"이제 그만 장사를 끝내고 싶소? 그럴 생각이면 당장 그렇게 해

주지."

하야가와의 목소리는 낮고 차가웠다. 목소리만큼 얼굴에도 서릿발이 돋아 있었다.

"아, 아니구만이라우. 지가 헌다고 혔는디도 그리됐구만요. 의병허는 놈덜이 원체로 독허니 짜고 돌아갔시니 어쩌겄는가요. 지끔꺼지 잘못얼 덮어주시면 앞으로넌 빈틈없이 잘허겄구만이라우. 앞으로 헐 일이 또 있잖은감요."

장덕풍은 허리를 굽실거리다 못해 두 손을 모으다시피 했다.

"좋소, 한번 더 두고 보겠소. 다시는 실수 없도록 하시오."

하야가와의 얼굴에 찬 웃음이 스쳐갔다.

다음날부터 일진회원들에게 군사훈련이 실시되었다. 헌병대에서 맡은 속성교육이었다. 무슨 일이든 '속성'이라는 것이 그렇듯 그 군사훈련도 정신을 차릴 수 없게 볶아치고 견뎌내기 어렵게 몰아쳤다. 그렇게 되자 회원들 사이에서 금방 불만이 생겨나기 시작했다.

"요거 사람 못살겄는디. 군인도 아닌 우리가 어찌 요런 생똥 싸는 고상얼 허는 것이제?"

"긍게 말이시. 요거 당최 사람 못살 일이로구만. 일진회에 첨 들어올 적허고넌 말이 달라진 것 아니라고."

"달라져도 많이 달라졌제. 요런 사람 잡을 고상시킨다고 어디 입이나 뻥끗혔간디, 갈수록 태산이시."

"이리 고상허는 거이 중헌 것이 아니여. 그 담이 더 큰일이제."

"무신 소리여?"

"무신 소리기넌! 이 훈련받고 난 담에 어찌 되었어. 싸우로 나가 알 것 아니라고. 싸우다가 죽어불먼 어찌 되제?"

"맞어, 우리도 수길이허고 삼남이맨치로 죽을란지도 모르제. 그리되면 죽는 놈만 억울허고 서러운 일이랑게로."

"수길이허고 삼남이넌 참말로 의병 손에 죽었을랑가?"

"아아니, 무신 자다가 봉창 뚜둘기넌 소리여 시방. 그리 안 죽었으면 즈그가 총 한 자리 들고 하늘로 솟았을 것이여 땅으로 꺼졌을 것이여. 그것이야 보나마나 총 뺏기고 의병헌티 죽은 것이랑게."

"그려, 우리도 그리 허망허니 죽을 수야 없는 일 아니라고? 일진회 든 것이 죽을라고 든 것이 아닝게로."

그들의 이런 이야기는 서로에게 음모로 작용했다. 그 결과는 대량 이탈로 나타났다.

그러나 그들의 눈치 빠른 행동은 결코 용납되지 않았다. 곧바로 헌병의 출동으로 이어졌다. 그들은 고스란히 헌병대에 잡혀 들어갔다.

"실컷 두들겨맞고 감옥살이를 하겠나, 열심히 훈련을 받겠나. 빨리빨리 골라잡아라, 골라잡아!"

짤막한 가죽채찍을 든 헌병대장의 부릅뜬 눈앞에서 그들의 선택은 너무나 뻔했다.

의병을 쫓는 회오리바람은 호남평야 곳곳에서 거칠게 일어나고 있었다. 의병을 없애려는 병력부터가 한두 가지가 아니었다. 새로 급파된 일본군 토벌대를 필두로 하여 주재소 병력이 뒤따랐고, 다시 그 뒤를 일진회원들이 떠받쳤다. 거기다가 정부의 명령을 받은 진위대는 진위대대로 총을 겨누고 나서는 바람에 세상은 살벌하게 변하고 말았다.

그런데 그 병력들은 의병만 쫓는 것이 아니었다. 의병을 쫓는 한편으로 마을마다 들쑤시고 돌아갔다. 그들이 한 마을에 들이닥쳐 찾는 건 그 마을에서 의병에 가담한 사람이 있는가 없는가였다. 한 사람이라도 있기만 하면 그 마을은 그만 난장판이 되었다.

먼저 의병에 가담한 사람들의 가족들이 당했고, 다음으로 동네 남자들이 조사를 받았다. 의병에 가담한 사람이 있는 경우 그 사실을 숨길 도리가 없었다. 남자가 없는 집은 금방 표가 났고, 집안 식구들이 어떻게 둘러붙인다 해도 총부리 앞에 겁먹은 누군가의 입이 그 사실을 실토하게 마련이었다.

일곱 사람이 집을 떠난 송수익네 마을은 그야말로 쑥밭이 되고 있었다.

지삼출의 아내 무주댁은 아이를 업은 채 일본헌병에게 머리채를 잡혀 마당으로 질질 끌려나왔다.

"아이고메 아이고 아이고……."

맨발로 잡아끌리고 있는 무주댁은 목이 늘어질 대로 늘어져 비틀거리며 비명을 질렀고, 등에 업힌 아이는 질겁을 하고 울어댔다.

헌병이 틀어잡은 머리채를 마구 흔들며 뭐라고 소리쳤다.

"니년언 미리보톰 다 알고 있었제!"

통변이 헌병과 똑같이 소리치며 옮긴 말이었다.

"아닌디요, 몰랐구만이라우."

무주댁의 대답은 그대로 울음덩이였다.

"바까야로!"

헌병이 욕을 내뱉으며 머리채를 마구 내둘렀다. 무주댁의 비명이 더 찢어지고 아이는 진저리를 치며 울어댔다.

"바로 말혀. 다 알고 있었제!"

"아니랑게요, 몰랐어라."

"칙쇼!"

헌병이 머리채를 앞으로 확 잡아챘다. 무주댁의 굽어진 몸이 휘뚱 앞으로 쏠렸다. 그때 헌병의 구둣발이 무주댁의 배를 걷어찼다.

"엄니!"

무주댁은 핏덩이를 토하는 것 같은 비명을 지르며 땅바닥에 곤두박였다. 아이의 울음소리가 숨이 자지러지는 듯 울렸다. 무주댁이 쓰러지는 순간 잡고 있던 머리채를 놓아버린 헌병이 또 뭐라고 소리쳤다. 그의 네 손가락 사이사이에는 무주댁한테서 뽑혀나온 머리카락이 헝클어진 채 끼여 있었다. 그는 소리를 지르고 나서 자기의 손을 흘낏 내려다보았다. 그리고는 더럽다는 듯 상을 찡그리며 손바닥을 바지에 대고 두어 번 털었다. 손가락 사이를 빠져나온 헝클어진 머리카락들은 실바람을 타며 느릿느릿 떨어져내리고 있었다.

"미리서 다 알고 있었제."

통변이 또 소리쳤다.

"아니랑게요, 아니……."

눈을 홉뜬 무주댁은 입을 달싹거렸다. 그러나 그 소리는 너무 가늘어 경기를 일으키듯 울어대는 아이의 울음소리에 묻히고 말았다.

"저어, 기절을 한 것 같은데요."

통변이 무주댁을 유심히 내려다보며 말했다.

"가자, 다음 집으로!"

헌병이 무주댁에게 침을 내뱉으며 돌아섰다. 그 뒤를 그의 부하들과 통변이 우르르 따라나갔다.

무주댁은 정신을 가물가물 잃어가고 있었다. 얼굴에서 흘러내린 피가 땅바닥을 적시고 있었다.

헌병들은 송수익의 집으로 들이닥쳤다. 그들은 대문이 열리기를 기다리지 않고 구둣발로 내지르고 개머리판으로 쳐서 열어젖혔다.

"어떤 놈덜이 이리 소란이냐. 썩 물러가그라!"

마당으로 뛰어든 그들에게 먼저 던져진 카랑한 호령이었다. 그 소리에는 찬 기운이 서려 있었다.

"저 늙은 년이 뭐라는가?"

주춤 멈춰선 헌병대장이 앞쪽을 쏘아보며 통변에게 물었다.

댓돌 위 마루끝 중앙에는 나이든 여자가 드림줄을 붙들고 꼿꼿하게 서 있었다. 모시 치마저고리를 단정하게 차려입은 그 여자의 얼굴은 호령한 목소리만큼 차게 굳어져 있었다. 그 뒤쪽 옆으로 두 손을 앞에 모아잡은 젊은 여자가 반듯하게 서 있었다.

"뭐라고! 저 늙은 년이 어디다 대고 감히 그따위 호령이란 말이냐. 저게 톡톡히 맛을 봐야 정신을 차릴 거다."

헌병대장이 벌컥 화를 내며 앞으로 내달으려고 했다.

"대장님, 잠깐 참으십시오."

통변의 다급한 말이었다.

"뭐야!"

헌병대장이 얼굴을 일그러뜨리며 눈을 치떴다.

"저 늙은이는 다른 여자들처럼 심하게 대해선 곤란합니다."

"그게 도대체 무슨 소리야."

헌병대장의 얼굴이 더 험악해졌다.

"저 늙은이는 양반입니다."

"양반? 의병을 일으킨 집구석인데 그까짓 게 무슨 상관인가. 의병을 일으켰으면 양반이고 상놈이고 다 처단이다!"

헌병대장은 긴 칼을 홱 뽑아들며 외쳤다. 칼날이 햇빛에 번쩍했다.

"그건 압니다만 대장님, 이 집안은 예사 양반이 아니라서 그럽니다."

"예사 양반이 아니라니. 누가 높은 벼슬이라도 하고 있단 말인가?"

헌병대장의 반응이 조금 달라졌다.

"벼슬은 잘 모르겠고, 하여튼 문중의 힘이 아주 큽니다. 다른 여자들처럼 다뤘다가는 문중이 다 들고일어나 시끄러워질 게 틀림없습니다."

"그러니 그냥 돌아가잔 말인가?"

"그게 아니고 그러니까…… 때리지 말고 그냥 잡아다가 취조를 하는 게 뒤탈 없이 좋지 않을까 싶습니다."

"그 방법도 나쁘진 않겠지."

헌병대장은 통변의 말뜻을 알아듣고 마음이 움직이고 있었다. 그는 조선의 힘쓰는 양반가문들의 영향력에 대해 여러 번 들은 바가 있었던 것이다.

"좋소, 잡아다가 취조하도록 하지."

태도를 바꾼 헌병대장은 부하들에게 체포하라는 신호를 했다. 대여섯 명의 헌병들이 마당을 가로질렀다.

"이놈덜아, 물러서라! 왜놈덜이 감히 어디라고 날치는 거냐."

여전히 카랑한 호령이었다.

그러나 헌병들은 더는 주춤거리지 않고 구둣발로 마루로 뛰어올랐다.

헌병들의 힘을 이겨내지 못하고 송수익의 어머니 이씨와 아내 안씨는 결박을 당했다.

한편, 태인에서 깃발을 올린 최익현 휘하의 의병들은 남동쪽으로 행군진로를 잡아나가고 있었다. 몇 가지 필연적인 이유 때문이었다.

첫째, 신속하게 평야지대에서 벗어나야 했다. 무장이 열세한 형편에 은폐물이 거의 없는 들녘에서 싸운다는 것은 더없이 무모한 일이었다. 둘째, 일본군과 관군의 집결지인 전주에서부터 멀어지는 동시에 적들을 산악지대로 유인하자는 것이었다. 셋째, 이동하는 동안에 호응해 오는 사람들을 더 받아들이면서 무장도 보강시키려는 것이었다. 넷째, 장대한 지리산 줄기를 등에 업는 한편으로 전라남도의 의병세력과 합세하려는 계획이었다.

그들은 정읍을 거쳐 내장산 줄기를 넘었다. 임실군땅을 밟아 순창군으로 접어들었다. 동네마다 그들을 환영했고, 가담자들이 자꾸 불어났다. 그들은 앞뒤를 철저하게 경계해 가며 이동을 계속했다. 의병대원들의 사기는 높았다. 총에 비해 무장은 비록 볼 것이 없었더라도 마을에서마다 베푼 후대가 그들의 사기를 드높이고 있었다.

대창이나 연장을 들었을 뿐인 대원들 사이에서 총을 멘 지삼출은 단연 돋보였다. 대원들은 누구나 지삼출을 부러워했다. 그는 많은 대원들 사이에서 금방 유명해졌다. 유일하게 총을 가졌기 때문만이 아니었다. 총을 빼앗은 무용담이 퍼져나가면서 사람들은 혀를 내두르게 되었다.

손판석도 유명해지기는 지삼출과 마찬가지였다. 그러나 총을 갖지 못해서 사람들의 눈길을 끌지는 못했다.

지삼출의 총은 모든 대원들에게 정신무장을 시키는 효과를 발휘하고 있었다.

누구나 용감하기만 하면 총을 가질 수 있다는 사실이었다.

"하아 그것 참! 나도 일진회놈덜이 총 미고 댕기는 것얼 여러 번 봤는디 말이여, 그리 꾀써서 뺏을 생각얼 못했당게."

"무서와 살살 피허기만 힜겄제."

"옛끼, 무신 소리여!"

"일진회놈덜이 무서왔음사 의병에 나섰을라고."

"이, 자네가 내 맘 아능마."

"내 말이야 장난이고, 앞으로 또 일진회놈덜 만내게 되겄제. 그 때 뺏세."

"아먼, 그래야제."

대원들이 모여앉아 나누는 다짐이었다.

그들 의병은 순창에 이르렀다. 거기서 임병찬은 부대를 반으로 나눠 전라남도땅 담양으로 가기로 했다.

임병찬이 부하들을 이끌고 출발하다가 돌발사태에 직면했다. 앞을 가로막는 적들과 맞부딪친 것이다.

일본군들은 총을 쏘아대며 공격해 왔다.

원시무장일 뿐인 의병들로서는 당해낼 도리가 없었다.

"모두 물러서라! 속히 물러서라!"

임병찬의 다급한 명령이었다.

임병찬의 부대는 황급히 후퇴해서 본대와 합류했다. 그러나 본대도 적들과 대치해 있는 상태였다. 지휘관들은 그때서야 부대가 적들에게 포위당했다는 것을 알았다.

"맞서 싸우는 수밖에 다른 도리가 없는 일이오. 싸우되 총 앞에 정면으로 대들지 말고, 소부대로 분산해서 포위망을 돌파하며 산으로 피하는 게 좋겠소. 우선 위기를 모면하고 산에서 재집결하는 것이오. 내 생각은 이런데, 말씀들 있으면 하시오."

임병찬이 아래 부대장들을 둘러보았다.

열 명의 부대장들은 비장한 얼굴인 채 그 누구도 입을 열지 않았다. 거기에 송수익과 임병서도 끼여 있었다.

"그 방책이 좋겠소. 지금으로서는 인명을 살려내는 것이 급선무요."

총대장 최익현의 침통한 말이었다.

"예에, 그리 결행하겠사옵니다."

학문으로는 제자인 임병찬이 머리를 조아렸다.

임병찬의 명령에 따라 부대장들이 제각기 흩어졌다. 송수익은 총대장을 호위하는 부대를 맡은 임병서에게 눈으로 말을 남기고 자신의 부대로 돌아갔다.

적진의 총성은 멎어 있었다. 대열을 정비하는지 작전을 짜는지 모를 일이었다. 송수익은 그 정적에 신경쓰며 적의 수가 얼마나 될까, 탈출구를 어느 쪽으로 잡아야 할까를 생각하고 있었다.

의병의 수는 400이었다. 적이 100이라 해도 승산이 없는 싸움이었다. 그런데 적에는 일본군만이 아닌 관군도 섞여 있었다. 송수익은 신음을 씹었다.

탕! 따당! 탕탕!

사방에서 총성이 울리기 시작했다. 그런데 그 총소리들은 너무나 가까웠다. 송수익은 순간적으로 정적의 의미를 깨달았다. 적들은 포위망을 조여오느라고 숨죽이고 있었던 것이다.

"엎드려라, 바짝 엎드려!"

송수익은 당황하는 대원들을 향해 외쳤다. 대원들은 미리 일러둔 대로 자기들이 주워모은 돌멩이들을 싸안듯 하며 엎드렸다.

적들은 총만 쏘는 것이 아니었다. 여기저기서 소리까지 질러대고 있었다. 그 괴상하게 들리는 외침들이 이쪽의 사기를 죽이려는 것임을 송수익은 금방 알아차렸다.

"겁내지 마라. 겁내지 말고, 내가 영을 내리면 쉴새없이 돌을 던져라!"

송수익은 대원들에게 다시 명령했다.

탕! 타당! 탕탕!

"으악!"

"아이고메!"

"어엄니이―."

총소리가 계속되는 속에 여기저기서 비명과 아우성이 터져 올랐다. 그때마다 삼베옷을 입은 사람들이 고꾸라지고 나뒹굴어지고 있었다.

적들은 점점 가까워지고 있었다. 총끝에 꽂힌 칼들이 햇빛을 받아 섬뜩섬뜩하게 빛을 되쏘고 있었다. 송수익은 적들을 노려보며 숨을 몰아쉬었다. 정면으로 다가오고 있는 적들은 그다지 많지 않았다. 대여섯 명이 옆으로 줄서기를 해서 총질을 하고 있었다. 송수익은 적들이 좀더 가까워지기를 기다리고 있었다.

"아노야쓰다찌 니게루조(저놈들 도망간다)!"

"민나 쓰까마에로(모두 잡아라)!"

"야쓰라 민나 고로시떼시마에(새끼들 다 죽여버려라)!"

이런 고함과 외침이 총소리와 함께 뒤엉키고 있었다. 의병들이 여기저기서 포위망을 뚫기 시작했던 것이다.

"저놈덜 잡아라아!"

"한 놈도 냄기지 말고 다 죽여라!"

일본말에 뒤섞이고 있는 외침이었다. 그건 조선관군들이 지르는 소리였다.

"돌을 던져라, 돌!"

송수익은 자기가 먼저 돌을 내쏘며 대원들에게 외쳤다.

그때까지 엎드려 있던 대원들이 일제히 몸을 일으키며 적들을 향해 돌들을 퍼부었다. 40명의 대원들은 제각기 앞에 모아두었던 돌멩이를 정신없이 팔매질해 대고 있었고, 적진에서는 총소리 대신 비명이 터지고 있었다. 갑작스럽게 돌공격을 당한 적들의 전열에 혼란이 일어나고 있었다.

송수익은 그 상황을 놓치지 않았다.

"왼쪽으로 뛰어라, 왼쪽!"

송수익이 앞으로 내달으며 소리쳤다. 그의 양쪽 옆을 지삼출과 서너 명이 에워싸듯 하며 뛰고 있었다. 그들의 뒤를 따라 대원들이 앞다투어 뛰기 시작했다.

그들의 뒤에서 일본말 외침이 어지럽게 엉켰다. 그리고 총소리가 울리기 시작했다.

총알은 뛰고 있는 의병들의 등뒤에서 날아오고 있었다. 제각기 흩어진 송수익의 부대원들은 앞에 놓인 산을 향해 내달리고 있었다. 짚신이 벗겨지고 상투가 풀어진 채 그들은 사생결단 달리고 있었다.

그러나 총알은 그들을 앞질렀다. 한 사람, 두 사람 등에 총을 맞고 쓰러져갔다. 다른 사람들은 그대로 달릴 수밖에 없었다. 일본군들이 뒤쫓아오며 총을 쏘아대고 있었던 것이다.

송수익의 부대는 산속으로 파고들어서야 일본군을 따돌릴 수 있었다. 인원점검을 하고 난 송수익은 어금니를 맞물며 눈을 질끈 감았다.

무사한 사람은 스물여섯이었다. 나머지 14명은 죽었거나 총상을 입은 것이었다. 송수익은 눈을 뜰 수가 없었다. 뒤에서 들려오던 비명소리들이 아직도 귓속에서 쟁쟁히 울리고 있었다. 그들을 뒤에 남겨둔 채 앞만 보고 뛸 수밖에 없었던 죄책감이 가슴을 눌러오고 있었다.

송수익네 부대는 산속을 헤매다녔다. 일본토벌군을 피해가며 다른 부대를 만나기 위해서였다. 나흘째 되는 날 아홉 명으로 된 부대를 만났다.

송수익은 하늘이 무너지는 충격에 부딪혔다. 그날 최익현과 임병찬이 체포되었고, 절반 이상이 죽었다는 것이었다.

"모르겠소, 우리같이 살아난 사람이 백이나 될랑가……."

목이 잠겨드는 소리였다.

송수익은 먼 하늘만 응시하고 서 있었다.

그날 일본군에게 생포된 사람들은 100여 명이 넘었다. 그들은 고스란히 일본군 손으로 넘어갔다. 일본군은 당연히 자기네들 포로로 취급했고 그에 대해 관군 쪽에서는 일언반구도 하지 않은 결과였다.

일본헌병들은 며칠에 걸쳐서 생포자들을 심문했다. 심문이라는 것은 바로 혹독한 고문이었다.

"대라, 빨리 대! 네놈 부락에 박힌 연락원이 누군지 빨리 대라니까."

그들은 이런 강요와 함께 무자비한 매질을 가했다. 그들의 매질은 부상자라고 해서 사정을 보아주지 않았다. 총상을 입은 사람들은 매타작을 견디지 못해 줄줄이 죽어갔다.

고문을 다 끝낸 헌병들은 생포자들을 동네별로 구분했다. 그리고 그들을 끌고 각 동네로 찾아갔다.

"애들이고 뭐고 단 한 사람도 빠짐없이 다 몰아내라."

헌병대장의 명령이었다.

헌병들은 공포를 쏘아대며 집집마다 뒤지고 다녔다. 어른 아이 할 것 없이 모두 총구 앞에 떠밀렸다. 들에서 일을 하던 사람들까지도 잠방이를 걷어올린 다리에 진흙을 묻힌 채 끌려왔다.

지삼출네 마을 사람들은 뒷산자락으로 밀려들었다. 그들은 거기에서 두 사람을 발견했다. 두 사람은 나무에 묶여 고개를 떨구고 있었다. 그러나 그들은 참나무에 묶여 있는 것이 버들이 아버지 강서방이고, 소나무에 묶여 있는 것이 왕방울눈 주성춘이라는 것을 금방 알아보았다. 그렇지만 그들은 하나같이 얼어붙어 있을 뿐 그 누구도 입도 달싹하지 못했다.

그때 한 여자가 울부짖으며 사람들 사이에서 뛰쳐나왔다.

"아이고 버들 아부지이, 요것이 어쩐 일이당게라!"

그 여자는 참나무를 향해 허겁지겁 뛰고 있었다. 그 뒤를 네댓 살 먹은 계집아이가 아앙 울음을 터뜨리며 종종걸음을 치고 있었다.

"바까야로!"

헌병 하나가 그 여자의 앞을 가로막으며 총을 휘둘렀다. 개머리판이 그 여자의 가슴팍을 후려쳤다.

"엄니이!"

그 여자가 비명을 토하며 비틀했다. 그리고 풀밭에 푹 고꾸라졌다.

"엄마아야아 —."

뒤따르던 계집아이가 질색을 하고 울며 제 어머니를 붙들었다.

헌병 두 명이 여자의 양쪽 팔을 하나씩 잡더니 질질 끌었다. 정신을 잃은 여자의 몸은 축 늘어져 끌렸고, 계집아이는 제 어머니의 치마깃을 붙들고 걸으며 더 크게 울어대고 있었다.

참나무에 묶인 강 서방은 이빨을 응등문 채 그 광경을 노려보고 있었다. 수척한 그의 얼굴 여기저기에는 피멍이 잡혀 있었고, 눈에서는 살기가 뻗치고 있었다.

주성춘의 아내 만경댁은 다섯 살 난 아들의 손을 꽉 붙들고 와들와들 떨고만 있었다. 마음이 약한 그녀는 남편을 알아보는 순간 가슴이 내려앉았던 것인데, 버들이 어머니가 당하는 것을 보자 그만 정신이 아찔해지고 말았던 것이다.

헌병대장이 마을사람들 앞으로 나섰다.

그는 긴 칼을 획 뽑아들며 뭐라고 소리쳤다. 그리고 그 칼을 휘둘러대며 무슨 말인가를 해나갔다.

"다들 똑똑히 들어라. 우리 일본제국은 조선이 원해서 조선을 보호해 주고 있다. 우리 헌병과 군인들이 집을 떠나 조선땅에 와서 고생하는 것도 다 너희들을 보호해 주기 위해서다. 그런데 그 은혜에 고마워하고 보답할 생각은 하지 않고 오히려 우리를 죽이겠다고 나서는 폭도들이 있다. 바로 저기 저런 놈들이다. 저런 놈들은 조선의 국법을 어긴 죄인이고, 우리의 생명을 노린 원수들이다. 우린 앞으로도 저런 배은망덕한 놈들은 절대로 용서하지 않는다. 저런 놈들의 최후가 어떤지 똑똑히 봐둬라."

통변이 옮긴 말이었다.

헌병대장이 칼을 뻗치며 소리쳤다. 헌병 넷이 민첩한 동작으로 줄을 섰다.

"쓰쓰께(찔러)!"

헌병대장이 칼을 내려치며 외쳤다.

칼들이 꽂힌 총을 꼬나잡은 헌병 넷이 앞으로 달리기 시작했다.

사람들의 숨이 멎었다. 남자들은 눈을 부릅떴고, 여자들은 눈을 질끈 감았다.

두 목소리의 비명이 길게 찢어졌다. 두 개씩의 총창이 두 사람의 가슴이며 배에 박히고 있었다.

네 헌병은 제각기 총창을 뺐다. 기합소리와 함께 그들은 다시 총을 내뻗쳤다. 총창들이 다시 두 사람의 가슴팍이며 복부를 파고들었다. 두 사람의 몸뚱이가 강한 경련을 일으키며 새로운 비명이 엉 컸다. 네 헌병은 다시 총창들을 뺐다. 처음 찔렸던 자리에서 시뻘건 피가 솟으며 옷을 적셔내리고 있었다. 헌병들이 기합을 넣으며 또 다시 총창을 꽂았다. 두 사람의 목이 떨구어지고 몸뚱이가 처져내 리며 비명도 더 들리지 않았다. 헌병들은 제각기 총창을 뺐다. 두 사람의 몸은 피로 낭자하게 물들고 있었다.

헌병대장은 다시 사람들을 향해 뭐라고 목청을 높이고 있었다.

"저 시체는 우리의 허락이 있기 전까지는 절대로 치워서는 안 된 다. 만약 손대는 놈이 있으면 그놈 손목은 이 칼로 잘라버릴 것이 다. 두 손목이 잘려 평생 병신으로 살고 싶은 놈들은 저 시체를 치 워도 좋다."

통변이 또렷하게 옮긴 말이었다. 헌병들이 떠나갔다.

"어허! 요것이 무신 일이여……."

"허어! 우리 꼴이 머시여……."

남자들은 가슴 터지는 탄식을 토해냈다. 그 소리들은 그대로 울 음이었다. 어떤 남자는 가슴을 치며 주저앉았고, 어느 남자는 이빨 을 갈아붙이며 부들부들 떨었다. 대부분의 남자들은 기운이 다 빠 진 듯한 몸으로 멍하니 서 있었다.

여자들 사이에서는 소란이 일어나고 있었다.

"어찌 이리 안 깨나는고."

"얼렁 집으로 업어가세."

"아니시, 아녀. 찬물보톰 떠와야 허네."

"잉, 그러겄구마. 니 얼렁 찬물 떠오니라."

여자들은 풀밭에 누워 있는 두 여자를 에워싸고 있었다. 강 서방의 아내와 만경댁은 남편들이 총창에 찔리는 순간 까무러쳐버렸다. 그리고 그때까지 깨어나지 못하고 있었다.

날이 저물어가면서 마을사람들은 정신을 수습해 나갔다. 의논 끝에 남자들이 번갈아가며 시신을 지키기로 했다. 그들이 쉽사리 마음을 모은 것은 이웃간의 정리도 정리였지만 자신들은 의병에 나서지 않았다는 면목 없음과 죄스러움이 암암리에 작용한 탓이었다.

그날 밤부터 시신 멀찍이에 모깃불을 겸해 불을 지피고 여섯 명의 남자들이 시신을 지켰다. 개구리들의 울음소리가 멀리서 와글 와글 끓고 파르스름한 반딧불이들이 느리게 날며 여름밤이 깊어 가고 있었다. 흐릿한 불빛 속에 두 시체는 그 형체를 드러내고 있었다. 그들의 옷에 밴 변색된 피는 거의 검게 보였다.

여섯 명의 남자들은 말이 없이 줄담배를 피우고 있었다. 시체에서 풍기는 피비린내 때문이었다.

"다른 사람덜언 다 어찌 됐을랑고?"

어떤 사람이 무겁게 입을 열었다.

"답답헐 일이제. 순창쌈터에 총 맞어 숨 끊긴 사람들이 늘핀혔 다는디."

"또 갑오년 그해 같앴는감마."

"그랬을 것이네. 총도 없이 싸운 쌈잉게 참말로……."

"그때나 이때나 왜놈덜허고 쌈은 호랭이허고 퇴깽이 쌈이 아니 겄소."

"근다고 손끝 맺고 앉어서 당허기만 히서 되간디. 우리야 입이 열이라도 헐 말 없는 사람들잉게."

"그나저나 장마가 들먼 야단이시. 그전에 어찌 일이 풀려야 헐 것인디."

"긍게 말이시. 왜놈덜언 인종 중에 질로 못된 인종덜이여."

두어 사람이 하늘을 올려다보았다. 다른 사람들도 따라서 고개를 젖혔다. 바로 머리 위에서 흘러야 할 은하수가 보이지 않았다. 그 위쪽으로 자리잡은 북두칠성도 보이지 않았다. 갠 날 밤이면 하늘이 처져내리도록 흐드러지게 매달리던 별들이 그저 띄엄띄엄 보일 뿐이었다. 그들은 마음이 무거워져 다시 곰방대만 빨아댔다.

강 서방의 아내 정읍댁은 찬물을 끼얹어 만경댁보다 먼저 깨어나긴 했지만 개머리판에 얻어맞은 가슴이 결려 몸을 가누지 못했다. 얼굴이 부슥부슥 부어오른 정읍댁은 앓는 소리 사이사이에 남편을 부르며 베갯잇을 적시고 있었다.

그러나 만경댁은 밤이 깊을 때까지 깨어나지 못하고 있었다. 정신을 못 차리는 어머니 옆에서 칭얼거리던 아들은 제물에 지쳐서 잠이 들었고, 만경댁은 이웃여자 셋이서 지키고 있었다.

날이 밝으면서 마을에 새로운 소문이 퍼지고 있었다. 만경댁이 실성기를 보인다는 것이었다.

그 충격으로 편안한 잠을 잔 마을사람들은 거의 없었다. 어른들이 손바닥으로 눈을 가리거나 치마폭에 감싸고 해서 아이들이나 겨우 제대로 잤을 뿐이다. 어제의 끔찍스런 장면들을 다시 잠결에서 보아가며 잠을 설친 사람들에게 만경댁의 실성기 소문은 무거운 근심이고 괴로움이 되었다.

"저 일얼 어쩌야 헐랑고."

"만경댁이 본시 맘이 창호지 같앴응게."

"근디 그 징헌 꼴얼 당했시니……."

"큰탈이네, 만경댁 불쌍히서……."

우물가에 모여선 여자들은 모두가 만경댁 이야기였다. 한 여자가 물동이를 이고 떠나면 다른 여자가 새로 오고 해서 그 이야기는 꼬리에 꼬리를 물고 이어졌다. 여자들은 누구나 울상을 지었고, 진한 한숨을 내쉬었고, 눈시울이 뜨거워졌다.

만경댁의 실성기는 소문대로였다. 눈부터가 전날의 눈이 아니었다. 안개가 낀 것 같기도 하고 졸음에 젖은 것 같기도 한 눈으로 꿈속을 보는지 헛것을 보는지 초점이 잡히지 않았다. 멍청해진 눈으로 앞에 앉은 사람을 알아보지 못했고, 핏기 없는 얼굴로 연상 히죽히죽 웃으며 입으로는 알아들을 수 없는 소리를 중얼거렸다.

그러다가 갑자기 소리를 지르며 허겁지겁 방구석으로 몸을 틀어박았다. 그럴 때면 얼굴은 파랗게 질리고 홉뜬 눈에는 핏발이 돋았다. 어쩌면 그때는 총창에 찔리는 남편을 보는지도 모를 일이었다. 한동안 부들부들 떨며 소리를 지르던 그녀는 머리카락을 쥐어뜯으며 꺼이꺼이 울거나 피그르 쓰러지며 잠이 들기도 했다.

"쯧쯧쯧…… 젊은것이 큰탈났네."

"돈이 없으니 의원헌티 뵈지도 못허고."

"종기가 아닌디 실성기 잡는 의원이 어디 있드라고."

"무당굿얼 히보면 안 나슬랑가?"

"이런 실성기에넌 무당도 헛짜여. 귀신이 붙어 일어난 실성기가 아닌디."

"저러다가 지정신이 돌았으면 좋겄는디."

"그리만 됨사 좋제. 근디 실성기라는 것이 갈수록 힘해지고 궂어지는 것이 예사인 못된 병이게로."

"긍게 말이시."

만경댁을 지키고 앉은 여자들은 자기네의 속수무책에 더욱 애가 탔다.

비를 머금은 구름이 잔뜩 낀 채 날씨는 며칠째 무더웠다. 대낮에 쥐새끼들이 소란스럽게 찍찍거리고, 참새떼들이 낮게 날며 부산을 떨어대더니만 점심때가 지나면서 빗방울이 후둑후둑 듣기 시작했다. 사람들은 장맛비의 시작이라는 것을 알았다.

시름시름 앓고 있던 정읍댁은 빗발이 드세져서야 비가 온다는 것을 알았다.

"워메, 안 돼야!"

정읍댁은 벌떡 몸을 일으켰다. 몸을 반쯤 일으키다 말고 그녀는 가슴을 붙안으며 옆으로 쓰러졌다. 가슴이 빠개지는 것 같은 통증이 솟구치며 숨이 막혔던 것이다. 그녀는 신음을 물며 가까스로 몸을 일으켰다.

방을 나와 거센 빗발을 본 정읍댁의 눈빛이 달라졌다. 그녀는 허둥지둥 토방으로 내려섰다. 그리고 빗속으로 뛰어들어 헛간으로 내달렸다.

헛간에서 나온 그녀의 품에는 짚단 서너 개가 안겨 있었다. 그녀는 빗속을 뛰기 시작했다.

"안 되제, 비럴 맞으면 안 되제……."

빗속을 정신없이 뛰어가며 그녀가 쉼없이 되씹고 있는 말이었다.

두 시체 위에는 급조된 비가리개 지붕이 만들어져 있었다. 시신을 지키던 남자들이 비 올 낌새를 채고 나무를 기둥 삼아 만든 것이었다.

"저것이 누구여!"

한 남자가 이쪽으로 뛰어오고 있는 여자를 가리켰다.

"짚단얼 안 들었다고? 이, 정읍댁이시."

"어허, 서방님 비 안 맞힐라고."

"안 되네, 여그 가차이 못 오게 막소. 이 험헌 꼴 새로 보먼 큰일 난게."

세 남자가 정읍댁을 향해 뛰어갔다.

"비 안 맞게 우리가 발써 지붕 다 맹글어놨응게 정읍댁언 그냥 가도 되는구만이라."

"그거이 참말인게라우?"

"하먼이요. 걱정 말고 얼렁 가씨요."

"기왕 온 짐에 보고 갈라요."

"어허, 보면 머헐 것이요."

남자들이 정읍댁을 막아섰다.

"보고 갈라요, 내 남정넨디."

정읍댁은 남자들을 떼밀었다. 그러나 남자들은 꿈쩍도 하지 않았다. 온몸이 비에 젖은 정읍댁은 그 자리에 철퍽 주저앉았다. 통곡이 터져나왔다.

비는 날마다 내렸다. 장대비로 좍좍 쏟아지는가 하면, 궂은비로 추적추적 내리기도 했고, 가랑비로 사운사운 날리거나, 이슬비로 가늘가늘 뿌리다가 느닷없이 천둥이 울리고 번개를 치며 폭우를 퍼부어대기도 했다.

날이 후텁지근한 속에 비가 끊임없이 내리다 보니 이틀을 못 넘겨 사방은 습한 기운으로 가득 찼다. 방 안은 눅눅했고, 짚단은 축축했으며, 옷에서는 쉰내가 풀풀 풍겼고, 보리밥은 점심때를 넘기기 어렵게 쉬기를 잘했다.

장마 나흘째를 넘기며 시체를 지키는 사람들은 난감해져 있었다. 언제까지 그런 식으로 지내야 할 것인지 걱정이 컸던 것이다. 시체에서는 처음의 피비린내만이 아닌 역한 냄새가 점점 심하게 풍겨나오고 있었다. 무더운 날씨에 장마까지 겹쳐서 시체는 하루가 다르게 썩어가고 있었다. 비를 막는다고 막았지만 임시변통으로 엮은 지붕으로는 줄기차게 내리는 비를 감당해 낼 도리가 없었던 것이다. 두 시신은 비까지 맞게 되니 그 형상이 흉해지면서 부패도 더 빨라지고 있었다.

그리고 그들은 지쳐가고 있었다. 밤잠을 못 자는 데다가 비 때문에 불을 피울 수 없게 된 어둠 속에서 시체를 지킨다는 것은 여간한 고역이 아니었다. 그렇다고 그 누구도 시체를 풀어내 장례를 치르자는 말은 꺼내지 못했다.

언제까지 그런 식으로 시체를 지켜야 하는지 몰라 그들은 애가 탔다. 그러나 그들로서는 아무런 해결책이 없었다. 누군가가 헌병대에 찾아가서 이제 그만 장례를 치르게 해달라고 사정해 보자는 의견을 내놓았다. 그러나 사람들은 그 말에 선뜻 마음을 합치지 못했다. 그들은 거의가 헌병대에서 들어주지 않으리라는 생각을 가지고 있었다. 헌병대에서 장례를 치르지 못하게 한 것은 죽은 사람을 애먹이자는 것보다는 살아 있는 사람들을 애먹이자는 목적이라는 것을 그들은 알고 있었던 것이다.

그들은 그런 근심을 앓으면서 또 날마다 한 차례씩 가슴 아린 일을 겪어야 했다. 강 서방의 아내 정읍댁이 주룩주룩 비를 맞고 와서 남편을 만나겠다고 몸부림치고 통곡하는 것이었다. 정읍댁도 만경댁처럼 실성하게 될까 봐 그들은 한사코 정읍댁을 막아냈다. 그러나 젊은 여자의 처연한 몸부림은 그들의 가슴에 슬픈 장마가 들게 만들었다.

"다 물러스랑게라. 내 남정네 내 손으로 묻어주고 나도 죽을라요. 왜놈이고 헌병이고 무선 것 암것도 없단 말이어라."

정읍댁의 이런 통곡 앞에서 남자들은 얼굴을 들지 못했다.

만경댁은 만경댁대로 실성기가 심해지고 있었다. 집을 뛰쳐나가기 시작했던 것이다. 얌전하게 앉았다가도 발작을 일으키게 되면 그 기운을 서너 여자가 당해내지 못했다. 눈에 파란 불을 켜고 집을 뛰쳐나간 만경댁은 신 내린 무당이 춤을 추듯 하며 빗속을 갈고 다녔다. 그런 만경댁을 바라보고 있는 동네여자들의 가슴에도 슬픈 장마가 지고 있었다.

그러는 가운데 빗줄기 사이를 뚫고 믿기 어려운 소문이 들려왔다. 의병들이 임실 쪽에서 주재소를 습격해서 일본헌병 넷과 조선사람 둘을 몰살시키고 총을 다 뺏어갔다는 것이었다.

그 소문을 듣고 남모르게 몸 바르르 떨며 기운을 차린 것은 지삼출의 아내 무주댁이었다. 무주댁은 그 소문을 남편이 살아 있다는 소식으로 들었던 것이다. 그녀는 남편이 그리 쉽게 죽을 사람이 아니라는 것을 굳게 믿고 있었다. 무슨 확실한 근거가 있는 것은 아니었다. 함께 살아오는 동안에 생긴 믿음이었다.

무주댁은 소식이 없는 다섯 사람 모두가 살아 있기를 간절하게 빌었다.

"어이, 그 사람덜이 우리 남정네덜이 아닐랑가?"

손판석의 아내 부안댁이 찾아와 무주댁에게 속삭였다. 부안댁 생각도 무주댁 생각과 같았던 것이다. 무주댁은 부안댁의 손을 꼭 잡으며 고개를 끄덕이는 것으로 가슴 깊은 말을 대신했다.

강 서방과 주성춘의 장례는 이레 만에 치르게 되었다. 닷새째에 노인네들을 앞세워 남자들이 헌병대를 찾아갔고, 헌병대에서는 조건을 붙여 장례를 허락했다.

앞으로는 그 누구도 의병에 가담하지 않겠다는 서약이었다. 그 서약서에 동네남자들은 빠짐없이 손도장을 눌렀다.

두 사람의 장례비용은 송수익의 어머니 이씨가 전부 내놓았다.

16

신작로

남쪽은 이미 의병투쟁의 열기에 휩싸였고, 그 기운은 이제 북쪽으로 퍼져가게 되어 있었다. 그 위기를 명확하게 파악한 통감부에서는 그 대비책을 신속하게 서둘렀다.

그 첫 번째 조처가 통감부 법무원 관제의 제정이었다. 그것은 다름 아닌 사법권의 장악이었다. 두 번째의 조처가 고문경찰제의 대폭적인 확장이었다. 전국 곳곳에 800명의 고문경찰과 550여 명의 이사청 경찰을 배치했다.

그런 조처에 발맞추어 궁중경위권을 강탈함과 동시에 궁금령(宮禁令)을 발포했다. 그에 따라 조선사람들의 궁중 출입이 제한·통제를 받게 되고, 이름뿐인 황제폐하는 이제 죄인과 다를 바 없는 감금상태에 빠지게 되었다. 또한 일본에서는 반도땅에 대한 이민조례를 정식으로 공포하기에 이르렀다. 그건 자기네 국민들을 반도땅에 이주시켜도 생명과 재산을 지키는 데 아무런 염려가 없도록 모든 조직을 갖추었다는 것을 입증하는 것이었다.

이민법 시행의 영향은 즉각적으로 나타났다. 한 달쯤 지난 8월 중순경부터 이미 터를 잡은 항구마다 일본사람들의 가족단위 이주가 시작되었다. 그중에서도 군산항은 특히 심했다.

이동만은 날마다 요시다의 지시에 따라 움직이느라고 늦더위 속을 허덕거리며 부산하게 돌아갔다. 이동만이 거의 날마다 새롭게 받은 지시는 부두로 마중을 나가는 것이었다. 배에서 쏟아지는 일본인들 중에서 자기네 회사에 속한 사람들을 찾아내 일단 여관까지 안내하는 것이 그가 맡은 임무였다.

그런 일을 맡은 것은 이동만뿐만이 아니었다. 이미 농토를 확보해 가며 군산의 농장조합에 가입한 회사에서마다 그런 사람들이 부두에 나왔다. 그들은 배를 기다리게 될 때면 가끔 한담을 나누기도 했다.

"그 회사에넌 얼매나 왔소?"

"열 집얼 발써 넘었고, 시무 집이 다 차갈 것이오."

"회사마동 이 무신 일인지 몰르겄소. 일본에 비해 우리 조선땅이 살기가 좋기넌 존 모양이제라?"

"아매 그러기도 헐 것이오. 일본이야 습기가 많이 차 항시 끕끕허고 축축히서 살기가 영 지랄 같다고 안 헙디여."

"긍게 게다 신고, 다다미방이서 자는 것 아니겄소. 근디 말이오, 일본사람덜이 이리 몰려들어서넌 큰탈 안 나겄소? 돈벌이로 왔다

갔다허는 장시덜이 아니라 아조 오래 자리잡고 살 농사꾼덜인디."

"무신 소리요?"

"무신 소리기넌. 농장마동 이리 일본농꾼덜 불러딜여 농사럴 짓게 되면 논 없이 소작얼 얻어부쳐야 허는 조선사람덜이 어찌 되겠냐 그 말이오."

"이, 무신 소리라고. 즈그 논 갖고 즈그 맘대로 허는 일인디 우리가 머시라고 허겄소. 우리가 무신 소리 헌다고 들어줄 것도 아니겄고, 우리야 그냥 굿이나 보고 떡이나 얻어묵는 처지닝게 딴생각 묵지 마써요."

"그러기도 허요마넌, 논 없는 사람덜이 자꼬 살기 에로와지는 것얼 생각허먼 같은 조선사람끼리 맘이 영 안됐소."

"글씨…… 같은 조선사람이고 머시고……."

그들은 자기네들이 안내하는 일본사람들이 농민이라는 사실을 그저 모르는 척하고 있었다.

일본사람들이 자꾸 밀려들면서 군산은 더 분주해지고 활기에 넘치고 있었다. 인력거를 부르는 일본말이 이쪽저쪽에서 울려대고, 큰길이며 골목마다 나무신인 게다짝 끌리는 소리들이 무슨 장단을 맞추듯이 이어지고, 크고 작은 집들을 지어대느라고 사방이 떠들썩한 공사판이었다.

그 요란스러움 속에서 바짝 긴장하고 몸이 달아오른 것은 백종두였다. 그동안 노리고 있던 기회가 온 것이었다.

그것은 바로 신지방관제의 실시였다. 정부에서는 전국을 13도

11부 333군으로 개편하고 일본인 참여관을 두어 행정을 감독하게 하는 조처를 단행한 것이다. 물론 그것은 통감부의 뜻이었고, 그것을 계기로 행정권도 완전히 박탈당하게 된 것을 의미했다.

백종두는 우선 군산이 부(府)가 된 것에 놀라지 않을 수 없었다. 전국 11대도시로의 승격, 그 충격 앞에서 그의 욕심도 겁질려 움츠러들었다. 그러나 그 다음 단계인 300개가 넘는 군 중에 하나는 차지해야 된다고 그는 몸을 부르르 떨고는 했다.

백종두는 무슨 수를 써서라도 군수자리 하나를 따낼 궁리에 골몰해 있었다. 머리카락이 다 셀 지경으로 머리를 짜고 또 짜보았지만 그 묘책이 반짝 떠오르지 않아 그는 밤낮으로 애를 태우며 지냈다.

백종두는 군수자리를 거머잡는 딱 한 가지 방법을 이미 알고 있었다. 그러나 그 방법은 답은 명쾌하고도 분명했지만 그 답에 이르는 과정이 지난하고 복잡했다. 그건 일진회 회장으로서 당당하게 공을 세우는 일이었다. 쓰지무라를 흔쾌하게 만족시켜 군수자리를 선뜻 내놓게 하려면 의병을 몇 놈 잡는 것이었다. 그 답은 이렇듯 속시원하게 나와 있는데, 그러나 그 몇 놈을 잡기까지가 문제였다.

그러자면 회원들을 이끌고 직접 나서야만 했다. 그러나 그 일은 호랑이굴에 머리부터 디미는 격이었고, 성이 나 뒷발질을 해대는 말꼬리를 붙들려고 덤비는 꼴이었다.

출세고 벼슬하는 것이고 다 한세상 잘살아 보자고 하는 짓인데 목숨이 위험해지면서까지 덤빌 이유는 추호도 없었다. 이 자명한 이유 앞에서 찾아내야 하는 것이 차선책이었다. 그런데 아무리 머리를 짜보아도 쓰지무라의 눈을 번쩍 띄게 할 그 무엇이 생각나지 않았던 것이다.

쓰지무라는 인사청탁을 넣기에는 더없이 고약한 상대였다. 그자는 권력이고 돈이고 여자고 어느 것 하나 모자라는 것이 없는 입장이었다. 그 세 가지 중에서 자신이 쓰지무라의 마음을 회유할 수 있는 대목은 돈이고 여자였다. 그러나 쓰지무라는 영사관 서기라는 권력으로 돈을 마음껏 주무르고 있었고, 여자라는 것도 마음만 먹으면 제 맘대로 할 수 있게 되어 있었다. 더구나 쓰지무라는 조선여자에 대해서는 전혀 흥미를 갖지 않았다. 불결하다고 비웃었고, 냄새가 난다고 고개를 내저었다.

그렇다고 일진회 회장으로 그동안 협조했으니 군수를 시켜달라고 노골적으로 나서볼 수도 없었다. 그랬다가 일진회 회장자리마저 놓칠 위험이 있었던 것이다. 세상이 완전히 일본판으로 굳어져 가자 쓰지무라에게 접근하는 놈들이 날로 늘어가는 형편이었다.

마음은 급하고 묘책은 아무것도 찾아내지 못한 백종두는 하시모토를 유일한 끈으로 생각하고 있었다. 하시모토는 쓰지무라와 학교 선후배라고도 했고, 인척간이라고도 했다. 그는 확실하게 말하지 않고 적당히 얼버무렸지만 어쨌거나 쓰지무라와 꽤나 가까운 사이인 것만은 틀림없었다. 먼저 그가 원하는 것을 도와주고 그 다음에 그의 도움을 받기로 했다.

백종두는 하시모토를 도와줘서 관계를 깊게 갖는 것은 자신의 양쪽 손에 칼을 쥐는 것이라고 계산했다. 한쪽 손에는 이미 일진회 회장이라는 칼을 들고 있으니 하시모토만 단단히 잡으면 두 개의 칼을 쥐는 것이었다. 그렇게 되면 조선놈 그 누구보다도 강한 힘을 갖추게 되어 군수자리를 따내는 데 유리하리라고 생각했다.

그러나 백종두는 그 방법만으로는 만족할 수가 없었다. 어딘가 불안하고 찜찜했던 것이다. 찜찜함이란 그 방법이 시간이 오래 걸리는 데다 한 다리를 걸치게 된다는 점이 께름칙했다. 일이란 자신이 일진회 회장이 되고 그 대가로 즉각 땅을 받았던 것처럼 그렇게 막바로 이루어져야 하는 것이었다.

백종두는 그 시원한 길을 뚫고 싶은 미련을 버리지 못해 궁리 끝에 장칠문이를 불렀다.

"자네 말이시, 아조 크게 출세허고 잡은 맘이 없능가?"

백종두는 정겨운 듯 넌지시 물었다.

"지가 무신…… 긍게, 저어…… 출세허고 잡어도 머시냐 배운 것도 없고……."

그 갑작스러운 물음에 장칠문은 말을 더듬거리며 어찌 대답해야 좋을지를 몰라했다.

"배운 것이 많다고 출세허는 것이 아니시. 사람이 출세럴 허자먼 시운얼 잘 타야 허는 것이여. 나가 보기로넌 자네 앞에 시운이야 활짝 열렸응게 그 시운얼 타냐 못 타냐넌 자네헌테 달린 것이네. 자네가 잘만 허먼 정식 관리로 출세허는 질이 탁 열리는디 말이여. 그리되면 자네 신세가 자네 아부지헌티 비허겄어?"

백종두는 장사치에 불과한 장덕풍을 끌어들여 장칠문의 마음 깊이 자리잡고 있는 열등감을 자극하고 있었다.

"야아, 지가 긍게로…… 무신 일얼 허먼 되는지…… 일러만 주시면 딱 그대로 허겄구만이라우."

정식 관리로 출세하게 된다는 말에 마음이 동해버린 상칠문은 앞에 허방이 있는지 덫이 있는지도 모르고 허겁지겁 내닫고 있었다.

"그 일이야 맘만 묵으면 턱 앞에 채례논 밥상이고, 입 안에 들어온 찰떡이제."

백종두는 수염을 쓰다듬었다. 그러나 손에 잡히는 것이 없이 헛손질이 되고 말았다. 그는 손바닥에 나긋하면서도 뿌듯하고 간지러움 같기도 한 감촉을 전혀 느끼지 못하고 헛주먹을 쥐게 된 것이 더없이 허전하고 아쉬웠다. 쓰지무라의 느닷없는 공박에 밀려 한복을 벗어던지게 되면서 수염마저 깎지 않을 수가 없었던 것이다. 기름한 턱수염이 일본군대식 옷에 어울리지 않았기 때문이다. 그러나 수염을 다 없애기가 아까워 쓰지무라를 흉내 내서 콧수염은 남겨놓았던 것이다. 그런데 손버릇은 그대로 남아 무시로 수염을 쓰다듬는 헛손질을 하게 되었다. 수염이 잡히지 않는 허전함은 상투를 잘랐을 때의 상실감에 비해 몇 갑절 큰 것이었다. 그 높고 높으신 이완용 대감도 다 그리허셨다. 이리 변해가는 것이 신식개명 아니겠냐. 이런 말을 스스로에게 해가며 허전함을 떼쳐내고 손버릇을 고치려고 애를 썼다.

"야아, 그 일이 무신 일인지……."

백종두가 손가락들을 꼬무락거리며 뜸을 들이고 있자 장칠문은 더 마음이 달고 있었다.

"고것이 무엇인고 허니 말이시……."

백종두는 장칠문을 진득한 눈길로 쳐다보았고, "말씸만 허시면……." 장칠문은 입맛 도는 먹이를 기다리며 침을 꿀떡 삼켰다.

"의병 안 있능가! 부하덜 끌고 그놈덜 두셋만 딱 잡어오는 것이시."

마침내 백종두가 내놓은 말이었다.

"……그 말씸이구만이라우……."

장칠문의 목소리에서는 맥이 빠지면서 말꼬리가 흐려졌다. 눈길이 내리깔리고 있는 얼굴에도 실망의 빛이 역연했다.

누구 호랭이밥 맨들라고 이러능겨, 장칠문은 욕을 해대고 있었고, 저것도 사람새끼라고 지 목심언 아까와서……. 백종두는 터지려는 울화를 간신히 누르고 있었다.

그 일마저 실패한 백종두는 기분 내키는 대로 하자면 장칠문이 놈을 당장 간부자리에서 내몰아버리고 싶었다. 그러나 그것도 마구잡이로 잘라낼 수 없는 자신의 수족 중의 하나였다.

백종두는 그 언짢은 기분을 풀 길이 없을까 싶어 하시모토를 찾아갔다.

"어쩐 일이시오, 백상."

하시모토의 인사는 다른 때와는 달리 건성이었다. 무슨 종이를 들여다보고 있던 그는 백종두를 힐끗 보고는 다시 종이로 눈길을 돌렸던 것이다.

백종두는 그만 기분이 싹 상했다. 그러나 그의 재빠른 눈치는 하시모토 앞에 펼쳐진 큼직한 종이로 쏠렸다.

"무슨 좋은 일 생긴 모양이군요. 이게 뭡니까?"

백종두는 비위짱 두껍게 하시모토 옆으로 바짝 다가서며 그 종이를 내려다보았다. 그건 한눈에 지도였다. 백종두는 입가에 비웃음을 물었다. 이놈이 땅을 사고 싶어 발광이로구나. 그는 마음 느긋하게 하시모토 옆의 의자에 앉았다.

하시모토가 땅을 사려고 몸이 달아 있는 한은 자신의 손아귀에 잡힌 것이나 마찬가지였던 것이다.

"지도를 아무리 봐도 무슨 소용 있나요. 직접 다니면서 땅 내막부터 알아내고 해야지요."

백종두는 감정까지 충분히 담아내는 유창한 일본말을 구사하며 궐련을 꺼냈다.

"농지 구입은 일단 보류요."

하시모토가 불쑥 던진 말이었다.

"아니, 무슨 말이오?"

너무 갑작스러운 말에 백종두는 자신의 놀란 감정을 조절할 여유도 없이 그대로 드러내고 있었다.

"뭘 그리 놀라고 그러시오. 백상은 아직 신작로 건설계획을 모르시나?"

하시모토는 지도를 들여다본 채로 심드렁한 어조였다.

"신작로요?"

백종두로서는 전혀 모를 소리였다.

"왜, 신작로가 뭔지 모르시오?"

하시모토의 옆얼굴에 경멸적인 웃음이 스치고 지나갔다.

"그게 뭐요?"

"말뜻 그대로 자동차가 다닐 수 있는 넓은 길을 새로 만드는 거요."

"그런 길을 어디다 만든다는 거지요?"

백종두의 어조는 곱지 않게 꼬이고 있었다. 그는 이중으로 기분이 상하고 있었다. '신작로'가 무엇인지 몰랐던 것이 창피스러워 기분이 상했고, 그 건설계획이라는 것을 관리도 아닌 하시모토가 알고 있는데 자신은 모르고 있었다는 것이 기분 상했던 것이다.

"그보다 먼저, 백상은 자동차가 뭔지나 아시오?"

지도에서 눈을 뗀 하시모토가 백종두를 노골적으로 무시하는 얼굴로 물었다.

"무슨 말을 그리하시오. 네 발 달린 그까짓 자동차 모르는 사람이 어딨소. 전차는 타보기도 했소."

백종두도 불쾌감을 그대로 드러내며 맞섰다.

"아하! 그래도 백상이 경성 구경을 한 차례 했던 모양이구려."

하시모토가 무릎을 쳤다.

"한 번이 아니오!"

백종두는 대들 듯했다.

"좋소, 좋소. 한 번이든 두 번이든."

하시모토는 상대방의 태도가 재미있다는 듯 고개를 젖히며 웃어댔다.

"도대체 그 신작로를 어디다 만든다는 거요?"

백종두는 아까의 말꼬리를 놓치지 않고 다시 물었다.

"백상은 꽤나 눈치가 빠른 줄 알았는데 치도국(治道局)이 생긴 줄 모르시오?"

"그거야 알고 있소."

백종두는 지체없이 대꾸했다. 그러나 그건 거짓말이었다.

"그 치도국의 계획에 따라 전국적으로 신작로 건설이 추진될 것이오. 그런데 그 계획이 제일 먼저 진행될 곳이 바로 여기 호남평야요."

"이 들판에다 제일 먼저 신작로를 만든다고요?"

백종두는 반들거리는 눈을 하시모토의 눈에 고정시켰다. 그의 의식의 더듬이는 그 이유를 빨리 찾아내려고 예민하게 작동하고 있었다.

"그렇소, 전주에서부터 군산까지요."

하시모토는 이제 상대방을 무시하는 생각 같은 것 없이 진지해져 있었다.

호남평야에 제일 먼저…… 전주에서 군산까지…… 그 사실을 되씹는 백종두의 머리에 번쩍 떠오르는 것이 있었다.

"전주서 군산까지 제일 먼저 신작로를 닦는 건 쌀 실어나르기에 편리하게 하자는 것 아니오?"

"맞소. 역시 백상은 눈치가 빨라 말이 착착 통하니까 기분이 좋단 말이오." 하시모토는 만족스럽게 고개를 끄덕끄덕하면서 "그 신작로 공사 때문에 앞으로 당분간 농지 구입은 보류하는 거요." 그는 백종두를 빤히 쳐다보았다.

백종두는 자신을 추켜올려 주는 기분에 취해 있을 수가 없었다. 왜 농지 구입을 보류하는지 상대방의 의중이 직감적으로 잡히지 않았던 것이다.

"신작로가 어디로 날지 몰라서 그러는 거요?"

백종두는 막연하게, 어림짐작으로 투망을 던지고 있었다.

"그렇지요. 논을 무턱대고 미리 샀다가 신작로로 먹혀 들어가 버리면 그 손해가 이만저만이 아니잖소."

저 젊은 놈이 저게 백여시라니까. 백종두는 상대방을 새삼스럽게 쳐다보았다. 그 새로운 소식은 자신에게도 꼭 필요한 것이기도 했다.

"그래서 신작로가 어디로 뚫릴지 지도 놓고 점치고 있었소?"

"그게 아니오. 신작로가 어디로 뚫릴지는 얼마쯤 있다가 알게 돼 있고, 내가 보고 있는 데는 여기요, 여기."

하시모토는 검지손가락으로 지도의 어느 부분에 동그라미를 두 번, 세 번 그렸다. 백종두의 반들거리는 눈길은 그 손가락끝을 따라 돌고 있었다.

"거기는 해변가, 갯벌밭 아니오?"

"그렇지요, 갯벌밭이지요."

"그까짓 걸 뭘 하게요?"

"논 사들여 농장을 꾸미기 전에 여기다 먼저 시작할 사업이 있소."

"갯벌밭에다 사업을 시작해요?"

"염전이오."

"염전? 그건 아무나 할 수 있는 사업이 아니잖소?"

"다 허가를 받아놨소."

하시모토가 씨익 웃었다. 백종두는 머리가 핑 울리는 충격에 부딪혔다. 그 순간 떠오른 것이 쓰지무라 서기의 얼굴이었다. 하시모토가 신작로에 대한 소식을 남보다 먼저 알고 있는 것도 동시에 납득이 되었다. 갑자기 하시모토가 몇 배로 커 보이는 착각을 느꼈다.

"앞으로는 염전을 개인한테 허가 내주는 거요?"

도대체 당신은 쓰지무라와 어떤 사이오? 하는 말을 간신히 누르며 백종두는 이렇게 물었다.

"그럴 리가 있겠소. 그거야 나라가 도맡는 전매사업인데."

하시모토는 다시 지도에 눈길을 꽂은 채 대꾸했다.

"그렇다면 하시모토 상이 허가를 받은 건 뭐요? 하시모토 상은 개인이 아니고 단체란 말이오?"

백종두의 목소리는 약간 흔들리며 열기가 묻어나고 있었다.

"나라의 전매사업이라는 것도 결국 개인들이 맡아서 하되 한곳으로 모으는 것 아니겠소? 단 그 개인이 나라에서 믿을 만한 특별한 개인이라는 점이 다르다면 다른 거겠지요."

하시모토는 묘한 웃음을 지어내며 백종두를 쓰다듬듯 하는 눈길로 바라보았다.

"믿을 만한 특별한 개인이라고……."

백종두는 속이 뒤틀리면서 조선말로 중얼거렸다. 왜놈들이 전매사업까지 제놈들끼리 해처먹기 시작하네. 그의 감정은 꼿꼿하게 곤두서고 있었다.

"무슨 소리요? 날 욕하는 거요!"

눈이 날카로워진 하시모토가 정면으로 화살을 날려왔다.

"아닙니다, 그럴 리가 있나요. 너무 부러워서, 나는 언제나 그런 허가를 받아보나, 하고 중얼거린 거지요."

백종두는 얼굴색 하나 변하지 않고 능란하게 화살을 피해 섰다.

"뭐 그렇게 부러워할 건 없소. 백상은 백상의 처지에 합당한 어떤 사업거리를 찾아내 보도록 하는 게 좋을 거요."

하시모토는 또 묘하게 웃었다.

그 묘한 웃음은, 먹지도 못할 떡 괜히 군침 삼키지 말라는 뜻임이 분명했다. 백종두는 화가 치솟았다. 그러나 꾹 눌러참았다.

이 기회에 군수자리를 따내게 해달라는 부탁을 해볼까 하는 생각이 불쑥 일어났다. 그러나 그 생각도 눌렀다. 감이 익기를 기다려야 했다. 자신은 아직 하시모토가 원하는 것을 표나게 도와준 일이 없었던 것이다.

"하시모토 상은 벼슬을 하고 싶은 생각은 없으시오?"

백종두는 넌지시 물었다.

"벼슬이라면……, 관리가 되는 것 말이오?"

"예, 그런 거지요."

"글쎄요…… 관리가 되어 권력을 갖는 것도 나쁠 건 없지만 난 그보다는 사업을 잘해서 큰 자본가가 되고 싶소. 앞으로 세상은 관리보다는 자본가가 더 큰 권력을 행사하게 될 거요."

백종두로서는 그 말이 선뜻 이해가 되지 않고 영 아리송했다.

"사업이라는 건…… 그게 어쨌거나 장사고, 큰 자본가라고 해보았자 거상 아닌가요? 거상이야 제아무리 돈이 많고 재산이 많다 해도 장사치일 뿐인데 무슨 수로 관리보다 더 큰 권력을 갖게 된다는 거요? 관리야 자리가 높기만 하면 권력이고 돈이고 다 한꺼번에 차지하게 되는 건데요."

"하하하하…… 백상은 역시 생각이 개명하지 못한 조선 촌사람이오. 생각이 그 정도인 백상한테 내 생각을 아무리 설명해도 소용이 없소. 그건 세월이 가면서 차차 알게 될 거요. 백상이나 벼슬을 하도록 애쓰시오. 아니, 지금도 벼슬을 하고 계시는군. 일진회 회장이 아니신가."

하시모토의 입언저리에 어리는 건 비웃음이었다.

"알 수가 없는 일이오. 아무리 세상이 변한다고 벼슬이 싫다니……."

백종두는 고개를 갸웃갸웃하며 중얼거리고 있었다.

"내가 벼슬을 하고 싶었으면 일로전쟁에서 세운 공로로 얼마든지 벼슬을 할 수가 있었소. 허나 난 미련 없이 거절했소. 내가 군인이 되지 않고 세멘트회사 사원이 된 것도, 블라지보스토크 지점 근무를 자원했던 것도, 밤낮없이 로서아어를 공부해서 지점을 양도받아 하시모토양행을 경영한 것도 다 대자본가가 되려는 꿈 때문이었소. 그런데 전쟁이 발발해 통역으로 나서지 않을 수가 없었고, 내가 탄 배가 군산항에 기항하게 되어 이 일대를 면밀히 살펴보니까 이곳이 내 꿈을 다시 펼칠 적당한 곳이었다 그거요. 그래서 당초의 내 사업자금과 전공포상금을 이곳에 투자해서 내 꿈을 이루기로 한 거요."

하시모토의 어조에는 자신감이 넘쳤다.

백종두는 자못 놀라움으로 하시모토를 바라보았다. 하시모토가 자기의 과거에 대해 입을 열기는 처음이었다. 그런데 그 짤막한 몇 마디만으로도 그가 살아온 내력이 너무 색다르고 특이해 백종두는 놀라지 않을 수 없었다.

"하시모토 상이 그리 장한 분인 줄은 몰랐습니다. 얘기가 참 재미있는데 좀 세세하게 해주시지요. 아주 배울 게 많을 것 같습니다."

백종두는 아부 섞은 말에 설탕까지 발라대고 있었다.

"거 뭐 대단할 것 없어요. 차차 지내가면서 얘기하죠."

하시모토는 지도를 접으며 냉정하게 잘라 말했다. 그의 옆으로 다가앉기까지 한 백종두는 영 무색해지고 말았다.

"예, 그것도 좋지요."

그러나 백종두는 여유 있게 웃었다. 하시모토의 중요성을 재삼 확인한 마당에 그 정도의 시건방은 얼마든지 묵인하고 받아넘길 수 있었던 것이다.

백종두는 말이 나온 김에 하시모토의 과거를 자세하게 알고 싶었던 것이다. 이야기를 듣다 보면 쓰지무라와의 관계도 알게 되리라는 기대가 있었기 때문이었다. 그러나 백종두는 그들 두 사람이 어떤 특별한 관계가 아닐지도 모른다는 생각을 하고 있었다. 하시모토가 전공포상금을 받을 정도라서 영사관에서도 특혜를 베푸는 것이 아닐까 하는 추측이 들기도 했다.

"염전은 언제부터 시작하나요?"

백종두는 의자에서 일어서며 물었다.

"내년부터 소금을 생산해야 하니까 공사는 곧 착수할 작정이오."

하시모토는 표정을 바꾸며 담배를 빼들었다. 그의 얼굴은 진지해져 있었다.

"많이 바쁘겠군요. 난 그만 가봐야겠소."

백종두는 몸을 돌려세웠다.

"아니 백상, 무슨 일이오. 얘길 시작해 놓고 가다니!"

백종두는 뒤에서 황급히 울리는 소리를 들으며 입술이 비틀어지게 웃고 있었다. 네놈이 아무리 날고 기어도 네놈 혼자서야 별수 있다냐. 여기는 조선에다가 전라도 하고도 갯가를 끼고 있는 곳이다. 그의 가슴에서는 시퍼런 오기가 창창하게 돋아오르고 있었다.

"백상, 어서 이리 와서 앉으시오."

하시모토가 몸을 일으켰다.

"나는 뭐 이야길 시작한 게 아니라 그냥 물어본 것뿐이오."

백종두는 마지못한 척 몸을 되돌렸다.

"아니, 그게 무슨 소리요. 백상이 날 본격적으로 도와줘야 할 시기가 왔는데. 자아, 어서 이쪽으로 와서 급한 것부터 좀 의논을 합시다."

하시모토는 어느 때 없이 부드러운 얼굴로 웃고 있었다.

"자아 백상, 담배부터 한 대 뽑으시오."

백종두는 느린 손놀림으로 담배를 뽑아들었다. 이번 일로 하시모토의 뒷다리를 단단히 걸고 넘어져야 된다고 생각하면서.

"내년부터 소금을 생산해 내자면 염전공사는 추수가 끝나는 대로 곧장 시작해서 겨울 동안에 마쳐야 하오. 그러자면 인력동원이 문젠데, 그걸 백상이 좀 책임지고 맡아줬으면 좋겠소. 물론 추수가 끝난 담부터는 농민들이 전부 일손을 놓게 되니까 일꾼들 구하기는 별로 어렵지 않소만."

하시모토는 뒤에 토를 달아 말을 끝내는 것을 잊지 않았다.

"그래야지요. 하시모토 상이 하는 일이라면 내 일이나 마찬가지니까 발 벗고 나서야지요." 백종두는 흔쾌하게 말하고 담배를 깊이 빨아들이고는, "헌데 저어…… 나도 한 가지 부탁이 있어서요." 그는 일삼아 하시모토를 똑바로 쳐다보며 말했다.

"아, 부탁이오? 무슨 부탁인데요?" 하시모토는 당황하며 거푸 묻고는, "동업은 안 됩니다"며 성급하게 말했다.

백종두는 여전히 하시모토를 똑바로 쳐다본 채로 씁쓰레하게 웃었다.

"그게 아니오. 난 하시모토 상의 밥그릇에 곁다리로 붙어 숟가락질할 정도로 졸부는 아니오. 말이 나왔으니 털어놓고 하겠소. 난 하시모토 상하고는 달리 벼슬이 하고 싶은 사람이오. 지난번에 제

정된 신지방관제가 실시되면 군수자리가 많이 바뀔 텐데, 난 군수가 되고 싶소. 그러니 하시모토 상이 쓰지무라 서기님한테 말 좀 잘해달라는 거요. 어떻소, 우리 상부상조합시다."

"아 상부상조, 그것 좋지요."

두 사람은 마주 웃었다. 그리고 누가 먼저랄 것이 없이 손을 맞잡았다.

들녘은 다시 황금빛으로 무르익어 있었다. 벼들은 영글 대로 영글어 추수만을 기다리고 있었다. 그 들녘에 새떼 아닌 사람들이 몇몇씩 짝을 지어 나타나기 시작했다.

그들은 대개 넷씩 짝이 되어 아주 이상스러운 일을 하고 있었다. 긴 다리가 세 개인 받침대에 무슨 기계를 올려놓고 한 사람이 들여다보고, 다른 사람들은 멀찍멀찍 떨어져 작은 깃발이 달린 간짓대를 세우거나, 매듭매듭을 표시한 긴 줄을 늘여가며 기계를 들여다보는 사람의 손짓에 따라 분주하게 움직이는 것이었다.

그런데 그들이 꽂는 깃대나 줄은 아무 논두렁에나 꽂히고 아무 논이나 가로지르고 있었다. 그 희한한 일을 하는 사람들은 손짓만하는 것이 아니고 가끔가다가 소리를 치기도 했다. 도리우치라는 모자를 쓴 그 사람들은 모두가 일본사람들이었다.

마을마다 그 사람들에 대한 소문이 퍼져나갔다. 사람들은 그들이 하는 그 희한한 일이 '측량'이라는 것을 알게 되었다. 그리고 그들이 하는 일은 나라에서 시킨 것이고, 그들이 측량해 나가는 데에 따라 '신작로'라는 것이 생긴다는 사실도 알게 되었다.

그런 소문이 퍼지면서 마을마다 뒤숭숭해지기 시작했다.

"신작로라는 것이 시방 쓰고 있는 질보담 네 곱이나 더 넓게 자리잡는다는 것이여."

"머시여? 날이 날마동 임금님 행차가 있는 것도 아니겄고, 그리 넓은 질 맨들어서 어디다 써묵자는 것잉고?"

"거 머시라냐, 자동차라는 것이 양쪽으로 맘대로 왔다리 갔다리 허게 헐라먼 그리 넓게 맨들어야 헌다는 것이여."

"보세, 보세. 질이 넓어질수록 그맨치 논덜이 죽어 없어지는 것 아니라고?"

"그야 더 말하먼 멀헝고."

"글먼 그 논값은 어쩔 심판인고? 나라에서 다 물어줄랑가?"

"자네 시방 자다가 봉창 뚜둘기는 것이여? 언제라고 나라가 그런 돈 물어주는 것 봤능가?"

"글먼 재수 없는 놈언 신작로로 논얼 뺏게분다 그것이여?"

"재수 없으면 별수 있겄어."

"농토야 바로 사람 목심인디 그리 야박허게야 헐라고."

"무신 태평헌 소리여 시방? 아 철길인가 쇠길인가 놈스로 전답 뺏긴 사람덜 중에 쪽박 찬 신세 된 사람덜이 한둘이 아니란 소문 자네넌 듣지도 못혔능가?"

"어허 큰탈났네. 왜놈덜이 밀려든 담보톰 시상이 어찌 이리 난리 굿판으로 시끌시끌허고 어질어질헝고."

"가만있어 보소, 어쨌그나 논이 신작로에 안 잡아믹히게 헐라면 그 측량인지 먼지 허는 왜놈딜헌티 잘 뵈야 하덜 안컸다고?"

"아이고 심란시러운 시상, 참말로 빌어묵겄네."

논이 많으면 많은 대로 적으면 적은 대로 논 가진 사람들은 새로 생긴 걱정거리로 마음들을 앓았다.

들녘에는 추수가 거의 끝나가고 있었다. 정재규는 들녘에 서서 호령해 대고 있었다.

"이놈덜아, 여그서 썩 물러스지 못혀!"

그러나 측량기사와 조수들은 들은 척도 하지 않고 일판을 벌이고 있었다. 그들이 아무리 일본사람이라고 해도 정재규의 노기등등한 호령의 의미를 눈치채지 못할 리가 없었다.

"이놈덜아, 참말로 안 듣겠느냐! 다리몽댕이럴 분질러놓기 전에 물러나!"

열이 받친 정재규는 더 크게 고함치며 발로 땅을 굴렀다. 그러나 측량하는 사람들은 끄떡도 하지 않았다.

"여봐라, 저놈덜얼 내쳐라!"

정재규가 마침내 뒤에 서 있는 머슴들에게 명령했다. 기다리고 있던 세 머슴이 낫들을 휘두르며 앞으로 내달았다.

세 사람이 소리치고 낫을 휘두르며 자기네들을 향해 달려오는 것을 보고야 측량기사와 조수들은 겁을 먹었다. 그 달려오는 기세로 보아 낫에 찍힐 것만 같았던 것이다.

측량기사가 뭐라고 외치며 도망치기 시작했다. 그 뒤를 따라 조수 셋이서 줄달음질을 쳤다.

"그놈의 것덜 다 때레부시거라."

정재규의 호령에 따라 머슴들이 측량기며 받침대며 깃발을 부숴 댔다.

정재규는 몇 시간 뒤에 출동한 헌병들에게 잡혀 쇠고랑을 찼다.

측량하는 사람들이 정재규에게 당한 것 정도는 그나마 점잖은 편이었다. 전주에서 군산 사이의 구간을 여러 개로 나눠 일을 시작한 그들은 곳곳에서 봉변을 당하고 배척을 받았다.

어느 마을에서는 똥바가지를 뒤집어쓰는가 하면, 어떤 동네에서는 몰매를 맞기도 했고, 어느 곳에서는 뒤재비 쌈박질이 벌어지기도 했다. 그때마다 헌병들이 동원되면서 마을에는 회오리가 한바탕씩 일어났다.

남자들만 그렇게 나선 것이 아니었다. 여자들도 그들을 사람 취급하지 않았다. 그들은 우물가에서도 물 한 모금 얻어 마시기가 어려웠다.

그들이 물을 청하게 되면 아낙네들은 금방 싸늘하고 냉담해졌다.

"하이고, 이뻐서 물 주겄다."

"흥, 나넌 왜말얼 몰룽게로."

콧방귀를 뀌며 못 들은 척했고,

"얼렁덜 가세, 밥 다 타는디."

엉뚱한 소리를 하며 서둘러 물동이를 이고 두레박을 챙겨들어 버렸다.

물인심은 밥인심이나 잠자리인심에 앞서는 것이었다. 아무리 낯선 동네에서도 목마른 사람은 물을 청할 수 있었고, 물 긷던 아녀자들은 아무리 일손이 바빠도 그 청부터 들어주도록 배우고 익힌 인심이었다. 바가지에 무엇이 묻었을까마는 한 번쯤 부시는 예를 갖추고, 바가지에 반나마 물을 뜨되 그냥 불쑥 내미는 것이 아니었다. 나뭇잎이든 풀잎이든 따서 동동 띄웠다. 목이 마를수록 물에 뜬 것을 불어가며 천천히 마시세요. 물도 급히 마시면 체하고, 물에 체하면 약도 없답니다. 나뭇잎이나 풀잎에는 그런 정까지 실려 있었다.

물인심 야박한 데라고는 찾을 수 없는 땅에서 측량하는 사람들은 물을 얻어마시지 못하는 최초의 사람이 되었다. 그들은 그 괄시 아닌 배척 앞에서 물통을 차고 다닐 수밖에 없게 되었다.

그리고 봉변이 끊이지 않아 결국 헌병들이 호위를 하는 가운데 측량을 해나갈 수밖에 없었다.

그러나 측량사들이 환영받는 데가 꼭 한 군데 있었다. 주막이었다. 특수기술자 취급을 받는 그들은 수입이 아주 좋았다. 그런 데다가 타향을 떠돌아야 하는 일의 속성상 그들의 기질은 거칠거칠하면서 활달했다. 그래서 그들의 돈 씀씀이는 크고 헤펐다. 예로부터 색주가에서 환영받고 떠받들려지는 것은 족보 거창하거나 인물 번듯한 사내가 아니었다. 족보야 양반끼리 따질 일이고 인물이야 어쨌거나 간에 돈전대 잘 풀어놓는 사내가 제일이었다. 돈이야 돌고 도는 물건이라 '돈'은 법이고, 돈에 왜놈 표식이 따로 있는 것도 아니라서 주막에서는 그저 그들을 반겼다.

그리고 그들은 자기네들 돈만 쓰는 것이 아니었다. 더러 눈먼 남의 돈으로 곤죽이 되도록 술을 마시고, 배꼽이 튀어나오도록 포식을 하기도 했다.

김 참봉은 남들의 눈을 살살 피해가며 주막으로 측량장이들을 찾아갔다.

"뭐 여러 말 할 것 없어요. 거 저어…… 당신네들이 줄 긋는 대로 되는 것 아니겠소. 그러니 저어…… 내가 한턱 톡톡하게 낼 것이니 머시냐…… 내 논이 안 들어가게 살짝 빼주시오. 자아, 술들들어요, 술."

김 참봉은 일본말을 서툴게 더듬거려가며 그들에게 술을 권했다.

"아, 그거야 아무 걱정 마세요. 측량기 금 하나만 살짝 돌리면 되니까요."

측량기사는 능청스럽게 말을 받으며 조수들에게 눈짓했다. 조수들이 눈웃음을 주고받으며 술잔을 들었다.

"틀림없지요? 믿어도 되지요?"

김 참봉은 다짐을 놓았다.

"예에, 틀림없이 믿어도 됩니다."

측량기사의 자신에 찬 대답이었다.

그러나 그건 거짓말이었다. 그들은 그저 상부의 명령에 따라 움직이고 있을 뿐이었다. 상부에서는 지도에다가 이미 일직선을 그어놓았다. 만경이며 김제로 샛가지를 친 것도 직선이었다. 자신들은 그 직선을 찾아내기 위해 측량을 하고 있을 따름이었다. 그 직선을 곡선으로 만들 권한이나 재량권은 자신들에게 전혀 없었다. 단 한 가지 의무가 있다면 지도 위의 직선이 야산에 부딪히게 되면 그걸 피해가게 만드는 것이었다.

그러나 측량기사는 그런 것을 아랑곳하지 않았다. 측량을 하고 나면 도로공사는 딴사람들이 할 것이고, 다시 만날 리 없는 사람이 사주는 술을 맘놓고 마셔도 그만이라는 배짱이었다.

17

서로 다른 길

눈이 내리고 있었다. 산이 깊어 적막도 깊었다. 겨울이 오면서 한 해가 바뀌고, 추위는 한층 맵고 드세졌다.

그들은 동굴 속에 모닥불을 지피고 둘러앉았다. 화전민들의 집을 일부러 피한 모임이었다. 38명이 한꺼번에 모여앉을 만큼 넓은 방을 구하기가 어려웠고, 협의내용도 타인들에게 알려져서는 좋을 게 없는 것이었다. 또한 일본토벌군들의 기습도 예방해야 했다.

모두 타오르는 불길만 지켜보고 앉아 있었다. 거센 불길 속에서 통나무의 마디가 가끔씩 튀는 소리뿐 침묵은 무거웠다. 송진 타는 냄새가 무슨 향내처럼 그윽하게 동굴 안에 퍼지고 있었다.

"어두워지기 전에 의논을 끝내는 것이 좋지 않은가요?"

이윽고 송수익이 말을 꺼냈다. 그의 말만큼 무거운 눈길이 옆에 앉은 유기석에게로 옮겨졌다.

"예, 그게 좋겠지요."

유기석이 약간 앉음새를 고치는 듯하며 고개를 들었다. 불가에 둘러앉은 모든 사람들의 눈길이 두 사람에게로 쏠렸다.

"모든 대원들이 다 들을 수 있게끔 말씀해 주시지요."

송수익의 말이었다. 그건 목소리를 크게 하라는 것이 아니라 모두가 알아들을 수 있도록 쉽게 말하라는 뜻이었다.

"그리하지요." 유기석은 헛기침을 두어 번 해 목을 가다듬고는, "에에, 우리가 소문으로 다 아는 바대로 익 자 현 자 선생님께오서 왜놈들이 주는 더러운 음식을 일절 잡숫지 아니하시고 단식으로 항거하시다가 결국 아사하시었습니다. 선생님께서는 애통하게도 별세하시고서야 고택으로 돌아오시게 되어 대마도에서 부산으로 모셔지고, 거기서 진해 마산을 거쳐 전라도땅으로 운구행차가 기동중인데 고을마다 선생님의 고절을 받들고, 겸하여 선생님의 타계를 애통분통해하는 사람들로 인산인해를 이룬다는 소문입니다. 이에 우리는 앞으로의 우리의 거취에 대해 숙고하지 않을 수 없게 되었습니다. 선생님의 타계는 우리 앞에 암흑칠야가 내(來)한 것인데다가, 또 한편으로 우리 앞에는 겨울이 닥쳐오고 토벌대의 위협은 익일 가중되고 있는 형편이올시다. 허나 선생님께오서는 단식절명하시면서 선생님의 뒤를 따르고자 하는 문도들에게 한 가지 훈도를 남기셨습니다. 이르시기를, 목숨을 헛되이 하지 말고 후일을 기약하라 하신 것입니다. 하여 문도들은 그 말씀을 받들어 선생님을 모셔오고 있다 합니다. 선생님의 그 말씀은 바로 우리에게 이르는 말씀이기도 합니다. 또 마침 조정에서는 의병을 해산하면 그 전과를 책하지 않겠다는 조칙도 내려놓고 있습니다. 이에 우리의 미약한 힘으로 항전을 계속하여 무모한 희생을 내지 말고 선생님의 말씀을 받들어 후일을 기약하고, 곧 하산하여 선생님의 운구행차를 엎드려 맞는 것이 가한 도리일 줄 아오." 그는 긴말을 마치며 좌중을 훑어보았다.

둘러앉은 사람들의 얼굴에 동요의 빛이 드러났다. 그들은 서로서로 빠른 눈길을 교환했다. 그리고 그 눈길들은 송수익에게로 모아지고 있었다. 그럴 수밖에 없는 것이 유기석과 송수익은 그들을 이끌어온 대장이었고, 휘하는 오히려 송수익이 많았던 것이다.

송수익은 대원들의 눈길을 의식하며 자리를 고쳐앉았다. 그는 할 말이 너무 많았다. 생포되기를 자청한 최익현과 그 문하생들에 대해서, 그리고 전체 유생들의 앞뒤가 안 맞는 행위에 대해서. 그러나 지금은 그럴 계제가 아니었다. 또 하나의 유생 유기석이 그 나름의 언변으로 선동해 놓은 분위기를 뒤바꾸는 것이 우선 급했다.

"최익현 선생님께서 왜놈들이 주는 음식을 마다하시고 끝내 굶어서 돌아가신 것은 실로 큰 뜻을 이루신 것이고, 우리에게 높은 가르침을 주신 것입니다. 그러나 후일을 기약하라는 선생님의 말씀이 지금 우리에게도 합당한 것인지 따져보아야 합니다. 대마도에서 후일을 기약하는 것은 어찌 되었거나 살아서 조선땅으로 돌아오는 것일 테지만, 우리의 처지에서 후일을 기약하는 것이 꼭 산을 내려가 왜놈들 앞에 무릎을 꿇어야 하는 것이냐 하는 점입니다.

산에서 목숨을 보존해 가며 후일을 기다리며 기회를 잡아 무장을 튼튼히 해나가는 방법도 있을 것입니다. 더구나 중대한 문제는 전과를 책하지 않겠다는 조정의 조칙을 절대로 믿을 수 없다는 점입니다."

송수익은 잠시 말을 멈추고 사람들을 둘러보았다. 추위가 서린 사람들의 얼굴 얼굴이 긴장되어 있었다.

"무슨 말인고 허니 그 조칙은 우리 조정의 것이 아니라 왜놈 통감부에서 조정을 시켜 발포한 것뿐이다 그 말입니다. 우리한테 조정이 없어진 지는 오래되었습니다. 우리가 다같이 겪어서 아는 바로 백성들이 세금을 내서 녹을 주는 진위대는 누구의 편이었습니까. 진위대는 나라를 구하겠다고 나선 우리 의병들에게 왜놈 헌병대나 토벌대와 함께 총질을 했습니다. 진위대는 나라의 군대도 아니고 백성의 군대는 더구나 아닙니다. 진위대는 왜놈 헌병대나 토벌대와 똑같이 우리 의병을 원수로 삼고 있고, 일진회놈들과 한 치도 다를 것이 없는 매국군대인 것입니다. 이런 사태 앞에서 누구를 믿고 하산할 수 있겠습니까. 왜놈들이 얼마나 악독하게 의병의 씨를 말리려고 하는지 우리는 잘 알고 있습니다. 전과를 책하지 않는다 함은 왜놈들이 놓은 덫에 불과합니다. 그놈들은 우리를 일단 해산시켜 놓고 개개인을 잡아다가 괴롭힐 것이 틀림없습니다. 우리가 다 아는 바로 지난 갑오년에도 그랬습니다. 형편이 그리되면 화를 면할 수 있는 것은 문중의 힘이 있는 양반들뿐입니다. 왜놈들이 눈치 빠르고 교활해서 신분에 따라 사람을 달리 대한다는 것을 모르는 사람은 없습니다. 우리 다같이 생각해 봅시다. 우리가 의병으로 뭉쳐 싸우면서 양반이니 평민이니 상민이니 하는 차등을 두었습니까. 그런 차등은 없었습니다. 그건 누구나 목숨은 하나라는 이치와 같습니다. 다만 양반들이 크고 작은 대장자리를 맡은 것은 학식이 든 까닭이었습니다. 물론 능력을 갖추면 평민이든 상민이든 상관없이 대장을 맡고 있습니다. 이렇듯 공평하게 싸우다가 하산해서 누구는 화를 면하고, 누구는 화를 당해야 되겠습니까. 끝으로 또 하나 중대한 문제가 있습니다. 전과를 책하지 않는다는 말뜻입니다. 우리가 의병으로 나선 것이 누구한테 죄를 지은 것입니까. 우리가 의병으로 나선 것은 누가 시켜서도 아니고, 누가 강압해서도 아닙니다. 오로지 나라를 지키겠다는 자각에 따라 자발로 나선 것입니다. 그것이 누구한테 죄가 되어 전과라고 하는 것입니까. 스스로 택한 옳은 일을 이제 와서 죄라고 자인하고 왜놈들 앞에 무릎을 꿇는 비겁을 저질러서는 안 됩니다. 하산을 하지 말고 싸우면서 힘을 기르는 것이 옳은 일이라 생각합니다."

송수익은 충(忠)에 매달려 일을 그르치는 유생들에 대한 공박을 피해가며 말을 하느라고 무척 애를 썼다.

"그 말씀이 옳구만이라우."

누군가가 뚜벅 말했다. 긴 총을 오른쪽 어깨에 기대놓고 앉은 지삼출이었다. 둘러앉은 사람들의 얼굴에도 동요가 아닌 공감이 드러나고 있었다.

유기석은 언짢은 얼굴로 짭짭 입맛을 다셨다. 그는 하산을 하지 않겠다는 송수익의 태도가 마음에 안 드는 것이 아니었다. 양반과 평민과 상민을 한 도마 위에 올려놓고 칼질해 대는 것이 영 마땅찮았던 것이다. 의병이라는 것이 말뜻 그대로 나라를 구하자는 의로운 군대인 것은 분명하지만 그 뜻이 같다고 하여 수백 년 동안 지켜져 내려온 엄연한 지체마저 뒤죽박죽이 된다는 것은 절대 용납할 수가 없는 일이었다. 그러나 그 말을 속시원히 털어놓을 수 없는 상황인 것이 그로서는 몹시 기분 상하고 있었다. 양반은 고작 넷뿐이었고 나머지는 농민이 태반인 데다가 포수가 몇 명 끼어 있었고, 대장장이며 행상까지 섞인 형편이었다. 의병으로 뛰쳐나선 그들은 예사 인물들이 아니었다. 그들은 마음속에 묘한 생각을 품고 있는 좀 곤란한 물건들이었다. 갑오년 그때에 나라를 뒤엎으려는 생각으로 난리에 뛰어든 자들도 있을 것이고, 나머지는 그때 물을 먹어 생각이 달라진 자들이라고 보는 게 틀림없었다. 그자들이 품고 있는 묘한 생각은 우선 양반을 우습게 보려는 것이었다. 사람은 다 똑같다—그 못된 생각에 송수익은 자꾸 불을 당기고 있었던 것이다. 양반인 송수익의 그런 행위가 더 괘씸하지 않을 수가 없었다.

"생각이 천리만리 다르니 더 말해 보아야 어쩔 도리가 없소. 난 하산을 하겠소. 나를 따를 사람은 따르시오."

유기석이 벌떡 몸을 일으켰다.

세 사람이 따라 일어났다. 양반 둘과 유기석의 머슴이었다. 송수익은 고개를 수그리며 빙긋이 웃었다.

그들 네 사람은 동굴 밖으로 나섰다.

송수익은 그 뒤를 따라 걸었다.

유기석이 고개를 돌렸다. 송수익을 쏘아보는 그 눈에 적의가 차 있었다.

"살펴가시오."

송수익은 웃으며 담담하게 말했다.

유기석은 무슨 말을 할 듯하다가 고개를 되돌려버렸다. 그리고 눈발 속으로 걸어나가기 시작했다.

송수익은 눈발에 묻혀 차츰 멀어져 가고 있는 네 사람의 모습을 지켜보고 있었다. 서로 생각이 다르면 가는 길도 다를 수밖에……. 송수익은 이런 생각과 함께 그들을 아무런 아쉬움 없이 떠나보내고 있었다.

유기석이 마지막 한마디를 입 밖에 내지 않고 떠나간 것을 다행으로 여겼다. 그 말은 들으나마나 양반 유생의 입장을 강변하는 것일 게 뻔했다. 주자학이 골수에 박힌 유생들은 세상이 어떻게 바뀌든 말든 충효가 으뜸이고 양반 지체를 지키는 것이 최선이라고 믿는 사람들이었다. 그건 그들의 고칠 수 없는 고질병이었다.

지난번의 최익현의 처사가 그 고질병이 얼마나 깊은지를 잘 보여준 것이었다. 황제인 고종도 고종이었고, 의병장이라는 최익현도 최익현이었다. 풍전등화인 나라를 구하겠다고 목숨 걸고 나선 의병들에게 국왕이 해산 명령을 내리는 것은 무엇이며, 그 이름 좋은 황칙을 받았다고 하여 온갖 어려움을 무릅쓰며 일으킨 의병을 일

순간에 해산시키고 포박당하는 의병장의 처사는 또 무엇인가. 그 결과 불쌍한 평민들만 왜놈들에게 무참히 살육당했다.

최익현은 '황칙'이라는 것의 진의를 면밀히 파악했어야 했다. 을사보호조약이 상감의 뜻이 아니었듯이 그 황칙이라는 것도 상감의 진의가 아닐 수 있었다. 그것이 만약 마지못해 작성된 것이었다면 최익현은 그야말로 용서받을 수 없는 불충을 저지른 것이었다.

어쨌거나 애꿎게 죽어간 수백 명의 평민들 목숨은 그 누가 책임질 것인가. 황제폐하인가, 최익현인가.

그동안 수없이 되씹어온 생각을 다시 하며 송수익은 깊은 한숨을 내쉬었다. 생각할수록 답답하고 암담한 일이었다.

최익현만 그렇게 앞뒤가 막힌 유생이 아니었다. 그로부터 넉 달 뒤에 강재천이 임실군 하운면에서 300명을 이끌고 기병하였을 때 그 얼마나 기뻐했던가. 그 의병대는 전공도 혁혁하여 동복에서는 왜병 20여 명을 참수하였고, 순창에서는 30여 명을 사살하기도 했던 것이다. 그런데 선봉장 이상윤이 백성의 재산을 징발했다 하여 강재천은 끝내 의병을 해산하고는 산속으로 자취를 감추어버렸다.

외적을 멸하여 군권(君權)을 회복하고 생령을 구하려는 의병인데 그 뜻을 그르쳐 도적질을 했다는 것이 그 이유였다. 군수조달을 도적질이라고 못박은 양반의 그 알량한 양심과 편협한 고집이 저지른 어이없는 일이었다.

송수익은 얼굴에 그대로 눈발을 맞으며 숨을 깊이 들이켰다. 유기석이네 모습은 눈발 속에 까마득히 멀어져 있었다. 송수익은 쓰게 웃었다.

유기석이 어쩌면 그렇게 유인석을 닮았을까 하는 생각이 떠올랐던 것이다.

유인석은 일찍이 민비 살해에 촉발되고 단발령에 반발하여 의병을 일으킨 유생이었다. 그의 의병대는 세력이 왕성하여 이곳저곳에서 많은 전적을 세웠다. 그런데 장수 하나를 잘못 죽인 과오를 범해 파경의 길로 접어들게 되었다. 평민 출신 장수 김백선의 처형이었다.

김백선은 충주성을 점령하여 관찰사를 처단하는 동시에 도주하는 왜군을 추격하여 용맹스럽게 싸웠다. 그런데 증강된 왜군이 다시 쳐들어왔다. 전세가 불리한 상태에서 며칠을 싸웠지만 약속된 안승우의 원병은 오지 않았다. 김백선은 많은 부하들을 잃고 제천으로 퇴각하지 않을 수 없었다. 분노한 그는 약속을 어긴 안승우의 목을 베려고 했다. 그런데 총대장 유인석은 오히려 김백선을 처형하고 말았다.

그 이유는 평민이 감히 양반에게 불경죄를 저질렀다는 것이었다. 그 다음부터 유인석의 의병은 급속히 쇠퇴하기 시작했다. 김백선의 죽음으로 평민이 절대 다수인 의병대중의 사기가 완전히 땅에 떨어진 탓이었다. 결국 유인석은 의병을 해산하는 궁지에 몰렸고, 소수만을 이끌고 중국 요동지방으로 이주하는 운명에 처했다.

송수익은 오래도록 잊지 못하고 있는 그 사건이 주는 교훈을 되새기며 천천히 돌아섰다.

제자리로 돌아온 송수익은 대원들 모두가 자신을 바라보고 있는 것을 느꼈다. 무언가를 기대하고 있는 눈길이었다.

그는 마음을 새롭게 하기 위하여 한마디 해야 한다는 것을 깨달았다.

송수익은 바른 자세로 섰다.

"다들 들어주십시오. 오늘 일은 갑자기 일어난 변이 아닙니다. 시기의 빠르고 늦음이 있을 뿐 그 사람들은 어차피 떠나야 할 사람들이었습니다. 뜻이 다르면 길이 다른 법입니다. 우리가 차제에 부동하게 알아야 할 것이 한 가지 있습니다. 그들 네 사람이 떠났다고 하여 우리의 힘이 약해지지 않았다는 사실입니다. 뜻이 다른 사람들이 떠나버려 우리는 철통같이 한덩어리로 뭉칠 수 있게 되었고, 그리하여 우리의 힘은 더 강해졌다는 것을 알아야 합니다. 그간에 우리는 많은 고초를 겪었습니다. 허나 용맹스럽게 싸워 언제나 이겼습니다. 총이 네 자루뿐이었던 우리가 이제 반이 넘게 총을 지니게 된 것이 바로 그 물증이 아닙니까. 지금 의병의 기세가 전역에 걸쳐 약간 침약해진 것은 사실입니다. 허나 우리는 조금도 상심하거나 낙담할 것이 없습니다. 왜놈들은 갈수록 포악해질 것이고, 그에 맞서 의로운 백성들은 다시 기병할 것이 틀림없습니다. 그때가 바로 우리가 기약하는 후일입니다. 우리는 그때를 기다리며 싸우고, 싸워서 모두가 총을 갖도록 해야 합니다. 우리에게는 우리를 돕는 뜻 깊은 백성들이 얼마든지 있습니다. 그런 사람들이 도처에 있는 한 우리의 앞길은 양양합니다. 다같이 힘을 냅시다!"

송수익이 팔을 뻗쳐올렸다.

"와아—."

대원들이 다같이 팔을 뻗쳐들고 총을 치올리며 함성을 질렀다.

그들의 입성은 산중 추위를 방비할 수 있을 만큼 든든해 보였다. 모두가 솜바지저고리에 털조끼를 입고 있었다. 털조끼는 세 명의 포수 덕에 마련된 것이었다. 포수들은 여름철부터 틈틈이 사냥을 해 털을 모으고 고기는 그때그때 양식으로 삼았던 것이다. 털은 이곳저곳 화전민들에게 맡겨두었다가 조끼로 찾아 입었다. 산골마다 두세 가옥씩 흩어져 있는 화전민들은 그들의 둘도 없는 지원자들이었다. 잠자리를 내주었고, 양식을 대주었으며, 옷을 지어주었고, 정보를 알려주었다. 화전민 중에는 갑오년을 치르고 숨어든 사람이 적잖아서 더욱 협조적이었다. 그렇다고 그들은 화전민에게 폐만 끼치는 것이 아니었다.

산짐승을 잡으면 화전민들과 나눠먹는 것을 잊지 않았고, 특히 약제로 쓰이는 짐승들의 부위는 그들에게 전부 넘겨주었다. 아이들 경기에 좋다는 산토끼발목, 여자 냉기에 좋다는 여우꼬리, 남자 허기에 좋다는 멧돼지주둥이, 그런 쓰임새는 포수들이 시시콜콜 잘 알았다.

그러나 곰쓸개나 멧돼지쓸개는 예외였다. 워낙 귀히 여기는 약재라 내다 팔아 군비로 요긴하게 썼다.

포수들이 해내는 몫은 이만저만이 아니었다. 그들이야말로 일당백의 능력을 발휘했다. 먼저, 능란한 총질로 적을 무찌르는 데 앞장이었고, 산길이 훤해 위기를 모면하는 데 길잡이였고, 총이 생길 때마다 대원들에게 총질을 가르치는 스승이었고, 그들의 본업인 사냥은 마지막 일이 되었다.

처음 의병을 일으켰을 때 뜻을 합친 포수는 30여 명이었다. 의병의 사기가 높았던 것은 그들이 합류한 까닭이 컸었다. 그런데 부대가 무너지면서 그들도 더러 죽고 흩어지고 해서 겨우 셋이 남게 된 것이었다. 송수익은 언제나 그들을 잃어버린 것을 아까워하고 아쉬워했다. 기회 있을 때마다 그들을 다시 모아볼 생각을 지우지 않고 있었다.

"여그럴 떠야 허지 안컸는게라우?"

다섯 명의 분장을 맡고 있는 지삼출이 의견을 내놓았다.

"그러는 게 좋겠소. 당분간 여기는 발길을 하지 않기로 하고 멀찍하게 이동을 합시다."

송수익이 신중하게 말했다. 그 말 속에는 떠나간 네 사람의 존재가 들어 있었고, 그 의미를 못 알아듣는 대원들은 아무도 없었다.

"눈이 이리 퍼부스먼 사냥감이 짭짤허겄는디."

총질할 때 꼭 검지손가락끝에 침을 찍어바르는 장 포수가 기지개를 켰다.

"이, 멧돼지 한 마리만 잡아불소."

"아, 기왕이먼 곰얼 잡아야제."

그들은 입맛을 다시고 기운을 차리며 떠날 채비를 갖추었다.

일단 장소를 옮긴 송수익은 부대조직을 개편하고, 소분대의 통솔자를 새로 정하는 일부터 했다.

다섯 명씩을 최소단위로 하는 분대를 여섯 개로 나누었다. 분대마다 분장을 새로 임명했다. 그리고 두 개씩의 분대를 묶어서 세 개의 독립부대를 편성하고 그 통솔자를 각기 한 명씩 배치했다. 열한 명으로 구성된 세 개의 부대 명칭을 전과는 다르게 선봉·좌군·우군으로 정했다. 전에는 중군·선봉·후군이었다. 선봉과 좌군의 통솔 책임은 두 포수에게 맡기고, 우군은 지삼출에게 맡겼다.

그래 놓고 보니 송수익은 비로소 마음이 든직하고 뿌듯한 것을 느꼈다. 전에는 그 자리를 하산한 유생들이 차지하고 있었던 것이다. 그러면서도 그들은 총을 들기를 달가워하지 않았었다. 그들은 붓만 들고 살았던 체통을 목숨을 내걸고 싸우는 마당에서까지 지키고자 했던 것이다.

"우군장 어른, 문안 아뢰오."

새로 분장을 맡은 손판석이가 지삼출 앞에 머리를 조아리며 가성을 냈다.

"미친놈, 양반 숭내 정떨어진다."

지삼출이 주먹질을 해 보였다.

"저놈에 양반 미워허는 심뽀허고넌."

손판석이 끌끌끌 혀를 차댔다.

"양반이라고 다 미워허간디. 꼭지 덜 떨어진 것덜이나 미워허제."

손판석은 더 말을 잇지 않았다. 못된 양반들은 왜놈들과 똑같이 다 쓸어없애야 한다고 생각하고 있는 지삼출의 마음을 알기 때문이었다. 지삼출은 그 생각을 틈만 나면 대원들을 붙들고 되풀이하고는 했다. 대원들은 지삼출이가 동학군 출신이라는 걸 알게 되면서 그 위험스런 말을 당연한 것으로 받아들였다. 그리고 그런 말을 자꾸 듣다 보니 자신들도 그 생각에 물들어가는 것을 느끼게 되었다.

송수익이 하산한 세 유생의 반대에도 불구하고 진작부터 부대를 그렇게 세분했던 것은 그럴 만한 이유가 있었다. 무장이 강한 헌병대나 토벌대를 상대로 전투효과를 높이는 동시에 몰살의 위험을 피해 피해를 최소화하자는 것이었다.

그런 전법은 물론 그가 혼자서 생각해 낸 것이 아니었다. 포수들과 지삼출의 의견이 모아진 것이었다.

"공주쌈서 그리 맞대거리허지 않고 산지사방으로 끌고 댕김서 싸웠음사 종당에넌 동학군이 이겼을 것잉마요."

지삼출의 이 말은 송수익의 마음을 움직이는 결정적 계기가 되었다.

송수익은 대원들의 수를 더 늘리지 않았다. 산간마을을 거치다 보면 합류하려고 나서는 사람들이 적잖았지만 그때마다 후일을 기약하자며 그들을 이해시키고는 했다. 그가 급선무로 생각하는 것은 전 대원의 무장화였다. 겨울에 서른네 사람의 매일 양식을 해결하는 것도 수월한 일이 아니었다. 그런 데다 전투력이 둔화되는 추위 속에서 무장도 안 된 사람들을 수만 늘린다는 것은 무모한 인명살상을 자초하는 어리석음이었던 것이다.

송수익의 부대는 언제나 토벌대와 정면으로 맞서지 않았다. 미리미리 탐지해서 피해버린 다음에 기습전이나 유인전을 펼쳤다. 그런 작전을 위해 부대를 소조직으로 짰던 것이다. 분대별로 분산하고, 군별로 기동성을 발휘하며 기습하여 치고 유인하여 무찌른 다음 다시 집결하는 방법을 썼다.

주재소를 기습할 때도 언제나 유인조가 먼저 기동하고, 중간에 매복조를 두었으며, 기습조가 따로 주재소를 치고 들어갔다. 주재소를 기습하는 것은 총과 탄알을 구하기 위해서였다. 기습한 주재소는 꼭 불질렀다. 그리고는 최선을 다한 기동성으로 그곳으로부터 멀리 이동했다.

그런 작전은 언제나 어둠이 내리기 시작하면서 벌어졌다. 지형을 미리 다 살펴둔 다음에 펼치는 야간작전은 그만큼 유리했던 것이다. 어둠이 방패였고 무기였다. 그들은 전선 절단도 큰일로 삼았다. 그것이 토벌대를 움직이고 있는 무기였기 때문이다. 그러나 그들은 마을이 가까운 전선은 절대로 자르지 않았다. 그 책임이 마을사람들에게로 돌아가 그들이 엉뚱한 곤욕을 치르게 되는 탓이었다. 통감부에서는 전국적으로 전선의 보호 책임을 각 마을에 지우고 있었던 것이다.

송수익의 대원들은 거의 총을 갖게 되고, 강원도와 경상도 접경에서 평민 출신인 신돌석이 이끄는 부대가 줄기차게 용맹을 떨치고 있다는 소문을 들으며 봄을 맞고 있었다.

야산에 핀 진달래가 지면서 깊은 산의 진달래가 피어나고 있었다. 송수익의 부대는 마치 진달래꽃 구경이라도 하듯 차츰 깊은 산

으로 발길을 옮겼다. 봄과 함께 일본토벌대의 기세가 되살아나 왕
성해졌던 것이다.

송수익부대는 한층 기동력을 살려 산 줄기줄기를 넘었다. 겹겹
으로 끝없이 이어진 산줄기는 드높이 물결 일구는 바다였다. 그들
이 그동안 몇 차례인가 오르내린 그 산줄기는 순창·임실·진안·무
주에 걸쳐 뻗어 있는 노령산맥 줄기였다.

송수익은 두 가지 소식을 한 달 간격으로 잇따라 들었다.

처음에 들은 것이 국채보상운동의 전개였다. 그것이 무엇인지 알
고자 하는 대원들을 위해 송수익은 설명회를 열었다. 그런 요구가
없었더라도 대원들의 식견을 넓히기 위해 수시로 실시해 온 교육
의 일환으로 설명이 필요한 문제이기도 했다.

"국채보상운동이란 쉽고 간략하게 말해서 나라가 진 빚을 갚자
는 운동인 것입니다. 다시 말해 나라가 그간에 일본한테 진 빚을
백성들 모두가 나서서 갚아주자는 뜻입니다."

"치이, 또 백성덜만 골창 빠지게 생겼네."

누군가가 퉁명스럽게 말했고,

"긍게 말이여. 백성들이야 고린 동전 한 닢 맨져보기나 헜간디."

누군가가 불만스럽게 말장단을 맞추었고,

"빌어묵을, 언제고 닭 잡아묵은 놈 따로 있고 닭값 무는 놈 따로
있는 시상이랑게."

또 누군가가 야무지게 오금을 박았다.

그 정확한 반응들에 만족을 느끼며 송수익은 빙그레 웃고 있었다.

"근디, 빚얼 다 갚자는 뜻이 머신게라우? 그 빚얼 다 갚아줬응게 왜놈 느그덜 이 땅서 물러가그라 그런 맘 묵는 것 아닐랑게라?"

지삼출의 물음이었다.

송수익은 문득 놀랐다가 그 질문자가 지삼출인 것을 알고는 보일 듯 말 듯 고개를 끄덕였다. 역시 지삼출다운 눈치요 판단이라고 여겨졌던 것이다.

"맞는 말이오. 그런 뜻을 가지고 시작한 일인 것이 자명한 것이오. 그 일을 어찌들 생각하시오?"

송수익은 대원들을 둘러보았다.

"그것이야 보나마나 팔다리 띠줘감서 호랭이 달개기겄제라."

손판석의 대꾸였다. 결국에는 호랑이에게 잡혀먹히고 마는 옛날 이야기로 대답을 대신한 것이다.

"아마 그 말이 맞을 거요. 백성들 힘으로 빚을 갚게 될지 어쩔지도 모를 일이고, 빚을 갚는다고 해서 순순히 물러갈 왜놈들이 아니오. 기왕 시작된 일이니 우리는 어디 두고 봅시다."

"지기럴, 왜놈덜 빚 갚을라 말고 그 돈으로 의병덜 군자금이나 대주제."

누군가가 뚱하게 말하며 방귀를 뽕 뀌었다. 모두가 와아 웃음을 터뜨렸다.

담배를 끊자, 술을 마시지 말자, 끼니마다 한 주먹씩 곡식을 모으자. 이런 호소와 함께 국채보상운동은 전국적으로 빠르게 파급되어 나가고 있었다. 그 뜨거운 호응은 일반대중들의 가슴에 품고 있는 반일의지가 얼마나 강한가를 잘 보여주는 것이었다.

정부가 일본에 지고 있는 빚은 1,300만 원가량이었다. 나라의 연간수입이 1,400만 원 정도이니 나라의 힘으로 그 빚을 갚는다는 것은 요원한 일이었다. 그런데 각계각층의 대중들은 몇 개월 만에 600만 원이라는 엄청난 돈을 모으게 되었다. 그러나 그 일은 끝내 실패가 되고 말았다. 통감부는 온갖 방법으로 그 운동을 방해하고 탄압하는 한편으로 해가 바뀌자 2천만 원의 차관을 다시 들여와 정부에 떠안겼다. 일본의 손아귀에 잡힌 정부가 다시 늘려놓은 빚더미를 백성들로서는 감당할 도리가 없었던 것이다.

두 번째 소식은 너무 충격적인 것이었다. 황제의 양위였다.

송수익이 충격을 받은 것은 군왕이 생애를 마치기 전에 타력에 의해 밀려난다는 것보다는 그것을 계기로 나라를 완전히 잃게 되리라는 것 때문이었다. 그는 의병이 대대적으로 일어나리라는 것을 직감했다. 그건 어떤 사람에게나 충격이 아닐 수 없는 큰 사건이었다. 고종은 헤이그 만국평화회의에 밀사를 파견했다는 이유로 외세에 의해 왕위에서 밀려난 최초의 군왕이 되었다. 그러나 그 일은 고종이 재위기간을 통틀어 가장 군왕답게 처리한 최초의 일이기도 했다.

일본은 고종을 왕위에서 밀어내는 것을 계기로 조선을 완전히 집어삼킬 계획을 신속하게 진행시켜 나갔다.

한일신협약(정미7조약)을 조인해서 국권 일체를 장악하게 되었고, 광무신문지법을 제정하여 언론·출판의 자유를 탄압할 준비를 갖추었고, 군대 1개사단을 용산에 주둔시켜 무력을 확장시켰으며, 보안법을 공포하여 그 어떤 반항이나 저항을 할 수 없도록 조선사람 모두에게 족쇄를 채웠고, 그동안 자기네와 협조를 잘해왔던 조선군대마저 해산하게 되었다.

그런 중대한 일들이 모두 8일 동안에 이루어졌다. 그러나 일본의 의도는 뜻대로 풀려나가지 않았다. 훈련원에서 벌인 군대해산식을 발단으로 조선군대는 마침내 일본군대에 방아쇠를 당긴 것이다. 서소문 일대에서 치열한 시가전이 벌어졌다. 한양을 피로 물들인 그 도전은 조선군대와 의병이 전국적으로 봉기하는 도화선이 되었다.

원주에 이어 강화진위대 장병들이 봉기를 일으켰고, 보은 속리산에서 노병대가 의병의 깃발을 올렸고, 원주에서 이인영이 의병의 횃불을 들었고, 문경에서 이강년이 의병의 북소리를 울리며 신돌석부대와 연합을 이루었고, 전라남북도에서 기삼연과 김용구가 의병의 함성을 드높였다. 전국에서 일어나는 의병의 열기는 8월의 햇볕만큼 뜨거웠다.

통감부는 모든 병력을 동원하여 의병진압에 나서는 동시에 총포화약류 단속법이라는 것을 서둘러 공포했다. 그 법은 조선사람들이 총을 갖거나 화약을 다루는 것을 불법화하고, 따라서 의병들이 총이나 화약을 구할 수 없도록 봉쇄하는 이중목적을 가지고 있었다. 그 법에 즉각적으로 반발하고 나선 것이 산맥을 따라 퍼져 있는 포수들이었다. 함경남도의 포수 홍범도는 동료 포수들을 규합해 포수의병대를 탄생시켰다.

송수익은 자신이 예상했던 대로 다시 의병들이 거세게 일어나자 민첩하게 부대를 이끌며 새 의병장들과 접촉을 시도했다. 그러나 그건 부대의 규모를 확대하기 위해서가 아니었다. 그는 오히려 대창이나 농기구 같은 빈약한 무장으로 사람들 수만 많이 늘리는 것을 원하지 않았다. 그건 소중한 인명만 무모하게 살상시키는 안타까운 일이었던 것이다. 나라를 구하겠다는 의지가 아무리 강하고 그 열정이 아무리 뜨거워도 대창으로 총을 이길 수는 없는 노릇이었다.

"무장 없이 사람수만 많은 것은 무모한 인명손실을 자초하는 것만이 아닙니다. 군비조달의 어려움을 초래하고, 부대의 기동성을 약화시킵니다. 또한 많은 인명손실은 의병의 지지기반을 그만큼 고갈시키는 결과를 가져오게 됩니다. 의병활동은 뜻있는 백성들의 은밀한 지원 없이는 가능하지가 않습니다. 우선 서른이 넘은 사람들은 되돌려보내서 뒤에서 돕게 해야 합니다. 왜놈들을 몰아내는 싸움은 하루이틀로 결판날 싸움이 아니니까요."

송수익은 새 의병장들에게 설명했다.

"예, 지당한 말씀이십니다."

의병장들은 쉽게 납득했다.

"지금 화급한 것은 진위대에서 해산된 군사들을 받아들이는 일입니다."

송수익의 이 의견에는 반대를 하거나 이의가 생겼다.

"그자들은 왜병하고 한패가 되어 의병한테 총질을 한 놈들입니다."

"아무리 형세가 급해도 그런 죄인들하고 의병을 함께할 수야 없지요."

"예, 옳은 말씀들입니다. 그들은 분명 죄를 저질렀습니다. 허나 군대의 졸병들이란 위에서 내리는 명령에 따라 움직일 수밖에 없는 몸이라는 점을 십분 감안해야 할 것입니다. 잘못은 어디까지나 그런 명령을 내린 상부에 있고, 그들에게도 다소의 잘못이 있다 하더라도 이제 그들은 척왜를 내세우고 왜군에게 총부리를 돌렸습니다. 그들도 우리와 같은 뜻으로 목숨을 내걸고 나섰는데 그 이상의 회개가 어디 또 있겠습니까. 회개를 거두는 것이 대인의 도량일 것이고, 그들은 군인으로 훈련이 잘되었을 뿐만 아니라 무기를 가지고 있습니다. 마음을 크게 열어 그들과 힘을 합해야 되지 않겠습니까?"

송수익의 이런 설득은 효과적이었다.

또한 새 의병장들의 입장에서도 해산군인들은 더없이 필요한 존재들이기도 했다. 그래서 의병과 해산군인들은 아주 자연스럽게 섞이게 되고, 군인 출신 의병장들이 생겨나는 계기가 되었다.

"나이가 서른이 넘었으니 어서 집으로 돌아가 생업을 잇도록 하시오. 생업에 열중하면서 뒤에서 의병을 돕는 길이 얼마든지 있소. 뒤에 아무도 없으면 우리가 누구한테 도움을 청하겠소."

송수익은 자원해 온 사람들을 가려내 설득하기에 바빴다.

"나가 이래 봐도 들돌얼 한숨에 등뒤로 내다꽂는 기운이당게라."

"나도 쌀 한 섬 맨어깨에 올리고 10리럴 뛰는 사람이랑게요."

"논 서 마지기 있든 거 신작로공사에 몽창 띠믹히고 생업 잃은

지 오래구만이라우. 그 논 도로 찾자면 왜놈덜얼 몰아내야 되는디 가기넌 어디로 가겄소."

이렇듯 완강하게 버티는 사람들이 한둘이 아니었다. 그런 사람들 앞에서 송수익이 결국 밀릴 수밖에 없었다.

송수익은 그런 굳은 마음을 가진 사람들까지 받아들여 부대를 다시 편성했다. 그전에 다섯 명 단위로 짰던 분대에 25명씩을 더 채워 그 통솔자로 도십장을 두었다. 그리고 그 아래에다 15명씩을 분담할 수 있는 두 명의 십장을 두었다. 또한 두 명의 도십장 위에는 도포를 두어 60명을 이끌게 하는 독립부대를 만들었다. 그 독립부대 세 개를 총괄하는 책임을 대장이 맡기로 했다. 그 조직은 부두노동자들이 그런 짜임으로 제각기 독립성을 유지하며 일을 효율적으로 처리해 나가는 데서 착안하고 원용하게 된 것이었다.

그 편제는 그전의 경험을 살려 각 소부대가 독자적으로 활동하는 동시에 상황에 따라 신속하게 결합할 수 있게 하고, 만약 어떤 통솔자가 전사하게 되더라도 전열을 흩뜨리지 않고 계속적인 전투가 가능하게 하기 위해서였다.

그 체제를 따라 도포가 된 지삼출은 60명의 부하를 거느린 독립부대의 의병장이 된 셈이었다. 농민 출신 의병장들이 유생 출신 의병장들을 앞지르며 많아지게 된 하나의 계기였다.

의병전쟁은 도처에서 치열하게 벌어졌다. 일본군들은 무서운 기세로 공격을 감행했다. 전과는 다르게 기관총까지 동원해서 살육전을 펼쳤다. 무기가 부실한 의병들은 일본군과 정면으로 맞섰다

하면 삼베옷을 피로 물들이며 무더기로 죽어갈 수밖에 없었다.

의병장 기삼연·김용구도 많은 대원들과 함께 전사했다. 그러나 의병장들은 그 뒤를 이어 또 나타났다. 조경환·박도경·김태원 같은 사람들이 다시 깃발을 들어올렸다.

일본군들은 의병만 상대해서 싸우는 것이 아니었다. '의병을 도피시키고 흉기를 은닉하는 자는 엄벌에 처하고, 현행범은 그 촌락에 책임지워 온 마을을 엄중하게 다스릴 것'이라는 방을 붙이고 통변들을 앞세워 마을사람들에게 그 사실을 알리게 했다.

그것은 엄포만이 아니었다. 임실군에서 산 가까운 마을 감골이 그 첫 번째 수난을 당하게 되었다. 부상당한 의병을 치료해서 살려 보냈다는 혐의였다.

느닷없이 밀어닥친 일본군과 헌병들은 집집마다 뛰어들어 사람들을 밖으로 몰아쳤다.

"다들 나와! 죽기 전에 나와!"

소리치고 돌아가는 것은 일진회 회원들이었다. 그들도 이제는 일본군과 다름없이 무장을 갖추고 있었다.

일본군들은 남자고 여자고 노인네고 아이들이고 가릴 것 없이 닥치는 대로 개머리판을 휘둘렀고, 걸리는 대로 발길질을 해댔다.

아이들이 나동그라지며 숨 자지러지게 울어대고, 아이들을 부르며 쫓아가던 여자들이 비명을 토하며 거꾸러지고, 노인네들이 걷어차여 눈을 뒤집으며 쓰러지고, 마을은 삽시간에 수라장이 되었다.

"이 못된 인종들아, 아그덜이 무신 죄가 있다고 그리 개 패듯 허냐!"

한 노인이 주먹을 부르쥐며 헌병대장에게 대들었다. 수염이 흰 촌장이었다.

"바까야로, 없애버려라!"

말이 떨어지기가 무서웠다. 옆에 있던 헌병이 총창으로 노인의 가슴을 찔렀다.

"아이고 아버니임!"

중년의 남자가 울부짖으며 달려왔다.

"저것도 없애버려!"

헌병의 피 묻은 총창이 달려오는 그 남자의 복부를 파고들었다.

마을사람들은 완전히 넋이 빠진 채 굳어지고 말았다. 아이들도 울지를 못했다.

일본군들은 누가 의병을 살려보냈느냐고 닦달해 댔다. 마을사람들은 계속 폭행을 당하면서도 고개를 저어야 했다. 새로운 죽음을 피하기 위해서였다.

"이번만은 이 정도로 끝내겠다. 허나 한 번만 더 그따위 짓을 하면 그때는 너희들 전부를 몰살시키고 말 것이다."

헌병대장이 남긴 말이었다.

마을사람들은 피멍든 몸으로 말들을 잃고 있었다. 너무 정신없이 당한 일이었고, 눈앞에 놓인 두 주검이 기막혔던 것이다.

두어 달 전에 감쪽같이 해치운 그 일을 왜놈들이 어떻게 알았을까 하는 생각은 한참이 지난 뒤에 하게 되었다. 마을 전체의 안위가 걸린 문제라서 없었던 일로 밀봉한 일이었다. 물론 아이들이 알리 없었다. 그런데 왜놈들이 들이닥친 것이다. 어떻게 된 일인지 알 수가 없는 노릇이었다. 어쩌면 누군가가 술기운에 말을 잘못 흘렸을 것이고, 그 말이 표나지 않게 숨어 있는 그들의 앞잡이 귀에 들어갔는지도 모를 일이었다. 밀정이라고도 부르는 그들의 앞잡이에게 자기네가 감시당하고 있다는 사실에 마을사람들은 뒤늦게 몸서리를 쳤다.

의병들이 걷잡을 수 없이 일어나자 통감부에서는 병력과 화력만 강화시킨 것이 아니었다. 여러 조직을 통해 밀정들을 대폭 늘려 산지사방에 침투시켰다. 밀정들은 의병활동을 탐지해 내고, 일반사람들의 움직임을 샅샅이 염탐했다.

날이 자꾸 가도 의병들의 기세를 꺾을 수 없게 되자 통감부에서는 또다른 조처를 취하게 되었다. 11월에 접어들면서 각 면마다 자위단이라는 것을 만들어 의병을 막게 하고 각종 정보를 수집하거나 보고하게 했다. 그 억지 조직은 조선관리들과 주재소의 이중적인 통제를 받았다. 통감부의 손아귀에 완전히 틀어잡힌 조선관리들은 이미 조선관리가 아니었다.

겨울이 시작되는 11월 말에 송수익은 새로운 긴장 속에서 부대의 전열을 가다듬었다. 그리고 북풍을 맞받으며 부대를 북으로 북으로 이끌어갔다. 1차 목적지는 경기도 양주였고, 병력이동 목적은 한양 공격이었다.

그것은 다름 아닌 관동창의대장 이인영이 전국의 의병장들에게 통문을 보내, 모두 한곳에 집결하여 의병연합부대를 결성하고 그 힘으로 한성을 공격하자는 것이었다. 그 계획에 따라 송수익의 부대는 전라도 의병대 중의 하나로 가려뽑히게 된 것이다.

그 계획에 대한 호응은 커서 애초에 통문을 돌리지 않은 함경도와 평안도의 의병대까지 양주로 모이게 되었다. 그곳에 집결한 의병들은 자그마치 1만 명을 헤아렸다. 대부분 먼 길을 걸어왔음에도 불구하고 그들의 사기는 높았다.

곧 연합부대 편성을 하게 되었다. 원수부 13도 총대장이 된 이인영은 군사장을 비롯하여 각 지방별로 일곱 명의 의병장을 임명하였다. 그런데 그 대장들은 한 사람도 빠짐없이 유생 일색이었다.

그 결과를 보고 송수익은 또 앞이 가로막히는 벽을 느꼈다. 그들이 과연 일본군을 상대로 하여 싸우려는 것인지 아니면 지체 높은 양반 유생들끼리 감투잔치를 하고 있는 것인지 알 수가 없었다. 한성을 공격해 들어가 일본군과 싸우려는 군대라면 마땅히 대장도 전투경험이 풍부하고 부대를 지휘할 능력이 뛰어난 사람을 뽑아야 하는 것이었다. 그런 사람이 분명 있는데도 그들은 또 지체를 앞세워 능력을 묵살하고 있었던 것이다.

일본군이 접전하기를 두려워할 정도로 '나는 호랑이 같은 용맹스러운 장군'으로 이름을 떨치고 있는 신돌석이 부대를 이끌고 와 있었다. 그러나 그가 제외된 것은 평민이라는 신분 탓이었다. 그런 형편에서 홍범도의 부대가 무시된 것은 너무 당연한 것이었다.

그런데 더 가당찮은 일이 발생했다. 총대장 이인영이 '부친 별세'

라는 연락을 받고 총대장직을 버리고 집으로 돌아가면서 의병활동을 중지하라는 통문을 각 진영에 돌린 것이다. 그 통문에 따라 유생 의병장들은 중심을 잃었고, 한성공격계획은 실속 없는 시위가 되고 말았다.

군사장 허위는 선발대 300여 명을 이끌고 동대문 밖 30리까지 진격했지만 미리 정보를 탐지하고 있던 일본군의 반격을 받아 싸움다운 싸움도 해보지 못하고 무너졌다.

송수익은 다시 한 번 유생들의 허위에 절망하며 부대를 되돌리지 않을 수 없었다. 그 일을 계기로 유생 의병장들은 모든 의병대원들에게 더욱 깊은 불신을 당하게 되었다.

각 지역의 의병들은 신속하게 자기네들 위치로 돌아갔다. 다시 독자적인 활동으로 들어간 의병대들의 기세는 전과 달라진 것이 전혀 없었다. 13도 연합의병이 아무런 성과 없이 해체되었지만 한 가지 효과는 나타나게 되었다. 각 지방 의병들이 나라 전역에서 활동하고 있는 의병들의 수가 얼마나 많은지를 서로서로 확인한 사실이었다. 그 확인은 서로의 용기를 북돋우고 사기를 드높이는 힘으로 작용했다.

일본군경의 토벌작전은 더 드세고 거칠어졌다. 그러나 그에 맞서는 의병들의 불길은 오히려 더 번져가고 있었다. 일본군경이 잔혹하게 할수록 조선사람들의 증오는 더욱 커지고 있었던 것이다. 전국에 걸쳐 의병활동이 없는 군(郡)은 불과 몇 개에 지나지 않았다.

그런데 표나게 달라지고 있는 현상이 있었다. 유생 의병장들이 자꾸 줄어드는 것이었다. 그들이 전사한 자리는 다시 유생으로 채워지지 않았고, 또 어떤 유생들은 의병을 자진해산해 버리거나 스스로 의병을 떠나 뒤로 물러나 앉았던 것이다. 그런 자리들을 지체 낮은 사람들이 맡게 되어 평민 의병장이나 군인 의병장들이 갈수록 늘어나고 있었다.

평민 의병장들은 그 신분이 가지가지였다. 농민 출신이 가장 많은 가운데 화적·포수가 뒤를 이었고, 노동자·대장장이·필묵장수·승려 같은 사람들이 섞여 있었다.

그런 의병장들 중에서 송수익이 만난 가장 이색적인 사람이 승려 공허였다. 각 의병대들은 독자적으로 활동해 나가면서 필요한 경우에는 서로 협동작전을 펼치고 있었다. 공허를 만난 것도 협동작전 때였다.

"소승 공허라 하옵니다. 송 대장님 존함과 명성언 익히 듣고 있습니다. 뵙게 되어 생광이옵고, 이번 싸움서 싸우는 법얼 한 수만이라도 배우고자 헙니다."

기골이 크고 튼튼하게 생긴 공허의 첫대면 인사였다. 기골에 어울리게 목소리며 말하는 품도 활달하고 듬직했다. 그러면서도 예의는 꼭 깍듯하게 갖추고 있었다. 승려라기보다는 기운 세고 믿음직한 남자의 인상이었다. 송수익은 단번에 마음이 이끌렸다.

"무슨 과분한 말씀이십니까. 저는 세운 공 없이 그저 오래 살아 있는 것밖에 없습니다. 저는 빼어날 수에 날개 익 자를 씁니다. 공허라 하시면……?"

송수익은 친근한 웃음을 보냈다.

"듣던 바대로 중놈한티꺼정 말얼 높이시는구만요." 공허는 혼잣
말처럼 하고는, "예에, 빌 공에 빌 허를 쓰는구만요. 비고 비었으니
엎어치나 메치나 그기 그것이옵지요." 그는 껄껄대고 웃었다.

"썩 드문 법명입니다. 어느 대사께서 크게 발원하신 뜻을 담으신
것 같습니다."

송수익은 그 이름이 그의 인상에 어울리는 것 같기도 하고, 전
혀 어울리지 않는 것 같기도 한 느낌으로 말했다. 그의 혈색 좋은
얼굴은 나이를 아무리 많게 본다 해도 스물서넛밖에 안 되어 보여
더욱 그런 아리송한 느낌을 갖게 했다.

"아이고, 그런 거이 아니구만이라. 이놈이 원체 맘속에 원한얼 품
고 사닝게 그거나 다스리라고 그런 법명얼 내리신 거제 이놈얼 믿
어서가 아니구만요."

공허는 웃으며 고개를 저었다.

"무슨 원한이 그리 많으시기에……."

"중언 속세 인연에 대해서넌 입얼 여는 것이 아니라는 게 불가의
법도랑마요. 죄송허구만이라."

공허는 천진한 듯 씩 웃었다.

"그렇지요. 제가 무례했습니다."

송수익도 마주 웃고 말았다.

"시님, 부처님이 살생허지 말어라, 살생허지 말어라 허고 갤치시
는디 시님덜이 사람 죽이넌 쌈에 나스는 것언 어찌 되는게라우?"

장 포수가 능청스럽게 물었다.

"어허, 나보고 시방 선문답허자고 드요? 서산대사허고 사명대사 헌티 물어보시요. 나넌 그대로만 따라서 헝게."

공허의 무뚝뚝한 대꾸였다.

공허는 20명 남짓한 승려들과 열댓 명의 민간인들로 이루어진 부대를 이끌고 있었다.

"한 수만 배우라고 혔등마 여러 수럴 배우고 떠납니다. 또 뵙게 될 인연이 있기럴 빌겄구만요."

공허가 남기고 간 말이었다.

겨울이 깊어지면서 다시 한 해가 저물어가고 있었다. 송수익과 대원들은 멀리 날아가는 기러기떼를 바라보았다. 집으로 향하는 마음들을 실어보내며.

18

샌프란시스코의 총성

노을이 바다를 물들이고 있었다. 여러 가지 색조의 푸르른 바다가 붉게 물들고 있었다. 파도끝에서 피어나는 하얀 물거품도 붉은 물이 들고 있었다. 언제나 변함없이 푸른 잎을 달고 있는 야자수들의 껑충하게 키 큰 모습들이 더욱 뚜렷하게 드러나고 있었다.

방영근은 참으로 오랜만에 그 경치를 신비스럽게 느끼며 바라보고 있었다. 그동안에는 아무런 감흥 없이 건성으로 보아넘겼던 흔한 경치였다. 다른 계절로 바뀔 줄 모르는 여름이 지겨웠듯 어쩌면 그 노을 지는 모습도 지겨웠는지도 몰랐다.

"무신 생각 허능가?"

남용석이 방영근 옆으로 다가왔다.

"이, 앉소. 그냥 바다 귀경허고 있네."

방영근이 남용석을 올려다보며 웃었다.

"맨날 신물 나게 본 놈으 것인디……."

남용석이 담배를 꺼내며 주저앉았다.

"글씨 말이시, 신물이 난지 알았등마 오늘언 아조 곱고 정답게 뵈네."

"인자 이별이랑게 그런 것이시. 사람 맴이란 것이 그리 간사시럽고 묘허당게."

담배에 불을 붙인 남용석이 담배연기를 내뿜으며 눈길을 멀리 보냈다.

"아매 그런갑네. 하와이땅에도 미운 정 고운 정 다 들었응게."

"별소리 다 듣겠네. 나넌 징상스럽기만 허제 미운 정이고 고운 정이고 정이라고넌 눈꼽맨치도 없네, 빌어묵을."

남용석은 침을 뱉었다.

"이사람아, 너무 그러딜 말어. 이놈에 샘물 다시넌 안 묵는다고 춤 뱉으고 돌아슨 사람이 도로 찾아와 묵는 법잉게로."

"아이고 그 징상헌 소리 말소. 그리 몸서리나게 고상히서 떠나는 이놈으 땅으로 자네 다시 올 심판이여?"

남용석이 진저리치듯 하며 목소리를 높였다.

"그리돼서야 안 되제."

방영근이 담배를 빼들었다.

"근디?"

"우리가 갈 땅도 미국땅이기넌 매일반인디 이 코쟁이 백인덜 인심이야 그것이 그것일 것이고, 우리덜 살기도 그리 똑별나게 나슬 것이 없을 것잉게 맘에 너무 바람 채우지 말란 것이제."

"어쨌그나 여그보담이야 낫다는 소문잉게 거그서 돈 벌어갖고 바로 집으로 가는 배럴 타야제."

"그리되면 얼매나 좋겄능가. 그때가 언제가 될란지……."

방영근은 담배연기를 한숨으로 내뿜었다. 담배연기 속에 어머니와 형제간들의 얼굴이 한꺼번에 떠올랐다. 순간적으로 가슴이 콱 막혔다. 언제나 설움과 눈물을 싸안고 밀려드는 얼굴들이었다.

"4년이야 더 걸릴 리 있나."

"지끔꺼지가 4년이고, 그 반으로 잡으면 2년인디……. 그리라도 되면 좋겄제."

방영근은 느리게 고개를 끄덕였다.

"그나저나 그간에 소식 한 장 못 보냈시니 다 걱정이 태산 아니겄능가?"

남용석이 근심 어린 얼굴로 방영근을 쳐다보았다.

"무소식이 희소식이거니 허고덜 살겄제."

입을 꾹 다무는 방영근의 얼굴이 무겁게 가라앉았다.

편지는 두 달에 한 번씩 부치도록 허용되었다. 그러나 편지를 쓰는 사람들은 거의 없었다. 언문이라고 부르는 한글이나마 깨친 사람이 열 사람 중에 둘 정도였다. 그런데 그들마저 겨우 읽을 줄을 알 뿐 쓰는 것은 무척 서툴렀다. 그런 형편에 일은 매일같이 고달프고, 편지는 돈을 먹지 않고는 그냥 가는 것이 아니었다. 종이며 봉투도 돈이었고 연필도 돈이었다. 농장을 하루라도 빨리 벗어나기 위해 옷이며 신발을 덕지덕지 꿰매야 하는 형편에서 그런 데다 돈을 조각낼 수는 없었던 것이다.

"의병이다 멋이다 스끌시끌헌 시상이서 어찌덜 사는지 원……."

남용석의 얼굴도 어두워졌다.

"그나저나 갑오년 그때가 따로 없는 모냥인디. 다 큰일이제."

그들도 바다를 건너오는 소문을 다 듣고 있었다. 그 소문에 따라 일본인 감독은 점점 더 포악해져 갔다.

"의병으로 온 나라가 들썩이는갑는디. 우리가 그냥 집에 있었으 면 어찌 되었을랑고?"

"의병으로 나섰겄제."

방영근의 거침없는 말이었다. 그의 눈앞에는 지삼출의 얼굴이 뚜렷하게 떠오르고 있었다. 그는 아버지나 지삼출이 왜 동학당으 로 나섰는지를 하와이에 와서야 차츰 깨닫게 되었다.

"그리 말헝게 속이 시언허시. 헌디, 여그도 말만 미국이제 왜놈덜 이 드글드글허고, 그 기세도 얼매나 등등헌가. 우리나라도 그간에 왜놈덜이 더 많이 늘었을 것 아니라고. 저러다가 왜놈덜헌티 나라 다 뺏기는 것 아닐랑가?"

남용석이 발목을 기어오르는 도마뱀을 잽싸게 낚아채 멀리 던지 며 말했다. 큼직한 도마뱀이 몸을 꿈틀거리며 날아가는 것을 방영 근은 별 생각 없이 지켜보았다. 도마뱀이며 두꺼비 같은 것은 하와 이에서 너무 흔한 동물이었다. 여름뿐인 땅이라 나무며 풀들이 놀 랄 만큼 빠르게 자라듯 그 동물들도 조선것들보다 두세 배는 더

컸다. 무성한 나무숲에는 온갖 동물이며 벌레들이 많았다.

그런데 정작 뱀은 눈을 씻고 찾아도 없었다. 이상하게도 하와이 땅에는 뱀이 살지 않았다.

"모를 일이제, 그리될란지도."

방영근의 가라앉는 중얼거림이었다.

그 문제는 조선사람 누구나가 가지고 있는 걱정이고 의문이었다. 그러나 누구 하나 그 답을 풀어내는 사람이 없었다. 교회를 통해서 듣는 소식이나, 입에서 입으로 옮겨지는 소문은 날이 갈수록 자꾸 나빠져 가고 있었다.

"어쨌그나 1년 반얼 허송만 헌 것얼 생각허먼 기맥히시."

남용석이 쓴 얼굴로 한숨을 물었다.

"그리 생각 말소. 쥐도 새도 몰르게 죽은 사람덜 생각허먼 우리야 천행잉게."

방영근은 이마가 찌푸려졌다. 다시 생각하고 싶지 않은 1년 반이었다.

농장의 고용 계약기간 2년이 만료되면서 그들은 거의 풀려나게 되었다. 그때는 이미 개간이 끝난 땅에 사탕수수농사가 한창이었다. 계약기간 만료를 한두 달 앞두고 루나들은 표나게 부드럽고 친절해지기 시작했다. 일손이 달리는 농장에다 그들을 그대로 붙들어두기 위한 회유책이었다.

그즈음에는 루나들이 거의 채찍을 휘두르는 일이 없었다. 루나들의 마음이 변한 것이 아니라 노동자들이 눈치껏 미리 다 알아서 움직여 채찍을 휘두를 필요가 없었던 것이다. 맞지 않고 일을 하려는 그 대처는 결과적으로 작업능률을 올리게 되었고, 차질 없는 목표달성은 루나들과 농장주를 함께 만족시켰다. 그런 결과는 조선사람들이 고용된 농장은 어디나 마찬가지였다. 신문《하와이 타임》에 '근면하고 성실하며 순종 잘하는 조선인 노동자들'이라고 보도가 될 정도였다.

그런 노동자들이 한꺼번에 농장을 빠져나가는 것을 막기 위해 루나들은 '취업신청서'를 가지고 다니며 미소작전을 벌이기에 바빴다. 그러나 노동자들은 거의가 고개를 내저었다. '고용계약서'가 '취업계약서'로 바뀌었을 뿐 근로조건이 달라진 것이 없는 데다, 그들은 그 지긋지긋한 농장에서 한시바삐 벗어나고 싶은 생각뿐이었던 것이다.

방영근과 남용석도 시원하게 농장을 박차고 나왔다. 루나들의 쌍안경 감시와 채찍의 공포에서 벗어나 마음대로 새 일거리를 찾아나서는 그들의 겨드랑이에서는 날개라도 돋는 듯한 기분이었다.

방영근은 바로 집으로 돌아가고 싶었지만 수중에 든 돈은 뱃삯이 어림도 없었다. 그렇다고 벌이가 낫다는 샌프란시스코로 건너갈 만한 액수도 못 되었다.

어쩔 수 없이 하와이에서 돈을 더 모을 수밖에 없었다. 새로운 마음으로 돈벌이를 찾아나섰다. 그러나 하와이는 또다른 모양을 한 농장에 지나지 않았다.

"내 나이 인자 시물다섯잉게 여그로 끌려오지 안했음사 두 아그덜 아부지넌 되았을 것인디."

풀잎을 뜯어 입에 문 남용석이 어깨를 늘어뜨리며 중얼거렸다.

"체, 심 빠지는 소리 허덜 말어."

방영근이 허망한 웃음을 흘렸다.

"하매 갑분이가 딴 놈헌티 시집얼 가부렀겄제." 남용석은 한숨을 푹 쉬고는, "자네넌 맘에 둔 시악씨가 없었능가?" 그는 방영근을 새삼스럽게 쳐다보았다.

"싱건 소리 말소. 나야 가난히서 장개도 못 갈 처지였응게."

방영근은 고개를 바다 쪽으로 돌려버렸다.

"원 사람, 뚝뚝허기넌……."

무색해진 남용석은 담배를 꺼냈다.

방영근은 바다 저쪽에서 솟아오르는 고운 처녀의 모습을 보고 있었다. 여동생 보름이의 동무 오월이었다. 가리마가 희고 수줍은 모습의 오월이가 곧 잡힐 듯 선연했다. 동백기름 한 종지를 사주고 싶었지만 그 정표도 못하고 떠나왔었다. 방영근은 가슴 시린 그리움에 목이 메었다.

햇수로 4년이면 오월이도 어디론가 시집을 가 아이엄마가 되었을 세월이었다. 그 새삼스러운 생각에 방영근은 가슴이 쓰라려오는 것을 느꼈다.

내놓고 장래를 언약한 사이는 아니었지만 서로 마음의 덩굴은 얼크러져 있었다. 집을 떠나오기 전날 밤 여동생 보름이의 눈짓으로 대밭에서 만났을 때 오월이는 말없이 울기만 했다. 그때 꼭꼭 끌어안으면서 기다리라고 다짐하고 싶었고, 기다리겠다는 약속을 받고 싶었다. 그러나 끌어안기는커녕 손도 잡아보지 못했고, 겨우 한마디 한 것이 '얼렁 댕게올 것이구만'이었다.

농장에서 벗어나 바로 돌아갔더라면 또 모를 일이었다. 그러나 달수로 1년 반을, 햇수로 두 해를 흘려보내 버린 것이다. 오월이의 마음은 그렇지 않더라도 집안에서 처녀를 스물이 넘도록 그냥 두었을 리가 없었다.

그동안 일은 힘들고 몸은 고달프면서도 젊은 육신 속에서 성욕은 불현듯 불길로 일어나고는 했다. 그때마다 그는 안타깝게 오월이를 붙들고 전신을 떨고는 했다. 그러면서 오월이를 그대로 두고 온 것을 후회하기도 했다.

"하와이는 왜놈덜 판이고 샌프란시스코는 뙤놈덜 판이라는디 어찌 괜찮헐랑가 몰라?"

남용석의 걱정스러운 말이었다.

"거그야 여그보담이야 크고 일거리도 많단게 벨 걱정 없겄제."

방영근은 그저 예사롭게 대꾸했다.

그러나 속마음에는 남용석과 똑같은 걱정이 도사리고 있었다. 농장에서 벗어나 반년 동안 당한 기억들이 너무 생생하게 남아 있었던 것이다.

농장에서 떠나와 눈을 새롭게 뜨고 보니 하와이는 그야말로 일본사람들의 천국이었다. 어디를 가나 일본사람들이 없는 데가 없었고, 어느 상점에나 일본물건들이 즐비했고, 일본 절이며 집들이 여기저기 흔했다. 일본사람들은 하와이 원주민들보다도 많은 것 같았다. 그도 그럴 것이 하와이 인구 19만 명 가운데 일본사람들이 7만이었던 것이다.

조선사람들은 취직이란 아예 꿈도 꿀 수 없었다. 우선 영어를 할 줄 몰랐던 것이다. 농장에서 빠져나온 사람들은 먼저 한인교회부터 찾아갔다. 그동안 일요일이면 농장으로 찾아와서 전도를 했고, 무슨 일이 있으면 도와줄 테니 언제든지 찾아오라고 선전을 했기 때문이었다.

그러나 일거리를 구하는 사람들에게 교회는 별다른 도움을 주지 못했다. 돈 없이 막다른 골목에 몰린 사람들에게 점심 한 끼를 먹여주는 것이 교회가 하는 일이었다.

방영근과 남용석은 돈벌이를 찾아 며칠을 쏘다녔다. 잠자리를 구하는 것도 돈을 까먹는 일이라서 아무데서나 눈을 붙였다. 여름뿐인 하와이가 좋다는 것을 처음 느끼게 되었다.

며칠 돌아보니 자기네가 할 것이라고는 천상 막노동뿐이었다. 행상은 중국인들이 구역을 나눠 도맡고 있었고, 멋모르고 거기에 끼어들었다가는 쥐도 새도 모르게 없어진다는 것이었다. 일본상점들이 많았지만 그들도 일본사람 외에는 절대로 안 쓴다고 했다.

방영근과 남용석은 도로공사장을 찾아갔다. 미국사람은 조선사람이라는 말을 듣자 엄지손가락을 세워 보이며 금방 채용을 해주었다. 그러나 현장에 배치되어 말썽이 일어났다. 일본인 십장이 사사건건 트집을 잡았다. 조선사람이라는 이유였다. 그럴수록 더 열심히 일을 했다. 그러나 닷새를 더 버티지 못하고 밀려나고 말았다. 해고사유는 '근무 태만'이었다. 일당 2달러 50센트의 좋은 일자리를 조선놈들에게 먹힐 수 없다는 뜻이었다.

그들은 어쩔 수 없이 부두로 나갔다. 거기는 또 중국인 노동자들이 판을 치고 있었다. 아편을 피워대는 중국노동자들은 폭력조직을 짜서 부두를 장악하고 있었다. 실업자들이 몰려들어 임금이 하락하고 있는 형편에 부지런하다고 소문난 조선사람들이 그들에게 달가울 리 없었다. 그들에게 잘못 보이면 감쪽같이 죽어 없어진다는 것이었다. 사람이 행방불명되어 경찰에 신고를 해도 아무 소용이 없다고 했다. 하와이경찰로서는 중국인 부두폭력조직을 다스릴 힘이 모자랐고, 또 황인종들끼리 일어난 사고에 대해서는 아예 관심이 없었던 것이다. 그러니까 부두에서 일거리를 얻자면 중국인 폭력조직의 허가를 받아야 되는 형편이었다. 그 허가란 소작 짓듯이 하는 '노동하청'이었다.

월급날이 사흘 앞으로 다가와 있었다. 그 월급만 타면 샌프란시스코로 건너가게 되어 있었다.

샌프란시스코까지는 1주일이 걸리고, 뱃삯은 30달러였다. 그러나 달랑 30달러로 되는 일이 아니었다. 앞일을 생각해서 또 30달러의 여축은 있어야 했다. 그 60달러의 목돈을 모으는 데 흘러간 세월이 1년이었다. 월급을 받는 대로 곧장 하와이를 뜨기로 되어 있었다.

그러나 일은 그들의 뜻대로 되지 않았다.

"보소 보소, 어이 영근이, 우리 샌프란시스코 가기넌 다 글러부

렀네."

변소를 가겠다고 나간 남용석이 헐레벌떡 뛰어들며 토해낸 말이었다.

"무신 소리여, 그것이!"

방영근은 가슴이 철렁해서 우뚝 섰다.

"사람 환장헐 일이시. 인자 본토로 못 건너가게 법얼 고쳐부렀다네."

남용석의 얼굴이 곧 울 것처럼 일그러지고 있었다.

"언제보톰 그리된 것이여?"

방영근은 침상에 주저앉았다.

"얼매 안 된 모낭이시."

"그려……."

방영근의 목소리에는 힘이 하나도 없었다. 두 사람은 한동안 말이 없었다.

"상심 말소. 어찌 된 일인지 우리가 나서서 세세허니 알아보세."

방영근이 몸을 일으키며 담뱃갑을 꺼내 남용석에게 권했다.

"우리가 집 못 찾아갈 신센갑네."

남용석이 담배를 뽑으며 입술을 꾹 다물었다. 그 입술에 파르르 경련이 일어나고 있었다.

"무신 소리여. 간다먼 가는 것이제."

방영근이 자르듯 말하며 성냥을 득 그어댔다. 그의 눈빛이 서늘했다.

그들 둘이는 다음날 한인교회를 찾아갔다. 노동자들이 하와이에서 본토로 건너갈 수 없도록 조처가 취해진 것은 사실이었다.

"잡역부들이 많이 필요했던 초기의 공사가 다 끝나 사람이 더 필요 없으니까 그런 조처가 내려진 모양이오. 어쩔 수 없는 일이니 실망은 하지 말아요."

목사의 나직한 말이었다.

"일거리야 그 철도공사만 있는 것도 아니겠고, 딴사람덜이야 다 맘대로 오가는디 어찌서 우리 겉은 사람만 막고 그런당게라?"

남용석이 따지듯이 물었다.

"예, 들리는 말로는 철도공사가 끝나가면서 거기에 동원되었던 사람들이 새 일거리를 찾아 이리저리 돌아다니는 것이 문제인 모양이더군요. 그러고 말이지요…… 백인들은 우리 같은 황인종들이 본토에 많아지는 걸 별로 달가워하지 않아요. 샌프란시스코에 있는 중국인촌을 싫어하는 것처럼 말이오. 또, 황인종 노동자들이 본토로 건너가는 것을 막지 않고 내버려뒀다가 하와이에서 다 빠져나가 버리면 사탕수수농장은 어찌 되겠어요. 다 그렇게 연관되어 있는 문제니까 그리 알아두세요."

목사는 그들을 단념시키고 새롭게 마음을 잡게 하려고 솔직하게 설명했다.

"결국 하와이서 옥살이나 허라 그것이구만요."

방영근이 쓰게 웃으며 한 말이었다.

"참 기막히시 이거."

남용석이 한숨을 토해냈다.

"그렇게들 생각하지 말아요. 본토로 건너간 노동자들도 생각보다 돈을 못 벌고 고생들이 많은 모양이오. 여기보다 임금은 좀 나아도 철따라 옷을 사입어야지, 날마다 밥을 사먹어야지 하다 보니 돈을 모으기가 여간 어렵지 않다는 거요. 오죽하면 하와이로 되돌아오는 사람들도 더러 있겠소. 사람 사는 땅에 어려움은 다 비슷비슷하니까 마음들 상하지 말아요."

목사는 웃음 담긴 얼굴로 지성껏 말을 했다. 목사의 말은 사실 그대로였다.

"참 우리 신세가 사람 신세가 아니시."

남용석이 혀를 차며 담뱃갑을 꺼냈다가 목사를 의식하고는 얼른 되집어넣었다. 목사가 잔잔하게 웃었다.

"목사님 말씸 잘 알아들었구만요."

방영근은 새로운 결심을 하듯 무거운 얼굴로 말했다.

"그래요, 마음을 새롭게 먹고 일하도록 합시다. 하와이에는 그래도 우리 동포들이나 많지 않은가요. 서로 마음 의지해 가며 살다 보면 여기가 천당은 못 돼도 지옥은 아닐 것이오."

목사는 슬픔이 깃들인 따스한 눈길로 두 사람을 바라보며 간곡한 어조로 말했다. 두 사람은 고개를 수그렸다.

그 철도공사란 로키산맥 서쪽의 태평양 연안철도 증설공사였다. 2년 전에 인부를 대대적으로 모집했었는데, 하루 노임이 1달러 30센트나 되었던 것이다. 그때 두 사람은 애만 달았지 매인 몸이었던 것이다.

"어이, 우리도 인자 사람 시늉 잠 허고 살세."

교회를 나선 남용석이 불쑥 말했다.

"무신 소리여?"

방영근이 고개를 돌렸다.

"속에서 천불이 일어 못살겄네. 집에 가는 것 1년이 더 늦어져도 존게 우리 술이나 잠 퍼묵고 속 풀세."

남용석이 제 가슴을 퍽퍽 쳤다. 그런 남용석을 물끄러미 보고 있다가 방영근이 입을 열었다.

"가세! 1년이 아니라 2년이 더 늦어진들 어쩌겠능가."

"아이고메 살겄능거! 자네도 사람이시 이."

남용석이 두 팔을 뻗치며 마치 어린애처럼 환성을 질렀다.

"글먼, 나가 짐승인지 알았등가?"

방영근이 화가 난 척 남용석을 꼬나보았다.

"자네야 짐승이 아니라 신선인지 알았제. 한번 맘묵었다 허먼 옆이서 꽹과리럴 치나 굿얼 허나 변허덜 않고 꽁꽁 참아내니 그것이 어디 사람 맴이겄어. 그간에 나가 자네 따러서 사니라고 수십 번도 더 몸살얼 앓았네."

"그리 독허니 산 것이 다 허망허시. 이래저래 우리덜 신세넌 사람 신세가 아닝게. 가세, 가서 오랜만에 코가 삐틀어지게 술이나 퍼마시세."

방영근이 쓸쓸하고도 쓰디쓰게 웃으며 남용석의 어깨를 쳤다.

그들은 베텔 스트리트에 있는 중국음식점 영빈관을 찾아갔다. 중국음식점들 중에서는 제일 고급으로, 평소에는 들어가 볼 엄두도 못 냈던 곳이었다.

서로 말이 통하지 않아 한동안 손짓발짓해 가며 음식과 술을 시켰다. 중국사람들은 장사를 하면서도 일본사람들과는 달리 영어라고는 단 한마디도 쓰지 않았다. 거기다가 무뚝뚝하기까지 했다. 싫으면 오지 말라는 배짱장사를 하는 셈이었다.

그러나 일본사람들은 정반대였다. 어느 가게에서나 일본말과 영어를 썼고, 짤막짤막한 중국말이나 조선말도 썼다. 조선사람이 물건을 사러 들어가면 제일 먼저 나오는 것이 일본말이었고, 그 다음이 중국말이었고, 끝으로 나오는 것이 조선말이었다. 조선사람인 것을 확인한 다음부터는 영어로 물건을 팔기 위한 친절은 더 말할수가 없었다.

일본물건은 옷이며 신발 단추에서부터 간장 된장 다꾸앙까지 없는 것이 없었다. 또한 값도 싼 편이라서 조선사람들은 일본상점에를 안 갈래야 안 갈 수가 없었다. 그건 일본사람들을 하나같이 미워하는 조선사람들로서는 피할 수 없는 괴로움이었다.

"짜아, 우리 신세가 아무리 드러와도 저 멕시코라든가 어딘가서 고상허는 조선사람덜보담이야 나슨게 그나마 다행이다 허고 맘 편히 묵세."

방영근이 남용석의 잔에 술을 따르면서 차분하게 말했다.

"그려, 그려. 우리보담 못헌 사람덜 생각험서 맘 추슬러야겠제."

남용석이 방영근의 잔에 술을 따르면서 말을 받았다.

"묵세."

"이."

둘이는 술잔을 마주 들었다. 서로 눈길이 마주쳤다. 방영근은 슬픔이 왈칵 솟기는 것을 느꼈다. 그런 감정이 솟기기는 남용석도 마찬가지였다. 방영근은 메는 목에다가 불이 붙도록 독한 중국술을 털어넣었다. 남용석도 단숨에 술잔을 뒤집었다.

슬픔을 태우듯 목줄기를 타고 내리는 독한 술기운을 느끼며 방영근은 돼지 한 마리 값보다 더 싸게 이 농장 저 농장으로 팔려다닌다는 멕시코의 조선사람들 신세와 자신을 비교하고 있었다.

멕시코 유카탄반도로 끌려간 조선사람들은 정말 짐승보다 싼값으로 팔리고, 아무런 보수도 없이 채찍을 맞아가며 강제노동을 한다고 했다. 그들이 불볕 속에서 날마다 하는 일은 가시 돋친 애니깽 잎을 잘라내는 것이라고 했다. 그런데 사람 키보다 큰 열대선인장의 일종인 애니깽의 잎에 돋친 가시들은 탱자나무 가시처럼 억센 데다가 강한 독까지 품고 있다는 것이었다.

그 잎들을 낫으로 잘라내다 보면 크고 억센 가시들에 몸이 찔리고 살이 찢기는 일이 다반사라고 했다. 그러나 몸이 찔리고 살이 찢기는 아픔으로 끝나는 것이 아니었다. 문제는 그 다음부터였다.

가시가 품고 있는 독이 살 속으로 퍼지면서 상처가 덧나기 시작하는 것이었다.

밀림 속의 폭염은 숨을 쉴 수조차 없을 지경이고, 몸에 익지 않은 일은 서툴고, 그러다 보니 가시에는 더 많이 찔리고, 상처가 성을 내며 부어올라도 약이라고는 없고, 찔리는 것을 막으려고 머리까지 옷을 뒤집어쓰고 손을 헝겊으로 감으면 땀은 더 쏟아지고, 덧나는 상처에 땀이 맥질되면 상처는 곪기 시작하고, 상처들이 곪느라고 욱신대고 아리는 고통 속에서도 채찍에 맞아가며 일터로 내몰리고, 열에 들떠 견디다 못해 쓰러지면 아무 치료도 받지 못하고 동굴에 내던져지고, 거기서 독사에 물려 죽기도 했다.

체력이 약한 자는 죽고 체력이 강한 자는 살아남는 두 갈래 길뿐이었다. 노동에 시달리고 상처를 앓으며 몸이 쇠약해지면 다른 데로 팔려가는 신세가 되었다. 그때 몸값이 돼지 한 마리보다 싼값이었다. 아는 사람들과 헤어지지 않으려고 몸부림쳐도 얻는 것은 가혹한 채찍질뿐이었다.

밀림의 농장생활에는 그런 고통만 있는 것이 아니었다. 모기에 물려서 병이 나고 벌레들에 쏘여서 앓았다. 그래도 치료라고는 없이 일터로 내몰렸다.

채찍과 총 앞에서 집단행동은 엄두도 낼 수 없는 일이고, 농장을 벗어나 도망쳐 봐야 끝없이 펼쳐진 밀림뿐이었다.

몇 달을 노동에 시달린 사람들은 얼굴이며 손이 크고 작은 흉터 투성이가 되었다. 특히 얼굴은 곰보의 얼굴인지 문둥이의 얼굴인지 구분할 수 없도록 살이 패고 찌그러지고 해서 울퉁불퉁하니 흉하기 이를 데 없었다. 그건 찢기고 곪은 상처들이 아물고, 또 찔리고 곪고 해서 생겨난 흉터들이었다.

그들의 그 짐승만도 못한 비참한 정황을 샌프란시스코와 하와이에 알린 것은 인삼장수 박영순이었다.

"이사람아, 얼렁얼렁 술 안 마시고 무신 생각얼 그리헌가? 집 생각이여?"

남용석이 방영근을 일깨웠다.

"아니시, 그 멕시코서 고상허는 사람덜 이얘기가 생각나서."

방영근이 떫은 입맛을 다시며 술잔을 들었다.

"그려, 그 사람덜 고상허는 것 생각허면 가심 아프제, 멕시코놈덜도 참말로 악독헌 인종덜이여."

남용석의 얼굴도 침통해졌다.

"그렇제. 미국놈덜이고 멕시코놈덜이고 다 즈그덜 배불리 살겄다고 그러는 것이제. 어쨌그나 당허는 우리가 빙신이여."

방영근은 한숨을 푹 쉬며 술잔을 단숨에 비웠다.

"그런 소리 말어. 당허는 우리야 무신 죄가 있간디. 나라 다스린다는 양반이란 것덜이 다 넋나간 빙신이고, 지 헐 일 지대로 안 허는 못된 인종덜 아니라고. 거 멕시코로 조사 간다고 여그 왔든 그 무신 대신 안 있능가. 그 물건 이름이 윤 머시여……."

"윤치호 아니등가."

"이, 그런 물건덜이 대감인지 대신인지 허는 자리덜 차지허고 앉었응게 나라 꼬라지가 망쪼가 드는 것이여. 조사허기로 나섰으면 멕시코로 가야 헐 일이제 엉뚱허니 여그 하와이서 메칠 보내다가 그냥 떠나불다니. 천 명이 넘게 죽어가고 있는 백성덜얼 생각허면 그것이 어디 사람이 헐 짓거리겄어."

술기운 탓인지 남용석은 흥분하고 있었다.

"이사람아, 그 대감마님이 배 타니라고 병얼 얻으셨다고 안 그러등가. 그려도 농장덜 돌아감스로 연설얼 했응게 공밥 묵고 놀다 간 것언 아니시."

방영근이 비꼬고 있었다.

"허기사 그렇구마. 장허시고 장허신 대감이시제."

남용석이 허탈하게 웃어버렸다.

멕시코에서 고생하는 동포들의 참상은 인삼장수 박영순에 의해 샌프란시스코에 있는 북미 한인공립협회에 알려졌고, 그 사실은 다시 하와이 교포신문인 《신조신문》과 《하와이 스타》에 크게 보도되었다. 그리고 뒤이어 국내의 《대한매일신문》에 그 실태가 보도됨과 함께 조사단 결성을 촉구했다.

조정에서 부랴부랴 뽑은 조사단장이 바로 외무대신 윤치호였다. 그러나 그는 유카탄반도로 가지 않고 하와이에서 발길을 되돌리고 말았다.

그 무성의하고 무책임한 행위로 하와이에 있는 조선사람들에게 두고두고 욕을 먹게 되었다.

"술이 인자 쓰덜 않고 달아지기 시작험서 술술 잘 넘어가네. 자네도 쭉쭉 마시소. 인생사 일장춘몽이시."

남용석이 기운차게 술잔을 내밀었다. 얼굴을 검붉게 물들이고 있는 술기운만큼 그의 목소리에도 술기운이 배어 있었다.

"하먼, 오늘이야 맘 푹 놓고 묵어불세. 우리도 더러 요런 날이 있어야 살제. 헌디, 자네 그적에 돈 얼매나 냈제?"

"무신 소리여 시방?"

"아, 멕시콘지 유카탄반돈지 돈 모아 보낼 적에 말이시."

"정신 있능가 없능가. 자네나 나나 똑같이 2딸라썩 안 냈능가."

"이, 그랬제. 우리 처지에 큰맘 쓴 것인디."

"하먼, 우리 살점 띠낸 돈이제."

그 모금운동에서 돈을 안 낸 사람은 거의 없었다. 누구나 가슴 아파하며 각기 마음에 따라 돈들을 냈던 것이다.

"그 사람덜얼 이짝으로 딜고 온다는 일언 어찌 되고 있는고?"

남용석이 게슴츠레한 눈을 껌벅거렸다.

"신문이고 교회서 나섰응게 어찌 되고 있겠제."

"아까 목사님헌티 물어볼 것인디 그랬구마."

"아까야 그런 정신 있었간디."

유카탄반도의 동포들을 위해서 모금운동만 벌인 것이 아니었다. 한인단체와 한인교회에서는 주정부를 상대로 그들을 모두 하와이로 이주시키는 일을 추진하게 되었다. 사탕수수농장에는 지속적으로 노동력이 필요했고, 사탕수수농사는 주정부가 집중적으로 지원하는 사업이었다. 그런데 마침 1천여 명의 조선사람들을 노동력으로 확보한다는 것은 주정부로서는 손해날 것 하나도 없는 일이었던 것이다.

그러나 한 가지 문제가 있었다. 그들을 이주시키는 데 드는 적잖은 비용이었다. 주정부는 그 최소한의 돈마저 쓰는 것을 기피하려고 했다. 또 목마른 사람이 샘 팔 수밖에 없었다. 한인 단체와 교회에서는 그들을 100명 단위로 이주시키되 거기에 드는 모든 비용은 농장에서 일을 해서 갚는다는 조건을 제시할 도리밖에 없었다.

그렇다고 주정부가 선뜻 나서는 것도 아니었다. 멕시코와의 정치적 교섭문제 때문에 일은 '긍정적 검토'라는 답보상태에 빠져 있었다.

"근디, 그 사람덜 여그 하와이로 온다고 어디 사람 사는 꼴 되겄능가. 우리보담도 더 심란헌 꼴일 것인디."

"별수 있당가. 우리야 애초에 여그로 끌려옴서 토인덜헌티도 하시당허게 돼 있었응게. 그려도 까시 돋친 애니깽 짤라내는 것보담이야 까시 없는 사탕수시 짤라내는 것이 훨씬 나슨게 얼렁얼렁 다 딜고 와야제."

방영근이 혀 말려드는 소리로 말하며 술잔을 들었다.

애니깽은 밧줄이나 카펫 그리고 옷감의 원료로 쓰였다. 특히 상선의 밧줄을 만드는 데는 없어서 안 될 물건이었다.

나라마다 배를 띄워 바다를 장악하려고 경쟁하는 해양시대에 애니깽은 그만큼 수요가 많고 돈벌이가 좋은 물건이기도 했다.

애니깽을 잘라내는 그 험한 일의 일꾼으로 조선사람들을 멕시코에 팔아넘긴 것은 영국인 마이어스와 일본인 오바였다.

방영근과 남용석은 몸을 가눌 수 없을 지경으로 취해 중국집을 나섰다. 밤이 깊어 있었다.

"도라아지 도오라아지 배액도라아지이……."

남용석이 팔을 저으며 노래를 시작했다.

"얼씨이구나 조옷타, 어절씨구 조옷타……."

방영근이도 비틀거리며 장단을 맞추기 시작했다. 넓은 길들은 비어 있었다.

서로 의지해 가며 비틀거리고 걷던 그들은 해변가에 이르러 발길을 멈추었다. 약속도 없이 다다른 해변이었고, 바다가 가로막혀 더 발을 내디딜 수가 없어 멈춘 걸음이었다.

"어엄니이―."

긴 목소리가 파도소리에 묻혀버렸다.

"어엄니이―."

또다른 목소리가 길게 이어졌지만 어두운 밤바다가 그 소리를 빨아들여 버렸다.

두 사내는 모래밭에 주저앉았다. 누가 먼저랄 것도 없이 울음을 터뜨렸다. 사내들의 굵은 울음소리가 모래밭에 스미고 파도에 실리고 있었다. 초롱초롱한 별들이 두 사내를 지켜보고 있었다.

새벽녘의 서늘함이 점점 사라지면서 3월이 가고 있었다. 매일 똑같은 중노동이 되풀이되고 있는 농장마다 사탕수수밭의 생기만 푸르를 뿐 사람이 사는 생기라고는 없었다.

그런데 어느 날 갑자기 농장마다 사람들의 열기로 술렁거리고 긴장이 감돌기 시작했다. 그건 충격적인 소문 하나가 농장에서 농장으로 빠르게 퍼져나가며 일으키는 바람이었다.

샌프란시스코에서 어떤 이름 있는 미국사람을 조선사람이 총으로 쏘아죽였다!

이것이 소문의 전부였다. 누가 누구를 어째서 죽였다는 구체적인 사실이 빠져 있었다. 그런데도 농장의 조선사람들은 놀라고 긴장하지 않을 수가 없었다.

조선사람이 미국사람을 쏘아죽였다는 사실만으로도 그건 큰 사건이었던 것이다. 왜냐하면 동양사람들은 미국법상 사람 취급을 받지 못했고, 백인이 황인종을 죽여도 법정에서 재판을 받는 것은 고사하고 범죄신고도 되지 않는 형편에서 조선사람이 미국사람을 죽인다는 것은 상상할 수도 없는 일이었던 것이다. 노란둥이들은 백인들의 가축보다도 더 천하게 여겨지고 있었다.

이틀, 사흘이 지나면서 그 사건의 전모가 사람들에게 알려지게 되었다. 총에 맞아 죽은 사람은 일본의 강압적인 고문정치에 따라 조선의 외교고문직을 차지하고 있던 스티븐스였고, 그를 쏘아죽인 사람은 조선인 청년 장인환이었다.

스티븐스는 샌프란시스코에 도착한 3월 20일에 《샌프란시스코 크로니클》과 회견을 했다. 그런데 그는 일본이 조선을 보호국으로 만든 정당성을 역설하는 한편, 조선은 일본의 보호통치 아래서 나날이 경제발전을 이룩하고 있으며, 조선사람들은 많은 혜택을 받는 생활 속에서 일본의 통치를 환영하고 있다고 강조했던 것이다.

그 사실이 신문에 크게 보도되자 샌프란시스코에 있는 조선사람들은 다같이 분노를 터뜨렸다. 그 결과 일요일인 23일 한인 감리교회에서 열린 '특별집회'에는 조선사람들 50여 명이 참석했다. 그건 전에 없던 일이었다. 샌프란시스코에 거주하는 사람들이 모두 60여 명인데 그렇게 많이 모인 것은 전부가 다 모인 것이나 다름없었다.

그 집회에서 벌어진 자유토론에서 '스티븐스는 왜놈의 스파이고, 조선사람들이 주는 돈으로 먹고사는 놈이 왜놈들의 스파이 노릇을 하니 그건 우리 민족의 원수다. 그러니까 죽여야 한다'는 강경론이 신중론을 압도했다. 집회 결과는 공립협회와 대동보국회에서 두 사람씩의 대표를 뽑고, 그 문제 해결을 위한 위원회를 조직하게 되었다.

다음날 《샌프란시스코 크로니클》에는 '기도하고 살인 계획'이라고 그 집회를 대서특필했던 것이다.

네 사람의 대표는 바로 페어먼트 호텔로 스티븐스를 찾아갔다. 호텔 안내원은 그들이 스티븐스의 일본인 친구인 줄 알고 금방 연락을 취해주었다. 스티븐스가 곧 호텔 로비로 내려왔다. 그런데 그들을 본 스티븐스는 당황해서 도망을 가려고 했다. 네 사람은 재빨리 그를 에워쌌다.

네 사람은 스티븐스에게 다시 기자회견을 해서 전날의 발언을 취소하고, 사과하라고 요구했다.

"조선사람들은 이등박문의 통감정책을 환영하고 있다. 이등박문 공은 아시아의 위대한 정치가다. 그분은 조선을 위해 많은 일을 하고 계신다. 조선은 참 다행이다. 조선의 황제는 아무런 능력이 없고, 관리들은 형편없이 부패했다. 그리고 조선국민들은 미개한 백성이다. 그러므로 그들은 독립할 자격이 없다. 아마 조선은 일본이 보호하지 않았더라면 러시아가 점령해 버렸을 것이다. 당신네들은 일본에 감사해야 한다."

스티븐스의 응수였다.

"이 개같은 놈아!"

"이 버릇없는 놈을 때려죽여라!"

네 사람은 외쳐댔고 누군가가 의자를 집어들어 스티븐스를 내리쳤다.

스티븐스는 고꾸라지며 사람 살리라고 소리쳤고, 네 사람은 주먹질고 발길질을 해댔다. 그러나 일류호텔 로비에서 벌어진 소동은 오래가지 못했다.

그 사실은 또 신문에 보도되었다. 그리고 다음날 아침 샌프란시스코 부두에서 스티븐스는 총을 맞고 쓰러졌다. 그를 전송하려고 나온 일본총영사 고이케는 허둥지둥 몸을 피하며 경찰을 불러대고 있었다. 그런데 스티븐스와 함께 총을 맞은 조선청년이 있었다.

그는 장인환에 앞서 스티븐스에게 총을 쏘았는데 불발이 되자 스티븐스에게 달려들어 주먹질을 했다. 그때 거리를 두고 있던 장인환이 권총의 방아쇠를 당겨댔다. 두 방이 스티븐스를 맞혔고, 한 방이 빗나가 그 청년에게 맞은 것이다. 그는 전명운이었다.

장인환은 현장에서 체포되었다. 부두에 있던 백인들은 뒤늦게 사태를 파악하게 되었다. 두 황인종이 쏜 총에 백인이 쓰러진 것이었다. 분노한 그들은 곧 한덩어리가 되었다.

"저놈들을 우리 손으로 죽이자!"

"그렇다, 저놈들을 목매달아 죽이자!"

"그놈들을 내놔라, 우리한테 넘겨."

백인들은 경찰들에게 덤벼들고 날뛰며 소란을 피웠다.

스티븐스와 전명운은 경찰의 경계 속에 하버병원으로 옮겨졌다. 거기서 응급치료를 하고 다시 센트럴병원으로 옮겼다. 스티븐스는 생명이 위독한 중태였고, 전명운은 생명에 지장이 없는 경상이었다.

'내가 왜 스티븐스를 죽여야 했는가를 생각해 보십시오. 스티븐스의 음모로 인해서 수천 명의 우리 국민들은 살해당했고, 그가 조선으로 다시 돌아가면 더 많은 사람들이 희생될 것입니다. 나는 우리 동포들에 대해서 염려를 합니다. 나는 더이상 스티븐스 때문에 우리 동포가 희생되는 것을 원치 않습니다. 사람의 생명이란 무엇입니까? 사람은 죽을 때 죽을 줄 알아야 합니다. 내가 스티븐스를 죽이고 죽을 수 있다면 그것은 내 나라를 위한 영광으로 생각하겠습니다.'

이것은 1908년 3월 25일자 《샌프란시스코 크로니클》에 실린 장인환의 글이었다. 그리고 그날 스티븐스는 죽었다.

같은 날 《뉴욕 타임스》는 '조선민족은 아직도 살았다'라는 제목으로 사설을 실었다. 그전에 이미 사건을 보도한 것은 물론이었다.

'스티븐스를 저격한 것은 어느 정도 능력을 가진 조선인들 중에서 자기들의 생존을 지키기 위한 의사표시였고, 자기 민족의 운명을 자기들 힘으로 해결해 나가겠다는 강한 의지의 표현이었다. 죽음을 무릅쓰고 형벌에 상관없이 그 젊은 청년들은 그들의 판단으로 치밀하고 용감하게 그리고 공개적으로, 일본을 돕고 조선을 배신한 사람을 공격했다. 물론 그 행동은 그리 바람직하거나 현명한 처사는 못 된다. 그러나 추상적으로 생각할 때 그 행동에는 상당한 가치가 있음을 인정할 수밖에 없다.'

이 사설은 미국대통령 루스벨트가 '조선사람들은 자기 나라를 방어하기 위해서 손가락 하나 쳐들지 못하는 민족이다'라고 하면서 조선이 일본의 보호를 받는 것은 당연하다는 논리를 편 것과는 정반대의 논지였다.

루스벨트의 그런 모독적인 발언은 3년 전에 그의 특사 태프트와 일본총리대신 가쓰라 사이에 맺어진 '비밀협약'을 뒷받침하기 위한 교활하고 음험한 술책이었다. 그러나 일본의 조선 지배를 미국이 인정하고, 미국의 필리핀 지배를 일본이 인정하는 내용인 '가쓰라-태프트 밀약'은 철저하게 밀봉되어 있어서 루스벨트가 그런 발언을 하는 저의를 간파할 수 있는 조선사람이란 국내외에 단 한 사람도 없었다. 그해 11월에 고종이 구원을 요청하는 밀서를 미국대통령에게 보낸 것도 그 밀약을 전혀 몰랐던 탓이었고, 루스벨트가 고종의 밀서를 일언지하에 묵살해 버린 것은 너무 당연한 일이었다.

하와이의 조선사람들은 하루 일이 끝나기만 하면 끼리끼리 모여 앉았다. 그리고 하루 동안 새로 들어온 이야기들을 나누었다.

그런 자리를 통해 장인환과 전명운이 함께 그 일을 계획한 것이 아니라 따로따로 계획했다가 부두에서 마주치게 된 것임을 알게 되었고, 죽은 스티븐스가 일본이 조선을 완전히 속국으로 만드는 것이 옳다는 것을 선전하기 위해서 미국에 왔다는 것까지 알게 되었다.

그러나 모든 조선사람들의 가장 큰 관심사는 그들 두 사람의 장래가 어떻게 될 것인가 하는 점이었다.

"백인들은 극형에 처하라고 날마다 난리들 아닌가?"

"그러게 말이오, 하나 죽이고 둘이 죽으면 너무 억울한 일인데……."

"그렇다고 우리가 나설 수도 없고……."

사람들은 근심 걱정이 깊었다. 그러나 통쾌한 마음은 따로 꿈틀대고 있었다.

평소보다 더 말이 없어진 방영근은 날마다 깊은 생각에 빠져 있었다.

장인환·전명운……. 장인환은 누구고, 전명운은 어떤 사람일까……. 그 사람들은 보통사람들하고 어떻게 다를까. 특별나게 몸집이 크고 기운이 센 것일까. 글쎄, 씨름꾼이 아닌데 그럴 리가 있을까. 사람이 꼭 몸집이 크고 기운이 세다고 해서 그런 일을 하는 것은 아니지. 하나뿐인 목숨을 내걸고 죽기를 작정하고 나선 것이 아닌가. 죽기를 작정하고 나서는 것……. 그것이 얼마나 어려운 일인가. 죽기를 작정하자면 몸집이 크고 기운이 세다고 될 일이 아니다. 그건 마음이 강단지지 않고서는 될 일이 아니다. 그 사람들은 마음이 얼마나 강단지기에 죽기를 작정하고 나서서 그런 장한 일을 해낼 수 있을까. 그들은 나이가 스물네다섯이다. 그러면 나와 같은 나이들이다. 그들도 고향에는 부모형제들이 있을 것이다. 그런데도 목숨을 내걸고 나섰다. 나는…… 나는 그럴 수 있는가……. 내가 만약 샌프란시스코로 건너갈 수 있었다면 나도 그렇게 할 수 있었을까……. 그렇게 할 수 있었을까…….

방영근의 생각은 여기서 멈추고는 했다. 그리고 자신이 자꾸만 졸아드는 것을 느끼고 있었다. 솔직히 말해서 자신은 그런 마음을 먹지 못했을 것 같았던 것이다. 집으로 빨리 돌아가기 위해서 일을 남보다 열성으로 하고 돈만 모으려고 했을 것이 분명했다.

'사람의 생명이란 무엇입니까? 사람은 죽을 때 죽을 줄 알아야 합니다. 내가 스티븐스를 죽이고 죽을 수 있다면 그것은 내 나라를 위한 영광으로 생각하겠습니다.'

장인환의 이 말을 곱씹고 곱씹어보았다. 그럴수록 방영근은 부끄러움과 면목 없음을 느꼈다. 같은 나이또래이면서도 자신은 그런 큰 생각을 해본 적이 없었던 것이다.

지금이라도 나는 그런 마음을 먹을 수 있는 것인가…… 스스로에게 물어보았다. 그러나 자신 있는 대답을 할 수가 없었다. 그 사람들과 나는 애초부터 종자가 틀린 것인가, 내가 생각이 모자라서 그러는 것인가.

방영근은 그런 생각들을 되새김질하며 무겁고 괴로운 마음으로 나날을 보내고 있었다.

"자네 요새 무신 근심 있능가? 어디 몸이 아픈 것도 아니겄고."

남용석이 방영근의 눈치를 살폈다.

"아니시, 암것도."

방영근은 자신의 마음을 들키는 것이 싫어서 말을 피하려고 했다.

"암것도 아니기넌. 뜸금없이 집 생각에 맘 상허는 것도 아니겄고, 자네 그 코쟁이 죽인 일로 맘쓰고 있는 것이제? 그 소식 듣고 나서보톰 달라졌응게."

남용석은 상대방의 마음가닥을 가려내기라도 하듯 방영근을 빤히 쳐다보았다.

"허, 쪽집게무당이시."

방영근은 웃고 말았다. 상대방이 자신의 마음을 정확히 찍어낸 이상 굳이 피하고 싶지 않았던 것이다. 그건 상대방도 같은 생각을 하고 있다는 증거이기도 했기 때문이었다.

"자네허고 하로이틀 살았간디." 남용석은 피식 웃으며 옆에 앉더니, "그 일로 무신 생각얼 그리 짚이 허능가?" 아주 진지하게 물었다.

"몰르겄네……. 그 장인환이란 사람허고 전명운이란 사람이 생각헐수록 장허고 커 보이고, 그럴수록 나넌 자꼬 쫄아들고 작아짐스로 쫌팽이 못난이로 생각킨단 말이시."

먼 데로 눈길을 보낸 방영근은 중얼거리듯이 말했다.

"그러제, 그 사람덜이 우리허고 같은 나이또랜 것얼 생각허면 그런 맘이 더 들제."

남용석의 담담한 대꾸였다.

"자네도 그런 생각힜구만!"

고개를 돌리는 방영근의 음성에는 반가움이 넘치고 있었다.

"나도 조선사람인디…… 조선사람치고 그런 생각 안 헌 사람덜이 어디 있겠능가. 다 표럴 못 내는 것이제."

남용석의 얼굴이 상기되고 있었다.

"이, 모다 그런 생각으로 맘덜이 달라지면 얼매나 좋겠능가. 나넌 그 일로 맘이 달라지고 있네."

"아니, 자네도 그리 나설라고?"

남용석이 눈을 크게 떴다.

"아니, 꼭 그런 말언 아니시. 긍게로 머시냐…… 그전허고넌 달르게 살어야 될 것 아니겠냐 허는 생각이제."

방영근은 상대방을 똑바로 쳐다보았고, 남용석은 묵직하게 고개를 끄덕였다.

그 사건은 미국 전역을 놀라게 했을 뿐만 아니라 세계적인 파문을 일으켰다. 그건 단순살인이 아니었고, 범인으로 체포된 두 청년의 태도가 너무 당당하고 꿋꿋했으며, 미국신문들이 대대적으로 보도한 영향이었다.

미국사회에서는 두 사람을 살인자로 규정하고 극형에 처하라는 시위가 여기저기서 벌어지는 가운데 샌프란시스코에서는 두 사람을 구원하기 위한 후원회가 결성되었다. 물론 동포들을 중심으로 해서였다.

샌프란시스코를 뒤따라 하와이에서도 후원회가 구성되었다. 후원회가 이루어짐과 동시에 장인환과 전명운의 이름 앞에는 두 글자가 붙게 되었다. 그건 다름 아닌 '의사(義士)'였다.

"여러분, 여러분들이 다 아시다시피 장인환과 전명운 두 청년은 자기들의 하나뿐인 귀한 목숨을 초개같이 여기고 나라를 구하기 위해 우리의 원수를 쏘아죽였습니다. 그 장하고 의로움은 골백번 칭송해도 과함이 없습니다. 우리는 두 분의 뜻을 높이 받들어 칭송하고 본받기 위하여 그분들을 이야기할 때는 그냥 장인환 전명운 할 것이 아니라 이름 앞에 꼭 '의사'라는 말을 붙여 의사 장인환, 의사 전명운이라고 하기로 합시다. 그것이 그분들이 행한 장한 일을 높이는 것이고, 우리 대신 목숨을 내던진 그분들에게 바른 예절을 갖추는 바가 될 것입니다."

후원회에서 농장마다 다니며 일깨우고 선전한 말이었다.

후원회에서는 두 사람의 재판비용을 마련하기 위한 모금운동을 벌였다. 사람들은 기다리고 있었다는 듯 호응하고 나섰다.

방영근은 농장 안에서 모금운동에 앞장섰다. 그가 수중에 지니고 있던 돈에서 반을 잘라 내놓은 다음이었다.

방영근이 하는 것을 보고 남용석도 묵묵히 있는 돈 절반을 털어냈다. 그들은 서로 말없이 쳐다보다가 눈길을 돌렸다. 그들이 눈으로 주고받은 말은, 집에 돌아가는 것이 늦어지는 것쯤은 아무것도 아니라는 것이었다.

모금운동은 미국땅에서만 벌어진 것이 아니었다. 한 달이 다 못되어 조선이며 만주에서 보내온 돈이 7,390달러였다. 사탕수수농장 일꾼들의 한 달 월급이 15달러고, 부두노동자들의 일당이 67센

트인 것에 비하면 그 액수는 어마어마한 것이었다. 그 사건의 반향이 모든 조선사람들 사회에서 얼마나 크게 일어나고 있는지를 잘 보여주고 있었다.

변호사로 카클린을 선정한 후원회에서는 그 다음 일로 유능한 통역을 구해야 했다. 재판정에서 피고인의 입장을 유리하게 하기 위해서는 유능한 통역은 변호사만큼 중요했던 것이다. 중론을 모은 후원회에서는 하버드대학에서 문학석사 학위를 받은 이승만에게 맡기기로 했다.

이승만은 7월 16일에 샌프란시스코에 도착했다. 하버드대학에서 문학석사 학위를 받을 만큼 잘하는 영어로 죽음을 눈앞에 둔 애국자 둘을 살려내리라는 기대로 동포들은 이승만을 열렬히 환영했다. 그리고 몇몇 유지들은 서로 다투어 이승만을 자기네들 집에서 묵게 하려고 했다. 그러나 이승만은 그들의 성의를 냉정히 거절하고 비싼 호텔에 투숙하고 말았다.

그의 그런 태도는 동포들을 실망시켰고, 곧 소문이 되어 퍼져나갔다.

그런데 재판은 빨리 열리지 않았다. 무더위 속에서 노동에 시달리며 사람들은 재판이 열리기를 초조하게 기다렸지만 8월마저 그냥 저물어가고 있었다. 재판이 늦어질수록 사람들의 불안은 자꾸만 커져가고 있었다.

그런데 뜻밖의 사건이 벌어졌다. 이승만이 8월 25일에 샌프란시스코를 떠나버린 것이다.

"한인동포 여러분들께 매우 미안합니다. 그러나 재판일이 언제 될지도 모르고 또 나 역시 논문을 써야 되니 시간관계로 떠나지 않을 수 없습니다. 그리고 나는 예수교인이니까 살인관계 재판 통역은 원하지 않습니다. 살인행위는 하나님의 뜻에 거역되는 죄악입니다."

이승만이 남기고 간 말이었다.

이승만의 행동이나 그 말은 동포들에게 크나큰 충격이 되었다. 그 소문은 사람들 사이에 삽시간에 퍼졌고, 이승만은 실망과 원성의 대상이 되었다.

"피나는 돈만 축내고 갔구먼."

누구나 한마디씩 하는 말이었다.

19

남한 대토벌

장인환이 스티븐스를 쏘아죽인 사건은 조선천지에도 퍼질 대로 다 퍼졌다. 신문마다 대서특필을 해서였다. 신문들이 그 사건을 크게 다룬 것은 조선사람이 미국땅에서 최초로 미국사람을 쏘아죽였기 때문이 아니었다. 그건 총을 맞아 죽은 사람이 바로 외교고문 스티븐스였기 때문이었다. 조선사람은 누구나 원하지 않은 일본의 고문정치에 끼어든 스티븐스라 더욱 이목을 집중시킨 것이었다.

일본의 이익에 앞장서서 조선에 피해를 입혀왔던 자를 조선청년이 미국땅에서 쏘아죽였으므로 사건은 더욱 극적이고 통쾌할 수밖에 없었으며, 신문들은 앞다투어 그 사건을 크게 크게 보도한 것이다. 물론 신문들이 그 사건을 될 수 있는 대로 크게 보도하는 진정한 의미는 따로 감추어져 있었다. 신문기사들은 다 똑같은 내용의 사실보도에 충실하고 있었지만 그 배면에 감추어진 것은 민족정신의 자극과 배일투쟁의 촉구였다.

신문들의 그런 은밀한 의도는 곧 현실로 나타났다. 전국적으로 의병의 불길이 한층 거세게 일어났던 것이다. 세력이 커진 의병들은 밤낮을 가리지 않고 주재소며 관청들을 공격하고 나서게 되었다. 산지사방에서 돌출공격을 감행하는 의병들을 막아내기 위해 일본군들은 고전을 면치 못하고 있었다.

그런 상황에 대처하기 위해 통감부에서는 5월에 들어 제23연대와 제27연대를 또 일본에서 끌어들였다. 그리고 그것도 부족하여 6월부터는 헌병보조원들을 전국적으로 모집하고 나섰다.

'일본제국의 헌병과 똑같은 제복을 입고, 똑같이 행세하며, 일정 기간이 지나면 정식 헌병이 되어 출세가도가 열린다.'

이런 선전을 앞세워 헌병대와 주재소에서는 부랑배와 건달패들을 마구 끌어들였다.

그 기회를 누구보다도 반가워한 것이 백종두였다. 아들 남일이를 보조원으로 밀어넣을 수 있어서였다. 그동안 백종두는 큰아들때문에 남모르게 속을 썩일 대로 썩여오고 있었던 것이다.

신식공부는 시늉만 하더라도 대처에 나가 식견이라도 넓히라고 아까운 돈 없애가며 한성살이를 시켰던 것인데 역시 집에서 새던 바가지가 밖에 나간다고 안 샐 리가 없었던 것이다. 아들놈은 술 마시고 계집질만 한 것이 아니라 아예 한성계집을 첩으로 꿰찼던 것이다. 그는 아무것도 모르고 있다가 며느리가 목매달아 죽겠다고 소동을 피워서야 그 사실을 알게 되었다.

백종두는 처음에 돈을 빠듯하게 보내면 주색잡기를 못할 것이고, 며느리와 떼어놓으면 공부를 좀 하리라고 생각했었던 것이다. 그러나 그 계산은 어이없이 빗나가고 말았다. 뒤늦게 알고 보니 아들놈은 아내와 내통해서 돈을 빼내다가 첩살림을 차려놓고 있었던 것이다.

"집구석 엎어묵을라고 암탉이 홰럴 쳐, 치기럴! 나 몰르게 돈 보냄서 나중에 들키먼 살아날 생각이야 안 했겄제."

백종두는 아내를 곧 잡아먹을 듯이 주먹을 치켜들고 몰아대며 소리소리 지르고 있었다.

"아닌디요, 아니구만이라우. 자석이 타관서 돈이 모지래 고상고상 헌다는디, 그것이 딴 자석도 아니고 이 집안 맏상주에 큰아덜인디 에미가 그 말 듣고 어찌 몰른 칙끼허겠등게라우. 에미야 다 지 말 믿고 지 잘되라고 보낸 돈이제 누가 그리 못되게 쓸지 알았간디요. 잘못했구만요, 잘못했어라우."

방구석으로 몰린 아내는 겁에 질려 손바닥까지 싹싹 비비댔다.

아내의 말이 별로 틀린 데가 없었고, 잘못이 있다면 제 에미를 속인 아들놈이 전적으로 잘못한 것이었다. 그리고 방구석에 몰려 떨고 있는 아내의 모습을 보자 독 오른 마음이 그만 흔들리고 말았다.

사람을 보내 끌어내린 아들놈에게 한바탕 매타작을 놓아 끝내고 만 문제였다. 그나마 첩이 따라 내려오지 않은 것만으로 천행이다 싶었던 것이다.

"니 내일 당장 헌병보조원으로 등록허그라."

백종두의 싸늘한 명령이었다.

"예에……."

백남일은 고개를 수그린 채 대답했다. 속으로는 못마땅했지만 지은 죄가 있어서 꼼짝 못하고 따를 수밖에 없었다.

전국적으로 모아들인 헌병보조원들은 자그마치 4천여 명이었다. 그들은 일차적으로 의병토벌에 동원되었다. 그러나 통감부의 대응은 거기서 끝나지 않았다.

지방마다 이름이 높거나 용맹을 떨치고 있는 의병장들의 목에다가 현상금을 걸었다. 이강년 5천 원, 신돌석 5천 원 하는 식으로 부대의 규모와 용맹도에 따라 목숨값을 정해 소부대장인 경우에는 1천 원까지 값이 매겨졌다.

그런 값매김에 따라 송수익의 목은 3천 원짜리가 되었고, 지삼출이며 공허의 목은 1천 원짜리가 되었다.

"허허허…… 이것 참 기분 덜 좋구만이라. 이놈 목이 천 원짜리로밖에 안 보이다니, 그간에 이놈이 살생얼 서툴게 했다는 판정 아니겠능가요. 앞으로 살생에 더 용맹정진혀서 이 중놈 목도 5천 원짜리가 되게 해야겠구만요."

공허가 자신의 굵은 목을 슬슬 문지르며 한 말이었다. 그의 특유한 말솜씨는 언제나 능청맞고 천연덕스럽고 엉뚱한 데가 있었다.

"부처님께서 탐욕을 버리라고 가르치지 않으셨던가요?"

공허의 말솜씨에 응대한 송수익의 말이었다.

"아! 탐욕언 심안(心眼)얼 흐린다 그런 말씸인가요?"

공허가 생기 넘치는 눈을 빛냈다.

송수익은 빙긋이 웃으며 고개를 끄덕였다. 구릿빛으로 그을고 거칠게 변한 그의 얼굴에서는 집을 떠나올 무렵의 모습은 찾을 수가 없었다.

"어허허허…… 5천 원짜리 될라는 탐욕에 눈이 어두워 오히려 왜놈덜 밥이 돼서야 될 일일게라. 소승, 천 원짜리로 자족하오리다."

공허는 시원스럽게 웃으며 합장을 해 보였다. 그 구김살 없는 모습이 초탈한 것 같기도 하고 천진한 것 같기도 해서 송수익은 또 신선한 바람이 불어오는 느낌으로 공허를 바라보고 있었다.

"시님 목이 천 원이면 너무 과분허요. 쌈언 나보다 절반밖에 안 했는디 나허고 똑겉이 값얼 치다니. 그런 왜놈이 누군지 나가 오늘밤에 당장 잡아죽일라요."

지삼출이 화가 난 것처럼 퉁명스럽게 내던진 말이었다.

"아하, 듣고 봉게 그렇소그랴. 지 대장이 그 왜놈얼 잡아죽이기로 나서기 전에 나가 그 왜놈얼 찾아가 내 몫 절반얼 지 대장한티 줘도 되는지 어쩐지 알아보고 오겠소."

공허는 정색을 하고 말했다.

"하이고, 저 싱거운 거!"

지삼출은 그만 말문이 막혀 하늘을 쳐다보며 웃고 말았다.

"내 목이 500원이라도 과분허구만요. 쌀이 백 섬이 넘는 값 아닌 게라."

공허는 끌끌끌 혀를 차며 돌아섰다. 그 말은 여러 가지 뜻을 담고 있었다.

그 현상금이란 것이 결국 어디서 나올 것이냐 하는 뜻도 있었고, 가난한 사람들이 얼마나 많은데 그런 거액을 내건 것이 가소롭다는 뜻도 있었고, 그런 술책으로 의병과 민심을 이간시키려는 왜놈들을 비웃는 뜻도 있었다. 그러나 얼핏 들으면 그저 겸손 같기만 했다.

송수익은 그런 여러 가지 의미를 감지하며 돌덩어리같이 견고한 느낌을 주는 공허의 박박 깎은 뒷머리를 물끄러미 바라보고 있었다. 그와 가끔 만나 이야기를 나누게 되면 순간순간 예상하지 못한 반전과 생략과 비약을 느끼면서 송수익은 불교인이 체득하고 있는 어떤 예지와 통찰을 발견하는 기쁨을 맛보고 있었다.

그 현상금이 내걸리게 되면서 의병들은 얼굴을 알 수 없는 일본군 앞잡이와 밀정들을 더욱 경계하지 않으면 안 되었다.

그런데 현상금을 내걸고 얼마가 지나지 않아 일본군들은 뜻밖의 수확을 얻게 되었다. 호랑이같이 용맹스럽고 귀신같이 묘술을 부리는 것으로 소문난 신돌석을 없애게 된 것이었다.

한바탕 싸움을 끝낸 신돌석은 부대를 분산시킨 다음 은신처에서 자다가 죽임을 당했다. 도끼에 찍혀 죽은 것이다. 그의 고종사촌 두 형제는 신돌석에게 독한 술을 권해 잠에 곯아떨어지게 한 다음 그 짓을 한 것이었다.

신돌석의 시체를 일본군에게 넘기며 그자는 현상금을 요구했다. 그런데 일본군은 냉정하게 외면을 하고 말았다. 신돌석을 생포해

와야지 시체는 소용이 없다는 것이었다.

그 소문은 널리 퍼져나갔다.

"그런 각을 떠서 죽일 놈이 있능가!"

"그런 오살육시럴 헐 놈이……."

의병이고 민간인들이고 다같이 치를 떨었다.

7월 들어 이강년이 체포되고, 신돌석이 그런 흉사를 당한 것은 충북과 경북 의병의 몰락으로 치달아갔다.

그리고 도처에서 의병들을 잔혹하게 죽이고 있는 소문들이 흉흉하게 퍼지고 있었다. 의병을 한 사람이라도 잡으면 사람들을 모아놓고 공개처형을 하는 것은 으레껏 하는 짓이었고, 원주에서는 의병을 발가벗겨 나무에 묶어놓고 얼굴에서부터 가죽을 벗겨가며 사람들에게 웃으면서 박수를 치라고 했다는 것이었다. 평산에서는 남녀 수십 명을 잡아다가 얼음을 깨고 강물에 밀어넣어 얼려 죽였고, 홍천에서는 장날 커다란 가마솥을 걸어놓고 의병 시체를 펄펄 끓여대며 장꾼들을 줄 세워 구경시켰고, 순창에서는 의병 둘에게 억지로 물을 먹여 배를 팽팽하게 부풀린 다음 배 위에 널빤지를 놓고 일본군 여러 명이 올라가 마구 발을 굴러대 물을 뿜어대는 모양을 장꾼들에게 구경시켰고, 임실에서는 의병을 잡지 못하자 한 마을 사람들을 전부 땅에다 가슴까지 묻어놓고 마치 풀을 베듯이 목을 쳐 죽였다는 것이었다.

"그 소식을 발 닿는 데마다 널리 알리도록 하시오. 특히 왜놈들이 현상금을 주지 않았다는 사실을 강조하도록 합시다."

송수익은 부장들에게 강하게 지시했다. 일본군의 악랄함을 선전해 현상금작전을 역이용하자는 의도였다.

지삼출은 짙어지는 어둠을 따라 소부대를 이동시키고 있었다. 군자금을 조달하기 위한 출동이었다. 공허가 신도들로 짜여진 정보망을 통해서 입수한 정보에 의하면 고부의 문 부자가 창고에 묶어두었던 쌀 2천 석을 일본상인에게 넘기고 돈을 받았다는 것이었다. 7월까지 묶어둔 쌀이니 최고가를 받았을 것은 더 말할 것도 없는 일이었다.

공허는 지삼출에게 몸이 빠르고 총질을 잘하는 대원들을 뽑아 함께 나서자고 도움을 청했다. 왜냐하면 군자금을 마련하기 위해 부자상인이나 지주 또는 관청을 습격할 때는 일본군과 싸울 때와는 달리 산을 완전히 벗어나 멀리 나가야 하기 때문에 위험이 몇 배로 컸던 것이다.

"한시도 지체할 여유가 없구만요. 그 돈이 작년보톰 골골이 생기기 시작헌 금융조합으로 들어가 불면 도로아미타불잉게라."

공허는 평소와는 다르게 사뭇 긴장해서 말했다.

"무신 걱정이다요. 나무아미타불이 되게 만들면 되제."

지삼출은 먼산바라기를 하며 시큰둥하게 말했다.

"무신 소리요, 시방?"

"도사님도 말귀가 어두울 때가 있는게비요 이. 그 돈이 금융조합으로 들어갔으면 금융조합얼 치고 들면 도로아미타불이 나무아미타불 되는 것 아니겠소?"

지삼출은 공허를 옆눈길로 보며 비식이 웃었다.

"어허, 도사 놀리먼 지옥행인디."

공허는 그때서야 긴장된 얼굴을 허물며 쿠렁쿠렁하게 웃어댔다.

공허의 부대와는 산에서 벗어나 5리쯤 밖에 있는 주막거리에서 만나기로 되어 있었다. 그 주막은 그들의 연락망 중의 하나였다.

주막 가까이에 당도한 지삼출은 대원 하나를 주막에 들여보냈다. 총을 갖지 않은 그 대원은 천상 농군일 뿐이었다.

이 근방의 일본군 동태를 입수하게 하고, 열 사람의 밤참을 준비시키는 것이었다.

주막에 들어간 대원보다 공허의 부대가 먼저 도착했다.

"나가 앞서 올라고 혔는디. 얼렁 뜹시다."

공허가 땀을 훔치며 속삭였다.

"그럽시다. 우선 숨 잠 돌리시게라."

지삼출이 어둠 속을 응시한 채 대꾸했다.

주막에 갔던 대원이 곧 돌아왔다.

"이틀 전에 왜군 마흔 명 남짓이 정읍 쪽서 김제 쪽으로 갔당마요."

"주막에넌?"

"술꾼 서넛이 있드마요."

"애썼네." 지삼출은 공허에게로 몸을 돌리며, "뜹시다, 토벌대넌 지내간 모냥이구만이라." 그는 손바닥에 침을 튀겨 총을 틀어잡았다.

거기서부터 공허의 부대가 앞장을 섰다. 그 부잣집까지 안내를 맡은 것이었다. 산을 벗어나 평지로 나섰을 때는 헛걸음질을 하지 않게 정확한 길안내를 세워 신속하게 움직여야 했다. 평지에서 싸움이 붙어서는 유리할 게 아무것도 없었던 것이다.

그들 열 명은 20리 길을 단숨에 걸었다. 개구리들의 울음소리가 그들의 발소리를 감추어주었고, 어둠이 그들의 움직임을 감싸주었다.

공허의 부대가 문 부잣집 바깥을 경계하기로 했다. 공허의 유별난 모습을 드러내지 않기 위해서였다.

지삼출의 부대 다섯 명은 문 부잣집의 높은 담을 넘었다. 지삼출은 사랑채, 안채, 문간채를 손가락질하며 빠르게 대원들을 배치했다.

지삼출은 희미한 불빛이 문종이에 어린 사랑채 마루로 올라섰다. 문 부자가 세 번째로 맞아들인 첩에 빠져 안채에는 발걸음도 안 한다는 것을 이미 알고 있었던 것이다.

지삼출은 방문을 질벅거렸다. 안으로 잠겨 있었다. 문고리를 더 거칠게 잡아흔들었다.

"누, 누구여!"

숨이 막혀드는 소리였다.

"의병이여! 얼렁 문 열어, 총 쏴질르기 전에."

살기가 뚝뚝 듣는 말이었다.

"아, 알겄소. 맨몸인디 쬐깨 기둘리시오."

겁질려 허둥대는 목소리였다.

"맨몸이고 알붕알이고 간에 당장 열어. 팍 쏴죽일 것잉게."

지삼출은 철그럭 쇳소리를 냈다.

"아이고, 알었소, 알었소……."

다급해진 소리를 들으며 지삼출은 쓰게 웃고 있었다.

덜된 자석, 날 더운디 맨몸으로 지집 품고 잠스로 태평세월로 축 늘어졌든 붕알이 달랑 올라붙었겄다.

그의 눈앞에는 방 안의 정경이 환히 떠오르고 있었다.

문고리 벗기는 소리가 들렸다. 지삼출은 지체없이 방문을 열어젖혔다.

"아이고, 의병 나리……."

불쑥 디밀어진 총에 질겁하며 문 부자는 뒷걸음질 치고 있었다.

방 안으로 성큼 들어서며 지삼출은 코웃음을 쳤다. 의병 나리라는 말이 역겹게 거슬렸던 것이다. 아무리 총 앞에서 형편이 다급하다 해도 '의병 나리'는 너무 심한 거짓말이었던 것이다. 논 많이 깔고 앉은 지주며, 왜놈상인들과 거래하는 부자며, 배에 기름기 오른 관리들이 의병을 어떻게 생각하고 있는지는 너무나 뻔한 일이었다. 그런 자들은 의병을 '폭도'나 '화적'이라고 불렀고, 의병싸움을 '망국의 근원'이라고 욕해 대며 오히려 일본군들의 토벌을 좋아하고 돕고 있었다.

"꼼지락 말고 서!"

지삼출은 뒷걸음질 치고 있는 문 부자에게 총을 겨누었다.

문 부자는 엉거주춤 멈춰섰다. 그 꼴이 참으로 가관이었다. 모시 바지에 한쪽 다리만을 꿴 채 바짝 끌어올려 알몸을 반쯤 가리고 있었다. 지삼출은 그 꼴을 보며 오기가 받치고 있었다.

"바지 놓고 손 내려!"

"야아……?"

"귀먹었어!"

지삼출의 서슬에 문 부자는 끌어올리고 있던 바지를 놓았다. 바지가 흘러내리며 알몸이 드러났다. 문 부자의 두 손이 본능적으로 앞을 가렸다.

"잔말 말고 쌀 2천 석 팔아넘긴 돈 내놔. 잔소리허면 팍 쏴죽여!"

지삼출은 살벌하게 내쏘며 총구를 문 부자의 이마에 들이댔다.

"야아, 쩌그…… 쩌그……."

문 부자는 벽장을 손가락질했다.

"얼렁 꺼내!"

문 부자는 와들와들 떨며 벽장문을 밀치고 있었다. 그 발밑에 삼베홑이불이 둥그스름하게 솟아 있는 것을 지삼출은 아까부터 알고 있었다.

"어이, 들어오소."

지삼출은 밖에다 대고 일렀다.

대기하고 있던 두 사람이 민첩하게 방으로 들어섰다.

"얼렁 저그 돈 챙기소."

두 대원에게 지시하고 난 지삼출은 발끝으로 홑이불을 획 걷어냈다. 이불 속에서 드러난 것은 여자의 알몸이었다. 여자는 바짝 오그린 개구리처럼 방바닥에 웅크려박고 있었다. 이불이 걷혀진 것을 모를 리 없는 데도 여자의 몸은 꼼짝을 하지 않았다. 보이는 것이라곤 뒷머리와 등판과 엉덩짝뿐이었다.

지삼출은 와들와들 떨고 있는 문 부자의 어깨를 낚아챘다. 문 부자가 흡 숨을 들이켰다. 문 부자의 어깨를 눌러 방바닥에 앉힌 다음 지삼출은 엎드린 여자의 팔을 잡아챘다. 여자의 앞몸이 드러났다. 젖과 배꼽과 사타구니가 드러나자 여자냄새가 물씬 풍겼다. 지삼출은 본능적으로 코를 벌름거렸다. 파랗게 겁질려 있기는 했지만 여자는 젊고 고왔다. 워메 아까운 거! 지삼출이 순간적으로 한 생각이었다.

지삼출은 문 부자와 여자의 등을 맞대게 했다. 그리고 옆구리에 차고 있던 삼끈을 풀어 두 사람을 한꺼번에 묶었다. 그런 다음 문 부자의 바짓가랑이 하나씩을 두 사람의 입에 틀어박았다.

"자네가 참말로 묵을 만허게 생겼네 이. 얼굴 이쁘고, 젖통 사발만허고, 털 씨커먼 것이 똑 광어 회친 맛일 것이여. 근디 그 짓이야 어디 헐 수 있간디, 우리야 화적이 아니고 의병잉게."

여자의 옆볼기짝을 토닥거리며 지삼출이 천연덕스럽게 말하고 있었다.

"니놈 개심허고 살어야 헐 것이여."

지삼출은 문 부자의 허벅지를 걷어차며 그들에게 홑이불을 뒤집어씌웠다.

"얼렁 뜨세."

지삼출은 돈짐을 진 두 대원을 앞세워 방을 나섰다.

그들이 다시 주막거리에 다다랐을 때는 자정이 넘어 있었다.

"대장님, 대장님, 주막집 마당에 옷이 내걸렸는디요."

앞장섰던 정탐원이 황급히 되돌아오며 낮고 빠르게 한 말이었다.

"머시여! 옷이 몇 갠디?"

지삼출이 문득 긴장하며 물었다.

"두 개구만이라우."

"두 개! 오늘 운대가 맞는 날이시."

지삼출의 목소리는 팽팽했다.

밤에 마당 빨랫줄에 옷이 널린 것은 주막에 왜놈 앞잡이가 들었다는 신호였다. 옷의 수효는 바로 그들의 수를 나타내는 것이었다.

토벌대가 나타나거나 앞잡이가 숨어들었을 때 그 연락 방법이나 신호는 가지가지였다. 연기 피워올리기, 서로 선잇기, 금줄 늘이기, 옷 내걸기 같은 것들을 그때그때 형편에 따라 사용했다.

지삼출과 공허는 부하들을 갈라 방 넷을 일시에 들이쳤다. 어둠에 묻힌 주막에서는 소란이 와짝 일어났다가 이내 지워졌다.

잡아낸 남자는 분명 둘이었다. 그런데 주모가 놀라서 목청을 높였다.

"아니, 그 빈대코넌 어디로 갔다냐!"

"배탈이 나 뒷간에 나갔는디요……."

처녀의 눈치보는 대답이었다.

"아이고메 탈나부렀다!"

"머시여! 얼렁 잡어라."

주모와 지삼출의 말이 동시에 겹쳐지고 있었다.

그들은 눈에 불을 켜고 변소며 집 안을 다 뒤졌다. 그러나 한 남자의 흔적은 없었다. 멀리 달아나지 못했을 것이 뻔해 주막의 주변을 샅샅이 훑었다. 역시 남자의 자취는 묘연했다. 그 남자가 잠자리를 폈던 방에는 등짐이며 겉옷, 댓살로 엮은 모자가 무슨 허물처럼 남겨져 있을 뿐이었다.

"빌어묵을, 보부상놈 다리가 날래기넌 날래시."

지삼출이 쓴 입맛을 다셨다.

"그놈이 아직 지 명이 남은 것이오."

공허가 체념적으로 말했다.

무릎을 꿇어앉은 두 남자 중에 하나는 벌거숭이였다. 그 옆에 속옷을 걸치고 있는 남자는 양반 신분이었다. 상투머리의 귀 위에 붙은 옥장식이 그 신분을 입증하고 있었다.

한두 마디 취조로 그 양반이 나주에서 한양 걸음을 나섰다는 것을 알아낼 수 있었다. 그 남자는 곧 방으로 들여보냈다.

"어쩔게라우, 한 놈얼 놓쳤응게 나넌 인자 주막 해묵기넌 다 글렀는디."

주모의 근심스러운 말이었다.

"아무 걱정 말소. 밑천 대줄 것잉게 날 새기 전에 멀찍허니 여그 뜨소."

지삼출이 나직하게 말했다.

"저 남자넌 어쩔랑게라?"

"우리헌티 맽기고 자네넌 우리 밤참이나 얼렁 내놓소."

주모와 처녀가 부엌으로 들어갔다.

지삼출은 고개를 푹 숙이고 있는 알몸의 남자에게 삼베바지를 내던지며 소리쳤다.

"개겉은 놈, 개붕알이나 가레라!"

그 남자는 허겁지겁 바지를 꿰입기 시작했다. 얼굴이 들린 그 남자는 다름 아닌 텁석부리 보부상 방태수였다.

바지를 꿰입는 방태수는 제정신이 아니었다. 의병에게 잡힌 이상 꼼짝없이 죽을 판이었던 것이다. 토벌대에게 잡힌 의병들이 고이 살아난 적이 없듯 의병에게 잡힌 일본군이나 밀탐꾼도 역시 살아날 수가 없다는 것은 널리 알려진 사실이었다. 그는 그저 도망칠 기회만 노리고 있었다. 그러나 그는 허리끈 없는 바지를 붙든 채로 포박당하고 말았다. 의병들이 감시를 소홀히 하지도 않았지만 혹시 어떤 기회가 온다고 해도 내뛸 수가 없게 되고 말았다.

밤참을 빠르게 먹어치운 지삼출 일행은 곧 주막을 떠났다. 방태수는 윗옷을 입지 못한 채 끌려갔다.

그들이 떠나자 주막은 다시 어둠에 묻혀들었다. 그때서야 빈대코 김봉구는 똥통에서 기어나오느라고 낑낑대고 있었다. 온몸이 똥으로 맥질된 그가 움직이기 시작하자 어둠 속에 똥냄새가 진동하고 있었다.

뒷간에 앉아 설사를 하고 있던 그는 느닷없이 주막을 들이치는 것이 의병이라는 것을 눈치채고는 오로지 살아나야 한다는 생각하나만으로 커다란 똥통으로 잠겨들었던 것이다.

똥냄새 풀풀 풍기며 뒷간에서 나온 김봉구는 살금살금 주막을 벗어나 어둠 속을 마구 뛰기 시작했다. 그는 주막에서 한 걸음이라도 더 멀어져야 한다는 생각과 함께 몸 씻을 물을 찾아가고 있었다.

산속의 안전지대로 들어간 지삼출과 공허의 부대는 눈부터 붙였다. 소나무에 묶인 방태수는 보초의 눈을 피해가며 살껍질이 벗겨지도록 몸부림을 치고 있었다. 그러나 몇 겹으로 감아돌린 손가락 굵기의 삼끈이 끊어질 리 없었다.

하늘이 희번하게 트이면서 산골의 어둠도 증발하고 있었다. 여름 산새들의 잠 깨는 종알거림들이 풀잎마다 맺힌 이슬방울들처럼 맑고 투명했다.

부대원들이 잠을 깨기 시작했다.

"저놈이 태평세월이시."

누군가가 어이없다는 듯 헛웃음을 쳤다.

"죽기로 작정혀서 맘이 편헌갑제."

코웃음 치는 옆사람의 대꾸였다.

그들의 눈길은 소나무에 묶인 방태수에게로 모아져 있었다. 방태수는 턱이 가슴팍에 닿도록 목을 늘여뺀 채 잠들어 있었던 것이다. 그는 포박을 벗어나려고 몸부림치고, 뒤늦은 후회로 속을 태우고 하다가 제풀에 지쳐 깜빡 잠에 빠진 참이었다.

"저놈얼 달아매세."

개울물에 낯을 씻고 올라온 지삼출이 대원들을 둘러보았다.

그 명령을 기다렸다는 듯 대원들이 일제히 몸을 일으켰다. 그때 방태수는 인기척에 놀라 잠이 깼다. 서너 명이 자신에게로 몰려드는 것을 본 그의 눈은 언제 자다 깼느냐 싶게 휘둥그렇게 커져 있었다.

소나무에서 풀린 방태수는 땅바닥에 찰싹 엎어졌다. 두 팔은 이미 뒤로 묶여 있었고, 그의 몸과 소나무를 함께 몇 겹으로 동였던 긴 삼끈의 끝이 그의 두 발목을 묶었다. 발목을 묶고 나자 한 사람이 익숙한 솜씨로 삼끈을 사려 높이 던졌다. 삼끈이 차르르 풀리면서 두 길 높이의 소나무 가지에 걸쳐졌다. 기다리고 있던 두 사람이 드리워진 삼끈을 잡더니 힘 모아 힘껏 잡아당겼다. 그러자 엎어져 있던 방태수의 몸이 붕 떠올랐다.

"아이고 엄니, 나 좀 살리씨요오!"

방태수가 터뜨린 울부짖음이었다.

"개좆겉은 놈아, 애맨 느그 엄니꺼정 욕믹이덜 말어."

또 한 차례 삼끈을 끌어당기는 두 사람 중의 하나가 내쏘았다.

"개좆이야 빳빳헌 뼉다구나 들었제. 왜놈헌티 붙어묵는 저런 창아리 없는 놈덜언 쥐좆만도 못헌 종자들이여."

함께 힘을 쓰고 있는 옆사람의 야무진 대꾸였다.

방태수의 몸은 거꾸로 대롱대롱 매달렸다. 삼끈의 끝은 다른 낮은 가지에 묶여졌다.

"니 그간에 몇 번이나 염탐질혔냐!"

방태수 앞에 버티고 선 지삼출이 찬바람 도는 소리로 따지고 들었다.

"그, 그런 일 한 분도 헌 일 없구만이라우."

목을 있는껏 뒤로 꺾어 상대방을 쳐다보려고 애쓰며 방태수가 대답했다.

"잡새끼, 잡소리 말어!"

지삼출이 외치며 총을 휘둘렀다. 개머리판이 방태수의 등짝을 후려쳤다. 방태수의 몸이 꿈틀 비틀렸다.

"아니구만요, 참말이랑게요. 못된 짓 한 분도 헌 일이 없구만이라. 살레주시게라우."

방태수의 목소리는 절박했다. 그러나 그건 거짓말이었다. 그는 벌써 서너 차례 염탐질을 해서 목돈을 쥐는 바람에 머잖아 자리잡고 앉아 편히 장사할 꿈에 부풀어 그 짓에 맛들여 있었던 것이다.

"요런 개자석, 니가 염탐꾼인 것 다 알어!"

지삼출이 다시 휘두른 개머리판이 방태수의 가슴팍을 후려쳤다. 방태수의 몸이 반으로 접히듯 하며 심하게 요동쳤다.

"아, 아니구만요. 주모 그년이 생사람 잡는구만요. 그년이 죽일 년이랑게라."

방태수의 코에서는 피가 솟기고 있었다.

"이 쳐죽일 놈아, 어디서 그런 잡소리냐. 죽어 마땅헌 짐승만도 못헌 놈이 누구한티 욕질이냐!"

그때까지 지켜보고만 있던 공허가 불호령을 치며 내달았다. 그가 휘두른 개머리판이 방태수의 머리를 강타했다.

방태수의 몸이 곧 축 늘어지고 말았다. 숨이 끊어졌다는 것을 모두가 직감했다.

그 돌발사태에 놀란 지삼출은 공허를 멍하니 바라보았다.

"갑시다, 날이 너무 밝았소."

공허가 무뚝뚝하게 말하며 몸을 돌려세웠다. 그들은 말없이 그 장소를 떠나기 시작했다.

"시님이 어찌 그리 독헌고?"

숲속을 걸으며 한 사람이 옆사람에게 속삭여 물었다.

"독헌 거이 아니라 원수갚음 허는 것이요."

옆사람이 앞쪽의 눈치를 힐끔 보며 대답했다. 먼저 말을 건 사람은 지삼출의 부대원이었고, 대답을 한 사람은 공허의 부대원이었다.

"무신 원수갚음인디라?"

"궁게 머시냐, 갑오년 그적에 집안식구덜이 몰살당해 부렀넌디, 그리된 것이 왜놈 앞잽이로 나슨 보부상덜 땀시 그리됐다등마요."

"근디, 저 시님언 어찌 살아났다요?"

"그것이야 몰르겄고, 에린 나이에 배곯아 죽을 수가 없어서 절밥얼 얻어묵게 된 것이고, 그런 연고로 저 시님언 왜놈덜보담도 염탐꾼 보부상이니 일진회 패거리럴 훨썩 더 미워허요."

"그런 맘이기야 의병덜이 다 똑같덜 안겄소. 근디 말이오, 가심에 그리 원한이 맺혔다고 혀도 도 닦은 시님이 한주먹에 사람얼 죽여뿌는 걸 봉게로 맘이 영 요상허고 그러요."

"그리 말허덜 마씨오. 아까 그놈이 맞어죽을 소리 까바신다다가,

시님도 총 들고 의병으로 나섰으면 원수 잘 잡아죽이는 것이 옳제 원수럴 살려보내는 거이 옳겠소?"

상대방은 말문이 막히고 말았다.

이상한 일이었다. 다른 지방에서는 의병의 기세가 점차 약해지고 있었다. 그런데 오히려 전라남·북도에서는 의병들이 더욱 거세게 일어나고 있었다.

그즈음에 송수익이 만나게 된 새 의병장이 전해산이었다.

"그건 지당한 결말이 아니겠습니까. 벌써 사오 년 전부터 왜놈들이 밀려들어 논을 사들이고 쌀을 몰아가고 해서 농민들 생활고가 우심해졌습니다. 농민들 생활이 곤궁에 빠지니 다른 생업을 가진 사람들의 생계도 따라서 어렵게 되었습니다. 조선팔도에서 왜놈들 피해가 가장 큰 곳이 여기 전라도땅이고, 사람들은 왜놈들을 몰아내지 않고서는 이 곤궁을 면할 수가 없다는 것을 알게 된 것이지요."

전해산이 매서운 눈길로 한 말이었다.

"노형의 분별력이 틀림없는 것 같습니다."

송수익은 전해산의 판단에 전적으로 동감했다.

송수익은 전해산을 처음 만나고도 십년지기 같은 친근감을 느끼게 되었다. 그는 자신과 닮은 데가 너무나 많았던 것이다.

족보는 양반이면서 10대가 넘도록 벼슬을 하지 못했고, 한문을 공부했으면서도 유생 행세를 원하지 않았고, 사람의 능력을 중시하여 신분 차이를 두지 않았고, 신학문을 빨리 받아들여 세상을 새롭게 꾸며야 한다는 생각까지 같았다.

나이도 서로 엇비슷한데 다만 다른 것이 한 가지 있었다. 자신은 손수 농사를 짓지는 않았는데 전해산은 직접 농사를 짓고 살아온 '유식한 농부'였던 것이다.

"우리 전라도땅의 의병세가 이리 충천하는 계제에 의병전술도 개조해야 하지 않을까 합니다. 첫째, 근거지는 산에다 두되 전보다는 더 강하게 평지로 세력을 확장하고, 둘째, 그러기 위해서는 농민들을 의병과 농민으로 이중생활을 하게 만드는 것입니다. 재언하면 낮에는 농사짓는 농민이고, 밤에는 의병이 되게 하는 전술을 쓰자는 것입니다. 셋째는 왜놈들이든 백성들을 상대로 하든 방을 쉽게 써서 의병의 생각을 자주 넓게 알리는 일입니다. 넷째, 의병들이 전보다 더 긴밀하게 상호협동해서 세력을 확대하는 것입니다."

전해산이 군이 송수익을 찾아온 목적을 밝힌 것이었다.

"옳은 말씀이십니다. 저로서도 전부터 궁리해 왔던 문제들입니다. 특히나 두 번째 생각이 좋습니다."

송수익은 전해산의 그 적극적인 방법이 아주 마음에 들었던 것이다.

전해산이 영광군 불갑산 근거지로 돌아간 다음 송수익은 그와 나눈 이야기를 구체화하는 준비에 착수했다.

대중의 의병화라는 색다른 전술을 짜느라고 골몰하고 있던 어느 날 송수익은 뜻밖의 보고를 받았다.

"손판석이 부하덜허고 생포당해 부렀구만이라우."

"손판석 도십장이! 어찌 된 일이오?"

송수익은 소스라치게 놀라 몸을 벌떡 일으켰다.

"몰르것구만요, 보초가 잠얼 자부렀는지 어쨌는지 포위당했당게요."

참담하게 일그러진 지삼출의 얼굴은 울고 있었다.

"큰일났군, 이거 큰일났군……."

송수익은 안절부절못하며 빈손만 말아쥐었다 폈다 하고 있었다. 송수익의 그런 당황하는 모습은 쉽게 볼 수 있는 것이 아니었다.

지삼출은 대장 송수익의 그런 마음을 충분히 헤아릴 수 있었다. 손판석은 쓸 만한 소부대장이었고, 그간에 정이 깊게 서린 사이들이었다. 지삼출은 대장의 태도에서 자신의 마음을 위로받는 한편 대장을 대하기가 면목 없음을 느꼈다. 손판석의 부대가 그런 예상하지 못했던 일을 당한 데는 자신의 책임이 전혀 없다고는 할 수 없었던 것이다.

"대장님, 일이 그리된 디넌 지 잘못이 크구만요."

지삼출은 자신의 감정을 누르면서 송수익 앞에 머리를 조아렸다.

"아니오, 지 대장이 무슨…… 헌데 이 일을 어째야 좋은가……."

송수익은 괴롭게 말을 씹었다.

"저어…… 잽히기넌 혔어도 죽지넌 않을 것잉마요. 그 신작론가 도로공산가가 시작된 담보톰언 죽이덜 않고 그 공사장서 써묵웅게요."

지삼출은 조심스럽게 말했다. 그건 송수익을 위로하자는 것만이 아니었다. 손판석이 그렇게라도 살아 있기를 바라는 자신의 마음이기도 했다.

"글쎄요, 그렇더라도 그 고생이 얼마나 크겠소."

송수익의 얼굴에 더 진한 그늘이 덮이고 있었다. 지삼출은 자신의 말이 아무 위로가 되지 않는다는 것을 느꼈다. 그래서 공사장에서 도망쳐 살아 돌아올지도 모르지 않느냐는 말은 꺼내지 않았다.

한편 손판석과 그 부대원들은 온몸이 피멍드는 고문조사를 거쳐 도로공사장으로 끌려갔다. 손판석이 처형을 모면한 것은 미리 교육된 대로 대원들 모두가 입을 맞추었기 때문이었다.

그들은 자신들 모두가 일반 대원으로 밤중에 잃어버린 본대를 찾아다니던 중이라고 대답했다. 도십장 손판석은 그 똑같은 대답 속에 감추어지게 되었다.

일본 토벌군이나 헌병대들은 아무리 소부대 대장이라도 대장은 살려주는 법이 없었다. 대장을 가려내서 혹독한 고문으로 정보를 빼내고는 꼭 죽여버렸다. 그러나 대원들이 말을 맞추는 경우 외모로는 아무런 표가 나지 않는 의병 소부대에서 대장을 찾아내기란 불가능한 일이었다.

손판석의 대원들은 공사장에 투입되기 전에 모두 상투를 잘리고 머리를 박박 깎였다. 죄인이라는 표시였다.

전주와 군산을 잇는 도로공사는 한창이었다. 들판을 일직선으로 꿰뚫으며 뻗어나가고 있는 신작로에는 많은 사람들이 여기저기 무리를 이루며 일에 매달리고 있었다. 그들 사이에서 머리를 박박 깎인 사람들은 금방 표가 났다. 그리고 그들이 가장 고된 일에 시달리고 있는 것도 쉽게 알아볼 수 있었다.

의병들은 돌짐지기 땅다지기 같은 힘겨운 일만 떠맡았다. 그러나 일반 일꾼들은 그들이 당하는 고통을 알면서도 어쩌는 도리가 없었다. 총을 든 헌병들의 눈초리가 그들을 감시하고 있었던 것이다.

초기에 일본군들은 의병의 생포자들은 말할 것도 없었고 부상자들까지 모조리 죽였다. 그러다가 도로공사가 본격화되면서 일손이 달리게 되자 생포자들을 공사현장에 투입하기 시작했던 것이다.

손판석은 채찍질을 당하지 않도록 몸을 재게 놀리면서도 그저 탈주할 기회만 노리고 있었다. 그가 안타까워하는 것은 자신의 부대원들이 사방으로 흩어져 버린 것이었다. 자신과 함께 일하고 있는 대원은 네댓에 지나지 않았다.

손판석은 그들이나마 하나로 묶어놓고 있었다. 그들과 마주치고 스칠 때마다 눈짓을 주고받았고, 일이 끝나고 간이수용소에 갇히면 짤막짤막한 말로 그들을 독려하기도 했다.

"심내드라고, 때가 올 것잉게."

"낙심 말어, 기연시 가게 될 것잉게."

그러나 탈주는 쉽지 않았다. 헌병이며 십장들의 감시가 워낙 철저했던 것이다.

신작로는 그전에 달구지가 겨우 비껴다닐 수 있었던 것에 비해 네 곱절은 더 넓혀졌다. 그 넓은 길은 양쪽의 논들보다 한 자 이상의 높이로 다져올려졌다. 길은 그것으로 완성된 것이 아니었다. 흙에서 반들반들 윤기가 나도록 단단하게 다져야 했다.

그런데 손판석이 일하고 있는 구간에서는 그것으로 일이 끝나지 않았다. 그 위에다 손가락 굵기의 철근을 잘라 여러 가지 모양으로 구부리고 얽어 철근판을 짜나갔다. 거기다가 자갈을 뒤섞은 시멘트반죽을 퍼부어넣었다. 그 시멘트 콘크리트길은 김제·만경 평야의 한복판을 관통하면서 군산에서 김제로 뻗어가고 있었다.

사람들은 철근이라는 빨랫줄처럼 긴 쇳줄도, 콩가루처럼 몽글몽글한 시멘트라는 것도 생전 처음 보는 것이었다. 더구나 시멘트라는 것이 물과 모래와 자갈이 반죽돼 돌덩어리보다도 더 단단하게 굳어진다는 사실 앞에 그들은 벌어진 입을 다물지 못했다.

"긍게로 저것이 돌떵어리길인 심인디, 멋에 써묵을라고 그리 단단허니 맨글고 그렁고?"

"사람 실답잖기넌. 김제서 만경꺼지 질펀허게 퍼진 들판서 나는 쌀얼 군산으로 실어내는 디 쓴다는 그 짜아헌 소문 듣지도 못허고 사능가, 자네넌?"

"아이고, 두 번 잘났다가넌 사람 아조 잡겄네. 나 말언 그런 말이 아니시. 쌀얼 실어내든 보리럴 실어내든 땅이 꺼져 내려앉을 것도 아닌디 어찌서 그리 미련허게 돌뎅이럴 깔디끼 허냐 그 말이시."

"참말로 잘나고도 미련헌 것이 자네시. 왜놈덜이 천년만년 써묵겄다고 그리 맹그는 것인디 무신 말이 그리 많혀."

"머시여? 천년만년……?"

"두고 보소, 나가 엊그적께 귀동냥헌 것인디, 올 가실보톰 그 질로 자동차라는 것이 쌀 싣고 오락가락헌다는 이얘기데. 시상이 요상시럽게 변해갈 판이시."

"자동차……?"

"아, 임금님이 몇 년 전에 첨으로 탔다는 물건 말이시."

"그리되먼 우리넌 갈수록 배 탈탈 곯게 안 생겼다고?"

"말허먼 입만 아프제."

사람들은 새로 만들어지고 있는 시멘트 콘크리트길을 먼발치에서 바라보며 그저 불안할 뿐이었다.

의병부대들의 이기고 진 싸움 소식들이 날이 바뀔 때마다 바람에 실려오듯 끊임없이 퍼지고 있는 속에서 전주와 군산 간의 '전군도로'는 예정대로 완성되어 가고 있었다. 그 길은 통감부가 치도국을 세운 다음 조선 안에 최초로 닦은 도로였고, 최초로 만든 시멘트 콘크리트 신작로였다.

해가 바뀌고 봄이 오면서 전라도땅에는 이상한 노래가 퍼져가고 있었다.

생사를 미리 알아 묘술불패라네 천년장수 송수익
녹두장군 아들이라 백전백승 용맹이네 전해산 장수
신출귀몰 둔갑술에 당할 자가 없구나 심남일 장수
동에 번쩍 서에 번쩍 장하고 장하다 머슴장수 안계홍

그 노래를 누가 지은 것인지 아는 사람은 아무도 없었다. 그런데 노래는 입에서 입으로 전해지며 퍼져나가고 있었다. 특히 아이들

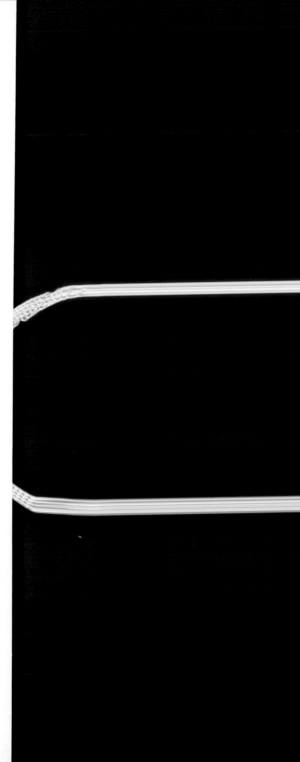

이 입모아 노래를 부르기에 신명이 났다. 그러나 아이들도 눈치가 빤해 토벌대나 헌병들의 모습이 비쳤다 하면 입을 딱 다물었다.

송수익은 오래 살아 있어서 천년장수라 하는 것이었고, 전해산은 전봉준 장군과 성이 같아 녹두장군 아들이라 했고, 심남일은 활동범위가 넓어 둔갑술을 쓴다는 것이었으며, 안계홍은 그 출신이 머슴이라서 머슴장수라 했던 것이다.

'귀국이 비록 대한을 삼켰을지라도 귀하가 말하는 우리 폭도를 제거하지 못하면 반드시 토해내고 말 것이다.'

전해산이 일본공사를 상대로 하여 붙인 방이었다. 그 방에는 일본군과 끝까지 싸워 일본세력을 조선땅에서 몰아내고야 말겠다는 의병의 상한 의지와 신념이 나타나 있었다.

'쌀을 왜인에게 팔고 적에게 의지하는 자들은 토왜(土倭)이니 의로써 모두 즉시 죽일 것이다.'

송수익이 고부와 그 일대에 붙인 방이었다. 쌀을 몰아가는 일본 사인들  그리고 숭개상인들까지도 꿍꿍이상으로 산셈이라는 뜻이었다.

'일본침략자의 손아귀에 우리 재산을 넘겨줄 수 없다. 세금을 의병대 장소에 납부함이 옳다.'

연이어 붙은 방이었다. 이미 일본의 앞잡이가 되어버린 정부에 세금을 바치는 것은 결국 일본의 배를 불리고 통감부의 힘만 키워주게 된다는 뜻이었다. 그건 일본세력의 확대 저지이기에 앞서 조선정부에 대한 전면 부정이었다. 의병들은 그 방에 따라 군수물자의 확보를 위해 조세탈취를 정정당당하게 수행해 나갔다.

그러나 통감부에서는 그런 의병활동을 그대로 두고 보지 않았다. 그들은 '남한 대토벌'을 결정하게 되었다.

일본이 조선과 ▢ ▢조약을 체결한 목적은 조선을 식민지로 만들기 위해서였▢ ▢. 그런데 통감부에서는 4년 세월이 지나도록 그 일을 실현▢▢시 못하고 있었다. 그동안 통감부는 허송세월을 한 것이▢ ▢라 의병전쟁을 치러왔던 것이다. 전국적으로 일어난 의병세▢은 식민지 합병을 방해하는 최대 장애물이었다. 통감부로서는 ▢▢▢▢▢ ▢▢▢ ▢▢▢▢ ▢▢▢▢.

통감부는 4년에 걸쳐 전국의 의병세력을 안심할 정도로 소멸시키게 되었다. 따라서 일본각의는 조선의 합병 실행을 의결하고 천황의 재가를 얻은 것이 7월 6일이었다.

그동안 통감부는 의병전쟁을 치르는 한편으로 치안권 행정권 경제권은 물론 사법권까지 완전 장악하게 되어 합병에 필요한 만반의 준비를 갖춘 상태였다. 그러나 합병을 단행하기에는 아직 어려운 상황이 가로놓여 있었다. 그것이 바로 기세가 꺾일 줄 모르는 ▢ ▢▢▢▢▢▢▢.

호남의병들은 육지에서만 활동하고 있는 것이 아니었다. 바다에서도 싸움을 벌이고 있었다. 군산 아래서부터 목포를 지나 여수와 해남에 이르기까지 배를 탄 의병들이 서해안을 오가는 일본배들을 공격해 대고 있었다. 쌀을 싣고 가던 배들이며, 일본상품을 싣고 오던 배들이 화물을 털리고 불태워졌다. 바다의병들의 주축은 물론 어부들이었다. 통감부에서는 바다의병들을 막으려고 군함까지 동원하고 있었다. 그뿐만이 아니었다. 호남의병들은 화승총에 신식총의 노리쇠를 자작으로 해달아 화력을 강화하고 있었다.

통감부는 9월 1일을 기해 헌병대를 앞세워 호남의병을 쓸어 없애기 위한 '남한 대토벌작전'을 개시하기 시작했다. 그 계획에 따라 이미 6개월 전에 경상북도와 강원도 접경 산악지대에 투입되었던 토벌대 병력들이 호남지방으로 집중되었다.

대토벌작전의 기본 전술은 '교반적 전술'이었다. 교반은 휘저어섞는다는 뜻으로, 의병과 연계된 어떤 일정 지역을 지목하게 되면 그 외곽에 경비부대가 포위망을 둘러치고, 포위망 안에서는 여러 토벌대가 이 마을 저 마을로 밤낮을 가리지 않고 빠르게 옮겨다니며 기습을 되풀이하는 초토화작전이었다.

그것은 일명 '빗질작전'이라고도 했다. 사방에 포위망을 그물 치듯이 해놓은 다음 머리에 참빗질을 해서 이를 잡아내듯이 집집마다 샅샅이 뒤져 조금이라도 혐의가 있는 사람은 모조리 잡아냈기 때문이다.

그 무차별한 작전으로 산간마을들은 더 말할 것도 없었고, 산 가까운 마을들까지 소용돌이에 휘말려들었다. 의병들은 일본군들의 그런 작전에 맞서 마을 접근을 피하는 동시에 부대를 전보다 더 소규모로 분산시킬 수밖에 없었다.

참샘골 세 마을이 토벌대에게 짓밟히고 있었다.

"나와, 당장 나왔!"

"이새끼, 손들어!"

집집마다 뛰어든 토벌대는 고함을 치고 개머리판을 휘두르며 사람들을 밖으로 몰아내고 있었다.

아이들의 울음소리, 여자들의 비명소리, 옹기 박살나는 소리, 개 짖는 소리, 일본말 고함소리가 뒤엉키고 있는 마을은 난장판이 되고 있었다. 고샅고샅에서 몰려나온 사람들은 당산나무 아래로 떠밀려들었다.

"다 꿇어앉혀라!"

칼을 뽑아든 일본군 대장이 외쳤다.

사람들을 에워싸고 있던 부하들이 칼 꽂은 총을 휘둘러대며 제각기 사람들의 정강이를 걷어차거나 어깻죽지를 내려치며 꿇어앉혔다. 그 눈치를 살펴 다른 사람들은 서둘러 땅바닥에 꿇어앉았다. 어린아이를 가진 여자들은 우는 아이들의 입을 틀어막았다.

"남자들을 다 끌어내라!"

대장의 두 번째 명령이었다.

부하들이 사람들 사이로 뛰어들어 남자들의 뒷덜미를 낚아채기 시작했다. 끌려나온 남자들은 차례로 줄 세워졌다. 일으켜세워지는 남자는 스물 가까이서부터 예순 살 가까이까지였다. 남자들이 일으켜세워질 때마다 여자들의 얼굴이 파랗게 질려갔다.

남자들은 당산나무를 등지고 길가에 나란히 서 있었다. 마을을 바라보고 있는 그들의 뒷모습은 누가 누군지 구별이 되지 않았다.

"발사!"

탕 타당 탕탕…….

총소리들과 여자들의 울부짖음, 아이들의 울음소리가 뒤범벅이 되었다.

그러나 여자들은 이내 더 울부짖을 수도 움직일 수도 없게 되었다. 총검이 바로 눈앞에 겨누어져 있었던 것이다. 남편이나 아들의 모습은 순식간에 사라져 길바닥에 즐비하니 쓰러져 있었다.

"다음 단계 실시!"

헌병대장이 칼을 치켜들었다가 내리쳤다.

군인들이 우르르 뛰기 시작했다. 둘씩 짝이 된 군인들은 다시 집집마다 뛰어들었다. 그들은 또 집을 뒤져 눈에 띄는 곡식이란 곡식은 모두 마당으로 끌어내고 있었다.

곡식을 다 찾아낸 군인들은 짚단에 성냥을 그어댔다. 불이 붙은 짚단들을 부엌이며 방이며 지붕에 던졌다. 초가집들은 여기저기서 불붙어 타오르기 시작했다.

일본군들은 이집 저집에서 곡식을 끌어내다 달구지에 실었다. 그러는 동안에 집들은 완전히 불길에 휩싸이고 있었다.

꼬꼬댁거리고 퍼득거리는 닭까지 몰아가지고 토벌대는 떠나갔다.

당산나무 아래서 꼼짝 못하고 발이 묶여 있던 여자들은 그때서야 허겁지겁 어지럽게 뛰기 시작했다. 길가에 쓰러진 시체를 붙안기도 했고, 불붙고 있는 집으로 내달리기도 했다. 그러나 다 부질없는 일이었다. 흥건하게 땅을 적신 피가 검붉게 굳어버린 것처럼 시체들은 싸늘하게 식어 있었고, 기둥들까지 불붙고 있는 집 안에서는 옷가지 하나 꺼낼 수가 없었다.

대토벌이 한 달 동안 계속되면서 의병들의 시체는 산골마다 즐비하게 흩어져 갔다. 아무도 돌보지 않는 그 시체들을 산짐승들이 뜯고 까마귀떼들이 헤집었다.

또 마을 어귀나 큰 길목에 설치된 통나무 걸침목에는 대여섯씩 되는 시체가 줄줄이 목매달려 늘어져 있었다. 그건 토벌대가 마을 사람들 앞에서 시범적으로 목매달아 죽인 의병들이었고, 전시효과를 위해 철거금지가 내려져 있었던 것이다.

송수익은 상황이 점점 절망적으로 몰려가고 있음을 느끼고 있었다. 일본군의 병력과 화력의 집중으로 입게 되는 타격도 클 뿐만 아니라 날이 갈수록 민간인들과 차단되는 것도 큰 문제였다. 민간인들은 그동안 의병을 먹여주고 잠재워 주고 치료해 준 것만이 아니었다. 의병의 충실한 '눈과 귀'가 되어주었던 것이다.

그동안 그나마 의병들이 버틸 수 있었던 것은 그들의 끊임없는 지원과 협조가 뒷받침되었기 때문이었다. 그들은 단순한 지지자들이 아니라 의병들과 함께 싸운 제2의 의병들이었다. 그런데 대토벌은 그들과의 연계를 무자비하게 파괴하고 있었다. 부대를 소규모로 분산시켜 기동성을 살리는 동시에 토벌대의 공격력을 해체하고 약화시키는 전술을 써야 하는 형편에서 민간인들과 차단되는 것은 치명적이었다. 그것은 곧 소부대의 고립으로 이어졌던 것이다.

송수익은 대토벌이 시작된 지 한 달 만에 자신의 부대가 반 이상 피해를 입었다는 것을 알고 있었다. 그러면서도 그 위기를 돌파

할 수 있는 묘안을 찾아내지 못하고 고심 중이었다.

의병은 이대로 종말을 맞게 되는 것인가……. 자주 그의 머리를 스치고 가는 압박이었다. 그 어두운 생각에 이어져 너무나 많은 생각들이 꼬리를 잇고 있었다. 그간에 수없이 죽어간 사람들, 그중에 과연 양반이란 사람들은 얼마나 되는가. 거의가 농민이거나 그보다 더 빈천한 사람들이었다.

그들은 누가 시킨 것도 아닌데 자진해서 의병으로 나섰다. 그리고 싸우다 죽어갔다. 시원찮은 무기를 들고 적에게 덤벼드는 그들의 용기, 그건 임금을 위해서였는가, 양반을 위해서였는가. 임금은 모르겠으나 그들은 결코 양반을 위해서 죽은 것은 아니었다. 그들은 하나같이 양반을 싫어하고 미워했다. 그들은 나라를 위하는 백성의 도리로 죽어간 것이었다. 그런데 그 많은 죽음들의 결과는…….

"아, 대장님! 오래 기둘리셨는게라우?"

반가움이 넘치는 지삼출의 인사였다.

"어서 오시오. 팔은 좀 어떻소?"

송수익도 반색을 하며 지삼출의 팔을 쳐다보았다. 지삼출의 왼쪽 팔은 헝겊으로 동여져 있었다. 총에 맞은 부상이었다.

"열이 내래서 인자 살 만허구만요." 지삼출은 가볍게 대꾸하며 자신의 팔을 힐끗 쳐다보고는, "근디, 가심 터지는 소식이 있구만이라우." 그는 금방 침울해지며 말했다.

"무슨 소식이오?"

불길한 생각이 송수익의 머리를 치고 지나갔다.

"저어…… 전 대장님이 세상얼 뜨셨당마요."

"뭣이! 전해산 장수가!"

송수익의 다급한 외침이었다.

"아니, 전해산 장수가……."

송수익이 무너지듯 주저앉고 말았다.

"이틀 됐당마요."

지삼출이 먼 산으로 눈길을 보내며 중얼거렸다. 송수익은 더 말이 없었다.

송수익은 오래도록 감은 눈을 뜨지 못했다. 의지와 용기와 덕성을 겸비하고 있었던 전해산의 모습이 너무 생생하게 떠오르며 가슴에 슬픔의 골을 파고 있었다. 나라를 위하는 그의 뜨거운 마음과 사람을 차별하지 않았던 그의 올바른 태도가 너무 아깝고 소중하게 여겨졌다.

결국 전해산의 용맹도 일본토벌대의 무자비한 살육 앞에서 꺾이고 만 것이었다. 송수익은 자신의 죽음도 가까이 다가오고 있음을 느끼고 있었다. 송수익은 뿌드드득 소리가 나도록 어금니를 맞물었다. 의병들은 수도 없이 피를 흘리며 죽어가고 있는데 의병을 화적이니 폭도니 해가며 일본의 앞잡이로 감투를 쓰고 앉아 권세를 부리고 부자가 되고 하는 족속들이 살아가고 있다는 사실에 절망과 분노를 함께 느꼈다. 그런 자들을 쓸어없애지 못하고 죽음에 몰리고 있다는 것이 한없이 분하고 원통했다. 그러나 길은 오직 하나,

마지막 순간까지 싸우다 죽는 것뿐이었다.

송수익은 천천히 눈을 떴다.

"갑시다, 우린 또 싸울 일이 남았잖소."

지삼출이 말없이 따라 일어났다.

토벌대들은 계속 불을 질러대고 사람들을 죽여대며 의병을 뒤쫓고 있었다. 소부대로 분열된 의병들은 쫓기면서 싸우고, 굶으면서 쫓기고 있었다.

지삼출의 부대와 헤어진 송수익의 부대는 두 번째의 포위망을 뚫고 있었다.

"좌편 위로!"

송수익은 대원들에게 명령하며 손짓했다. 포위를 당한 상태에서 골짜기를 타고 아래로 내려가는 것은 호랑이굴로 들어가는 격이었다.

송수익은 앞장서서 왼쪽 산줄기와 경사를 타고 위로 뛰기 시작했다. 그 등성이가 험해 적의 포위망이 약하리라고 판단했던 것이다.

역시 송수익의 판단은 맞았다. 그쪽으로는 포위망이 뚫려 있었다. 송수익은 대원들을 앞세워 등성이를 넘게 했다. 16명 중에서 반쯤이 등성이를 넘었을 때 어디선가 일본말 외침이 들리는가 싶더니 총소리가 울리기 시작했다.

"엎드려, 엎드려!"

송수익은 몸을 바위 뒤에 숨기며 외쳤다. 그는 적의 위치를 알아내려고 눈을 부릅떴다.

총소리는 오른쪽에서 울리고 있었다. 포위당한 상태에서 적을 기다려서는 안 되었다. 한 걸음이라도 더 빨리 포위망을 벗어나야 했다.

"둘씩 짝지어 등성이를 넘는다. 집합장소는 신령바위!"

송수익은 다급하게 명령했다.

명령이 떨어지기가 무섭게 남은 대원들이 등성이를 타고 올랐다. 송수익도 총을 겨드랑이에 바짝 끼고 땅을 박찼다.

오른쪽에서는 총소리가 더 심하게 울리고 있었다.

몸을 바짝 낮춘 송수익은 한달음에 등성이에 올랐다. 뒤를 돌아보았다. 남은 부하들은 없었다. 그대로 아래로 내려갈까 하다가 적의 위치를 확인할 필요를 느꼈다. 몸을 일으켰다. 오른쪽 나무숲 사이사이로 적들의 발 빠른 움직임이 보였다. 그는 몸을 돌렸다. 그때였다. 오른쪽 다리에 화끈 불이 붙는 것을 느꼈다. 그리고 몸이 휘뚱 기울어지는 것을 느꼈다. 그는 순간적으로 몸을 바로잡으려고 했지만 그건 생각일 뿐이었다. 그는 곤두박이면서 아래로 구르기 시작했다.

"대장님, 대장님, 대장님!"

옆에 서 있던 부하가 숨이 넘어가며 송수익을 붙들려고 뒤쫓고 있었다.

송수익은 나무밑둥에 부딪히며 구르기를 멈추었다.

"대장님, 어쩐 일이시당게라?"

뒤쫓아 내려온 부하가 미끄러지며 송수익을 붙들었다.

송수익은 다리를 내려다보았다. 벌써 허벅지의 바지에는 피가 시뻘겋게 내배고 있었다.

여기서 끝인가!

송수익은 순간적으로 생각했다.

"다행허게 다리구만이라. 얼렁 업히시게라, 대장님!"

부하가 넓은 등짝을 송수익의 앞에 디밀었다. 그 넓은 등짝과 함께 부하의 말이 가슴을 치는 것을 송수익은 느꼈다.

그래, 다행히 다리다! 뼈만 상하지 않았으면 가망은 있다.

송수익은 마음을 다잡았다. 그리고 나무를 붙들고 몸을 일으켰다. 통증을 억누르며 서너 걸음 옮겨보았다. 통증은 무서웠지만 분명 걸을 수는 있었다.

"됐소, 다리를 묶으시오."

송수익은 머리에 동이고 있던 수건을 풀어주었다.

"얼렁 업히시랑게요."

다리를 묶고 난 대원이 다시 등을 돌렸다. 총소리는 한결 가까워지고 있었다.

"아니오, 걷는 것이 더 빠를 거요. 좀 붙들어주기만 하시오."

송수익은 부축을 받으며 걷기 시작했다. 그동안의 경험으로 보아 더는 포위망이 없을 것이라는 점에 그는 희망을 걸고 있었다.

그간에 겪어온 온갖 생각들이 스치고 지나갔다. 송수익은 불길한 생각은 하지 않으려고 애썼다. 목적지인 신령바위까지만 무사하게 가면 상처를 치료할 길이 생기리라 싶었다.

무슨 구원처럼 그의 머리에 문득 떠오르는 것이 있었다.

'생사를 미리 알아 묘술불패라네 천년장수 송수익……'

송수익은 감당하기 어려운 고통 속에서도 웃음이 비어져 나왔다. 어느 마을을 거쳐가면서 아이들이 부르는 노래로 들은 내용이었다. 곱고 맑은 어린 목소리들에 실린 그 노래를 들었을 때의 심정은 참으로 이상야릇한 것이었다. 쑥스럽고 벅차고 부끄러우면서도 황감한 마음을 간추리기 어려웠었다.

천년장수…… 그래, 그건 내가 원해서 받은 벼슬이 아니고 순전히 사람들이 지어준 별호가 아니냐. 천년장수가 이까짓 다리 다친 것쯤 가지고!

송수익은 그 별호가 무슨 신통력을 가진 부적처럼 여겨졌다. 그 자랑스러운 별호를 붙들며 송수익은 새롭게 고통을 사려물었다.

대원들이 기다리고 있는 신령바위에 다다랐을 때 송수익은 거의 실신상태에 빠져 있었다. 놀란 대원들은 서둘러 들것을 만들어 송수익을 눕혔다.

송수익이 정신을 차려보니 옆에 공허가 혼자 앉아 있었다.

"아이고 대장님, 인자 정신이 드셨구만이라. 그대로 뒤 계십시오."

공허가 송수익의 손을 덥석 잡으며 반가움이 넘쳤다.

"스님이 어쩐 일이시오? 허고, 여긴 또 어디요?"

송수익이 목잠긴 소리로 물었다.

"예, 대원덜이 소승얼 찾아나서서 만내게 됐구만요. 여그넌 소승이 잘 아는 암자니께 안심허셔도 됭마요."

송수익은 공허의 말을 듣고서야 자신이 꼬박 이틀 동안 혼수상태에 빠져 있었다는 것을 알았다. 그 사이에 의원이 치료를 하고 다녀갔다는 것도 알았다.

송수익은 동굴 속에 누워 아기중이 달여오는 약을 마시며 무료한 나날을 보낼 수밖에 없었다. 다리는 움직이기가 어렵게 퉁퉁 부어올라 있었다.

며칠이 지나서야 지삼출이 나타났다.

"대장님…… 대장님……."

지삼출은 송수익의 손을 감싸잡고 다른 말을 더하지 못한 채 눈물만 뚝뚝 떨구었다. 송수익은 자신의 손을 붙들고 부들부들 떨고 있는 지삼출의 악력이 그대로 가슴에 절절히 전해져 오는 것을 느끼고 있었다. 송수익은 그 떨림에 실려오는 절실한 말을 눈물겹게 듣고 있었다. 그건 육친에게서 느낄 수 없는 또다른 뜨거운 정이었다.

"바깥세상은 어떻소?"

"……추풍낙엽이구만이라우."

지삼출의 힘겨운 대답이었다.

송수익은 더 물을 말이 없었다. 의병이 뿌리째 뽑히고 있음을 느끼고 있었다.

"지 대장, 목숨을 잘 보존해야 하오. 우리가 할 일이 이번으로 끝나는 게 아니오, 알겠소?"

송수익은 지삼출의 손을 잡으며 다짐했다.

"야아…… 지까진 것이야 머……."

송수익은 상처가 차츰 회복되어 가면서 심남일 장수가 죽었다는 소식을 들었다. 그리고 안계홍 장수도 죽었다는 소식을 들었다.

10월이 끝나면서 '남한 대토벌'도 끝을 맺었다. 그 두 달 동안에 죽어간 대소 의병장들이 103명이었고, 의병들은 4,200여 명이었다. 결국 호남의병은 몸체가 잘리고 뿌리까지 뽑혀버린 채 실뿌리만 남게 되었다.

의병들의 기세가 드높았던 3년 동안에 일본군이 학살한 의병수는 1만 6,700여 명이었고, 부상자들은 3만 6,800여 명이었다. 그리고 불에 탄 집들은 6천 채가 넘었다. 그러나 민간인들이 얼마나 죽었는지는 그 누구도 알지 못한 채 1909년은 저물어가고 있었다.

20

침묵하는 땅

10월을 보내고 있는 하늘은 지향 없이 넓고 시리도록 맑고 사무치게 깊고 서럽도록 푸르렀다. 가을걷이를 하고 있는 농부들은 그 높푸른 하늘을 가끔 우러러보다가 고개를 떨구며 시름겨운 한숨을 길게 흘리고는 했다.

"하늘도 무심허시제……."

어떤 아낙네들은 한숨 섞인 푸념을 실바람에 띄우기도 했다.

그들은 두 달 동안에 벌어진 수많은 죽음의 끔찍스러움에 마음 병이 들어 있었고, 의병의 기세가 불 꺼지듯 잦아들어 버린 것을 한스러워하고 있었다. 그들이 속마음으로 의지하고 믿은 건 의병뿐이었던 것이다. 그들은 이번에도 갑오년 때와 다를 것 없는 감정의 엇갈림을 겪고 있었다. 그때 가슴속에 품었던 기대가 무너진 자리에 밀려든 것은 허망감이었다. 그 막막하고 두려운 허망감에서 그들은 헤어날 길이 없었다.

그러나 10월은 그렇게 무심하게 끝나지 않았다. 저 먼 북쪽 만주 땅에서 천둥 치듯 들려온 소식이 있었다. 이등박문의 죽음이었다.

초대 통감 이등박문을 모르는 조선사람은 아무도 없었다. 우는 아이들도 호랑이 대신 그 이름을 들으면 울음을 그칠 정도였다. 그 사람이 그냥 죽은 것이 아니었다. 조선사람이 총으로 쏘아죽인 것이었다.

"그 사람이 누구여?"

"안중근이란 사람이라등마."

"안중근······ 참말로 장허고 장허고 또 장허시."

"그 양반도 의병이었을랑가?"

어느덧 안중근은 '양반'으로 존대받고 있었다. 그 '양반'이란 말은 족보와는 상관없이 장한 일을 한 사람이나 남다른 일을 한 사람을 진심으로 받들어 부르는 별칭이었다.

"그야 잘 모르겠는디."

"아, 의병이 따로 있능가. 바로 그 양반이 똑별난 의병대장 아니라고."

"잉, 그렇기도 허구마. 그 천하럴 울리든 이등박문이럴 즉사시켜부렀시니 의병대장 중에 의병대장이시."

"총질솜씨도 참말로 귀신 아니라고. 어찌 그놈에 가심얼 정통으로 뚫어부렀당가 잉."

"긍께로 말이시. 그 연전에 미국사람 죽인 장 머신가 허는 양반이나 이 양반이나 다 기맥힌 분네덜 아니셔."

"하면, 하면, 다 하늘이 점지헌 분네덜이제. 그나저나 어찌 그 무선 이등박문이럴 죽일 맘얼 묵었을꼬?"

"그야 미국사람 쏴죽인 것 보고 그리 맘묵었을란지도 몰르제. 사람이야 서로 보고 배우는 것 아니드라고?"

"이, 그럴 법도 허시. 좌우당간 웃대가리덜얼 그리 차근차근 죽여나가면 결국 왜놈덜얼 몰아내게 안 되겠다고?"

"아이고, 입 봉허소. 큰탈날 소리시."

"와따 이 사람아, 죽기럴 작정허고 총질얼 헌 사람덜도 있넌디 자네 간도 에진간히 작네그랴. 근디 말이시, 미국사람얼 쏴죽인 소문이 퍼진 담에 의병덜이 와짝 더 불어났었는디, 요분에도 그리될랑가?"

"잉 그럴란지도 몰르제."

사람들이 모여앉은 곳이면 어디서나 그 이야기들이 많았다. 그 소문의 파고는 미국사람을 죽였을 때보다 훨씬 높았다. 그럴 수밖에 없는 것이 총 맞아 죽은 사람이 이등박문이었다. 그리고 사건이 일어난 장소도 바다 건너 멀리가 아니라 걸어서도 갈 수 있는 만주 땅 하얼빈이었던 것이다.

먹물옷이 남루한 중 하나가 장터거리며 주막에서 그런 소문을 들으며 묵묵히 앉아 있고는 했다. 중은 차양이 큰 삿갓을 쓰고 있어서 얼굴은 전혀 보이지 않았다. 성한 데라고는 거의 없이 덕지덕지 기워입은 먹물옷을 보고 사람들은 그 중의 수도생활이 오래라는 것을 짐작할 뿐 더는 관심이 없었다. 사람들의 그런 무관심은 이미 속세와 절연한 모든 중에 대한 예의이기도 했다. 그런 무관심의 덕으로 그 중은 새로운 소문을 넉넉하게 귀에 담고 있었다.

그 중은 시주를 받으려고 어느 집 앞에서 목탁을 두들기는 일이라고는 없었다. 그저 때가 되면 주막에 들러 밥 한 끼를 청하는 것이 고작이었다. 밥을 얻어먹으며 이런저런 이야기를 귀동냥한 중은 다시 주막을 나서서 빠를 것도 느릴 것도 없는 걸음걸이로 들녘길을 걸어가고는 했다.

그 중이 어느 들마을로 들어섰다. 삿갓을 약간 들어올려 마을을 살피는 것 같았다. 그리고 스적스적 걸어 어떤 집 앞으로 다가갔다.

중은 팔을 뒤로 돌려 바랑에서 목탁을 꺼냈다. 그리고 거침없이 치기 시작했다.

"마하반야 바라밀다……."

중은 목탁소리에 맞추어 반야심경을 독경하기 시작했다.

그런데 그 목탁소리며 독경소리가 예사롭지 않았다. 시주승들의 목탁소리는 으레 작고 느리게 마련이었으며, 그 소리에 맞추어 독경소리도 낮고 맥없었던 것이다. 그런 목탁소리나 독경소리는 그저 시주승이 문밖에 와 있다는 표시에 지나지 않았다. 시주를 얻느라고 먼 길을 걸어 지쳐서 그러는 것인지 시주를 얻자니 미리 눈치보며 기가 꺾여 그러는 것인지 알 수가 없는 일이었다.

그러나 지금 울리고 있는 목탁소리는 제물이 크게 든 대법당의 예불 때 울리는 목탁소리처럼 울림이 크고 힘이 실려 있었다. 북소리의 신명에 소리꾼의 소리가 이끌리듯 목탁소리에 맞추어 독경소리도 쿠렁쿠렁하게 울리는 것이 아주 기운찼다. 마치도 종지쌀은 싫고 말쌀을 얻고자 하는 마음을 나타내고 있는 것 같았다.

"아이고메, 어느 절 시님이신지 목탁도 시원시원하게 치시고 독경도 시원시원허게 잘허시요 이. 이 집안에 근심이 다 깨끔허니 씻겨지는 것 같구만이라우."

놋양푼에 쌀을 그득하게 받쳐든 여자가 대문 밖으로 나서며 너스레를 떨었다.

"소승 문안이오. 나무관세음보살⋯⋯."

중이 허리를 굽히며 나무관세음보살에 맞추어 목탁을 똑똑똑 똑또그르 하고 구슬 굴리듯 하는 소리로 쳤다.

"시님, 어느 절에 기신다요?"

마흔줄의 여자는 놋양푼을 내밀며 삿갓 속에 감추어진 얼굴을 보려는 듯 고개를 약간 옆으로 숙이며 눈을 올려떴다.

"중이야 어디든 드는 절이 지 집이고 절얼 나스면 뜬구름이구만요. 헌디 어인 시주가 이리 많은게라?"

중의 차분한 말이었다.

"야아, 우리 주인마님언 항시 이리 시주허시능마요."

"고마우신 불심이고 공덕이싱마요. 허나 시주란 천인 만인으 공덕얼 모으는 것이제 멫멫 사람으 후헌 인심얼 얻자는 것이 아닝마요. 그리허고, 소승이 이 댁 앞에 발질얼 멈춘 것언 시주럴 얻자는 거이 아니라 이댁 지붕 우로 자욱허니 서린 액운이 사납고 흉기가 고약헌 땀시구만이라."

"아이고 시님, 아니 도사님, 어찌 그리 딱 알아맞추시는게라." 여자는 화들짝 반색하며 목청 크게 외치듯 하고는, "쬐께 기둘리시게라우, 쬐께" 하며 허둥지둥 돌아서 집 안으로 내달았다.

중은 느리게 몸을 돌려세웠다. 삿갓이 보일 듯 말 듯 좌우로 움직이고 있었다. 삿갓 속에서 중의 눈길은 예리하게 번뜩이고 있었다.

"시님, 시님, 주인마님이 안으로 모시라고 허능구만요. 얼렁 드시제라."

놋양푼을 두고 나온 여자가 곧 중의 옷자락을 잡아끌 것처럼 서둘러댔다.

중은 묵직한 몸놀림으로 대문을 넘어섰다. 앞장선 여자의 발걸음이 바빴다.

"마님, 시님 모셔왔구만이라우."

여자는 사랑채 앞에 나서 있는 두 여자에게 머리를 조아렸다.

"소승 광덕, 문안 아뢰능구만요. 나무아미타불……."

중이 목탁 쥔 손을 모아 합장했다.

"관세음보살, 관세음보살……."

두 여자가 합장을 했고, 나이든 여자가 지극한 소리로 관세음보살을 염송했다. 몸에 깊이 스민 소리였다.

"시님 말씸 전해 들었구만요. 누추허지만 잠 오르시지요."

나이든 여자가 옆으로 비켜섰다. 그 여자는 송수익의 어머니 이

씌었고, 그 옆에 선 여자는 송수익의 아내 안씨였다. 중은 삿갓의 댓살 사이 사이로 두 여자를 이미 짐작하고 있었다.

"아랫사람덜언 물려주시게라우."

중이 마루로 올라서며 이씨에게 나직하게 말했다. 그리고 방으로 들어가기 전에 중은 삿갓을 벗었다. 그때 드러난 얼굴은 공허였다.

"소승이 아까 액운이니 흉기 운운한 것언 다 헛소리옵고, 실은 소승이 아드님과 함께 의병생활얼 허고 있는 처지라 아드님 소식 얼 전허고자 발걸음얼 헌 것이구만이라."

"아니! 무신 변고가 있능가요?"

당황한 이씨가 안색이 변하며 황급히 물었다. 옆에 앉은 송수익의 아내는 옷고름을 입에 물었다.

"아니옵니다. 다리에 총상얼 입긴 혔으나 다행히 상처가 경미혀 서 치료럴 허고 있는 중이구만요."

공허는 두 여자를 바라보며 잔잔하게 웃었다.

"나무관세음보살……."

이씨가 합장을 하며 눈을 내리감았다.

"상처가 경미허다면……."

동요하는 빛을 감추지 못한 안씨가 시어머니의 눈치를 살피며 말끝을 사렸다.

"예에, 원체 천운얼 타고나신 분이라 뼈가 상허지 안혀 치료가 순조롭구만이라. 크게 심려치 않으셔도 곧 회복이 되실 것잉마요."

공허의 정중한 대답이었다.

"다 부처님 가피가 크신 덕이구만요." 감정을 안정시킨 이씨는 차분하게 예의를 갖추고는, "그간에 귀를 열어 들은 소문으로넌 의병세가 거진 다 소진되었다고 허는디, 앞으로 어찌헐 것인지 시님께서넌 아시는지요" 하며 이씨는 공허를 바라보았다.

"예, 그간에 의병세가 크게 꺾인 것언 사실이구만요. 허나 전도럴 어찌헐 것인지넌 아직 소승이 아는 바가 없구만이라. 소승이 찾아뵌 것언 왜놈덜에 눈귀럴 속일 작정으로 송 장군께서 별세허셨다는 소문얼 역부러 퍼뜨리고 있는디 혹시 집안이서 그 소문이 참말인 줄 알고 낙심낙담헐란지 몰라 안부 겸해 미리 찾아뵌 것이구만요. 또 송 장군께서넌 오래 집안 소식얼 몰라 걱정허고 계싱마요. 그간에 무신 변고넌 없으신지······."

공허는 자신이 맡은 임무가 무엇인지를 분명하게 밝혔다.

이씨는 승려의 말에서 아들이 쉽게 집으로 돌아오지 않으리라는 것을 감지하고 있었다. 이씨는 그런 느낌을 마음의 기둥에 묶으며 애써 되묻기를 피했다.

"안 들음만 못헐 이얘기요만, 9월에 퍼지기 시작헌 괴질로 끝손녀딸얼 잃었구만요. 이 늙은것이 가야 허는디 순서가 뒤바뀌었으니······ 다 이 늙은것으 불찰이구만요."

이씨의 목소리가 잠겨들고 있었다. 이씨는 그 말을 할까 말까 망설이다가 며느리의 마음을 헤아려 입에 올리지 않을 수가 없었던 것이다.

시어머니의 말만 듣고 있는 안씨는 옷고름끝으로 소리 없이 눈을 훔치고 있었다.

"나무관세음보살…… 그놈으 호열자가 이 댁에도 횡액이었구만요."

공허는 굵은 목덜미를 쓸며 얼굴을 찡그렸다.

"그것이 우리만 당헌 횡액이 아니었응게 그만허기 다행이구만요. 한 집이서 서넛씩얼 잡아가기가 예사였응게요."

이씨는 옷매무새를 바로잡으며 약간 찬기가 도는 음성으로 말했다. 그건 며느리에 대한 소리 없는 꾸짖음이었다. 아무리 승려라 해도 외간남자가 분명한 이상 눈물을 내비치는 며느리의 몸가짐이 마음에 들지 않았던 것이다.

안씨는 시어머니의 그런 눈치를 알아채고는 앉음새를 고치며 얼굴을 떨구었다. 몇 년째 상면을 못하고 있는 남편에 대한 그리움과 어린 자식을 괴질로 잃은 설움이 맞부딪치며 가슴을 흔들어대고 있었다.

"그놈에 호열자꺼정 퍼져서 사람덜얼 잡아가고 있으니 원, 이 나라 국운이 쇠헐 대로 쇠헌 모양이구만요. 소승 이만 물러가겠사온데 무신 전허실 말씸이 있으시면……."

공허는 일어설 채비를 하며 이씨와 안씨를 번갈아 보았다.

"부디 몸보존 잘허라고 전해주시고……."

이씨는 무슨 변동이 있으면 연락 달라는 말을 삼켜버렸다.

안씨는 시어머니만 아니면 당장 중을 따라나서 남편을 찾아가고 싶은 충동을 억누르고 있었다.

바랑이 늘어지도록 쌀을 받아 진 공허는 다시 삿갓을 눌러쓴 채 마을을 떠나고 있었다. 서너 집 사립에는 솔가지를 끼운 새끼줄이 쳐져 있었다. 돌림병인 호열자를 앓고 있는 집들이었다. 9월 들어 퍼지기 시작한 그 몹쓸 병은 아직까지도 물러가지 않고 있었다.

토하고 설사를 해대며 열이 오르는 그 병은 전국적으로 기승을 부렸다. 하루에 20번쯤 설사를 하거나 토하면서 이삼 일 앓게 되면 숨이 넘어가기 예사였다. 그리고 한 사람이 앓게 되면 집안식구 모두가 돌려가며 앓게 되었다.

병을 이겨내지 못하는 건 대개 노인네들이나 어린아이들이었다.

산에서 벗어난 공허는 그 괴질의 피해가 얼마나 큰지를 직접 확인하고 있었다. 여기저기에 붉은 묘가 너무 많았던 것이다.

젖빛 진액을 토하거나 설사를 해대다가 허망하게 죽고 마는 호열자라는 병은 마른풀숲에 번지는 불길처럼 무서운 기세로 퍼져나갔다. 병이 한창 기승을 부리게 되면서 이상한 소문이 함께 떠돌았다. 그건 다름 아니라 호열자를 일본사람들이 옮겨왔다는 것이었다.

사람들은 그 병을 무서워하는 만큼 일본사람들을 새롭게 미워하고 증오하게 되었다. 그런데 그 소문은 전혀 근거 없는 것이 아니었다. 작년 가을 무렵부터 금년 여름에 걸쳐서 일본사람들은 전과는 딴판으로 떼지어 몰려들었다. 그리고 그들은 개항지에 자리잡는 것이 아니라 농촌으로 파고들었다. 그것은 작년에 동양척식주식회사라는 것이 생기고 통감부가 이민을 적극적으로 추진하면서 벌어진 일이었다.

각 지방으로 퍼진 일본사람들 중에 호열자 보균자들이 없으란 법이 없었다. 그런 사람들과 한 우물을 마시게 되고 이런저런 접촉이 이루어지면서 호열자에 감염되기는 너무나 쉬운 일이었다.

그러나 사람들은 그런 말마저 맘대로 내놓고 하지 못했다. 그런 말을 잘못했다가는 의병이나 그 연고자로 몰려 목숨이 위태로웠던 것이다. 일본에 해가 되거나 일본사람을 욕하는 말은 그 어떤 말이든 전부 죄가 되는 세상으로 변해 있었다.

백종두는 쓰지무라의 연락을 받고 집을 나섰다. 인력거를 잡아 탄 그는 맘놓고 몸을 뒤로 뉘었다. 찬 갯바람이 불고 있는 바깥에 비하면 인력거 안은 아늑하기 그지없었다. 눈을 사르르 내려감은 그는 인력거의 가벼운 흔들림을 즐기고 있었다. 바람 없이 아늑한 인력거 안처럼 자신의 마음도 편안한 것을 그는 느끼고 있었다. 느긋한 마음으로 인력거의 한들거리는 맛을 즐기는 것도 참으로 오랜만의 일이었다. 의병이란 화적떼들을 소탕하게 되면서부터 비로소 되찾은 안정이었다.

일진회장 자리를 차고앉아 그동안 겪어낸 마음고생을 생각하면 그는 입에 쓴 물이 괴는 것을 느꼈다. 쓰지무라를 대할 때마다 면목 없고 옹색해서 견디기가 어려웠던 것이다. 하필이면 전라도땅에서 그 화적떼들이 갈수록 드세게 일어나 군수자리 청탁이란 아예 입에 올릴 수조차 없었던 것이다.

백종두는 어금니를 맞물며 끄으음 된소리를 냈다. 의병이라는 것이 이제 완전히 뿌리가 뽑혔다는 것을 확인하는 자신감이었다. 안중근이란 물건이 그 엄청난 일을 저지른 지도 한 달이 넘어가고 있었다. 그런데도 의병은 다시 일어나는 기색이 없었다. 그 일로 의병이 새로 일어나게 될까 봐 쓰지무라든 누구든 모두가 신경을 곤두세워 왔던 것이다. 의병이 다시는 일어날 수 없도록 뿌리뽑혔다는 것은 백종두로서는 더없는 기쁨이었다.

"백 회장, 곧 경성으로 올라가야겠소."

백종두가 사무실로 들어서자마자 쓰지무라가 던진 말이었다.

"예에……?"

백종두는 어리둥절해졌다.

"마침내 백 회장이 회장으로서 임무를 수행할 기회가 닥쳐왔소."

쓰지무라가 빠르게 말했다.

백종두는 쓰지무라가 느닷없이 '백 회장'이라고 부르는 말에 어리둥절해졌던 것인데, 쓰지무라는 상대방의 어리둥절함을 왜 갑자기 경성으로 올라가라고 하느냐는 뜻으로 받아들였던 것이다.

"무슨 임무 수행인지요……?"

백종두는 말을 느리게 하며 상대방을 빤히 쳐다보고 있었다. 그럴 때면 그의 머리는 빠르게 회전하고, 감각의 촉수는 상대방의 마음을 헤집고 들었다.

"여기서 말할 건 없고, 일단 본부로 찾아가시오."

쓰지무라는 백종두의 촉수를 거침없이 부러뜨려버렸다.

"예…… 알겠습니다."

백종두는 그만 무색해지고 말았다.

쓰지무라는 백종두를 명령대상으로 여겼지 말상대로 생각하지 않았다. 그 명백함 앞에서 백종두는 넘어설 수 없는 벽을 느끼고 있었다.

"뭐어…… 의병에 대한 무슨 새로운 정보는 없소?"

쓰지무라가 윗몸을 뒤로 젖히며 담배를 빼들었다.

"예, 아무 일도 없습니다. 안중근이란 자의 소문도 별수가 없는 모양입니다."

백종두는 굳이 안중근까지 끌어대서 대답을 만들었다.

"안중근, 그 개자식!"

뒤로 젖히고 있던 윗몸을 불끈 세우며 쓰지무라가 내뱉었다. 그의 얼굴에는 순간적으로 독기가 돋아올랐고, 눈에서는 증오가 이글이글 타고 있었다.

백종두는 괜히 안중근을 입에 올렸다고 후회했다. 안중근이 눈앞에 있으면 곧 잡아먹을 것처럼 무섭게 화를 내는 쓰지무라 앞에서 자신이 안중근과 같은 조선사람인 것이 못내 마음 켕겼고, 자칫 잘못했다가는 그 화가 자신을 덮칠지도 몰라 오금 조였던 것이다. 안중근이 그 일을 저지른 것은 벌써 두 달이 다 되어가는데도 쓰지무라는 마치 제 아버지 죽인 원수나 대하는 것처럼 지치지도 않고, 안중근이란 말만 나오면 치를 떨어대는 것도 이해가 되지 않았다. 일본사람이란 저리 독한 것들인가 싶어 그는 속에 서늘한 바람이 이는 것을 느끼고 있었다.

"예에, 안중근이는 못된 종잡니다. 재판은 어떻게 되고 있는지요?"

백종두는 쓰지무라의 눈치를 살피며 한껏 비위를 맞추고 들었다.

"무슨 정신 나간 소리요!"

쓰지무라는 버럭 소리치며 주먹으로 책상을 내리쳤다. 백종두는 화들짝 놀라며 뒤로 물러섰다.

"그런 천하에 둘도 없는 악질 개종자한테 재판은 무슨 놈에 재판이야. 그놈은 오살육시도 모자라. 천 토막, 만 토막 내서 죽여야 해!"

눈에 벌겋게 열이 오른 쓰지무라는 백종두를 노려보며 이빨을 뿌드득 갈아붙였다.

"예, 옳으신 말씀입니다. 지당하신 말씀입니다."

백종두는 자신에게로 덮쳐오고 있는 화를 피해 서느라고 허둥거리고 있었다. 재판이란 말을 꺼낸 것은 분명 긁어 부스럼이었던 것이다.

"의병이나 안중근이나 다 똑같은 불한당들이오. 그따위 은혜를 모르는 종자들은 한시바삐 씨를 말려야 하오."

쓰지무라는 담배에 불을 붙여 연기를 푸우 내뿜었다.

"예, 그렇습니다. 대일본제국의 은혜는 백골난망이지요. 그런 배은망덕한 놈들은 다 없애야 하고말고요."

백종두는 허리를 굽실거렸다.

"조선인들이 다 백 회장만 같으면 얼마나 좋겠소. 어서 경성으로 가서 맡은 바 임무를 잘해주시오."

쓰지무라가 몸을 일으켜세웠다.

"예, 곧 다녀오겠습니다. 그간에 편히 지내십시오."

백종두는 깊이 인사했다.

한성에서 열린 것은 일진회 비상임시총회였다. 회의에서 결정한 것은 한일합방 건의성명을 채택한 것이었다.

회의라고 해보았자 무슨 의견이 오간 것도 아니었다. 모두 미리 정해진 순서에 따라 지부회장이나 간부들은 손바닥이 얼얼하도록 박수만 쳐대면 되었다. 백종두는 사람들 틈에 끼여 앉아 그저 박수를 쳐대면서 단상 높이 올라앉은 회장 이용구가 부러울 뿐이었다.

아무 거칠 것 없이 회의를 마친 본부에서는 한성 구경을 시켜주었다. 첫 번째로 구경을 간 곳이 지난달에 새로 문을 연 창경원의 동물원과 식물원이었다.

난생처음 보는 여러 가지 동식물들은 썩 볼만한 구경거리였고 눈요깃감이었다. 그뿐만 아니라 궁중을 동시에 구경할 수 있는 재미가 합쳐져 더 좋았다.

그러나 백종두는 어느 순간, 이래도 괜찮은 것인가? 하는 생각을 문득 하게 되었다. 역대 임금님들이 나라를 다스리던 궁전이 짐승들의 똥오줌으로 더럽혀져도 되는 것인가 싶었던 것이다.

그건 아무래도 마땅찮고 잘못된 일인 것 같았다. 그는 옆사람에게 그 말을 꺼낼까 하다가 또다른 생각이 떠올라 입을 다물고 말았다. 그건 엄연히 통감부가 알아서 한 일이었던 것이다. 입을 잘못 놀렸다간 통감부를 욕하는 것이 될 판이었다. 그러나 통감부가 왜

하필이면 궁중에다가 짐승들의 놀이터를 만들었는지는 마음에서
지울 수가 없었다.

두 번째가 전차타기였고, 끝으로 찾아간 곳이 남산 중턱에 자리잡
고 있는 통감부였다. 백종두는 통감부가 경복궁을 맞바라보고 앉아
있는 것에 묘한 기분을 느꼈다. 자신들이 결의한 합방이 이루어지면
통감부는 어디로 옮겨갈 것인가 하는 생각이 들었던 것이다.

"구경은 이것으로 마치고 저녁에는 일본기생집에서 석별연을 벌
이도록 하겠습니다."

안내를 맡은 본부의 간부 말에 지부회장들이 와아 환성을 질렀다.

아이고, 통감부가 경복궁으로 밀고 들어가든 덕수궁을 깔고 앉
든 내가 알 게 무어냐. 백종두는 실속 없는 생각을 털어내고 한성
게이샤들과 술마실 기대에 휩쓸려들었다.

며칠이 지나 일진회장 이용구는 합방청원서를 황제와 통감, 그리
고 이완용에게 제출했다. 그에 대한 파문이 즉각적으로 일어났다.
대한협회 같은 단체가 단성사에서 회합을 열어 한일합방론을 통
박하고 들었다. 뒤따라 기독교계에서 합방을 반대하는 '성토 일진
회문'을 발표하게 되었다. 그에 맞서 보부상 같은 단체가 합방을 찬
성하는 성명을 발표하고 나섰다.

그런 맞불질이 12월의 추위 속에서 뜨겁게 일어나면서 소문의
파장은 사방으로 퍼져나가고 있었다. 세상이 어느 때 없이 뒤숭숭
해지고 있는 가운데 이용구를 죽여없애려는 계획이 탄로되어 동
경유학생 두 명이 체포되는가 하면, 을사오적의 거두 이완용을 찔

러죽이려고 칼질을 한 이재명이 상처만을 입히고 실패하는 사건이 잇따랐다.

신문은 사건을 보도하는 데 그치지 않았다. 《대한매일신보》는 '한일합방론자에게 고함'이란 논설을 써 압수당하기도 했다. 또한 평북 영변에서는 합방 반대 국민대회가 열리는가 하면, 대한협회 같은 단체에서는 국민대회 연설회를 개최하며 합방 반대여론을 불러일으켰다.

일진회를 해산시켜야 한다는 여론이 들끓는 한편에서는 중추원 의장 김윤식을 비롯해서 송병준, 이용구 같은 자들을 처단해야 한다는 소리도 드높았다.

"무슨 색다른 움직임은 없소?"

쓰지무라는 백종두를 만날 때마다 똑같은 말을 물었다. 그는 짐짓 태연한 척하며 지나치는 말처럼 묻는 것이었지만 백종두는 그의 얼굴에 감추어진 불안을 낱낱이 찾아내고 있었다.

"예, 염려 마십시오. 별일 없습니다."

백종두는 매번 자신 있게 대답했다. 우선 쓰지무라의 마음에 들게 대답할 필요가 있었고, 만약 의병이 다시 일어난다 해도 그건 자신이 도맡아 책임질 문제가 아니었던 것이다.

"그래도 방임은 금물이오."

"예, 명심하고 있습니다. 허나 두고 보십시오. 이제 의병은 일어나지 못합니다. 그간에 사납고 독한 놈들은 다 죽었고, 의병에 못 나서고 뒤처져 있는 것들은 모두 겁쟁이들이니까요."

백종두는 그럴듯하게 단말을 발라맞추었다.

"백상 말도 일리는 있는데……."

쓰지무라는 만족을 느끼는 듯한 얼굴로 고개를 끄덕였다.

백종두는 겉으로는 그런 큰소리를 쳤지만 그러나 속으로는 불안하기 그지없었다. 그건 다시 일어날지 모르는 의병 때문이 아니었다. 솔직히 말해 의병이야 언제나 멀리 있는 존재일 뿐이었다.

그의 불안은 언제 누구한테 당하게 될지 모를 신변의 위협에 있었다. 이용구 회장을 죽여없애려 하고, 이완용 대감이 칼질을 당하는 판국이었다. 자신이 경성의 이용구는 못 되더라도 군산 일대의 이용구인 것만은 틀림없었다. 형편이 그러한데 어떤 고약한 놈에게 언제 당하게 될지 모를 일이었다.

일단 그렇게 상황판단을 한 백종두는 어디고 혼자 나다니는 것을 피했다. 외출을 할 때는 무장한 회원 두 명이 멀찍이 뒤따르며 경호하게 했다. 그뿐만 아니라 밤에는 집 앞뒤로 보초를 세워야만 편안한 잠을 잘 수 있었다.

"쓰지무라 서기님, 합방은 언제쯤이나 성사되겠습니까?"

백종두는 넌지시 물었다.

"글쎄…… 그게 확실하지가 않소. 왜 그러시오?"

쓰지무라가 옆눈길을 보내며 물었다.

"기왕지사 성사시킬 일이면 빨리 할수록 좋지 않겠습니까. 일진회가 운을 띄워놓고 그냥 날이 가기만 하니 자꾸 더 시끌시끌해지는 것 아닙니까?"

백종두는 일삼아 일진회의 업적을 상기시키고 있었다. 그것은 곧 자신의 업적이기 때문이었다.

"백상의 말도 틀린 말은 아니오. 합방을 빨리 해치우고 떠들어대는 것들은 다 잡아채면 되는데……." 쓰지무라는 약간 불평스럽게 말하더니, "하여튼 모든 건 상부에서 잘 알아서 처리할 것이오" 하며 급히 태도를 바꾸었다.

백종두는 그 말을 꺼낼까 말까 하고 망설였다. 합방과 함께 꼭 차지해야 하는 것이 군수자리였다. 그러나 자리가 마땅찮아 그 말을 다시 꾹 눌렀다.

한편, 상처를 어느 정도 회복하고 신변위험을 넘기게 된 송수익은 공허의 알선으로 피신처를 세 번째로 옮겼다.

장소를 옮길 때마다 겨울은 깊어져 가고 있었다. 송수익은 깊어져 가는 겨울을 보며 가슴속의 고심도 깊어져 가는 것을 느끼고 있었다. 고심이 깊어갈수록 겨울의 긴 밤은 더 길어지기만 했다.

지삼출과 공허를 통해서 듣는 소식들은 날이 갈수록 어두워지기만 했다. 지삼출은 주로 의병투쟁에 대해 알려왔고, 공허는 대부분 통감부를 중심으로 새로 발생하는 사건들을 모아 가지고 왔다.

토벌이 약해지긴 했지만 토벌대는 계속 의병들을 뒤쫓고 있었다. 회복의 기미가 없는 의병의 힘은 점점 약해져 가고 있었다. 거기에 발맞추듯 통감부에서는 이미 예상하고 있었던 수순대로 합병으로 치달아가고 있었다.

앞으로 어찌할 것인가……. 송수익은 이 문제에 가로막혀 있었다. 일본이 막강한 무력을 앞세워 몰아붙이고 있는 합병은 이제 끌수 없는 드센 불길이었고 막아낼 수 없는 성난 파도였다.

일본의 침략만행에 정면으로 맞섰던 의병들이 무너진 이상 그 불길을 잡을 또다른 힘이나 그 파도를 이겨낼 새로운 방파제란 있을 수 없었다. 합방 반대 성토문으로 될 일이 아니었고, 합방 반대 국민대회로 될 일이 아니었다. 그런 저항은 없는 것보다는 낫겠지만 일본이 일으키고 있는 불길 앞에서는 한낱 지푸라기에 지나지 않았고, 몰아쳐오는 파도 앞에서는 볼품 없는 돛단배에 불과할 뿐이었다.

어찌해야 할 것인가……. 얼마 남지 않은 의병으로 끝까지 싸우다가 타죽어야 하는 것인가, 아니면 다른 무슨 방법을 강구해야 하는 것인가, 다른 방법이라면 무엇이 있을 수 있는가…….

송수익의 머리에 떠오르는 생각은 한두 가지가 아니었다. 그러나 많은 생각들은 가지에 가지를 치며 뒤엉킬 뿐 간추려지지 않았다. 날마다 고심의 깊이는 더해가고 겨울밤은 외롭게 길었다.

송수익은 그렇게 마음을 앓으며 공허를 통해 집안 소식을 들었다.

"이 땡초가 백일기도럴 올릴 정성언 없고, 오는 질에 지극정성으로 여식의 극락왕생얼 빌었구만요."

딸아이의 죽음을 알리며 공허가 한 말이었다.

"고맙소이다, 스님."

송수익은 공허를 굳이 '스님'이라고 불렀다. 딸아이의 죽음이 일으킨 순간적인 목멤에 공허가 베풀어준 진정한 위로가 겹쳐지면서 새삼스럽게 공허가 승려로 확대되었던 것이다. 그건 이 세상에서 제 명대로 살지 못한 어린것이 좋은 세상으로 가기를 바라는 아비의 마음이었다.

어둠 속에 울려퍼지는 솔바람소리가 차가웠다. 송수익은 밖에 나서서 그 소리를 듣고 있었다. 솔잎들이 거센 바람에 떨고, 바람이 날카로운 솔잎들 끝에 찢기면서 일어나는 소리, 그것이 솔바람이었다. 그런데 그 소리가 슬픈 울음소리로도, 괴로운 신음소리로도 들리고 있었다.

송수익은 솔바람소리에서 어린것이 병에 시달리다 못해 숨이 넘어가는 울음소리와 신음소리를 듣고 있었다. 아직 젖먹이였을 때 두고 온 아이였다. 다섯 살에 세상을 떠난 아이인데도 여전히 젖먹이 모습만 떠오를 뿐이었다. 세월의 벽 때문이었다. 그 아이의 모습 옆에 아내의 모습과 어머니의 모습이 떠올랐다. 송수익은 자신도 모르게 얼굴을 떨구었다. 그 두 얼굴 앞에 그저 면목이 없을 뿐이었다. 어머니께는 죄송했고 아내에게는 미안했다. 손녀의 죽음을 지켜보며 어머니는 얼마나 황망했을 것이며, 딸애의 죽음을 감싸 안고 아내는 얼마나 참담했을 것인가. 아무리 대의에 몸바치고 있다 하나 어머니에 대한 죄스러움과 아내에 대한 안쓰러움은 대의로 상쇄되는 것도 보상되는 것도 아니었다. 그건 다만 대의를 위해 억누르고 희생시키는 감정일 뿐으로 언제나 가슴속에서는 대의와는 별개로 살아 있었다.

그런 생각에 빠져 있던 송수익은 문득 인기척을 느꼈다. 그는 잽싸게 몸을 도사리며 신경을 세웠다. 바람 속에 섞이는 분명한 인기척이었다.

송수익은 대원 중에 누구일지도 모른다고 생각하면서도 몸을 감추었다. 혹시 적일 수도 있었던 것이다.

잠시 후에 똑 똑 똑 돌을 치는 소리가 바람소리 속에서 선명하게 들렸다. 송수익은 안도하며 먼저 입을 열었다.

"거기 누구요!"

"야아, 지삼출이구만이라우."

어둠 속에서 들리는 다급한 소리였다.

"아, 지 대장! 어쩐 일이오."

송수익은 반가움이 넘쳐 몸을 일으켰다. 뒤따라 지삼출이 어둠 속에서 모습을 드러냈다. 지삼출은 혼자가 아니었다. 네 명의 부하를 거느리고 있었다.

"대장님, 무고허셨구만이라우."

지삼출이 어깻숨을 쉬며 말했다.

"어쩐 일이오, 이 밤중에."

송수익은 심상치 않은 낌새를 눈치채며 지삼출의 뒤에 선 대원들을 눈짓했다.

"야아, 얼렁 여그 뜨셔야겠구만요. 왜놈덜이 이짝으로 오고 있응게요."

지삼출의 느닷없는 말이었다.

"이쪽으로?"

"야아, 남은 대원덜얼 중간에 풀어 그놈덜얼 막게 혀놓고 지가 앞서 왔구만이라우."

"알겠소, 뜨도록 합시다."

송수익은 급히 몸을 돌렸다. 더 설명을 듣지 않아도 그 정황을 파악할 수 있었다. 토벌대의 수색이 이쪽 방향으로 행해지고 있는 것을 지삼출이 미리 간파한 것일 터였다.

송수익은 서둘러 옷을 챙겨입으며 또 지삼출에게 뜨거운 동지애를 느끼고 있었다. 지삼출은 대원들을 이끌고 싸우면서도 언제나 자신의 둘레를 지키고 있었던 것이다.

송수익은 앞뒤로 네 대원의 호위를 받으며 무작정 어두운 산속을 걸었다. 마음 놓고 걷기는 아직도 다리가 시원찮았다. 다리에 힘을 쓸 때마다 상처부위가 당기고 쑤셨다. 새살이 돋아오르며 아물고 있는 상처는 한 뼘가량이었다.

송수익은 지팡이에 의지해 가며 아픈 것을 표내지 않으려고 애썼다.

송수익은 또 앞으로의 투쟁에 대해서 생각을 모았다. 토벌대는 언제부턴가 작전을 바꾸고 있었다. 잔존하는 의병들을 마저 없애기 위해 깊은 산속까지 파고드는 수색전을 펼치고 있었다. 그 과감한 행위에 맞서기에는 의병들의 힘은 너무나 모자랐다. 승산 없는 싸움에 맞서는 것은 무모한 죽음을 자초하는 것이었고, 무모한 죽음을 피하자니 군대로서의 임무를 다하지 못하게 되었다. 그러기를 벌써 서너 달째 해오고 있었다. 송수익은 어떤 결단을 내리지 않으면 안 될 시기가 다가옴을 느끼고 있었다.

산을 몇 굽이인가 넘어 지삼출이 발을 멈춘 곳은 어느 골짜기의 화전민 집이었다.

"여그꺼정언 왜놈덜도 발걸음얼 못헐 것이구만이라우."

지삼출이 만족스러운 웃음을 흘리며 말했다.

"수고했소. 헌데, 화전 일구는 살림에 내가 너무 짐이 되지 않겠소?"

송수익은 화전민 살림들이 빠듯하다 못해 궁색한 것에 신경이 쓰였다.

"아니구만요. 이 집 쥔이 원체로 부지런히서 살림살이가 쩨이덜 않구만요. 그리고 쥔이 대장님 겉은 분 뫼시게 된 것얼 생광으로 생각헐 것인디요. 이 사람도 동학군이었응게라."

목소리를 낮춘 지삼출은 신경써서 그렇게 말했다. 그러나 자신들이 식량을 따로 대줄 거라는 말은 하지 않았다.

지삼출은 사립도 없는 집 안으로 들어갔다. 오래지 않아 집주인이 지삼출을 따라나왔다.

"아이고 송 대장 어르신, 이리 뵙다니 기맥히기만이라우."

집주인은 송수익 앞의 땅바닥에 넙죽 엎드리며 큰절을 했다.

"이거, 이거, 어서 일어나시오."

송수익은 당황해서 집주인의 팔을 붙들어 일으켰다. 빈천한 사람일수록 땅바닥이고 진창이고 가리지 않고 큰절을 해야 한다는 법도가 송수익은 질색이었던 것이다.

송수익은 마당을 지나 방으로 들어가는 사이에 주인남자가 다리를 저는 것을 금방 알아보았다. 지삼출이 말을 하지 않았지만 그 다리가 동학군으로 나섰다가 다친 것임을 알 수 있었다.

"지년 또 대원덜얼 만내로 가야 되겄구만이라우. 아무 걱정 마시고 편헌 맘으로 지내시먼 좋겄구만요."

지삼출이 눈치를 살피며 말했다.

"수고가 많소. 내 한 가지 부탁이 있는데, 아까 절을 떠나오면서 말을 남기긴 했소만 공허 스님을 만날 수 있도록 해주시오. 우리가 한자리에 모여 의논할 것이 있소."

송수익의 말은 무거웠다.

"야아, 알겄구만이라우."

지삼출이 송수익의 얼굴을 눈여겨보며 몸을 일으켰다.

이틀이 지나 공허는 지삼출과 함께 나타났다. 공허의 왼쪽 볼에는 무엇에 긁혀 찢어진 상처가 길게 나 있었다.

"아니 어쩐 일이시오?"

송수익은 가슴 섬뜩함을 느끼며 물었다.

"벨일 아니구만요. 대장님 보신시켜 디릴라고 산돼지허고 씨름 한바탕 혔구만이라."

공허는 씨익 웃으며 볼을 쓰다듬었다.

그건 능청일 뿐이었다. 그는 토벌대에 쫓기다가 낭떠러지에서 굴러떨어지면서 다친 것이었다.

"남자가 씨름얼 헐라먼 곰허고나 한바탕 헐 일이제. 그래야 웅담이나 언제. 산돼지털 하나 못 얻고 얼굴이 그리됐시니 어디 중 노릇 새로 해묵어지겠소."

지삼출이 일부러 공허의 속을 질러대느라고 퉁을 놓았다.

"모르는 소리 마시오. 중 노릇이야 목탁으로 허고 말재주로 허는 것이제 낯짝으로 허는 것이 아닝게. 허고, 중놈으 흉진 낯짝이 흔헌 거이 아니니 말 지어 붙이기에 따라 도사로도 둔갑하고 산신령으로도 둔갑허서 쌀섬 쉽게 얻고, 속곳 쉽게 벌리게 허는디 잘 써묵을 것잉게 두고 보씨오."

공허는 오히려 지삼출을 떠받고 들었다.

"아이고 참, 고기만 묵는 땡춘지 알았등마 속곳 속도 더듬는 아조 숭헌 땡초요 이."

지삼출이 어이없어했고, 송수익은 빙긋이 웃고 있었다.

"그것이 다 중생얼 위허는 보시요." 공허는 능글맞게 웃고는, "대장님, 절로 가시제라. 여그넌 절보담 위태로운게요." 갑작스럽게 말했다.

"아니, 절에서 피해오신 것인디 여그보담 안 위태헌 절이 어디 또 있다요."

지삼출도 장난기 싹 가신 얼굴로 거부감을 나타냈다.

"들어보시오, 절이야 백두산서보톰 지리산꺼정 수도 없이 많으요. 허고, 절에넌 숨을 디도 많소. 아니, 대장님이 인자 거동얼 허시니께 절에서넌 숨을 것도 없소. 왜놈덜이 들이닥치드라도 선비가 글공부하로 와 있는 것으로 행세허먼 그만이오. 허나 여그서 왜놈덜헌티 둘러쌔이면 의심얼 피할 길이 없소. 그리허고, 왜놈덜도 절에 들면 함부로 허지 못헌단 말이오."

내 말이 어쩌냐는 듯 공허는 지삼출을 똑바로 쳐다보았다.

지삼출은 재빨리 송수익을 살폈다. 송수익은 별다른 표정이 없었지만 공허의 말을 수긍하는 듯한 느낌이 들었다.

"대장님 뜻대로 허시는 것이 좋겄구만이라."

지삼출은 옆으로 비켜섰다.

"대장님, 오래 생각허실 것 없구만요. 소승이 헛소리가 아닝게요. 어서 뜨도록 허시제라."

공허의 얼굴은 송수익을 일으키고야 말겠다는 듯 고집스러워 보였다.

"아무래도 화전살림보다야 절살림이 더 낫기는 하겠지요."

송수익의 나직한 말이었다.

"이르다뿐인게라. 화전민덜이야 비탈농사에 골이 빠진 살림살이고 절이야 그늘서 목탁 쳐서 거둬들인 재물인디요."

공허의 반색이었다.

화전민 손씨와 그 가족들은 송수익과의 이별을 못내 아쉬워했다. 밥상 시중을 들어주었던 큰딸 필녀는 눈물까지 글썽거렸다. 산생활을 하는 처녀답게 사냥을 잘한다는 그녀는 곧 산토끼를 잡아 맛있게 반찬을 해주겠다고 약속했던 것이다.

"내가 산토끼고기를 얻어먹으러 다시 오겠소."

송수익은 필녀의 눈물에 대한 응답으로 한마디를 남겼다. 필녀는 고개를 끄덕거렸고, 아버지 손씨는 못 들은 척 고개를 돌렸다.

골짜기를 벗어나면서 공허가 불쑥 말했다.

"선남선녀 정분 끊자니께 땡초 가심이 영 씨리씨리헌디 이."

"지옥이야 맡아논 당상이오."

지삼출이 대질렀다.

송수익은 그저 빙그레 웃으며 지팡이를 옮겨놓고 있었다.

산굽이를 두 번 돌아 양지에서 다리쉼을 했다. 송수익은 가슴에 묻어두었던 말을 조심스럽게 꺼냈다.

"저어…… 그간에 많이 생각해 왔는데, 우리가 앞으로 어찌했으면 좋겠소?"

공허는 언뜻 놀라는 기색이다가 무표정해지며 아무 말이 없었다. 지삼출도 아무런 말이 없었다.

송수익은 두 사람의 침묵의 의미가 무엇인지 언뜻 파악할 수가 없었다. 너무 갑작스러운 말이라 당황하는 것인지, 그들도 예상하고 있던 문제라 수긍을 하는 것인지 알 수가 없었다.

"두 분도 다 알고 있을 것이오만 우리가 처해 있는 입장이 여러모로 곤궁하게 되어 있습니다. 우리 전라도 의병대가 큰 타격을 입은 처지에서 제일 큰 문제는 이제 더 이상 의병세를 확대하기 어렵다는 점입니다. 새로 의병장으로 나설 만한 사람들이 없는 것이고, 백성들도 의병에 가담하기 어려운 것은 또한 마찬가집니다. 이런 형편에서 계속 싸울 것이냐 아니면 어떤 다른 방도를 찾을 것이냐를 생각하지 않을 수가 없습니다. 두 분 생각이 있을 테니 중지를 모아보도록 합시다."

송수익은 두 사람을 번갈아 쳐다보며 말하기를 권했다.

"저어…… 소승이야 병법언 모르기넌 혀도 이대로 싸우다가넌 성사되는 것 없이 다 죽게 되는 것이야 자명헌 이치구만요. 그렇다고 합방이 목전에 닥쳐와 있는 형편에서 가망 없는 싸움이라고 남은 의병얼 해산헐 수도 없는 일 아닌게라. 그렇다면 다른 방도럴 찾아야 허는디, 소승으로선 그 방도럴 찾기가 막막헐 뿐이구만이라."

공허는 의병을 해산할 수 없다는 대목에 힘을 주었다.

"지야 배운 것 없이 무식히서 잘 모르기넌 혀도 그냥 무식헌 대로 말허자면 지끔 의병얼 해산허는 것은 당치 않구만이라우. 지끔 형편이 꼭 갑오년 그때허고 같은디, 그때도 싸울 때꺼정언 다 싸우다가 심이 진해질 때꺼지 진해진 담에야 지절로 해산이 됐구만요. 똑별난 다른 방도가 없음사 이대로 싸워야 허겠지요. 지끔 해산얼 혀도 아무도 고이 집 찾아 들어갈 수는 없응게라."

공허보다 더 강한 느낌을 주는 지삼출의 말이었다.

송수익은 비로소 두 사람의 침묵이 무엇을 의미했는지 분명하게 깨달았다. 그들의 의지가 새삼스럽게 가슴을 뭉클하게 울리는 것을 느꼈다.

"내 생각도 대원들을 값없이 함부로 죽여서는 안 된다는 것이지 우리 의병대를 해산할 마음은 없소. 허나 이대로 싸우다 보면 귀한 목숨들이 자꾸 죽어가게 되니까 괴로움을 견디기 어려워 말을 꺼내지 않을 수가 없는 것이오."

송수익은 괴로운 심정을 솔직하게 토로했다.

"참 대장님, 이 방도넌 어쩔랑가 모르겄구만요. 우리 전라도 의병세가 크게 꺾인 대신 경기도 강원도 경상북도 황해도 등지서 의병싸움이 활발허게 벌어지고 있다는 소문이구만이라. 우리가 그 어느 한쪽으로 힘얼 합쳐 싸우는 것언 어쩔랑가요?"

공허의 의견이었다.

"글씨요……. 그 생각도 나쁘던 않는디, 땅도 설고 사람도 선 타관에 가서 쌈이 지대로 되겄는게라. 의병쌈이라는 것이 서로 정 통허는 사람덜이 알게 모르게 뒤럴 받쳐줘야 싸와지는 것인디요. 허고, 우리 전라도땅에 진얼 친 왜놈덜언 어쩔 것이오. 긍게로 그냥 여그서 싸와감서 의병얼 더 모와가는 것이 어쩔랑가 싶은디요."

지삼출이 내놓은 반대의견이었다.

송수익은 두 사람의 의견을 잠시 생각해 보았다.

"두 분 생각은 다 일리가 있습니다. 허나 의병이란 것이 나라에서 녹을 받는 군대가 아니라 백성들이 나라를 구하자는 뜻으로 지방마다 자진해서 일어난 군댑니다. 그러다 보니 전체가 일사분란하게 계통이 서기도 어렵고, 자기들 지방을 떠나서 활동하기도 어려운 것이 사실입니다. 왜놈들 군대와 정반대인 셈이지요. 그 까닭에 힘이 흩어져 손해도 많이 보았지요. 허나 그건 어쩔 도리가 없는 일입니다. 내 생각으로는 지 대장의 의견대로 하는 것이 더 낫지 않을까 합니다."

송수익의 말은 조심스러웠다.

"예, 그러면 그리 결정혀야제라."

공허의 흔쾌한 동의였다.

"예, 그러면 좋습니다. 앞으로 일을 그렇게 결정하기로 하고, 형편에 따라 또 의논들 하기로 합시다."

송수익은 천천히 몸을 일으켰다.

그는 임병서를 생각했다. 임병서가 최익현이 생포될 때 함께 잡혀 3년 징역형을 받았다는 소식을 들었던 것이다. 3년 징역이면 이제 그는 풀려난 몸이 아닐까 싶었다.

송수익은 몇 년 사이에 세월이 많이 달라졌음을 느꼈다. 그때만해도 의병 초기였고, 대한제국 정부의 힘이 그나마 남아 있어서 대소 의병장들에게 징역형이 내려질 수 있었던 것이다. 물론 그런 조처가 내려진 데는 그들이 족보 지닌 양반이라는 사실이 작용했던 것이다.

"공허 스님, 한 가지 부탁이 있소이다. 다름이 아니라 태인에 사는 임병서라는 분을 좀 찾아줬으면 좋겠소. 그분이 나와 함께 의병을 시작했다가 사로잡혀 3년 징역형을 받았지요. 그간의 세월을 꼽아보니 옥에서 풀려난 것이 몇 달 되었을 상싶은데, 그분이 다시 어찌하자 해도 그간에 선이 다 끊겨 운신하지 못할 처지에 놓여 있을 것이니 말이오."

송수익은 걸으면서 말했다.

"태인에 임병서 양반이라고요…… 믿을 만헌 분인게라?"

공허의 신중한 어조였다.

"오랜 친교는 없었어도 뜻이 굳은 분으로 알고 있소. 장부다운 기개에 우국정신도 강건한 분이오. 그분은 어쩌면 우리를 찾고 있을지도 모르오."

"예, 곧 수소문허도록 허겠구만요."

공허가 안내한 절은 아담한 규모를 갖추고 있었다. 흔히 말사라고 부르는 자그마한 절이었다.

"여그서 맘놓으시고 모필이나 휘두름서 선비 행세럴 허시면 무사하실거구만요."

공허가 송수익을 보며 씽긋 웃었다.

공허와 지삼출 일행은 날쌘 바람이듯 절에서 자취를 감추었다. 송수익은 그들이 사라져간 쪽을 하염없이 바라보고 있었다. 그의 눈앞에는 그동안 죽어간 많은 대원들의 얼굴 얼굴이 떠오르고 있었다. 먹먹해지고 있는 그의 가슴은 눈물로 젖고 있었다.

그들은 용맹스러웠다. 보잘것없는 무기로 신식무기를 갖춘 적들과 맞서 싸웠다. 모두가 혼신의 힘을 다해 싸우다가 죽어갔다. 누가 강제로 끌어낸 것도 아니었고, 싸움에 이긴다고 무슨 보장이 되어 있는 것도 아니었다. 그런데 그들은 죽음을 피하지 않고 당당하게 싸우다가 죽어갔다. 그들은 누구였는가. 그들은 사람대접이라고는 받아보지 못하고 살아온 하층민들이었다. 대대로 빼앗기고 무시당하며 살아온 사람들이었다. 그런데도 나라가 위기에 처하자 나라를 구하려고 목숨을 내걸고 나섰던 것이다. 그들의 지고한 마음과 뜨거운 용맹 앞에서는 말을 잃을 수밖에 없었다. 그들에 비해 임금은 무엇이고, 대소 벼슬아치들은 또 무엇이었는가. 임금은 왜놈들에게 손발 묶인 허깨비였고, 모든 벼슬아치들은 왜놈들의 앞잡이요 매국노들이었다. 결국 나라의 참된 주인은 왜적과 맞서 싸우다 죽어간 그들이었다. 그리고 그들을 뒤에서 도운 수많은 사람들이었다. 적과 싸우다가 수없이 죽어간 그들의 피는 이 땅의 산하를 적시었건만 나라는 구해지지 않고 합방의 위기는 목전에 닥쳐와 있었다. 이제 어찌해야 하는가…….

송수익은 백번 생각해도 장하고 장한 그들의 죽음을 안타까워하며 자신이 살아 있는 것이 부끄러웠다.

"어서 방으로 드시잖고 어찌 여적 이러고 기신가요."

송수익은 고개를 돌렸다. 아까 인사를 나눈 주지승이 가까이 와 있었다.

"예…… 절 구경을 하느라고 좀……."

송수익은 고개를 약간 숙여 보이며 말을 얼버무렸다.

"성치 않으신 몸에 날이 안직 찬디요." 주지승은 중얼거리듯 말하고는, "운봉아, 귀인얼 어서 안으로 뫼시거라." 그는 붉은색 바리때를 받쳐들고 뒤에 서 있는 아기중에게 일렀다.

"예에…… 어여 안으로 드시지라우."

승복과 그 이름에 어울리지 않게 쪼르륵 앞으로 나선 아기중이 송수익 앞에 머리를 조아렸다.

아기중이 받쳐든 바리때에는 색색의 유과가 소담스럽게 담겨 있었다. 송수익은 그 유과에서 집냄새를 물큰 맡았다. 배고픈 자의 식욕처럼 강하게 마음을 자극해 오는 집냄새였다.

아기중이 바삐 마루로 올라가 방문을 열었다.

"어서 오르시지요."

예를 갖추는 주지승에게 답례를 하려고 송수익은 고개를 돌렸다. 그런데 송수익의 눈길은 주지승의 뒤쪽 대웅전께에 멎었다. 대웅전으로 소복한 여자가 걸어가고 있었다.

이 산 깊은 절에……!

송수익은 순간적으로 떠오르는 의문을 떼치듯 얼른 고개를 돌렸다. 그러면서 그는 주지승의 눈치를 살폈다.

주지승은 자신이 순간적으로 한눈을 판 것을 눈치채지 못한 것 같았다. 송수익은 다행으로 여기며 마루로 올라섰다.

"저녁예불이 끝나자면 시장허실 것인디 이걸 잠 드시지요."

아기중이 놓고 나간 바리때를 주지승이 집어다가 송수익 앞에 놓았다.

"예, 본시 절 유과는 맛이 유별나지요. 어머님이 절에 다녀오실 때면 가끔 맛보고는 했습니다."

송수익은 예를 갖추어 말했다.

"아 예에, 자당님께서 불자시로구만요. 인연이 깊습니다. 헌데, 시절이 그래도 태평허든 몇 년 전꺼지만 해도 절에서 유과를 만들 여유가 있기도 했지만 왜놈들이 흉악허게 나댄 담보톰언 그럴 여유가 없어졌지요. 큰절들은 살림 형편이 좀 나슬란지 몰라도 우리 같은 작은 절에서 유과 만들어 불전에 올리기는 어렵구만요. 이 유과는 속가에서 만들어 시주 들어온 것입지요. 마침 인연 오랜 댁에서 불공이 들어서……."

주지승이 스산한 웃음을 지었다.

"예에, 세상이 변하니 절 형편도 어려워지게 되는군요."

송수익은 고개를 주억거렸다.

"절덜이 속세를 떠나 있다 허나 인연의 고리야 다 한 세상 아니든가요. 그나저나 왜놈덜허고 합방이 된다는 풍문이 자자헌디, 그리되면 세상이 생지옥 아닐랑가요?"

주지승이 근심 깊은 얼굴로 송수익을 이윽히 바라보았다.

"예, 주인인 우리를 종으로 삼겠다고 대드는 것이니 생지옥이 아니기는 어려운 일이겠지요."

"탈도 큰탈이구만요. 의병으로 그리 많은 목숨덜이 죽어가도 조정이 다 썩었으니 아무 소용이 없는 일 아닌가요. 장군님 흉중이 기맥히시겠습니다. 소승도 젊었으면 공허겉이 나섰을 것인디…… 맘 편히 잡숫고 몸보존 잘허셔야 헙니다. 장군님 겉으신 분이야 앞으로 세상에 더 중헌게요."

주지승은 한숨을 길게 쉬며 더디게 몸을 일으켰다.

주지승의 말이 송수익의 가슴에 긴 여운을 남기고 있었다. "……앞으로 세상에 더 중헌게요……." 그러나 자신은 앞날을 어떻게 해야 할지 아직 모르고 있는 형편이었다.

저녁을 먹고 난 송수익은 욱신거리는 다리를 따끈따끈한 방바닥에 대고 누워 누군가를 사무쳐 부르는 것도 같고, 그 무슨 한스러운 흐느낌 같기도 한 솔바람소리를 듣다가 잠이 들었다.

사방에서 숨막히게 총소리가 울리고 있었다. 이리 뛰고 저리 뛰어도 포위망을 뚫을 데라고는 없었다. 총소리는 더 심해졌다. 그런데 이상한 일이었다. 옆에 있던 대원들이 간 곳이 없었다. 허둥지둥 대원들을 찾았다. 그때 가슴이 찢어지게 아팠다. 가슴을 싸잡았다. 가슴에서 피가 터져나오고 있었다. 가슴에 총을 맞은 것이었다.

송수익은 소스라치며 잠에서 깨어났다. 밖에서 목탁소리가 울리고 있었다. 그 목탁소리가 잠결에 총소리로 바뀌어 들린 것임을 깨달았다.

송수익은 식은땀 밴 이마를 훔치며 쓴 입맛을 다셨다. 다리에 부상을 입은 다음부터 비슷비슷한 꿈을 자주 꾸었다. 포위를 당한 것은 언제나 같은데 총을 맞는 자리는 같지가 않았다. 그 기분 나쁜 꿈을 마음에서 몰아내려고 애썼지만 뜻대로 되지 않았다.

송수익은 소변이 급한 것을 느끼며 그 목탁소리가 새벽예불을 올리는 것이라는 걸 알았다. 그는 방문을 조심스럽게 밀치고 밖으로 나갔다. 어둠과 함께 냉기가 끼쳐왔다.

희끄무레하게 빛바래고 있는 새벽어둠을 밟고 변소를 다녀오던 송수익은 대웅전이 한눈에 들어오는 지점에서 문득 걸음을 멈추었다. 언뜻 소복한 여자의 모습이 보였던 것이다. 그런데 그 모습이 순간적으로 사라져버리고 없었다. 잘못 보았나……. 그는 스스로에게 멋쩍어졌다. 그러나 잘못 본 것이 아니었다. 소복한 여자는 합장을 한 채 탑 뒤쪽에서 모습을 드러냈다. 그 여자는 탑을 따라 돌고 있었다. 탑돌이를 하는 것이었다.

저 여자가 아직도 절에 있는가…….

송수익은 어제 얼핏 보고 지나쳐버린 여자의 모습을 다시 보며 이상하다고 생각했다. 무슨 서원이기에 여자가 절에서 자면서까지 불공을 드리는 것인가 하는 생각이 들었던 것이다. 법당에서 목탁소리는 계속 울려나오고 있었다.

"어르신, 편히 주무셨는게라우?"

뒤에서 들린 소리였다. 송수익은 놀라 고개를 돌렸다. 아기중이 제 몸피만한 나뭇단을 등에 업고 있었다. 엉성하게 묶은 솔가지들이었다.

"어찌 여그 기신가요?"

송수익이 인사말을 건네기도 전에 아기중이 배식 웃으며 물었다.

"아, 목탁소리를 듣고 있었소."

송수익은 상대가 열 살 남짓한 아이인데도 그 몸에 걸쳐진 먹물 옷 때문에 저절로 존대가 나왔다. 법복을 입은 사람 앞에서는 무조건 예를 갖춰야 한다는 오랜 관습 탓이었다.

"목탁소리넌 귀로 듣는 것이제 눈으로 보는 것이간디요?"

아기중이 송수익을 빤히 올려다보며 웃고 있었다.

"그 무슨 소리요?"

송수익은 아기중이 절밥값 하느라고 선문답을 흉내 낸다고 느꼈다.

"소승언 어르신이 탑돌이럴 귀경허시는지 알었구만이라우."

아기중은 씩 웃고는 걸음을 떼어놓기 시작했다.

"허……!"

송수익은 얼굴이 화끈 달아오르는 것을 느꼈다. 법당 앞에서 낯 모르는 여인에게 눈팔고 있었다는 부끄러움과 마음을 감추려다가 어린 중에게 들켜버린 면구스러움이 한꺼번에 몰려왔다.

송수익은 서둘러 돌아섰다. 아기중의 천연덕스러운 웃음이 어릿거렸다.

송수익은 벽에 등을 기대고 앉아 담배를 빨며 헛웃음을 흘렸다. 어제고 오늘이고 자신의 눈앞을 스친 것은 소복일 뿐이었다. 산사에서 흔하게 볼 수 없는 소복에 눈길이 머문 것뿐이지 여자의 얼굴은 전혀 보지를 못했다. 어제는 먼발치로 뒷모습을 보았을 뿐이고, 오늘 새벽에는 어둠으로 얼굴이 가려져 있었다. 그런데 아기중에게는 괜한 오해를 사게 된 셈이었던 것이다.

아침을 먹으며 몇 번 눈이 마주칠 때마다 아기중은 장난스럽게 쌕쌕 웃었다. 송수익은 그저 정이 그리워 그러는 것이겠거니 생각하며 웃음을 받아주었다.

송수익이 방으로 돌아와 무거운 다리를 주무르고 있는데 아기중이 찾아왔다. 주지승이 보낸 벼루와 한지를 가져온 것이었다. 공허의 말마따나 만일에 대비한 신분위장용이었다.

"어르신언 시럴 잘 지으신게라?"

무릎을 꿇고 앉은 아기중이 초롱초롱한 눈으로 물었다.

"운봉 스님은 어떠시오?"

송수익은 점잖은 소리로 되물었다.

"지난 아직 시님이 아닌디요. 운봉이야 속명얼 써서는 안 된께 받은 것이고라."

아기중은 부끄러운 듯 딴말을 했다.

이런저런 말이 오가는 중에 송수익은 무심코 바리때를 아기중 앞으로 옮겨놓으며 유과를 권했다. 그러자 아기중은 새 이야기를 꺼냈다.

"이 유과넌 아침에 탑돌이허시든 신도가 시주헌 것이구만이라우. 그 신도넌 참 짠허구만요. 남편이 3년 전에 죽어 탈상허니라고 이렛재럴 지내는디, 재럴 올릴 때마동 울고 또 우는 것이 영 안됐구만요. 젊은 나이에 자식도 없으니 큰일이람서 주지시님언 혼자 걱정허시고라. 이기지도 못헐 의병쌈에 나서서 죽어뿐 그 남편이란 사람이 영판 요상허단게요. 의병에 안 나섰으면 그리 불쌍허니 안 됐을 것인디……."

송수익은 그저 묵묵히 듣고만 있었다. 소복한 것을 보고 무슨 상을 당했으리라고 생각했을 뿐이지 그 여자가 처녀인지 청상인지도 구분하지 못했었다. 조금만 눈여겨보았더라면 머리모양새로 그 정도 구분은 금방 할 수 있었을 거였다.

"운봉, 나 좀 생각할 게 있으니 이따가 또 만나도록 합시다."

송수익의 말에 아기중은 고개를 끄덕이며 자리에서 일어났다.

송수익은 눈을 감고 오래도록 앉아 있었다. 그는 생각하고 생각한 끝에 벼루를 끌어당겼다.

　다친 몸 은신하려 산사에 드니
　나보다 깊은 상처 지니신 분 있거니
　소복의 한이 구천에 맺혀 서러워라
　위로의 말 따로 없어 가신 이 명복을 비네

　송수익은 생각의 가닥을 아무리 잡아도 더 이상은 쓸 수가 없었다. 쓰고 나니 또 망설여졌다. 그러나 그 사연을 안 이상 그냥 지나칠 수는 없었다.

　송수익은 아기중을 찾아 꼭꼭 접은 종이를 들려주었다.

　짐작대로 아기중은 빈손으로 돌아왔다. 장난삼아 왜 회답을 받아오지 않았느냐고 물어볼까 하다가 송수익은 그만 마음을 바꾸었다. 괜히 싱거운 소리를 했다가 본의가 뒤틀리는 일이 생길지도 모른다 싶었던 것이다.

　상대가 아이라서 농담을 농담으로 삭이기가 어려웠고, 혹시 그 말을 곧이곧대로 여인에게 전하게 되면 그때는 본의가 영락없이 뒤틀리고 마는 것이었다.

　"운봉이 애썼소. 이 유과 다 먹으시오."

　송수익은 유과가 얼마 남지 않은 바리때를 아기중 앞으로 밀어놓았다.

　"저어…… 어르신 글 보고 그 새댁이 울든디요."

아기중은 왜 아무 말도 묻지 않느냐는 듯 유과는 거들떠보지도 않고 초롱초롱한 눈으로 송수익을 똑바로 쳐다보고 있었다. 송수익은 아기중의 마음을 알면서도 불필요한 말이 오가는 것이 달갑지 않아 그저 고개만 끄덕였다.

송수익이 말없이 곰방대에 담배를 재자 아기중은 살살 눈치를 살피다가 잽싸게 바리때를 들고 방을 나갔다. 송수익은 아기중의 뒷모습을 보며 싱긋이 웃고 있었다.

점심을 먹고 난 송수익은 다리운동을 겸해 갑갑증을 풀려고 절 뒤의 산줄기를 걸어올랐다. 며칠 사이에 응달에 남아 있던 눈마저 흔적을 찾을 수가 없었다. 그 어느 나무에도 아직 싹은 돋지 않았는데 봄기운이 산에 가득한 것을 느낄 수 있었다. 가을기운이 소슬한 적막이라면 봄기운은 훈훈한 약동이었다. 송수익은 가슴을 펴며 숨을 한껏 들이마셨다. 봄기운을 따라 자신의 다리에도 새살이 빨리 돋아 상처가 완치될 것 같은 기분이었다. 그건 단순한 기분이 아니었다. 사람도 자연의 일부인 이상 몸의 기능도 자연의 변화와 일치한다는 것을 그는 믿고 있었다. 그가 우선 바라는 건 다리의 완치뿐이었다.

그는 끝없이 뻗어나가고 있는 산줄기들을 오래도록 바라보고 있었다. 산줄기들의 꿈틀거리는 기상은 줄기찬 힘이었다. 몇천 년이고 몇만 년이고 그리 장엄한 자태로 굳세고 억센 힘을 드러내고 있는 산맥을 바라보며 그는 참담한 심정이 되고 있었다. 그 힘을 닮지 못해 결국 강산을 다 빼앗길 위기에 처해 있었던 것이다.

저 산줄기들은 북으로 북으로 뻗어 백두산에 이어져 있는 것이 아닌가. 결국 이 강산을 빼앗겨버리게 되면 저 산줄기를 따라 두만강이든 압록강이든 건너가야 되는 게 아닐까……. 송수익은 산줄기들이 일깨워주듯 그 생각을 하고 있었다.

해가 기울어 송수익은 절로 돌아왔다. 사리탑을 지나 꺾임길을 따라 돌던 그는 멈칫 걸음을 멈추었다. 소복한 여인이 개울가에서 그릇을 씻고 있었다.

다른 데로 피해갈 길이 없어 송수익은 낮은 기침으로 인기척을 냈다. 그러자 여자는 놀라며 고개를 들었다.

두 사람의 눈길이 마주쳤다. 두 사람은 잠시 맞쳐다보았다. 송수익은 목례를 보냈다. 여자는 눈길을 떨구며 옆으로 길을 비켜섰다.

"어제 글을 드린 송수익이라고 합니다."

송수익이 여자 쪽으로 걸어가며 낮고 굵은 소리로 말했다.

"……"

여자가 약간 고개를 숙여 보였다.

"인사도 없이 글을 드린 무례를 용서하십시오. 같은 일을 하던 처지라 고인의 명복을 빌고 위로를 드린 것입니다."

송수익은 여자 앞에 잠시 멈추어 정중하게 말하고 있었다.

"네에……."

고개를 좀더 숙여 보이는 여자의 입에서 가늘게 흘러나온 소리였다.

송수익은 한쪽 다리가 약간 절름거리는 걸음으로 멀어져 갔다.

여자는 고개를 숙인 그대로 치마를 조심스럽게 감싸며 개울가에 다시 앉았다.

송수익은 그날 밤 꿈에 그 여자를 보았다. 개울가에서 만난 장면 그대로였다. 그런데 서로 오래오래 마주 보다가 꿈이 깼다.

수심 깃들인 파리한 얼굴에 비해 그 눈빛은 이상하게도 생기를 품은 것도 같았고 열기를 품은 것도 같았다. 송수익은 그 순간적인 느낌을 지울 수가 없었다.

그 여자는 이틀 뒤에 절을 떠났다.

"머슴허고 정지살이 아짐이 시주 갖고 옴시로 모시로 왔구만이라우."

아기중의 설명이었다.

21

해가 진 나라

도로공사에 투입되었던 의병들은 공사가 끝난 다음에도 풀려나지 못했다. 그렇다고 죽이는 것도 아니었다. 그들은 앞날을 알 수 없는 옥살이와 강제노동에 시달리며 나날을 보냈다.

그들은 헌병대의 빈틈없는 감시 속에서 주로 도로의 보수공사에 동원되었다. 어찌 된 셈인지 길은 허물어지고 패고 무너지는 데가 끊임없이 생겨났다. 비라도 오게 되면 그런 곳이 훨씬 더 늘어나는 것은 말할 것도 없었다. 그건 길을 잘못 만든 것이 아니라고 했다. 새로 닦은 길이 제대로 길 노릇을 하려면 비바람과 우마차 그리고 사람들 발길로 삼사 년은 다져지고 굳어져야 한다는 것이었다.

그들이 해낸 보수공사 중에서 가장 힘겨웠던 것이 나무심기였다. 150리에 걸친 신작로 양쪽을 따라 일정한 간격으로 나무를 심어나가는 일은 단순한 보수공사가 아니라 대대적인 식목공사였다.

길 양쪽에 일삼아 나무를 심는 것은 행인들을 위해 그늘을 만들어주거나 경치가 아름답게 하기 위해서가 아니었다. 그런 것은 다 부수적인 것이었고 그보다 앞서 길둑이 무너지는 것을 방지하려는 것이었다. 나무를 심어 산사태를 막는 것과 같은 이치였다.

그런데 거기에 심는 나무가 문제였다. 그 나무는 흔히 보는 소나무도 버드나무도 아니었다. 일본말로 '사쿠라'라고 했고, 그 꽃은 일본사람들이 받드는 나라꽃이라는 것이었다.

헌병들이 그 나무를 받드는 정성은 실로 대단했다. 처음에 나무심기를 나선 사람들은 그 나무가 어떤 나무인지 알 리가 없었다. 그들이 보기에 두 자 남짓한 길이의 묘목은 별로 보잘 것도 없고 대수로울 것도 없는 어린 나무일 뿐이었다. 그래서 예사로 나뭇단을 내던지거나 넘어다녔다. 그런데 그때마다 헌병들의 욕설과 함께 개머리판이 날아들었다. 살기등등한 헌병들에게 아무 영문도 모르고 얻어맞고 걷어차인 다음에야 그들은 통변을 통해 그 나무에 얽힌 사연을 듣게 되었다.

의병 출신인 그들은 비감하고 참담한 심정으로 '사쿠라'를 심어나가지 않을 수가 없었다.

"참말로 우리 신세가 드럽소 이."

대원들이 헌병들의 눈 피하고 귀 피해가며 토하는 탄식이었다.

"참세, 이보담 더 드럽고 속터져도 참고 이겨내야 허능겨."

손판석이 뇌는 말이었다.

그들은 머리를 박박 깎인 채 강제노동을 하며 신작로를 오가는 것들을 서글프고 무거운 마음으로 바라보고는 했다.

신작로를 오가는 것은 모두가 발통 달린 것들이었다. 달구지들이 그렇고, 인력거가 그렇고, 새로 생긴 승합마차라는 것이 그랬다. 거기다 가끔 보이는 것이 앞뒤로 발통이 둘 달려 생김이 신기한 '개화차'였다. '개화차'란 사람들이 마음대로 지어 붙인 자전거의 별명이었다.

발통이 넷 달린 자동차라는 것이 신작로를 달릴 거라는 풍문은 계속 풍문일 뿐이었다.

신작로가 뚫리면서 전주와 군산의 내왕은 전보다 훨씬 더 빈번해졌다. 전주사람들을 군산으로 빠르게 실어나르는 것이 새로 생겨난 승합마차였다. 네 사람에서 여섯 사람까지 태우는 그 쌍두마차는 일본사람들이 독점하고 있는 장사였다. 전주상인들은 전에 강경으로 가던 장걸음을 그 마차를 타고 군산으로 돌렸던 것이다. 군산은 더욱 번창해 가고 있었다.

신작로를 제일 많이 오가는 것이 소와 말이 끄는 달구지였다. 그 달구지들은 볏섬을 가득가득 싣고 군산으로 줄을 이었다. 추수가 끝나고 서너 달 동안은 달구지 행렬이 이삼십 리씩 이어지기가 예사였다. 그 볏섬들은 모두 군산에서 정미되어 일본으로 실려가는 것이었다. 볏섬을 부린 우마차들은 다시 일본물건들을 실어내다 장사꾼들에게 배달하기도 했다.

의병들의 기세가 꺾이면서 그런 내왕들은 표나게 활발해지기 시작했던 것이다. 의병의 기세가 한창 드높았을 때는 해변의 일본배들이 습격당하는 일도 흔했고, 대부분의 상인들은 언제 피해를 입을지 몰라 위축당해 있었던 것이다.

"쌀얼 저리 실어내니 배곯는 건 누구여."

"우리가 새로 심얼 찾아야 헐 것인디, 참말로 난리랑게."

손판석과 그 주변 사람들은 근심 깊은 한숨들을 내쉬고는 했다. 그러나 그들은 새로운 올가미에 얽혀들었다. 5월 들어 마침내 호남선이 착공되었다. 그들은 지체없이 철도공사장으로 투입되었다.

호남선 철도공사는 삼사 년 전부터 소문으로만 떠돌다가 흐지부지되는 것 같았다. 그러다가 몇 달 전부터 소문이 왁자하게 다시 일어났다. 그 시끄럽게 오가는 소리들은 무관심한 귀로 들으면 그저 철도공사에 대한 소문일 뿐이었다. 그러나 조금만 관심을 가지고 유심히 들어보면 그건 그냥 소문이 아니라 철도노선을 놓고 다투는 이권싸움이었다.

호남평야를 관통하는 그 철도를 놓고 일본사람들은 두 세력으로 갈라져 서로의 주장을 내세우고 있었다. 그건 군산의 세력과 일본의 대재벌 미쓰비시와의 싸움이었다. 군산의 세력은, 군산은 호남의 관문이기 때문에 호남선은 필히 군산을 경유해야 한다는 것이었다. 그런데 오륙 년 전에 벌써 호남선 철도공사를 독점하기 위해 조치원에서 목포까지 측량을 마쳤고, 전주 일대의 벌판에 대농장을 확보하고 있는 미쓰비시에서는 군산의 동떨어진 위치와 철도공사의 비효율성을 내세워 군산의 주장을 꺾으려 하고 있었다.

그들 두 세력은 서로의 이익을 앞세워 팽팽하게 맞서고 있었지만 그러나 철길을 깔아 호남평야를 장악한다는 데는 그 목적이 일치하고 있었다. 그런데 그들 사이에 난데없이 끼어든 또 하나의 세력이 있었다. 그건 전주 양반님네들이었다. 그들은 철도의 전주 통과를 반대하고 나섰다. 그 이유인즉 오랜 양반고을에 그런 상스러운 것이 들어올 수 없다는 것이었다. 지극히 단순하여 어리석기까지 한 주장이었다.

그런데 그 어이없는 주장을 손뼉 쳐 반긴 것이 통감부 철도관할 부서였다. 군산과 미쓰비시의 맞걸린 주장을 원만하게 조정하지 못하고 있던 차에 그것은 더없이 좋은 해결책이었던 것이다.

조선사람들의 반대가 일어나고 있는 전주로 철도를 통과시킬 수는 없다. 그렇다고 비능률적으로 철도를 군산으로 돌릴 수도 없다. 그러니까 그 중간지점을 택해 철도역을 신설하기로 한다. 단 군산은 호남선의 지선으로 연결시키기로 한다.

이것이 통감부에서 내린 해결책이었다. 그 해결책에 따라 선택된 중간지점이 넓고 넓은 들판 가운데 자리잡고 있는 조그마한 동네 '솜리'였다. 그 동네를 비켜가며 철길이 놓이고, 기차역이 생기면서 붙여진 이름이 이리였다.

철도공사장의 노동은 도로공사장의 노동보다 몇 갑절 힘들었다. 쌓아올려야 하는 둑의 높이부터가 달랐던 것이다.

이미 몇 년 전에 부산에서부터 신의주까지를 경부선과 경의선으로 관통시켜 버린 일본사람들은 이번에도 호남선만 착공한 것이 아니었다. 경원선도 함께 착공시켰다. 그러니까 대전에서 목포까지 이어지는 호남선은 평야지대를 관통하면서 농산물을 손아귀에 넣는 것이었고, 한양에서 원산까지 이어지는 경원선은 산악지대를 관통하면서 산림과 지하자원을 장악하자는 것이었다. 결국 한양을 중심으로 해서 경부선·경의선·호남선·경원선은 입을 벌린 가위 모양으로 반도땅을 서로 엇갈리며 관통하도록 되어 있었다. 그리고 그 종착역은 모두 항구였던 것이다.

사람 부리는 데 이골이 난 십장들의 채찍은 더위를 아랑곳하지 않았다. 매서운 채찍 아래서 의병 출신들은 한갓 마소와 다를 것이 없었다. 8월의 뙤약볕 속에서 허덕거리고 있는 그들에게 한 가지 커다란 소식이 들려왔다. 한일합방조약이었다.

"인자 끝장나 부렀소."

"인자 죽도 밥도 아니구만이라."

대원들이 낙담하고 허탈에 빠졌다.

"무신 싱건 소리덜이여, 정신덜 채리드라고. 올 것이 온 것잉게."

손판석이 대원들을 하나하나 꼬나보듯 하며 못을 친 말이었다.

매천 황현이 자결했다는 소문이 퍼졌다. 그리고 지난날 벼슬살이를 했던 양반들이 자결했다는 소문이 이어지고 있었다.

"왜덜 그 난리여, 난리가. 구름 안 찐 마른하늘서 베락 치고 천둥 울리는 것 봤능감! 참 양반이란 사람덜 심뽀 알다가도 모를 일이여. 의병쌈언 지대로 안 허고 피헌 사람덜이 인자 와서 혼자썩 따로따로 죽으면 멀혀. 그런다고 왜놈덜이 눈썹 한나 까딱 허간디. 기왕 죽을 바에야 의병으로 나서서 싸우다 죽어야제. 왜놈덜얼 하나라도 죽이고 죽어야제."

대원들과 둘러앉은 손판석이 어두워지는 하늘을 응시한 채 말하고 있었다.

1910년 8월 29일 한일합방조약이 공포되었다. 따라서 대한제국을 조선으로 개칭하고, 조선총독부가 설치되었다.

그리고 총독부가 서둘러서 한 일이 일진회를 비롯해서 대한협회 같은 열 개의 정치단체에 해산령을 내린 것이었다.

"백상, 총독부의 해산령에 따라 일진회 군산지부도 해산하게 됐소. 백상이 그간에 수고가 많았소이다."

백종두를 불러들인 쓰지무라가 거두절미하고 내던진 말이었다.

"그, 그게 무슨 말씀인가요!"

그 누구보다 입술이 얇아 말하는 데는 자신이 있는 백종두로서도 말을 더듬거리지 않을 수가 없었다.

"아아니, 백상같이 눈치 빠른 사람이 그 쉬운 말을 못 알아듣소? 총독부의 해산령에 따라 일진회가 해산됐다 그 말이오."

쓰지무라는 여전히 찬바람 도는 냉랭한 얼굴로 말하는 것이었다.

"예에, 압니다. 제 말은 그게 아니고…… 그러니까 저어…… 일진회가 그렇게 빨리 해산되면……."

백종두로서는 일진회가 해산되는 것이 문제가 아니었다. 일진회장으로서 그간의 노고를 전혀 인정하지 않는 것 같은 쓰지무라의 냉담한 태도가 문제였던 것이다.

저놈이 이대로 입씻고 마는 것이 아닌가 싶어지자 백종두는 마음이 다급해지고 헝클어져 말이 자꾸 더듬거려지며 빗나가고 있었다.

"아, 일진회를 빨리 해산시킬 수밖에 없는 이유가 분명히 있소. 보나마나 대한협회 같은 반일단체들이 합방 반대운동이니 뭐니 해서 시끄럽게 들고일어날 거 아니겠소. 그런 말썽 많은 단체들을 없애버리자면 먼저 일진회부터 앞세워 없애야만 그자들이 시비를 못 건단 말이오. 공평하게 친일단체부터 없앴는데 그놈들이 할 말이 뭐가 있겠냔 말이오. 어떻소, 총독부의 조처가."

쓰지무라는 일부러 백종두를 묵살해 가며 딴전을 피우고 있었다.

"예에, 지당한 말씀입니다. 그래야 반일단체들이 꼼짝을 못할 것은 당연지사지요, 암 그리해야지요."

백종두는 그저 건성으로 입을 발라맞추고 있었다. 그가 아무리 머리가 빨리 돈다지만 자신의 일에 급급한 나머지 총독부가 반일단체들의 제거를 빙자해서 이미 쓸모없이 된 일진회까지 청소해 버리는 양수겸장 치는 솜씨까지는 미처 감지하지 못하고 있었다.

"총독부의 조처에 따라 우리 이사청도 폐지하게 됐소."

쓰지무라가 불쑥 던진 말이었다.

"예? 그, 그럼 쓰지무라 서기님은 어찌 되시는 겁니까?"

백종두는 무릎이 휘청 꺾이는 것을 느끼며 쓰지무라를 멍하니 바라보았다. 그의 머리는 완전히 정지상태에 빠져 있었다.

"난 지금 사무정리가 바쁘니 이삼 일 있다가 다시 만나도록 합시다."

쓰지무라가 거만스럽게 말하며 의자를 돌렸다. 그의 꾹 다문 입에는 경멸스런 웃음이 물려 있었다.

이사청이 폐지되고 쓰지무라가 없어지면 나는 뭔가. 그간에 욕먹고 손가락질당해 가면서 헛고생만 한 거 아닌가!

군수자리를 탐해온 백종두의 머리는 그 생각에서 정지해 있었다. 그러나 그가 조금만 여유를 가졌더라면 이사청의 폐지가 무엇을 뜻하는지 금방 알 수 있는 일이었다. 을사보호조약이 체결되었을 때를 생각하면 그 답은 너무나 쉬웠던 것이다.

그때 공사관은 통감부로 간판을 바꿔달았던 것이고, 각 영사관들은 이사청으로 간판을 바꿨던 것이다. 합방이 되면서 통감부는 다시 총독부로 간판을 바꿔달게 되었다. 그러면 이사청의 폐지는 곧 간판이 바뀐다는 뜻일 뿐이었다.

"저어…… 긴히 드릴 말씀이 있는데 오늘 저녁에 좀……."

백종두는 두 손을 모아잡았다.

"내가 바쁘다니까요. 이삼 일 있다가 차분하게 만납시다."

쓰지무라가 상을 찌푸렸다.

"저어…… 떠나시기 전에 뵙고……."

"백상, 무슨 말을 그리 못 알아듣소. 내가 떠나긴 어디로 떠난단 말이오. 이사청이 내일부로 부청이 된다 그 말이오, 군산부청!"

쓰지무라가 짜증스럽게 내쏘며 서류철을 탁 덮었다.

그때서야 비로소 백종두는 환하게 웃었다.

"예에, 군산부청! 인자 알았습니다. 그럼 소인은 이만 물러가겠습니다."

환하게 피어나는 웃음처럼 그의 마음에 끼었던 구름도 활짝 걷히고 있었다. 그리고 그의 머리는 일시에 작동하기 시작했다.

"아랫것들 괜히 시끄럽지 않게 단속 잘하시오."

깊이 숙인 백종두의 뒤꼭지를 때리는 쓰지무라의 말이었다.

"예에, 그거야 소인이 다 알아서 처리하겠습니다."

백종두는 펴던 허리를 다시 굽혔다.

뒤늦은 깨달음으로 사무실을 나오면서 백종두는 등뒤가 서늘하고 허전한 것을 느꼈다. 그건 어제까지는 전혀 느낄 수 없었던 기분이었다.

나는 이제 뭔가.

백종두가 부딪친 생각이었다. 반사적으로 '똥 친 작대기'라는 생각이 떠올랐다. 그는 신경질적으로 가래를 돋워올리며 그 생각을 짓뭉갰다.

"퉤에!"

그는 가래를 힘껏 내뱉었다. 가랫덩이는 휙 날아가 동백나무 잎 위에 얹혔다.

윤기 나는 진초록의 잎 위에 얹힌 가래는 더욱 더럽고 비위 상해 보였다. 그러나 백종두는 그런 것쯤 개의치 않고 이사청 마당을 박차고 있었다. 평소 같았으면 이사청 안에서 감히 저지를 수 없는 짓이었다.

가래를 내뱉었지만 백종두는 자신이 똥 친 작대기가 되었다는 생각을 떼칠 수가 없었다. 이제 자신은 아무것도 아니었다. 일진회 회장자리는 쓰지무라의 한마디로 흔적도 없이 사라지고 말았다.

일진회를 처음 결성할 때를 생각하면 어찌 이럴 수 있을까 싶었다. 그때는 거창한 결성식을 올렸던 것이다. 그랬으면 해산할 때는 해산식을 올려야만 옳은 일이었다. 또 해산식을 열기 전에는 그간의 공로에 대한 응분의 보답이 있어야 했다. 그런데 쓰지무라가 하는 짓은 무엇인가. 백종두는 뒤늦게 화가 치밀고 있었다.

"핫!"

정문 앞의 보초가 받들어총을 하며 힘차게 소리쳤다. 백종두는 허리를 곧바로 펴서 경례를 받으며 정신이 번쩍 들고 있었다.

그래, 어쨌거나 다시 감투를 써야 한다. 왜놈헌병들이 이렇게 경례를 붙이는 것이 뭐냐. 다 감투의 힘이 아니냐. 쓰지무라가 사나흘 뒤에 만나자고 했지. 합방으로 새 세상이 됐으니 사람을 바꿀 감투는 얼마든지 있다. 이번 기회에 무슨 수를 써서라도 군수를 차지해야 한다. 아아, 군수…… 군수…….

백종두는 가슴이 벌떡거리고 숨이 거칠어졌다. 어떻게 해서 군수자리를 차지할까 하는 생각으로 뜨거워지기 시작한 머릿속에는 쓰지무라한테 무시당했다는 불쾌감 같은 것은 말끔히 지워지고 없었다.

"어라 어라, 살살 밀어, 살살!"

"틀어, 얼렁 틀어. 넘어가는 쪽으로 손잽이 얼렁 틀어."

"이, 가요, 가. 얼렁얼렁 발판 돌리씨요."

신바람 나는 소리들이 왁자하게 뒤엉키고 있었다.

길을 건너려던 백종두는 걸음을 멈추어야 했다. 자전거에 매달린 청년 셋이서 길바닥을 제멋대로 휘저어대고 있었던 것이다. 자전거타기를 배우느라고 서너 달 전부터 어느 길에서나 벌어지고 있는 소란이었다.

백종두는 세 청년을 알아보았다. 자전거에 올라앉은 것은 일진회 간부 장칠문이었고, 뒤에서 자전거를 밀고 붙들고 하는 두 청년은 그의 부하였다.

저것도 신식기술인디!

불현듯 이 생각을 하는 백종두의 머리에는 아들 남일이가 떠올랐다. 순간적으로 남일이는 저걸 탈 줄 아는가 하는 질투가 솟았던 것이다.

자전거는 이리 비틀 저리 비틀 하며 굴러가고 있었다.

"음마, 음마, 저것이 바로 그 말 듣든 신식가마로구마."

어떤 여자의 반가움 넘친 목소리였다.

"무신 소리여, 무식허니. 개화차라고 허는 것이구마."

남자의 점잖은 대꾸였다.

백종두는 고개를 돌렸다. 촌티 나는 노인 둘과 노파 하나가 신기하다는 듯 자전거를 바라보고 있었다.

"어디가, 이륜거(二輪車)가 옳제."

다른 영감이 수염을 쓰다듬었다.

"다 틀렸소, 쇠당나구요, 쇠당나구!"

백종두가 것지르며 길을 건너갔다.

일진회 사무실로 돌아온 백종두는 의자에 털퍼덕 주저앉았다. 그는 전신이 축 늘어지는 것을 느꼈다. 의자에 몸을 부리고 사무실을 둘러보았다.

이 사무실도 이제 쓸모가 없게 됐구나 하는 생각과 함께 마음은 더욱 착잡해졌다. 그리고 새로운 걱정거리가 떠올랐다. 일진회 해산을 부하들에게 어떤 식으로 알리느냐 하는 것이었다.

백종두는 무슨 좋은 방법이 없을까를 생각해 보았다. 오래 생각할 것도 없이 방법은 두 가지뿐이었다. 해산식을 해서 알리는 것과 그냥 간부를 통해서 시달해 버리는 방법이었다.

쓰지무라도 거들떠보지 않는 형편에서 해산식을 한다는 것은 아무 이득도 없고 자신의 꼴만 초라해지는 일이었다. 그렇다면 쓰지무라가 자신에게 그랬듯 자신도 장칠문이를 불러 해산을 명령하면 그만이었다.

간편하게 마음을 정리한 백종두는 사환아이를 불러 장칠문이를 찾아오라고 일렀다.

백종두는 사무실을 두리번거리며 다시 불안해지고 있었다. 쓰지무라 그놈이 인정사정없이 안면을 바꾸면 어쩌지? 아니야, 그간에 세운 공이 있는데 설마 그러지야 못하겠지. 허나 처음에 땅을 주었던 것으로 모든 값을 치르려고 할 수도 있지 않은가? 그렇게 나오면 어찌해야 하나. 그놈 목을 비틀 수도 없고, 원수 갚자고 의병이 될 수도 없고, 그놈이 그럴 수도 있는 놈인데. 그렇다고 군수자리를 놓칠 수야 없지. 좋다, 돈을 걸고라도 그 자리는 따내야 한다. 암, 그 간에 괜히 굽실거리며 살았더냐. 백종두는 주먹을 말아쥐며 이를 사리물었다.

"회장님, 불르셨는게라우."

사무실로 다급하게 들어온 장칠문이 힘찬 목소리로 기수경례를 붙여올렸다.

"이, 불렀구마." 백종두는 궐련에 불을 붙이고는, "저어 경성 통감부서 하달해 온 명령인디, 인자 합방이 되았응게 우리 일진회럴 해산허라는 것이네. 그리 알고 회원덜헌티 다 전허소." 그는 일부러 팔을 쭉 뻗쳐올려 경성 아닌 천장을 가리키며 자신은 슬쩍 비켜서고 있었다.

"아니, 일진회럴 해산허라고라우?"

예상대로 장칠문은 눈을 휘둥그렇게 뜨며 놀랐다.

"통감부서 그리 하달이시."

백종두는 이야기를 길게 끌고 싶지 않아 또 통감부를 앞세웠다.

"통감부서 그리 영얼 내렸음사 벨수 없었제라." 장칠문은 금방 기가 꺾이더니, "글면 지넌 어찌 되는감요?" 눈을 껌벅거리며 백종두의 눈치를 살폈다.

백종두는 그만 가슴이 뜨끔해졌다. 그러나 그는 아주 태연하게 응수했다.

"자네가 어찌 되기넌?"

"긍게 머시냐…… 첨에 일진회 들 적에 헌 약조가 어찌 되는지……"

장칠문은 몸이 달아오른 만큼 기가 죽어들고 있었다.

"약조라니?"

백종두는 먼눈을 팔며 시침을 뗐다.

백종두의 너무 엉뚱한 반응에 장칠문은 가슴이 서늘해지는 것을 느꼈다. 그건 속았다는 생각이었다.

"아, 일진회서 고상허면 나중에 정식으로 헌병도 시켜주고 관리로도 써주고 히서 출셋길얼 열어준다고 약조 안 혔등가요."

장칠문의 기세와 어조는 딴판으로 달라져 있었다.

"옳아, 그 약조 말인가. 그야 약조대로 되겠제. 다른 사람언 다 몰라도 자네야 그리돼야겠제. 자네 일이야 나가 다 알아서 헐 것잉게 맘놓고 있으소."

장칠문의 속마음을 재빨리 눈치챈 백종두는 얼렁뚱땅 귀에 단 말을 꾸며대고 있었다. 젊은것을 자칫 잘못 상대했다가는 망신을 당할지도 모른다 싶었던 것이다.

"그 말씸 믿고 있겠구만이라우."

장칠문은 야무지게 다짐을 놓았다.

"걱정 말고 회원덜헌티 말이나 잘 전허소."

백종두도 자신 있게 말했다. 일진회가 말썽 없이 해산을 하게 된다면 장칠문이 하나쯤은 어떻게 해줄 수도 있다고 그는 생각하고 있었다.

"지 일만 잘됨사 말 전허는 것이야 지가 다 알아서 허겠구만요."

장칠문이 백종두를 똑바로 쳐다보았다.

"이, 자네만 믿겄네."

백종두가 사르르 눈웃음을 치며 고개를 끄덕거렸다.

백종두는 뒷일은 네가 다 알아서 하라는 듯 곧 사무실을 나가버렸다.

장칠문은 무엇에 쫓기고 있는 것 같은 백종두의 뒷모습을 지켜보고 있었다. 그의 몰골이 초라하게 느껴졌다. 전에 한 번도 본 적이 없는 백종두의 모습이었다. 그도 통감부의 명령 앞에서는 별수 없었던 것이다.

장칠문은 통감부의 위력을 또다시 실감함과 동시에 심한 배신감을 느끼고 있었다. 써먹을 대로 다 써먹고 어찌 이럴 수가 있는가……. 장칠문은 신분보장 없이 무작정 일진회를 해산하라는 조처에는 응할 수가 없었다. 그러나 그건 혼자 생각일 뿐이었다. 그렇다고 부하들을 이끌고 통감부를 상대로 항의하거나 대항한다는 것은 아예 엄두를 낼 수 없는 일이었다. 만약 그렇게 했을 때의 결과는 보나마나 의병들 꼴이 나는 것이었다. 바윗덩어리에 머리 박치기였고 총알 앞에 가슴 들이대기였다.

그러나 한 가지 분명한 사실은 있었다. 백종두가 당장은 갓끈 떨어진 신세가 되었지만 그가 갓끈을 더 질기고 튼튼한 것으로 갈아맸으면 맸지 그냥 갓을 날려보낼 사람이 아니라는 것이었다. 그는 백종두가 예삿사람이 아니라는 것을 누구보다 잘 알고 있었다.

별수 없다. 아버지처럼 던적스럽게 장사꾼이 안 되려면 백종두의 불알이라도 잡고 늘어져야 한다. 권세만 있으면 돈이야 저절로 굴러드는 것 아니더냐. 권세를 잡자면 백종두에게 매달릴 수밖에 없다.

장칠문은 마음을 새롭게 다지고 있었다. 백종두에게 잘 보이자면 해산 문제를 깨끗하게 처리할 필요를 느꼈다.

"통감부서 내린 엄명으로 일진회가 해산되는 것잉게 그리덜 알드라고. 우리가 속이 상해도 통감부 엄명이라 어쩔 수가 없는 일이여. 통감부 엄명 앞에서넌 우리 회장 어르신도 꼼짝얼 못허넌 형편이구만."

소대장들을 불러모은 장칠문은 백종두보다 한술 더 떠서 통감부의 엄명을 강조해 댔다. 과연 그 효과는 커서 소대장들은 기가 푹 꺾여 있었다. 일진회는 의병토벌에 본격적으로 동원되면서 완전히 군대조직을 갖추고 있었던 것이다.

"근디 말이여, 통감부 엄명도 좋고 헌병대 엄명도 존디, 우리허고 헌 약조넌 어찌 되는 것이여?"

소대장 하나가 조심스럽게 말을 꺼냈다. 장칠문은 상부터 찡그렸다.

"나도 그 일이 걱정인디 안직 잘 모르겄어. 우선 해산이나 해놓고 나서 처분얼 기둘려야겄제."

장칠문은 막연하고 모호하게 말을 얼버무려 넘기고 있었다.

"처분만 기둘리다가 시심사심 약조가 안 지켜지면 어찌고?"

다른 소대장의 조금 커진 목소리였다.

"그런다고 우리가 통감부헌티 대들겄어, 헌병대허고 싸우겄어?"

장칠문은 정면으로 치고 들었다.

"빌어묵을, 합방되면 살판날지 알고 좆빠지게 고상험서도 참아왔등마 요것이 무신 오장육부 뒤집는 소리여, 좆도!"

또다른 소대장이 침을 내뱉었다.

"긍게 말이시. 우리럴 개좆만치도 못허게 아닝께 그리허는 것 아니겄어. 우리도 총 지녔겄다, 한바탕 붙어부러도 그만 아니어!"

분위기는 점점 고조되어 가고 있었다. 장칠문은 제동을 걸 필요를 느꼈다.

"다덜 그냥 뚫린 구녕이라고 막가는 소리 내뱉덜 말어. 그런 소리 헌 줄 알면 될 일도 안 된게 정신덜 채리드라고. 회원덜 다넌 몰라도 간부인 자네덜꺼지야 어찌 될란지도 모르는 일인디 입 그리 방정맞게 놀리면 되겄어!"

장칠문은 낚싯밥을 던지며 소대장들을 휘둘러보았다. 장칠문의 야릇한 말은 소대장들을 제각기 분열시키는 효과를 나타냈다. 소대장들은 더 입을 열지 않았다.

"그간에 헌병대고 순사덜이고 친해논 것이 얼매나 큰 재산인지 알어. 그것만 잘 써묵어도 일진회서 고상헌 값이 톡톡헐 것인디."

장칠문은 말꼬리를 묘한 쪽으로 돌리고 있었다. 그 말을 듣는 소대장들의 얼굴은 제각기 차이가 나고 있었다.

합방을 계기로 정치단체만 해산된 것이 아니었다. 언론계에도 된서리가 내렸다. 《대한매일신보》를 《매일신보》로 이름을 바꾸어 총독부의 기관지로 만들었고, 《황성신문》은 《한성신문》으로 이름을 고치게 했다가 곧 폐간시키고 말았다.

"모든 조선인들은 일본의 법률에 복종하든가 그렇지 않으면 죽어야 할 것이다."

초대 총독 데라우치의 부임 일성이었다.

장칠문은 박하사탕을 와삭와삭 씹어댔다. 그의 얼굴은 달고 화아한 맛이 나는 사탕을 먹고 있는 사람답지 않게 잔뜩 부아가 치민 얼굴이었다.

그는 씹던 것을 넘기는가 싶더니 유리병에서 박하사탕을 꺼내 또 와삭와삭 씹기 시작했다.

"코찔찔이 아새끼도 아니고 머허고 앉었냐. 어여 일보로 나가그라."

뒷짐을 지고 어슬렁거리던 장덕풍이 버럭 소리를 질렀다. 그는 아들이 박하사탕을 네 개째 씹어대자 더는 참을 수가 없었던 것이다.

"아부지넌 시방 누구 화 질르시오. 일진횐지 지랄인지가 없어져부렀는디 무신 일얼 보로 나가라고 그요."

장칠문은 기다리기라도 했다는 듯 벌컥 화를 냈다. 벌써 며칠째 갈 데가 없어진 그는 꼬약꼬약 괴어오르는 부아를 박하사탕을 씹어대며 누르고 있던 참이었다. 일진회가 없어져 버렸는데도 그는 여전히 제복을 걸치고 있었다.

"이놈아, 애비헌티 그 무신 버르장머리여. 이 애비가 그놈에 일진회 없앴냐."

장덕풍이 노기 띤 얼굴로 아들을 노려보았다.

"일진회에 억지로 등 밀어댄 것이 누구였능게라. 아부지가 아니고 귀신입디여?"

장칠문은 아버지의 노기를 조금도 개의치 않고 맞대거리를 하고 들었다.

"이놈아 애비 원망허기 전에 백종두헌티 대들어라. 그놈이 약조헌 것잉게 죽으나 사나 그놈 붙들고 늘어져. 어서 당장 그놈얼 찾어가!"

속이 찔끔해진 장덕풍은 삿대질까지 해대며 책임을 백종두에게 떠넘기고 있었다.

"헹, 백종두도 똥 친 작대기요. 붙들고 늘어져 봤자 손에 묻을 것언 똥찌끄레기뿐이란 말이오."

장칠문이 코웃음을 쳤다.

"이놈아 주딩이 멋대로 놀리덜 말어. 부자가 망해도 3년 묵을 것 있고, 호랭이가 죽어도 까죽이 남는 법이여. 백종두가 잠시 잠깐 감투가 떨어진 것이제 영 그 꼴일 줄 아냐. 백종두넌 여시 중에 백 여시고, 모사 중에 상모사여. 가서 헌병보조원이라도 시켜도라고 졸라. 백종두가 그런 것 하나 시켜줄 심언 안직도 짱짱헝게로."

장덕풍의 어조는 어느덧 타이르듯 바뀌어 있었다.

"아이고, 아부지넌 속도 참 편허요. 헌병보조원덜도 짤라내고 솎아내고 있는 참이다요. 나도 기문이맨치로 사탕공장에나 댕길 것인디 잘못혔소."

장칠문이 쓴 입맛을 다셨다.

"이놈아 넋나간 소리 말어. 니넌 이 집안 장남잉게 그리넌 안 돼야. 어쨌그나 권세럴 잡아야 혀, 권세!"

장덕풍은 마치 부르짖듯 했다.

큰아들은 권세를 갖게 하여 앞장세우고, 작은아들은 기술을 갖게 하여 뒤를 받치게 하는 것. 그건 그가 오래 간직해 온 꿈이었다. 그런데 어쩌자고 합방이 되면서 일이 더 잘 풀리는 것이 아니라 오히려 비꼬이고 있었다. 그는 성질 같아서는 자신이 직접 백종두를 찾아가고 싶었다. 그러나 백종두는 쉰밥 신세가 되어 있는 판이니 그럴 수도 없는 노릇이었다.

그는 아들한테는 백종두의 값을 높이 쳐서 말했지만 속으로는 불안하기 짝이 없었다. 만약 백종두가 다른 어떤 감투를 쓰지 못하고 그대로 끝나버리게 되면 아들의 신세는 실 끊어진 연이었다. 그건 너무나 억울한 일이었다. 아들은 그간에 의병토벌을 하느라고 죽을 고비를 몇 번씩 넘겨가며 공을 세울 만큼 세웠던 것이다. 그런데 아무 대가 없이 끝난다는 것은 말이 안 되는 일이었다.

"맘 상허딜 말고 쬐깨 더 기둘려보자. 정 일이 안 풀리면 이 애비가 나슬 참잉게."

장덕풍은 힘주어 말했다.

"아부지가 나서라?"

장칠문이 의아스럽게 아버지를 쳐다보았다.

"이 애비도 다 심이 있다."

장덕풍은 우체국의 하야가와를 입에 올리는 것을 피했다.

"성님, 무고허신게라우?"

한 남자가 가게로 들어서며 꾸벅 인사를 했다.

"멀라고 또 왔능가?"

장덕풍은 노골적으로 싫은 기색을 했다.

"야아…… 저어, 그냥……."

얼굴이 부슥부슥 부어올라 병색이 완연한 남자는 기가 푹 죽어 있었다. 그는 빈대코 김봉구였다.

"어허, 이사람 참 얄궂네. 등짐 지고 오기 전에넌 나시 안 오기로 허덜 안혔어. 영 못쓸 사람이시."

장덕풍은 오만상을 찌푸리며 혀를 차댔다.

"성님, 지도 그리헐라고 혔구만이라우. 근디 이 잡놈에 병이……."

"아, 듣기 싫네. 거렁뱅이 장타령이야 가락이나 있제만 그놈의 소리는 맨날 궁상이라 재수 옴붙네."

장덕풍은 상대방의 얼굴에 마치 침이라도 내뱉듯 사정없이 쏴질러 버렸다.

"성님, 누가 아프고 잡아 아프간디요. 지도 얼렁 병 낫어 당당허니 등짐 지고 저 문턱 넘을라고 혔구만이라."

얼굴이 부슥부슥한 데다 안색까지 검푸르게 칙칙한 김봉구는 울상이 되어 그저 굽실거리기만 했다.

"허, 똥독 올라 탈난 사람이 병 고쳤단 말 못 들었소. 똥독 빼는 약이 없는디 무신 수로 나슬라요?"

장칠문이 느닷없이 것지르고 나섰다. 그는 화풀이를 할 만한 입맛 도는 시비거리를 찾았다는 투였다.

"자네 그 무신 야박헌 소리여. 나가 죽기라도 바라고 허는 소리

같네 이."

맥이 다 빠진 김봉구의 목소리에는 원망이 서려 있었다.

"말이야 있는 그대로 똑바라지게 헌 것잉게 공연시 감고 들지 맙시다 이. 나 요새 속터지는 일 많어서 애맨 소리 받어줄 처지가 못 된게."

장칠문은 불량스럽게 김봉구를 노려보았다. 그 눈길이 금방 주먹이라도 날릴 것 같은 위협을 품고 있었다.

장덕풍은 아들의 그 기세를 고소해하고 있었다. 김봉구가 그 기세에 눌려 쫓겨가기를 은근히 바라고 있었다.

"아무리 그려도 헐 말이 따로 있제. 나가 아프고 잡어 아픈 것도 아니고……."

김봉구는 눈길을 떨구며 힘없이 중얼거렸다. 짙은 병색만큼이나 입성도 후줄근하고 초라한데 기마저 꺾이고 보니 그의 몰골은 참으로 볼품이 없었다. 방태수와 함께 금가락지를 내놓고 저울질을 다투던 때의 펄펄하던 기세는 흔적도 찾을 수가 없었다.

"헹, 나맨치로 총 들고 의병덜허고 맞대거리허고 나섰드라면 똥통 오짐통에 수십 번 목간허고, 똥독 오짐독이 곱쟁이로 올라 극락왕생허기 정신없었겠소 이."

장칠문은 코웃음을 쳐대며 김봉구의 속을 뒤집고 있었다.

"이사람아, 당해보덜 않고 그리 막말허는 것이 아니시. 자네야 총 들고 멀쩍허니 떨어져서 피헐 자리 챙게감서 싸우는 것이고, 나야 총도 없이 혼자서 베락치기로 당헌 일이란 것을 알어야 써. 자네도 그리 당혔으면 똥통에 머리보톰 박었을지 누가 알어."

김봉구는 아직도 한 가닥 오기는 남아 오금을 박고 있었다.

"머시여! 사람얼 멀로 보고 허는 소리여 시방."

장칠문은 몸을 벌떡 일으키며 소리질렀다. 그의 입에서 터져나온 것은 분명 반말이었다.

김봉구는 그 반말이 가슴을 심하게 치는 것을 느꼈다. 그러나 어금니를 꾹 맞물었다. 더럽고 치사했지만 약값을 빌리기 위해서는 참는 도리밖에 없었다. 어쨌거나 목숨이 걸린 일이었다.

"나가그라, 나가. 니가 나서서 이럴 일이 아니다."

장덕풍은 달래는 눈짓을 하며 아들의 등을 떠밀었다. 그만하면 아들은 김봉구의 질긴 비위를 풀죽게 하는 역할을 잘한 셈이었고, 아들 성질에 주먹이라도 한 방 날려버리면 자신의 입장이 난처하게 될 판이었던 것이다.

"성님, 한 분만 더 도와주시게라우. 몸 다 나스면 곱쟁이로 갚을랑게."

손을 맞잡은 김봉구가 우는 듯 비굴한 얼굴로 장덕풍에게 머리를 숙였다.

"이사람아, 한 분 한 분이 발써 몇 분이여. 나도 장사넌 안 되고 죽을 맛이랑게."

"아능마요, 사람 잠 살레주시게라우."

김봉구의 목소리는 절박했다.

김봉구는 자신이 똥독을 앓게 되면서 수월찮은 돈을 빌려갔다는 것을 알고 있었다. 갈수록 냉대가 심해지고 있었지만 빈손으로 내몰지 않는 것이 그나마 고마울 따름이었다.

"인자 이것으로 끝이여. 여그다 표시허소."

장덕풍이 동전 몇 개와 함께 장부를 내밀었다. 김봉구는 허겁지
겁 동전을 몰아잡았다. 그러면서 그는 또 그 주모년을 잡아죽일 생
각으로 이를 악물었다.

백종두는 끼니마다 먹는 것이 소화가 안 되었다. 마땅히 나갈 데
도 없었고, 남들에게 손가락질당할지도 몰라서 그는 나흘째를 집
안에만 틀어박혀 있었다.

그의 집안식구들은 날마다 잔뜩 긴장한 채 살얼음 걷듯 하고 있
었다. 그는 걸핏하면 짜증을 내고, 사소한 일에도 트집을 잡고 들었
던 것이다. 식구들 중에 그의 눈치를 전혀 안 보는 사람은 하나뿐
이었다. 헌병보조원으로 긴 목검을 덜렁거리며 차고 다니는 그의
아들이었다.

백남일은 비로소 제 할 일을 찾은 양 헌병제복과 긴 목검에 어
울리게 활기차고 당당해져 있었다. 물론 전처럼 대낮부터 술주정
하는 일도 없었고, 노름에 넋 팔아 밤샘하느라고 집에 들어오지 않
는 일도 없었다. 백종두는 아들이 새사람이 된 것이 너무나 대견하
고 흡족스러웠다. 그리고 아들을 헌병보조원으로 떠밀어넣은 자신
의 혜안과 결단에 더없는 만족을 느끼고 있었다.

백종두는 아들이 그처럼 훌륭하게 사람 노릇을 하게 되자 그때
쌀가마니깨나 없앤 것도 전혀 후회가 되지 않았다. 일진회원들과

마찬가지로 헌병보조원들도 의병토벌에 동원되고 있을 때 그는 아들을 빼돌리느라고 헌병대장한테 수시로 뒷손을 썼던 것이다. 일진회원이고 헌병보조원이고 길안내니 적정탐지니 해서 언제나 앞장세우는 바람에 그 위험은 컸다. 공을 세워야 장래를 보장한다는 말에 떠밀리며 앞장섰다가 죽어간 일진회원이며 헌병보조원들이 한둘이 아니었다. 그러나 그들은 죽는 것으로 그뿐이었다. 아들이 그런 개죽음을 당하지 않게 하기 위해서 백종두는 뒷손을 쓰지 않을 수가 없었던 것이다.

백종두는 쓰지무라한테서 만나자는 연락이 오기를 초조하게 기다리고 있는데 엉뚱한 사람이 찾아들었다. 지난날 함께 이방 노릇을 했던 김삼수였다.

"자네가 우리 집에 어쩐 일이여?"

백종두는 마지못해 김삼수를 맞아들일 뿐이었다. 함께 이방 노릇을 하면서 서로 견제하고 살피던 사이였지 믿거나 의지했던 사이가 아니었던 것이다.

"인자 참말로 헐 일도 없어지고 히서 그냥저냥 걸음 힜구마."

백종두에 비해 투박한 생김인 김삼수가 멋쩍게 웃으며 자리를 잡았다.

"그려, 시상이 달라져도 천지개벽얼 헌 것이제."

상대방의 솔직한 말에 마음이 조금 열린 백종두는 무심결에 손을 턱으로 가져갔다. 그러나 턱끝에서 잡히는 것은 없고 헛손질이 되고 말았다. 그는 상대방의 갓 쓴 모습에 탐스러운 수염을 보자

잊혀졌던 손짓이 자신도 모르게 나왔던 것이다.

백종두는 자신의 변모를 새삼스럽게 느끼고 있었다. 그건 일찌 감치 관직을 버린 사람과 거덜이 날 때까지 관직에 매달린 사람과의 차이였다.

"맞네, 시상이 천지개벽얼 허고 난게 어질어질허서 정신이 하나또 없네."

김삼수가 고개를 설레설레 저었다.

"시상 변헐지 몰랐간디?"

백종두가 어처구니없어했다.

"요리도 찰팍 엎어질지야 몰랐제."

백종두는 소리나지 않게 코웃음을 쳤다. 말상대가 되지 않는 위인이었다.

두 사람 사이에는 잠시 말이 끊어졌다.

"자네 요새 어찌 산가?"

김삼수가 백종두의 눈치를 살폈다.

"어찌 살기년. 그냥저냥이제."

백종두는 대답과는 달리 바짝 긴장했다. 그리고 그의 촉수는 상대방이 왜 자기를 찾아왔는지 알아내기 위해 기민하게 작동하기 시작했다.

"저어…… 말이시, 앞으로 새로 판얼 짜는 부청이서 자네가 큰자리럴 차지헐 것이란 소문이든디……."

"머시여! 누가 그려?"

백종두의 입에서 터져나온 소리였다.

"아니시, 아니시, 그냥 들은 소문이시."

당황한 김삼수는 손까지 내저었다.

백종두는 그 느닷없는 말에 너무 놀라 소리가 크게 터져나왔던 것이고, 김삼수는 백종두의 그런 반응을 비밀로 했던 인사비밀이 드러나자 화를 낸 것으로 받아들였던 것이다.

백종두의 가슴은 걷잡을 수 없이 벌떡거리고 울렁이고 있었다. 그리고 얼굴에는 화끈화끈 열이 오르고 있었다.

부청 큰 자리? 그게 어떤 자릴까? 소문이라, 대체 어디서 시작된 소문일까? 소문은 틀릴 때보다 맞을 때가 더 많다. 하여튼 불을 때야 연기가 나고, 바람이 불어야 나무가 흔들리는 것 아닌가!

백종두의 생각은 좋은 쪽으로만 몰려가고 있었다.

"어쩐가, 소문이 맞기넌 맞제?"

김삼수는 무척 조심스럽게 물었다.

"글씨, 소문얼 다 믿을 수 있가디."

백종두는 다리를 야무지게 꼬고 앉으며 대답을 아주 모호하게 흐려놓고 있었다. 그런 식의 애매한 응답은 관청밥을 오래 먹으면서 익혀온 것이었다.

"이, 북이 공연시 소리나는 법 아니제."

김삼수도 관청밥을 오래 먹기는 매일반이라 그런 애매모호한 답을 해득하는 눈치는 빨랐다. 그는 자기 좋을 대로 소문을 사실이라고 단정짓고 있었다.

"저어…… 우리 사이에 말덫 놓고 말꼬리 틀고 헐 것 없이 탁 터놓고 말헐라네. 무신 말인고 허니, 이참에 부청 새로 판얼 짤 적에 자네가 다리 놔서 심 잠 써주소. 비용이야 드는 대로 내겄네."

정색을 한 김삼수는 정말 탁 터놓고 말을 해버렸다. 백종두는 한쪽 입꼬리가 삐딱하게 처져 돌아가는 웃음을 웃고 있었다.

"어쩐가, 그리 히주겄제!"

김삼수는 자리를 고쳐앉으며 다급한 속을 다 드러내고 있었다.

"두고 보세. 옛정이야 잊을라등가."

부드럽고도 느긋한 백종두의 대꾸였다.

"하면, 물건이야 새 물건이고, 사람이야 옛정 맺은 사람 아니드라고."

김삼수는 드디어 얼굴 풀리는 웃음을 지어냈다.

김삼수가 돌아가고 나자 백종두는 더 마음이 불안하고 좀이 쑤셨다. 그 소문이 사실인지 어쩐지 알아봐야 직성이 풀리겠는데, 그 방법이 없었던 것이다. 그렇다고 며칠 있다가 연락하겠다고 한 쓰지무라를 불쑥 찾아갈 수도 없는 노릇이었다.

백종두는 하시모토를 생각해 냈다. 하시모토한테 부탁해서 알아내게 하는 방법이 그럴듯했던 것이다. 백종두는 서둘러 옷을 갈아입고 집을 나섰다.

백종두는 인력거에 앉아서 그 생각을 되작되작하다가 별로 좋은 방법이 아니라는 것을 깨달았다. 하시모토가 움직이는 것은 자신이 직접 찾아가는 것이나 별로 다를 것이 없었고, 하시모토에게 폐 끼치는 일이면서 속 내보이는 짓이었던 것이다. 지금까지 도와

주기만 하면서 쌓아올린 공을 그 정도 폐 끼치는 것으로 허물어뜨릴 수는 없었다. 보다 더 큰일을 내놓고 되받아야 했다.

백종두는 인력거를 세웠다. 그러나 집으로 되돌아가고 싶은 생각은 없었다. 요코를 찾아가서 술이나 취할까 생각했다. 그러나 쓰지무라를 만나게 될지도 모를 일이었다. 백종두는 옥향이를 찾아가기로 마음 정했다.

"하이고 백 회장 나오리, 무신 바람이 불었당게라우?"

옥향이가 눈을 흘기고 돌아갔다.

"자네 냄새가 나럴 살살 끌어댕기데."

백종두는 옥향이의 볼기짝을 철썩 쳤다.

"음마, 기생환갑 꼴딱 지내뿐 년헌티서 냄새넌 무신 냄새가 풍기겄소."

옥향이는 백종두를 가끔 만날 때마다 잊지 않고 하는 말로 또 오금을 박았다.

"니넌 아직 5월 작약이여."

"하이고, 10월 단풍이란 소리나 마시게라."

옥향이가 사르르 눈웃음을 쳤다.

"무신 일로 혼자 술이요?"

옥향이가 술상 옆에 앉으며 물었다.

"그리됐네. 요새 일본사람덜 더 늘었겄제?"

백종두는 말머리를 돌렸다.

"늘으나마나, 그 사람덜 정떨어지요."

"어찌서?"

"술 마시는 것 상시럽고, 잠자리서 야시러운 것이 짐승 한가지요."

"잠자리서 야시러울수록 재미가 존 것 아니드라고?"

"야시럽기만 허먼 머헌다요. 각단지게 문전만 더럽히는 빙신덜인디."

"흐흐흐흐…… 자네 말대로 허자면 일본여자덜언 그것이 밑으로 처져서 빙신이고, 일본남자덜언 급히 싸질러서 빙신이고, 탈났네그려."

백종두는 술잔을 기울여가며 기분이 풀리고 있었다.

그날 밤 백종두는 시들기 직전의 흐드러진 꽃이고, 떨어지기 직전의 농익은 과실인 옥향이의 알몸을 품으며, 옥향이의 젖가슴에 보듬기며 밤 깊어가는 줄 모르고 마음도 풀고 몸도 풀었다.

늦잠에서 깨어난 백종두는 점심나절이 다 되어 집으로 돌아왔다. 집에서는 쓰지무라의 연락이 기다리고 있었다. 그는 허겁지겁 되돌아섰다.

"이따 저녁에 사쿠라에서 만납시다."

쓰지무라의 무뚝뚝한 한마디였다.

백종두는 눈치 빠르게 돌아섰다. 그는 들뜬 가슴으로 그러나 아랫배에 힘이 그득한 걸음걸이로 군산 여기저기를 살피며 오후를 보냈다.

큰 자리…… 어제 김삼수가 찾아온 것은 소문을 제법 제대로 들은 것이라 싶었다. 그런데 그가 말한 큰 자리가 어떤 것인지 짐작이 되지 않았다. 쓰지무라도 부윤자리를 차지할 수 없을 것이니 부윤일 리는 없고, 쓰지무라의 그 다음 자리쯤일 터였다. 그 위세에서 전주를 덮어누르기 시작한 새로 일어나는 도시 군산부가 대단하긴 대단하지만 군산부청에 자리잡는 것이 군수자리를 따로 차고 나가는 것보다 나을지 어떨지 종잡을 수가 없었다. 쓰지무라의 직속이 되는 것보다 좀 떨어져 있는 것이 낫지 않을까. 용꼬리보다는 닭벼슬이 아니던가.

백종두는 아예 자신을 군수자리에 올려놓고 생각하고 있었다. 그런 그의 머릿속에 김삼수는 그림자도 비치지 않고 있었다. 김삼수와 관청밥을 먹는 것은 지난날로 족했지 새로 시작하고 싶은 마음은 없었던 것이다.

술자리에는 뜻밖에도 하시모토도 동석이었다. 무슨 까닭이 있으리라는 것을 직감하여 백종두는 싫은 내색은커녕 다른 때보다 더 반겼다.

"아직 발설해서는 안 되는 비밀이오만 우리끼리니까 털어놓겠소. 합병에 따른 이번 개편으로 우리 백상이 김제군 죽산면 면장으로 확정됐소."

쓰지무라가 흔쾌하게 웃으며 내놓은 말이었다.

"면장, 면장이라고요?"

허리를 곧추세우는 백종두의 목소리가 거칠었다. 얼굴도 사나웠다.

"아니 백상, 왜 그러시오?"

하시모토가 놀란 얼굴이었다. 쓰지무라의 얼굴은 불쾌하게 싹 변했다.

"내가 몇 년 동안 바친 고생이 얼만데 그까짓 면장이라니, 사람을 뭘로 보는 거요!"

백종두는 정면으로 들이댔다. 쓰지무라한테 최초로 드러내는 도전이었고, 무례였다. 백종두는 막판을 보겠다고 작정하고 있었다.

"그럼, 백상이 원하는 자리가 뭐요?"

쓰지무라가 픽 웃으며 물었다.

"군수자리는 하나 줘야지요."

백종두는 확실하게 대답했다. 그러면서 쓰지무라가 화를 내지 않고 웃는 것이 이상하다고 생각했다.

"군수, 그것 원하면 못 줄 것 없소." 쓰지무라는 담배에 불을 붙이더니, "백상, 내 말 똑똑히 듣고 결정하시오. 이젠 조선시대가 아니라 대일본제국의 시대요. 따라서 행정조직도 일본식으로 대폭 개편했소. 앞으로 지방행정의 기본은 면 단위이고, 행정권도 각 면에 전적으로 부여되어 있소. 조선땅을 효과적으로 다스리기 위한 조처요. 그러니까 군 단위는 형식상 있는 거고, 군수는 이름뿐인 허깨비요. 조선시대하고는 반대요." 그는 백종두를 빤히 쳐다보았다.

백종두는 가슴이 철렁 무너지는 것을 느꼈다. 그는 고개를 푹 숙였다.

"죄송합니다, 쓰지무라 서기님. 제 경솔한 무례를 용서하십시오."

"하하하하…… 백상은 참 앗싸리해서 좋아요. 우리 일본사람하고 비슷해요."

하시모토가 거들고 나섰다.

"백상, 남자다워서 좋소. 오늘 술은 백상이 사시오."

쓰지무라가 관대한 척 껄껄대고 웃었다.

"예에, 영광이옵니다."

백종두는 두 번 세 번 머리를 조아렸다.

"백상은 이 하시모토 상이 백상을 적극 천거했다는 거나 알아두시오."

쓰지무라의 말이었다.

"아 예, 명심하겠습니다."

백종두는 거듭 머리를 조아렸다.

"백상, 자아 잔 받고, 내 말 잘 들으시오. 에 또, 우리가 착수할 거대한 사업이 있는데, 백상도 각오를 굳게 하시오."

쓰지무라가 거만스럽게 술을 따랐다.

"예에, 무슨 사업인지요."

잔을 받쳐든 백종두의 손이 떨렸다.

"자세한 것은 실시되면서 알 거고, 토지조사사업이라는 거요."

"예, 토지조사사업……."

"자아, 술 듭시다. 이제 조선의 해는 없어졌소. 그러니 조선에는 아침도 없소. 앞으로는 일본의 해가 조선땅을 비춰줄 것이오. 백상도 일본제국의 충신이 되기를 맹세하시오."

하시모토가 목청을 높이고 있었다.

22

미로

"어찌서 가을이 되먼 하늘이 더 파아래짐서 높아지고, 나뭇잎덜도 단풍이 져서 떨어지는감요?"

아기중 운봉이 조그맣게 쪼그리고 앉아 무릎 위에 팔꿈치를 받쳐 턱을 괸 채 물었다. 그의 눈길은 소슬바람에 잎들을 떨구고 있는 나무숲과 그 뒤의 먼 하늘을 헤매고 있었다.

"허⋯⋯!" 그 물음이 아주 맹랑하고 대답은 더욱 난감하여 송수익은 하늘을 얼핏 쳐다보고는, "가을이라 그리되는 것이지." 바른 대답이 아닌 줄 알면서도 옹색스럽게 대꾸했다. 그동안 사이가 가까워지면서 언제부턴가 존대는 쓰지 않게 되었다.

"홍, 어르신도 선문답허시능마요."

아기중이 또랑한 소리로 쏘아댔다.

"선문답? 누가 또 그런 선문답을 했지?"

그런 엉터리 대답이 나올 줄 미리 알고 있었다는 의미에다 실망까지 함께 나타내는 아기중의 말재주가 귀엽고, 여지없이 무안당한 것이 겸연쩍어 송수익은 허허대고 웃었다.

"누구넌 누구다요, 주지시님이시제."

"옳아, 도가 높으신 주지스님이 그리 말씀하셨으니 내 말도 맞는 말이네."

"맞기넌 머시가 맞어라. 솔방울 떨어진 자리서 솔이 나고, 바람이 불어야 나뭇잎이 흔들린다, 그런 것언 모다 대답이 아니라 있는 그대로 말허는, 허나마나 헌 소리제라."

아기중의 야무진 비판에 송수익은 난감해서 입술을 훔치고 또 훔쳤다.

"운봉, 내 말을 들어봐. 이 세상에는 말이야, 말로는 해설할 수 없는 것들이 많고도 많지. 왜 별은 밤에만 보이는가, 왜 물은 아래로만 흐르는가, 왜 겨울에는 눈이 내리는가, 왜 사시는 바뀌는가, 그런 것들이 끝도 없이 많아. 나도 운봉만한 나이 적에는 그런 것들이 왜 그러는지 말로 들어 속시원히 알고 싶었지. 그런 대답을 속시원하게 못하는 어른들이 이상해 보이고 말이야. 헌데 어른이 되면서 차차 알게 되거든. 거 뭐라고 해야 하나. 응, 불가에서 도를 깨친다고 하지? 스님들이 수도를 자꾸 해서 도를 깨치는 것처럼 사람들도 나이를 먹어가면서 저절로 그런 세상 이치를 깨치는 거야. 그러니까 운봉도 그때까지 참고 기다려야 해."

송수익은 아기중과 엇비슷한 또래인 아들을 생각하며 성심껏 설명하려고 했다. 아들도 그런 것들에 대해 묻는지 모를 일이고, 그런 물음을 받고 아내나 어머니는 어찌 대답하는지 모를 일이었다. 그리움과 고적감이 슬픔처럼 가슴을 흔들고 지나갔다.

"글먼 의병덜이 어찌서 왜놈덜하고 싸우는지도 말로 안 되는감요?"

아기중은 마땅찮은 얼굴로 불쑥 묻고는 위아랫입술을 쑥 내밀었다.

"아니지, 그건 말로 되지."

"그 이얘기 잠 히주실랑게라?"

아기중은 얼굴이 환해지며 송수익 옆으로 바싹 다가앉았다. 송수익은 그 얼굴에서 산사에 떨어져 사는 아이의 외로움을 느꼈다. 어떤 사연으로 절밥을 먹게 되었을까……. 순간적으로 스쳐가는 생각이었다.

"이야기 좋아하면 자다가 오줌 싸는데."

"거짓말, 가난허게 산다든디요."

"그렇군. 가난하게 살면 어쩌지?"

"중언 본시 공수래 공수건디요."

"아하하하……"

송수익은 그만 아기중을 얼싸안았다. 아기중은 품안에 안긴 채 가만히 있었다. 송수익은 문득 이래서는 안 된다고 생각했다. 아기중의 마음이 속세를 그리워하게 될지도 모른다 싶었다.

"자아, 내가 이야기해 주지."

송수익은 품을 허물었다.

"의병들이 왜놈들하고 싸우는 건 말이다, 왜놈들이 우리나라를 빼앗으려 했기 때문이란다. 무기를 들고 우리나라에 쳐들어온 왜놈들은 칼 들고 안방에 뛰어든 도적놈하고 똑같다. 도적놈이 안방에 들어오면 어째야 되지? 도적님 어서 오시오 하고 반겨야 하나, 도적놈이 무서워 식구들이 모두 무릎 꿇고 처분만 바라야 하나, 식구들이 다 힘을 합쳐 도적놈하고 싸워야 하나. 어느 것이 옳지?"

"도적놈허고 싸와야제라."

"그렇지, 도적놈하고 싸워 도적놈을 몰아내야지. 그래서 사람들이 의병으로 나서서 왜놈덜하고 싸우기 시작한 거다. 헌데, 온 백성들이 한덩어리로 뭉쳐 힘을 합해야 하는데 그러지를 못했다."

"힘얼 안 합친 사람덜이 누군디요?"

아기중은 눈을 빛내며 물었다.

"벼슬살이를 해먹는 사람들이 그랬지."

"양반덜이요?"

"그렇단다. 벼슬한 양반님네들이 왜놈들 편을 들고나섰지."

"양반덜이 귀허고 존 사람덜인지 알았등마……."

아기중은 고개를 갸웃갸웃했다.

"좋은 양반도 더러 있지만 나쁜 양반들이 훨씬 더 많다. 양반들이 그런 못된 짓을 하니 백성들 속에서도 왜놈들 편을 드는 사람들이 생겼단다. 형편이 그리 못쓰게 됐어도 의병으로 나선 사람들은 수만 명이나 되었다. 의병들은 사오 년 동안 용맹스럽게 싸웠다. 허나 의병들은 왜놈들이 가진 신식무기를 당해내지 못해 수없이 많이 죽고 결국 나라를 빼앗기고 말았다. 의병으로 나서서 싸우다 죽은 사람들은 다 장한 사람들이다. 누구든지 그 사람들을 본받아야 한다. 그렇지 않고서는 왜놈들을 몰아내고 나라를 다시 찾을 수가 없다. 나라를 못 찾으면 모든 백성들이 왜놈들의 종 노릇을 하며 살아야 된단다."

"그려서 공허 시님도 나섰구만이라우?"

"그렇지."

"지도 담에 커서 그리헐랑마요."

"장한 생각이야. 허나 운봉이 걱정 안 해도 괜찮아."

"어찌서요?"

"그전에 나라를 찾게 될 테니까."

"야아……."

아기중의 눈에서 빛이 스러지며 어깨가 처져내렸다. 송수익은 그런 아기중을 보며 가만히 웃음짓고 있었다.

"운봉아, 운봉아아……."

어디선가 목소리가 길게 울리고 있었다.

"아이고메, 진법 시님이시. 공양 지을 나뭇단얼 안 옮겼네."

아기중이 놀라 튕겨 일어났다.

아기중이 다람쥐처럼 쪼르륵 달리기 시작했다. 그 뒤를 색색의 낙엽들이 따라서 굴러가다 멈추고 다른 잎들이 다시 구르고 했다. 송수익은 혀를 차며 멀어져 가는 아기중을 하염없이 바라보고 있었다.

산 골짜기 골짜기에 어둠살이 내리고 있을 무렵 공허와 지삼출이 나타났다. 그들은 앞뒤에서 두 사람의 동행자를 보호하고 있었다.

송수익은 임병서 뒤에 서 있는 사람을 보고 너무나 놀랐다. 신세호가 임병서와 함께 나타난 것은 전혀 뜻밖이었던 것이다.

"세호, 자네가 어쩐 일인가."

신세호와 손을 맞잡는 송수익의 목소리는 떨렸다. 그건 단순한 반가움만이 아니었다. 신세호의 소극성을 잘 알고 있는 송수익으로서는 그가 산속까지 들어온 것에 뜻밖의 고마움도 느끼고 있었던 것이다.

"자네가 살아 있단 말 듣고서야 안 나설 수가 없었지. 애초에 임 형을 자네한테 소개한 것도 나고."

신세호도 반가움이 넘쳐 목이 잠긴 듯한 소리로 말했다.

"한 일 없이 모질게 살아 있기만 하네."

"무슨 소린가, 천년장수께서. 못난 나도 아이들이 그 노래를 부르면 속으로 따라 부르고 했었네. 자넬 살아서 만나니 꿈이 따로 없네그려."

평소에 말수가 적은 신세호의 이런 말에서 송수익은 그가 산을 찾아든 마음의 깊이를 헤아리고 있었다.

그들 셋은 몇 년 만에 한자리에 둘러앉았다. 그들의 얼굴에는 삼십객의 문턱에 선 세월의 무게가 담겨 있었다.

"제가 몸도 회복이 덜 됐고, 또 산을 벗어나기도 위험한 형편이라 무례인 줄 알면서도 험한 길 오시게 했습니다."

송수익은 임병서에게 인사를 차렸다.

"아니올시다. 저도 대형의 전사 소문을 듣고 슬픔과 낙망에 빠져 있던 중에 생존 소식을 전해 듣고 어찌나 놀라고 반갑던지 불러주시지 않았어도 제가 먼저 뵈러 왔을 것입니다."

임병서도 예를 갖추었다.

"제가 대형을 뵙고자 한 것은 다름이 아니오라 의병은 의병대로 쇠진하여졌고, 나라는 나라대로 빼앗겨버린 마당에 앞일을 어찌할까 황망하던 차에 대형과 의논하면 길이 열리지 않을까 하는 생각이 든 것입니다. 대형께서는 옥고를 치르시면서 남달리 많은 생각을 하셨을 것이고, 원래 우국의 굳은 의지를 지니셨으니 뜻을 합치면 이 난국을 헤쳐나갈 새로운 길이 열리지 않을까 하는 생각을 가지고 있습니다. 마침 신형도 합석하여 모처럼 뜻있는 자리가 되었으니 고견을 말씀해 주시기 바랍니다."

송수익은 정중하게 운을 뗐다.

"예, 그리 말씀하시면 저로서는 너무 황송할 따름입니다. 고난에 처한 나라를 구해야 된다는 일념으로 나서기는 했었습니다만 싸움다운 싸움도 한번 제대로 해보지 못하고 잡힌 몸이 되어 허송세월만 했으니, 그간에 악전고투 속에서도 혈전승리를 이룩해 오신 대형 앞에서는 차마 얼굴 들 면목이 없습니다. 대형께서 저 같은 사람을 그런 중차대한 일의 의논상대로 흉중에 두셨다니 무한 영광입니다만, 그 일이 중한 만큼 어찌 말씀을 드려야 할지 두서를 잡기가 어렵습니다."

임병서는 송수익이 말머리를 풀어주기를 바라고 있었다.

"예, 다 아시는 바대로 의병들이 왜놈들을 상대로 전쟁을 벌인 것이 오륙 년째입니다. 그 전쟁은 전국에 걸친 규모로 보나, 동원된 의병들의 수로 보나, 의병과 백성들이 희생된 것으로 보나, 임진왜란 이후로 가장 큰 왜놈들과의 전쟁이었습니다. 다만 임진왜란 때와 다른 점이 하나 있다면, 그때는 상감과 더불어 조정과 백성들이 혼연일체가 되어 싸웠다는 점이고, 이번에는 상감과 조정은 왜놈들 편에 서서 의병을 역적시하며 해산령을 내리거나 매도하는 가운데 백성들이 자발로 나서서 싸운 것이 크게 다른 점입니다. 의병들이 무수한 희생만 내고 결국 오늘과 같은 비통한 궁지로 몰리게 된 데는 이러저러한 원인들이 있습니다만 그중에서도 제일 큰 원인이 바로 상감과 조정의 망발입니다. 임진왜란 때처럼 상감을 위시해서 조정과 백성들이 혼연일체로 철통단결을 해도 아라사와 싸워 이길 정도로 무력을 갖춘 왜놈들을 이 땅에서 몰아낼까 말까한데 상감과 조정이 그런 망동을 저질렀으니 의병들이 이길래야 이길 도리가 없는 일 아닙니까. 그 다음에 지적되어야 할 중대한 패인으로는 의병 전체의 일사불란한 지휘체계를 세우지 못하고 지방별로 지역별로 분산된 점과, 왜놈들의 신식무기에 맞서 싸울 수 있도록 의병들도 신식무기를 갖추었어야 하는데 전혀 그렇지를 못한점입니다. 헌데 그 두 가지의 패인도 결국은 상감과 조정의 망발에서 연유한 것이었습니다. 그런 악조건 속에서도 의병들은 전국 방방곡곡에서 사력을 다해 싸웠고, 백성들도 또한 생명의 위협을 두려워하지 않고 의병들을 도왔습니다. 의병들이 그토록 오랜 세월에 걸쳐서 싸울 수 있었던 것은 도처의 백성들이 먹을 것을 대주었고, 입을 것을 대주었기 때문입니다. 그동안 수만 명의 의병들과 백성들의 피가 강산을 물들였고, 수없이 많은 가옥들의 불탄 연기가 이 땅을 자욱하게 덮었습니다. 허나 나라는 결국 왜놈들에게 뺏기고 말았습니다. 또한 의병세도 쇠진할 대로 쇠진되어 있습니다. 그렇다고 하여 여기서 싸움을 중단할 수는 없는 일입니다. 정작 싸움은 지금부터 더욱 맹렬하게 전개하지 않으면 안 됩니다. 나라를 빼앗겼다고 하여 싸움을 중단하거나 포기해 버리면 빼앗긴 나라는 언제 찾을 수 있겠습니까. 나라를 찾을 때까지 우리는 계속 싸워야 합니다. 그러자면 어찌해야 할 것인지, 그 좋은 방도가 어떤 것인지 서로 흉금을 털어놓고 의논했으면 합니다."

송수익의 강한 눈길이 두 사람을 주시하고 있었다.

"자네 어찌 그리 무엄한가. 의병장이라고 해서 그런가."

신세호의 노기 띤 말이었다.

"아니, 갑작스레 무슨 소린가?"

임병서가 말을 받을 줄 알고 있었던 송수익은 신세호의 그 느닷없는 말에 그만 어리둥절해졌다. 더구나 그 저돌적인 어조는 평소의 신세호답지 않았던 것이다.

"무슨 소리냐니, 자넨 의병장으로 총을 들고 몇 년 살더니 하늘 무서운 줄도 모르나. 상감마마를 그리 능멸하다니, 그러고서도 죄를 깨닫지 못하고 무슨 소리냐고 되묻는 건가!"

신세호의 얼굴은 하얗게 변해 있었고 갓끈을 늘이고 있는 두 손이 부들부들 떨리고 있었다. 그런 신세호를 건너다보며 송수익은 헛웃음이 나오려고 했다. 그러나 송수익은 상감에게 불경을 보태게 되기 때문이 아니라 신세호의 체면을 생각해서 헛웃음을 참아냈다.

"상감을 능멸한 죄를 범했다고? 이보게, 나라가 없어져 버린 마당에 상감이 어디 있는가. 왜적의 편을 들어 백성을 오히려 적으로 삼고, 그러다가 나라를 뺏긴 상감도 상감인가?"

송수익의 말은 화살로 날아갔다.

"아니, 자네, 자넨 대역죄인 중에 대역죄인 아닌가. 감히, 감히 어찌 그런 끔찍한 생각을 품고 있는 것이며, 어찌 또 그런 말을 그리도 거침없이 입 밖에 낼 수 있단 말인가."

신세호는 떨리는 입술로 말을 더듬어대고 있었다.

송수익은 적과 맞설 때와 같은 묘한 전의를 느끼고 있었다. 기왕 말이 나온 김에 뿌리를 뽑고 싶었다. 오래전부터 가슴에 품어왔던 생각을 속시원히 털어내서 유생 신세호의 고리타분하고 때에 전 생각을 완전히 뒤집어놓고 싶었다. 임금에 대한 유생들의 맹목적인 굴신경배사상도 나라를 망치는 못된 병이라는 사실을 일깨우고 싶었던 것이다.

"자네 진정하고 내 말 듣게. 내가 대역죄인 중에 대역죄인이라고 했는데, 그게 진정 사실이라면 삼 대 아니라 육 대까지 능지처참을 당해도 좋네. 자네가 어서 내려가 나를 대역죄인이라고 고하게. 난 자넬 원망하지 않겠네. 허나 보게, 자넨 어디다가 대역죄인을 고하려나? 관가? 그런 것 다 없어진 지 오래네. 그렇다고 왜놈들 관청에 가서 고하려나? 왜놈들은 총독이나 천황을 능멸한 죄인이나 잡아 들일걸세. 그게 바로 나라가 없어졌다는 증거네. 우리에게 나라가 없으니 상감이 있을 리 없고, 상감이 없으니 대역죄가 있을 리 있 나. 그리허고, 나라는 대체 누가 망쳐먹었고 누가 뺏겼는가? 백성인 가? 너무나 빤한 사실을 똑바로 바라보게. 그래야 백성 노릇이 제 대로 될 것 아니겠나.”

“나라를 망쳐먹고 팔아먹은 놈들은 조정대신놈들이지 상감마마 가 아니야. 상감께서는 그런 못된 놈들한테 둘러싸이고 왜놈들 총 칼 앞에 위협당해 어찌하실 수가 없었던 거 아닌가. 상감께서는 그 런 곤궁에 처해 계시면서도 헤이그에 밀사까지 보내지 않았나. 상 감께서는 나라를 구하려고 최선을 다하시다가 강제 양위의 비운까 지 당하셨네. 헌데 자네는 어찌 감히 그런 상감마마를 욕할 수 있 고, 두 분 상감께서 엄존해 계시는 데 어찌 상감이 없다고 망언을 일삼는가.”

“자네 말은 썩 그럴듯하네. 자네만이 아니라 모든 유생들은 그렇 게 말해서 백성들의 원성이 상감께 돌아가지 않게 막고 싶겠지. 허 나 상감이 갖추어야 하는 나라에 대한 책무는 그렇지가 않네. 보 세, 상감을 둘러싼 못된 조정대신놈들은 애당초 누가 임명한 인종 들인가? 이 대목에서 또 당파나 파당을 내세워 상감께서는 어찌하 실 수가 없었다고 비호하려 들겠지? 그건 유생들의 교활이고 술수 네. 하늘에 닿는 권력을 가지고서도 나라를 망치는 신하들을 쳐없애지 못하고 오히려 신하들에게 둘러싸여 허깨비 노릇만 한 상감, 그 무능에 무슨 말을 더 보태겠는가. 그러고 말일세, 나라가 망하는 풍전등화의 위기 앞에서 상감이 짊어져야 할 책무가 더 큰 것인가, 아니면 신하고 백성이 짊어져야 할 책무가 더 큰 것인가. 보호조약이 체결되자 신하들이 줄줄이 자결하고, 백성들이 죽기를 각오하고 도처에서 의병을 일으켰네. 그때 상감은 무엇을 했는가. 구중궁궐에서 비통 통분해했는가. 그것으로 상감의 책무가 다 되는 것인가? 또 그와 반대로 매국노 중신놈들의 요구를 물리치지 못하고 의병해산령에 옥새를 찍어 윤허하는 것이 상감의 책무인가? 헤이그에 밀사를 보낸 것을 자네는 상감이 수행할 수 있는 최상의 책무라고 생각하는 모양이네만, 그거야말로 한 나라 상감으로서 얼마나 비굴하고 무책임한 처사인가. 무기를 들고 쳐들어온 놈들을 수만 리 밖에 있는 딴 나라 사람들에게 물러가게 해달라고 부탁하다니, 그런 답답할 노릇이 어디 또 있겠는가. 보호조약이 체결되었을 때, 그때 실기를 했으면 그 다음 강제 양위를 당했을 때 상감은 만백성을 향해서 외쳤어야 하네. 백성들이여, 나와 더불어 왜적들과 싸우자 하고 말이네. 그러고 군대를 이끌고 앞장섰어야 했네. 그러면 왜놈들이 곧 죽이고 말았을 거라고? 죽이면 죽어야지. 그게 나라 뺏긴 상감이 책무를 다하는 길이네. 상감이 해산령을 내려도 나라를 구하겠다고 의병으로 나서서 수만 명씩 죽어가는 백성들인데 만약 상감이 군대를 이끌고 나섰다가 왜놈들의 총칼에 죽었다면 백성들은 어찌했겠나. 이 땅에 합방이란 없었네. 상감은 그 책무를 피한 덕에 지금 연명은 하고 있으나 진작에 죽은 목숨이고, 그 초라한 몸에 걸쳐진 것은 백성을 버려 나라를 망친 죄, 치정을 그르쳐 사직을 망친 죄가 있을 뿐이네. 어떤가?"

송수익은 속이 후련함을 느끼며 신세호를 응시했다.

"자넨 나라와 상감을 위해 의병을 일으킨 게 아니라 역모를 꾀하기 위해 역도들을 거느린 게로군."

신세호가 송수익을 노려보며 내쏘았다. 입을 꾹 다문 임병서는 무거운 표정으로 담배만 빨고 있었다.

"그 무슨 억지소린가?"

"억지소리기는. 자네가 그런 말을 아랫것들한테 했을 것이니 상감을 상감으로 알지 않는 그 총 든 무리들이 역도가 아니고 무엇인가."

흥분된 감정을 어느 정도 수습한 신세호는 도전적인 태도를 취하고 있었다.

"그런 염려는 말게. 이런 말을 입 밖에 낸 것은 오늘이 처음일세. 오늘도 이런 말을 할 생각은 없었네만 자네가 나를 탓하는 바람에 이야기가 샛가지를 치게 된 것이네."

송수익 입언저리에 자조적인 웃음이 스치고 지나갔다.

"그렇다면 다행이로군. 자네가 일찍부터 개화사상에 물들어 유학을 등진 것은 알고 있네만 그렇다고 하여 나라의 중심이요 중추며 만백성의 어버이이신 군왕에 대하여 그리 불충 불경한 언사를 하는 것은 그냥 들어넘길 수가 없네. 자네는 어리석고 방자하게도 지엄하신 군왕을 일개 장수로 폄하하는 무엄함을 범하고 있네. 아무리 국난이 닥쳤다고 하여 어찌 군왕이 앞장서 나서서 군대를 이끈단 말인가. 국난이 우심할수록 군왕의 옥체는 더욱 존귀하게 받들어지고 지켜져야 하는 것이네. 그렇지 않고 옥체에 변고가 생기면 국난은 더욱 어지러워져 나라의 존폐는 백척간두로 몰리게 되네. 군왕이 건재하셔야만 백성들은 군왕을 중추로 하여 힘을 모으게 되고, 그래야만 국난도 이겨내게 되는 법일세. 자네 말대로 상감께서 앞으로 나서셨다가 변고를 당하게 되었더라면 이 나라 꼴이 어찌 되었을지 아나? 왜놈들의 만행은 더욱 흉포해지고 백성들은 중심을 잃어 갈팡질팡하면서 나라 꼴은 바위에 내붙친 옹기그릇 꼴이 되었을 것이네. 비록 형세가 여의치 못하여 합방을 당했다고 하나 지금 나라가 이만한 것은 다 두 분 상감께서 엄존해 계시기 때문이네. 또한 피치 못할 사정으로 잠시 나라를 잃었다고 해도 상감께서 엄존해 계시는 한 그 법통은 이어지고 있는 것이니 실상은 나라를 잃은 것이 아니네. 잃은 것은 다만 겉이요 속은 잃은 것이 아니란 말일세. 자넨 그 점을 망각하고 있으니 자네의 잘못된 생각을 어서 바꾸게."

신세호도 송수익 못지않은 기세로 공박을 가하고 있었다.

송수익은 서로가 넘을 수 없는 벽을 느끼고 있었다.

"됐네, 이건 몇 날 며칠 얘기한다고 될 일이 아니네. 자네와 나는 생각이 너무 다르니 말일세. 자네는 나라의 주인이 임금이고 백성들은 그 종이라고 생각하는 거고, 난 나라의 주인은 백성이고 임금은 백성들을 위해 치정의 책임을 져야 한다는 생각의 차이일세. 그 생각의 차이는 내가 의병으로 나선 것과 자네가 의병으로 나서지 않은 것과의 차이 같은 것 아니겠나. 이 얘긴 이쯤 해서 덮어두세."

송수익이 스산하게 웃으며 말했다.

"참 자넨 별난 사람이야. 그런 엉뚱한 생각을 하는 사람이 자네 말고 이 세상에 누가 또 있겠나."

신세호가 맥빠져 하며 고개를 저었다.

"그리 말하진 말게. 자네도 신문을 읽어온 사람이 그리 말하면 되나. 신문에 글을 쓰는 사람들은 대개 그런 생각들을 가지고 있고, 나도 신문을 통해서 그런 생각을 갖게 되었네."

"그렇다고 그런 사람들이 몇이나 되겠나. 천에 하나, 만에 하나에 불과할 뿐인데 그런 소수의 생각을 주장한다고 세상이 달라지나?"

신세호는 입가에 비웃음을 물었다.

"그리 단정하지 말고 두고 보세. 세상은 달라지고 있는데 유생들의 몇백 년 묵은 생각으로는 이 나라를 되찾기는 어려울걸세. 자네가 마흔이 넘었으면 모르겠는데 아직도 젊은 나이니까 앞으로 넓게 생각해 보라는 말만은 꼭 당부하고 싶네. 참, 자네 신채호라는 분 알지? 자네완 항렬이 같은 문중 아닌가. 그분이 우리보다 두세 살 많은데도 그 생각이 투철하게 앞서 있네. 그분한테서 많은 것을 배웠는데 자네도 그분 글을 구해서 유심히 읽어보게나."

송수익의 나직한 말이었다.

"예, 신채호 그분 존중할 만한 분이지요. 그분이 재작년엔가 지으신 성웅 이순신이나 을지문덕 같은 책들은 특히나 소중한 것이 아닌가 합니다. 이야기책을 짓되 외적을 물리친 두 분 장수의 이야기를 지은 것이 의미심장합니다. 왜놈들을 물리치고 이 난세를 이겨내는 데 있어 이순신 장군이나 을지문덕 장군 같은 분들을 본받아 모두가 분발케 하고 또 우리 동포의 거룩함을 일깨우고자 하는 것이 그분의 뜻이 아닌지요."

그때까지 침묵으로 일관하고 있던 임병서가 반가운 기색을 드러내며 말했다.

"옳습니다. 그분은 책을 짓는 것으로 또다른 의병싸움을 하시는 거지요."

송수익의 대꾸였다.

"아, 그렇군요. 저는 거기까지는 생각이 미치지 못했습니다. 맞습니다, 글이라고 다 똑같은 글이 아닌데, 그분의 글이라면 의병들의 용맹과 다를 것이 없습니다. 글이 무기가 될 수 있다는 것, 큰 깨달음입니다."

임병서는 깊은 생각이 담긴 얼굴로 고개를 주억거렸다.

"예, 사람이 정신이 바로 서지 않고서야 행동도 올바르게 할 수 없는 법 아닙니까. 생각을 바로 갖게 하고 정신을 무장시키는 그런 책들의 힘이란 병사 얼마의 힘과 맞먹는다고 저울질할 수가 없는 법이지요. 그러니 그런 책들은 어른들이 읽고 말 것이 아니라 자라나는 아이들에게 끊임없이 읽어주는 것이 더 중한 일이라 생각합니다."

송수익이 진지한 얼굴로 말했다.

"예, 옳은 말씀입니다."

신세호는 두 사람의 이야기만 듣고 있었다. 그렇다고 그들의 이야기를 수긍하는 것이 아니었다. 그는 우선 이야기가 엉뚱한 방향으로 흘러가고 있는 것이 마땅찮았다. 송수익과의 이야기가 아직도 미진하게 남아 있었던 것이다. 그리고 신채호의 글은 가끔 읽어보았지만 유생답지 않은 투가 마음에 들지 않았고 더구나 『성웅 이순신』이나 『을지문덕』 같은 이야기책은 읽어보지 않아서 그들의 이야기에 끼어들 수가 없었다.

"아까 이야기가 다 안 끝나고 딴 이야기가 시작됐는데 말일세, 자넨 송형이 아까 한 말들을 어찌 생각하나?"

얼굴이 희고 가녀리게 생긴 신세호가 그 나름의 고집스러움을 드러내며 말했다.

"응? 아까 송형의 말?"

임병서가 자세를 고치며 신세호를 바라보았다.

"그러네, 자네도 생각이 있을 것이니 자네 생각을 좀 말해 보게. 그게 어디 예사로 넘길 얘긴가."

얼굴 생김과는 달리 신세호의 눈빛은 차고 맵게 느껴졌다.

"글쎄 말이네…… 그걸 뭐라고 해야 하나. 그게 참 한마디로 하기가 어려운 문제인데, 유생의 입장에서 보면 송형의 말은 받아들이기가 어렵고, 개화된 입장에서 보면 송형의 말이 타당하기도 하고 그런 것 아닌가."

임병서는 주저해 가며 말했다.

"아니, 무슨 말이 그런가. 자넨 그럼 이 말도 옳고 저 말도 옳단 말인가?"

신세호의 얼굴빛이 변했다.

"뭐 그렇다기보다는…… 뭐랄까, 의병으로 나서서 목숨을 내걸고 싸워온 송형의 입장에서는 그리 당당하게 말할 수 있는 자격을 갖춘 것이 아닐까 싶고……."

"그리 모호하게 말하지 말고 자네 생각을 말해 보라는 걸세, 자네 생각!"

신세호는 짜증스러워하며 임병서의 말허리를 잘랐다.

"사람 참 다급하기는…… 송형의 말을 듣기 전에는 상감께 향한 생각이 나도 자네와 다를 것이 없었지. 헌데 송형의 말을 듣고 보니 그렇게 생각할 수도 있겠구나 하는 생각이 없지도 않네. 그렇다고 송형의 말이 꼭 옳다는 것은 아니고, 그건 가볍게 생각할 문제가 아니니까 좀더 두고 생각해 봐야 될 것 같구먼그래."

임병서는 신세호와 송수익의 눈치를 살피며 희미하게 웃었다.

"사람 참 답답하기는."

신세호는 마땅찮은 듯 혀를 찼다.

"사람의 생각이란 다 같을 수가 없는 일이니까 자네도 임형처럼 더 두고 생각해 보게. 우리가 더 왈가왈부한다고 상감이 어찌 될 리도 없고, 뺏긴 나라가 찾아질 리도 없으니 말일세. 밤도 깊어가는데 정작 해야 할 얘기가 뒤로 물러나 있네. 이제 그 얘기나 좀 했으면 좋겠네."

송수익은 의도적으로 말머리를 돌렸다.

밖에서는 밤이 깊어서야 날갯짓을 하는 올빼미의 울음소리가 먼 울림으로 들려오고 있었다.

"예, 하실 말씀 하시지요."

임병서가 두루마기 자락을 바로잡으며 말했다. 신세호는 끄으음 된소리를 입에 물며 눈을 꾹 감았다.

"제가 아까 말씀드린 대로 왜놈들과의 싸움은 끝난 것이 아니라 새로 시작해야 되는 것 아니겠습니까. 대형께서는 이 문제에 대해 혹시 어떤 복안을 가지고 계시는지요."

"예, 솔직하게 말씀드리자면 옥에서 풀려난 뒤로 무위도식하고 지냈을 뿐입니다. 처음 의병에 나섰을 때와는 형편이 많이 달라져서 왜놈들의 기세는 사방에 뻗치지 않은 데가 없고, 백성들은 기가 꺾일 대로 꺾여 있고, 뜻을 합칠 만한 사람들은 떠나가고 해서 어찌할 방도를 모르고 지낸 셈입니다."

임병서는 면구스러운 듯 겸연쩍은 듯 낮아지는 소리로 말했다.

"예, 그런 형편 능히 이해합니다. 합방이 되고서도 의병들이 그전처럼 다시 기세를 올릴 수 없는 연유가 바로 대형께서 지적하신 그런 사실들에 있습니다. 다시 말해서 왜놈들이 이 땅을 완전히 장악한 형편에서 의병들이 전처럼 다시 일어나기가 어렵고, 일어난다 해도 또 왜놈들에게 당하기만 하는 안타까운 되풀이가 될 뿐입니다. 새로 싸움을 시작하되 새 방안을 강구하지 않을 수가 없습니다. 그래 제가 곰곰이 생각한 바로는 의병들을 이끌고 만주땅으로 건너가는 것이 어떨까 하는 생각에 도달하게 됐습니다. 물론 이건 새로울 것 없는 생각입니다. 벌써 만주땅으로 옮겨간 의병대들이 적지 않고, 그중에서도 홍범도부대의 활약상 같은 것을 전해 들으면서 새로운 투쟁방도로 그것이 좋겠다고 마음을 굳히게 된 것입니다. 그래 대형께 의논하고 싶었던 것은, 대형께서도 의병을 모아 저와 함께 만주땅으로 가시는 게 어떨까 해서요."

"만주땅으로요?"

임병서가 허리를 곧게 세우며 놀라움을 나타냈다.

"예에, 만주땅으로요."

송수익은 분명한 목소리로 말을 되받으며 임병서를 똑바로 쳐다보았다.

임병서가 눈을 아래로 뜨며 입을 꾹 다물었다. 아랫입술이 윗입술을 덮었다.

송수익은 곰방대를 끌어당겼다. 그들 사이에서는 말이 중단되었다. 촛불이 약간씩 흔들리며 타고 있었다. 밖에서는 바람결에 가랑잎 구르는 소리들이 무슨 애절한 음조처럼 들려오고 있었다.

"만주땅이면 수천 리 밖 타국 아닌가요? 다른 방도는 없을까요?"

임병서의 무거운 말이었다.

"타국이면서 타국 아닌 땅이 만주지요. 그게 최선의 방도라 여겨집니다."

송수익의 대답 또한 무거웠다.

"물이 있어야 고기가 살지요. 누구 도움으로 싸움을 합니까?"

임병서의 어두운 말이었다.

"만주땅에는 오래전부터 동포들이 많이 삽니다. 새로 건너가는 사람들도 많구요."

송수익의 밝은 대답이었다.

두 사람 사이에는 또 말이 끊겼다. 솔바람소리가 먼 메아리처럼 들려오고 있었다. 겨울이 다가오고 있는 소리였다.

"나라 안에서는 다른 방도가 없을까요? 무슨 방도가 있을 텐데요."

임병서의 의문스러운 말이었다.

"총을 들고 싸우는 한 없습니다. 결국 둠벙에 든 고기 꼴이지요."

송수익의 확신에 찬 대답이었다.

"실은 저도 병 자 찬 자 형님을 모시고 어떤 일을 모색중에 있습니다. 그 일도 나라의 독립을 위한 일이니 이 문제는 그 형님께 상의를 드려야 될 것 같습니다."

"아, 병 자 찬 자 어른하고. 그러시면 그렇게 하셔야지요."

송수익은 마음을 닫았다. 임병찬은 최익현 선생과 함께 대마도로 끌려가 옥살이를 하고 돌아온 분이었다. 그러나 그 사람은 철저한 유생이었다. 송수익은 새로 모색하는 일이 무엇이냐고 묻지도 않았다.

"의병활동은 어떻습니까?"

임병서가 새삼스럽게 물었다.

"겨우 생명을 보존하며 허송세월이지요. 허송세월을 안 하고 제
값을 하려면 만주로 뜨는 길밖에 없습니다."

송수익의 말은 냉정할 만큼 단호했다.

다른 두 사람은 묵묵히 앉아 있었다.

"야심한데 그만 유하시지요."

송수익이 몸을 일으켰다.

임병서와 신세호는 제각기 생각에 잠겨 앉아 있었다.

요도 이불도 없는 잠자리였다. 윗목에는 목침 네댓 개가 놓여 있
을 뿐이었다. 요와 이불이 없는 대신 군불을 넉넉하게 때서 방 안
은 훈훈했다.

"스님들의 고행살이라 이것뿐입니다."

송수익이 두 사람 앞에 목침 하나씩을 놓으며 담담하게 말했다.

세 사람은 조금씩 간격을 두고 나란히 누웠다. 송수익의 손바닥
바람이 촛불을 끄자 방 안은 어둠으로 가득 찼다.

송수익은 솔바람소리를 듣고 있었다. 멀리 불어가는 솔바람에
실려 마음은 북쪽으로만 가고 있었다.

임병서는 송수익을 생각하고 있었다. 북행길만이 길인 것인가,
다른 길은 또 없는가. 나라를 찾는 길……, 그 길은 한두 가지가 아
닐 터인데…….

신세호도 송수익을 생각하고 있었다. 언제나 수수께끼 같은 사
람이었다. 언제나 힘겨운 사람이었다. 그러나 마음대로 부정할 수
도 없는 사람이었다.

세 사람은 눈을 붙이는 둥 마는 둥 하고 새벽 목탁소리와 함께 잠자리를 거두고 일어났다. 송수익을 따라 그들은 개울가로 가서 낯을 씻었다.

"물속은 벌써 겨울이군."

신세호가 읊조리듯 중얼거렸다.

"인간사 유심에 세월은 무심하네."

송수익이 한숨을 쉬듯 대꾸했다.

"자넨 언제 북행길을 잡으려나?"

"아직 다급하진 않네."

"자네 너무 곧게만 생각하는 것 아닌가?"

"글쎄, 생각하기에 따라서는."

"너무 곧으면 부러지네."

"그런가? 부러지지 않고 구부러진다고 될 일인가?"

"그간에 수없이 부러지지 않았나. 그래서 안 됐으면 구부러지는 게 옳지 않은가?"

"허, 수없이 부러져서도 안 될 일이 구부러져서 될 리가 있겠나."

"그러나 하루이틀로 될 일이 아니네. 구부러져서 다시 곧아질 때를 기다려야지. 가망 없이 부러지기만 하는 건 능사가 아닐세."

"자네다운 여유고 언변이네그려. 구부러져 허송하다 보면 구부러진 그대로 굳어지고 마네. 그건 상대방이 바라는 것임을 잊지 말게. 상대방은 꾀와 총검을 함께 가진 교활하고 흉악한 도적떼란 말일세."

거기서 말이 끊겼다.

"대형께서는 북행이 나라를 구하는 유일한 길이라고 생각하시나요?"

절로 발길을 돌리며 임병서가 주저하듯 입을 열었다.

"글쎄요, 유일하다기보다는 최선의 길이라고 생각하고 있습니다."

"그럼 차선의 길도 있다는 말씀인데. 차선을 택해보시는 게 어떤가요?"

"차선은 최선의 보조일 뿐입니다. 최선을 두고 차선을 택하는 건 옳은 순서가 아니지요."

"권속들도 생각하셔야지요."

"그거야 의병으로 나설 때 진작 생각을 끝낸 문제가 아니던가요?"

임병서는 말문이 막히고 말았다.

신세호와 임병서는 아침을 먹고 곧 절을 떠났다. 송수익은 낙엽이 떨어지는 길로 멀어져 가고 있는 두 사람의 모습을 지켜보고 있었다. 그들은 앞뒤에 서서 같은 길을 걸어가고 있었다. 그러나 마음의 길은 서로 같지 않았다. 한 가지 문제를 놓고 세 사람이 각기 다른 길, 그렇지만 최종적으로 옳은 길은 하나일 수밖에 없었다. 그러나 현재로서는 셋 다 미로를 앞에 두고 있다고 송수익은 생각하고 있었다.

신세호는 집에 돌아오자마자 신채호가 쓴 『성웅 이순신』과 『을지문덕』을 구하려고 했다. 그러나 신문관에서 발간한 『십전총서』 중에 들어 있는 그 책은 구할 수가 없었다. 책 종류를 가리지 않고

값이 모두 10전씩이라서 『십전총서』였다.

"모르겄구만이라우. 그 두 책언 헌병덜헌티 싹 뺏게부렀응게요."

장터에 책들을 펼쳐놓고 앉아 있는 책장수의 퉁명스러운 대꾸였다.

신채호가 지은 그 이야기책들이 민족의식을 고취시킨다고 하여 총독부에서 압수령을 내렸다는 것을 신세호는 뒤늦게 알았다. 그뿐만 아니라 각급 학교에서 조선인들이 지은 교과서가 몰수되었다는 것도 알게 되었다. 신세호로서는 전혀 생각해 보지 못한 문제였다.

신세호는 총독부의 그런 처사에 충격을 받지 않을 수가 없었다.

"상대방은 꾀와 총검을 함께 가진 교활하고 흉악한 도적떼란 말일세."

송수익의 말이 새로운 느낌으로 떠올랐다.

총독부에서 신문들의 이름을 바꾸거나 폐간시킨 것은 알고 있었지만 이야기책을 압수하거나 교과서까지 몰수한 것은 까맣게 모르고 있었다. 총검으로 나라를 빼앗은 왜놈들은 재빠르게 꾀를 부리기 시작한 것이었다. 그 꾀는 생각할수록 무서웠다. 왜놈들이 신문을 저희들 마음대로 만드는 것은 조선사람들의 눈을 멀게 하려는 것이었고, 이야기책이나 교과서를 없애는 것은 조선사람들의 정신마저 빼앗으려는 흉계였다.

신세호는 이런 깨달음과 함께 나는 그동안 무엇을 하고 살아왔는가 하는 생각에 부딪혔다. 송수익이나 임병서가 사람들을 이끌고 의병으로 나서고, 의병들이 산지사방에서 일어나 왜놈들과 싸우고, 왜놈들의 토벌로 의병들의 기세가 꺾이면서 나라를 빼앗기게 된 그 격랑의 세월 동안 무엇을 했던가. 나름대로 나라의 장래를 생각하고 여러 가지 괴로움에 시달렸었다. 나라가 태평하기를 빌고, 왜놈들이 망하기를 고대했었다. 마음이 걱정과 시름으로 차서 하루도 편히 보내본 날이 없었다. 그러나 나라는 결국 빼앗기고 말았다. 송수익의 생각과 언변대로 냉정하게 따지자면 자신은 구경꾼이었을 뿐이고 방관자에 지나지 않았다. 고작 한 일이 있다면 무거운 마음으로 한서를 뒤적거리는 나날 속에서 자식 둘을 더 낳은 것뿐이었다.

그리고 상감을 거침없이 질타해 대는 송수익의 말이 당장 듣기에 고깝기는 했어도 며칠을 곰곰이 생각해 보니 꼭 틀린 말도 아니었다. 송수익은 어렸을 때부터 고집이 센 편이고 간담이 큰 편이었다. 그러나 착실하게 진서를 읽고 글재주도 꽤나 갖춘 그에게서 무인의 기질이라고는 찾을 수가 없었다. 그런데 그는 남보다 먼저 의병에 나섰고 끝까지 싸워야 한다는 뜻을 굽히지 않고 있었다. 그를 그렇게 만든 것은 새로운 사상이라는 것이었다. 거침없이 상투를 잘라버리면서 그렇게 생각이 달라진 송수익을 이해하기란 쉽지가 않았다.

그러나 송수익보다 더 이해하기 어렵고 곤란한 것이 신채호 같은 사람들이었다. 그가 성균관 박사로 골수유생이었던 것을 생각하면 이해는 더욱 어려워졌다. 성균관 박사까지 된 골수유생의 머리에 어떻게 새로운 생각이 비집고 들 틈이 있었을까. 그리고 어떻게 유생의 생각을 새 생각으로 바꿀 수 있었을까. 그런 변화는 자신의 상상으로서는 가능하지가 않았다.

그러나 신채호 같은 사람이 잘못 판단하거나 경솔해서 그렇게 생각을 바꿀 리는 없었다. 그분은 백성들에게 애국사상을 고취해서 왜놈들을 몰아내는 데 힘을 뭉치게 하려고 이야기책을 짓기는 했어도 아직 송수익처럼 노골적으로 상감을 묵살하거나 죄인시하는 글은 쓰지 않았다. 그러나 속으로는 그런 생각을 가지고 있을지도 모를 일이었다. 합방이 되자 그분은 나라를 등지고 북쪽으로 떠났다는 풍문이었다. 송수익의 북행 결심도 그런 영향을 받았는지도 모를 일이었다. 나라를 구하겠다는 일념으로 처자식을 버려둔 채 단행하는 행장들이었다.

나는 무엇인가…… 나는 무슨 일을 해야 하는가…… 나도 무슨 결심을 해야 하는 것 아닌가…….

신세호는 날마다 밤이 너무 길었다.

"무신 심려가 있으신가요?"

밥상을 내갈 때마다 아내가 조심스럽게 묻고는 했다.

"아니오, 밥맛이 좀 없어서……."

신세호는 아내의 눈길을 피하고는 했다. 밤이면 자신도 몇 번이고 행장을 꾸리고 나서면서도 날이 새면 그 마음은 허물어지고는 했다. 밤사이에 죽였던 의문들이 날이 밝으면서 되살아나고는 했던 것이다.

신세호는 며칠 동안 수소문하고 다녀 신채호의 이야기책들을 가까스로 구하게 되었다. 그는 며칠에 걸쳐 그 책들을 열성으로 탐독했다. 그 영웅전들을 신채호라는 사람이 왜 굳이 썼는지 그 의미를 알 것 같았다.

"그래, 나도 해야 할 일이 있다!"

신세호는 어떤 깨달음으로 주먹을 꼭 말아쥐었다. 비록 북행은 하지 못하더라도 자신의 능력으로 그 일은 충분히 해낼 수 있을 것 같았던 것이다.

23

검은 파도

기름진 땅에서 햇빛을 풍족하게 받으며 맘껏 자란 사탕수수는 마치 키 큰 나무 같았다. 사람 키 두 길 높이로 웃자란 키에 한 팔 길이의 긴 잎들을 치렁치렁 달고 있는 사탕수수는 싱싱하게 돋아 오르는 진초록색이었다. 키가 큰 만큼 굵은 줄기는 대나무처럼 곧게 뻗어 있었다.

그런 사탕수수는 혼자 서 있는 것이 아니었다. 긴 잎들이 서로 얼크러지고 설크러지며 촘촘하게 밀집되어 있었다. 길고 억센 잎들이 어찌나 무성하게 얽혀 있는지 몇 걸음도 헤집고 들어갈 수 없을 지경이었다.

그렇게 밀집된 사탕수수들이 10리고 20리고 질펀하게 펼쳐져 있었다. 끝이 아슴푸레하게 보일 정도로 넓고 넓은 사탕수수밭은 그 대로 초록빛 바다였다. 그 초록빛 싱그러운 바다는 벼들이 싱싱하게 자라난 8월의 들판과 흡사했다.

그러나 짙은 초록빛과 아득하게 넓은 것만 닮았을 뿐 그 전체적인 감도는 같지가 않았다. 벼들이 가득한 들판이 포근하고 아늑하고 보드라운 느낌이 든다면 사탕수수들이 질펀한 벌판은 두껍고 묵직하고 거칠거칠한 느낌을 주었다. 바람이 불면 벼들은 소리없이 잔물결을 이루는데 사탕수수들은 서걱거리는 소리를 내며 큰 물결을 이루었다.

바람을 탄 사탕수수 잎들이 서로 몸을 비비대며 서걱거리는 소리들은 마치 대지의 읊조림처럼 신비스러웠고, 큰 물결을 짓는 수많은 잎들이 햇빛을 되쏘아내 드넓은 초록빛 벌판은 눈부시게 현란했다. 그 넓은 벌판을 사람의 손으로 이루어냈다는 것은 얼핏 상상하기도 어렵고 믿기도 어려울 지경이었다. 그러나 그 광활한 초록빛 벌판 사이사이로 핏빛으로 붉은 길들이 곧게 뚫려 있었고, 그 길로 연장을 든 사람들이 작은 모습으로 오가는 것을 보게 되면 그제야 그 벌판이 사람의 손으로 이루어졌다는 것을 새삼스럽게 깨닫게 되는 것이다.

하와이의 붉은 땅은 사탕수수들의 초록빛으로 더욱 선연한 핏빛으로 돋보였고, 사탕수수들은 땅의 붉은색에 대비되어 더욱 싱싱한 초록빛을 띠었다. 검붉을 정도로 진한 붉은 땅에 뿌리발을 한 사탕수수가 붉은 모습이 아니라 정반대의 진초록빛으로 치장하고 있는 것이 신기할 정도였다.

사람들은 붉은 길 위에 긴 그림자를 끌며 하루 일을 마치고 막사로 돌아가고 있었다. 그들은 하나같이 지쳐서 발걸음이 칙칙 끌리고 있었다. 그들은 제각기 보자기를 손에 늘어뜨려 들거나 어깨에 걸치고 있었다. 그런데 어떤 사람은 머리에 올리고 있기도 했다.

그 보자기는 일할 때 눈만 남기고 얼굴을 감싸는 것이었다. 사탕수수 잎들이 억세고 날카로워 자칫 잘못하면 살을 찢어대서 보자기를 쓰지 않으면 안 되었다. 그러나 보자기를 쓴다고 해도 잎에 찢기고 줄기에 찔려 얼굴 한두 군데에 흉이 안 난 사람이 없었다. 그래도 얼굴은 손에 비하면 성한 편이었다.

보자기로 감쌀 수 없는 손은 흉터투성이였고, 흉터 위에 또 실피가 맺히는 상처가 쉴새없이 나고 있었다. 손바닥은 연장을 다루느라고 마디마디에 못이 박이고, 손등은 사탕수수의 잎과 줄기에 찢기고 긁혀 흉터와 상처가 어지럽게 얽혀 있었다. 그들의 손이 유별나게 두껍고 큰 것은 어려서부터 힘든 농사일을 하다 보니 기형적으로 변한 것이었다.

그들이 막사에 거의 다다랐을 때였다. 먼저 돌아온 사람들이 웅성거리고 있는 것이 보였다. 그 사람들 앞에 서 있는 두 사람이 금방 눈에 띄었다. 손에 종이를 들고 있는 두 사람은 농장에서 흔히 볼 수 없는 양복차림이었던 것이다.

"어쩐 양복쟁이덜이여?"

남용석이 방영근을 보며 물었다.

"글씨, 잘 모를 일이시."

방영근이 고개를 갸우뚱했다.

사람들이 양복차림의 두 사람을 향해 무슨 말들인가를 해대고 있었다. 그 왁자한 소리와 삿대질을 해대고 있는 것으로 보아 기분 좋은 일 같지는 않았다.

방영근 일행은 자연히 발걸음이 빨라지고 있었다.

"뭐야, 왜놈들이 뭔데 나서서 간섭이야, 간섭이!"

한 남자의 외침이 또렷하게 들려왔다.

"이놈들, 몰매를 쳐야겠어!"

다른 남자가 소리쳤다.

그 말에 맞추듯 사람들이 양복 입은 두 사람을 에워싸기 시작했다.

"왜들 이러시오, 왜들."

양복 입은 한 남자가 뒤로 물러서며 외친 말이었다. 그 말은 조선말이었다.

"저 못된 놈부터 죽여라!"

"맞아, 왜놈한테 붙어먹는 저런 놈부터 없애야 돼!"

"죽여라, 죽여!"

어떤 사람이 양복 입은 사람에게 주먹을 날렸다. 그것이 신호이기나 한 듯 사람들이 와아 소리치며 두 사람에게 달려들었다.

"어쩐 왜놈이까?"

남용석이 어리둥절해서 물었다.

"인구조사란 것 나왔는갑네. 얼렁 가서 말기세."

방영근이 남용석의 팔을 잡아끌었다.

"함께 몰매 치는 것이 아니고?"

"이사람아, 맘이야 그렇지만 그러다가 왜놈 죽이면 어찌 될라고? 얼렁 뛰소."

방영근에게 끌려 남용석이 뛰기 시작했다.

"고만허시오, 고만. 이러다가 왜놈 죽이면 우리도 탈 만내요."

방영근은 뒤엉킨 사람들을 헤집고 들며 큰소리로 외쳤다.

"조선사람덜 맛 따끔허니 뵈였으면 됐소. 그만덜 헙시다."

남용석도 목청을 돋우며 사람들을 뜯어말리고 있었다.

사람들은 화가 받쳐 있으면서도 물러섰다. 두 양복쟁이는 붉은 흙바닥에 나뒹굴어져 있었다. 두 사람의 양복은 흙투성이였고, 주먹질당한 얼굴이며 잡아뜯긴 머리카락이며 꼴이 말이 아니었다. 한 남자는 코피가 터져 얼굴이 피범벅이었다.

"더 맞기 전에 얼렁 가시오."

방영근은 발로 땅을 구르며 외쳤다.

두 남자는 후다닥 몸을 일으키더니 흩어진 종이들은 거들떠보지도 않고 앞을 다투어 달아나기 시작했다.

"이놈들아, 발바닥에서 불나겠다."

"혜, 불알에서 딸랑딸랑 종소리 나네."

"어허허허……."

사람들은 달아나고 있는 두 양복쟁이를 바라보며 속시원하게 웃어대고 있었다. 아까부터 루나 둘이 멀찍하게 떨어져 그들이 벌이는 일을 그저 지켜보고 있었다. 동양인들끼리 벌이는 주먹다툼을 그들은 속편하게 구경하고 있었던 것이다.

"저 왜놈 앞장서서 다니는 조선놈은 어찌 돼먹은 종자야?"

"어찌 되기는 뭘 어찌 돼. 몸 편하게 먹고살자고 저 짓이지."

"저런 못된 인종들은 처죽여야 하는데 괜히 살려보낸 것 아닌가."

"두고 보소, 저 짓 해서 오래 몬살 끼니. 누구 손에 죽어도 죽을 기요."

사람들이 입을 모으고 있었다.

"저 왜놈이 인구조사란 것 나왔등가요?"

방영근이 사람들을 둘러보며 물었다.

"맞소, 영사관에서 나왔다고 합디다."

몸집 큰 남자가 대답하며 침을 내뱉었다. 몹시 언짢은 기색이었다.

"참 왜놈들 뻔뻔스런 행투 속터져 못 볼 일이오. 미국땅에서까지 우리 상전 노릇을 하려 들다니."

"그렁게 나라럴 뺏기덜 말았어야제. 우리 신세도 인자 팍팍허게 되야부렀소."

남용석이 쓴 입맛을 다시며 돌아섰다.

모여섰던 사람들도 시무룩하고 어두운 얼굴들이 되며 막사로 흩어지기 시작했다.

일본에게 나라를 빼앗긴 소식은 하와이에도 신속하게 전해졌다. 대한국민회 하와이지역 총회에서는 지체없이 그 소식을 각 농장마다 알렸다. 그리고 9월 1일에는 동포들을 모아 일본 성토와 궐기대회를 열었다.

우리는 대한의 국호와 국기를 영원히 보장한다.

우리 강토에서 왜적의 무리를 내쫓을 때까지 8월 29일을 국치일로 선포한다.

우리는 왜적에 대한 적개심을 해마다 새롭게 한다.

우리는 왜적의 이해와 협동을 일절 거부한다.

우리는 반일운동을 자손만대에 유산처럼 남긴다.

우리는 언제 어디서고 왜적의 피를 가진 자를 멀리하고 우교를 단절한다.

우리는 세계 만방에 왜적의 야비성을 누누이 비방하고 왜적과 대결할 실력을 배양한다.

그 대회에서 가결한 일곱 가지 투쟁방안이었다. 그 대회에는 하와이의 여러 섬에 거주하는 4,200여 명의 동포 거의가 참석했다. 아이들을 데리고 나온 사람들도 더러 있었다.

그 대회는 음울한 분위기였다. 그러면서도 뜨거운 열기가 넘쳐났다. 그건 슬픈 분노였다.

그 대회는 곧바로 일본영사관을 자극했다. 그렇지 않아도 일본영사관은 잔뜩 긴장해 있던 처지였다. 합방을 계기로 해외 조선인들을 철저하게 관할하라는 본국의 훈령을 받아놓고 있었던 것이다. 그런데 하와이에 있는 조선사람들의 반일 궐기대회는 그들이 예상할 수 없도록 신속하게 열렸고 규모 또한 엄청났던 것이다.

영사관에서는 조선사람들의 배일행위를 근절시킴과 동시에 관할권을 행사하기 위한 구체적인 계획을 세웠다. 첫째가 정보원의 확대와 강화였고, 둘째가 조선인들의 정확한 인구조사였다.

일본영사관에서 조선사람들에 대한 인구조사를 실시한다는 소문이 퍼졌다. 국민회에서는 그 조사에 응하지 말 것을 선전하고 나섰다. 그 맞불질에 일본영사관은 궁지에 빠지게 되었다.

그 인구조사라는 것은 단순히 사람수만 파악하는 것이 아니었다. 개개인의 자세한 신상파악이 목적이었다. 그러니 한 사람, 한 사람이 입을 열지 않고서는 조사가 불가능한 것이었다. 사람들의 입을 열게 하려면 강압적인 무력이 필요했다. 그러나 미국땅에서 일본영사관은 조선사람들을 위협할 수 있는 무력을 갖출 도리가 없었다.

일본영사관에서는 농장노동자들보다는 시내에서 개인적으로 살고 있는 사람들부터 접촉했다. 그러나 그 조사에 입을 가볍게 연 사람은 아무도 없었다.

아무런 소득을 얻지 못한 영사관에서는 농장으로 찾아들었다. 영사가 직원들을 대동하고 직접 나섰다. 아주 적극적인 홍보작전을 펼치자는 것이었다.

"에에 또 우리 대일본제국과 조선은 이제 사이좋게 살게 된 한 나라가 되었습니다. 따라서 우리 영사관에서는 타국에서 고생하시는 여러분들을 돕고 보호하고 관리할 책임이 있는 것입니다. 다시 말해 한 형제로 살기 위해서는 인구조사가 꼭 필요합니다. 서로 돕고 보호하더라도 누가 누군지 알아야 돕고 보호할 것 아닙니까. 그러니 여러분들은 일본과 조선의 화합을 위해, 그리고 여러분들의 편안한 생활을 위해 인구조사에 적극 협조하여 주시기 바랍니다."

에봐농장에 찾아온 일본영사 아오게의 연설이었다.

"야 이 도적놈아! 나라를 강제로 뺏은 놈들이 무슨 뻔뻔한 소리냐."

어떤 사람이 주먹 쥔 팔을 치뻗으며 외쳤다.

"저놈 혓바닥을 잡아빼라!"

누군가가 응원을 보냈다.

"맞어, 어디다 대고 개 짖는 소리냐. 저놈들을 다 때려죽이자!"

어떤 사람이 소리치며 돌을 던졌다.

"와아— 죽여라, 죽여."

사람들이 한꺼번에 소리지르며 그들을 향해 덤벼들었다. 돌멩이들이 마구 날아가기 시작했다.

일본영사는 혼비백산 달아나기 시작했다. 직원들도 영사를 에워싸며 도망질치고 있었다.

"저놈들 다리 작신 분질러라!"

"저놈덜 똥구녕에다 간짓대 박어라!"

사람들은 소리소리 지르고 돌을 던져대며 그들을 뒤쫓고 있었다.

일본영사가 줄행랑친 소문은 말이 보태지고 부풀어져 이 농장 저 농장으로 퍼져나가고 있었다. 영사 아오게가 돌에 맞아 머리가 터졌다고 하는가 하면, 주먹다짐을 당해 코피를 줄줄 흘리며 뺑소니를 쳤다고도 했다.

그 소문이 퍼진 다음부터 농장에는 낯모르는 조선사람들이 가끔씩 나타났다. 그들은 어슬렁거리고 다니며 막사 안을 기웃거리기도 했고, 사람들에게 시답잖은 말을 걸다가 자취를 감추고는 했다. 처음에 그들을 대하면서 사람들은 그저 일거리를 구하러 다니는 게으름뱅이 실업자겠거니 생각했다. 농장의 강제계약기간이 끝난 다음부터 그런 실업자는 부쩍 늘어났던 것이다. 고된 농장일은 하기 싫고, 편한 일거리는 쉽게 잡히지 않고, 게으른 사람은 실업자로 빈둥거릴 수밖에 없었다. 그러다가 더 배고픔을 견디지 못하게 되면 다시 농장을 기웃거리게 되었다.

그런데 그런 사람들이 게으른 실업자가 아니라 일본영사관의 끄나풀인 것이 밝혀진 것은 얼마 지나지 않아서였다. 어떤 사람이 국민회의 서류를 훔쳐내다가 붙들린 사건이 발생하게 되었다.

그자가 훔쳐낸 서류가 회원들 명부였다. 그 명부는 일본영사관이 필요로 하는 인구조사와 비슷하게 꾸며져 있었던 것이다.

국민회 간부들은 그자를 취조하기 시작했다.

"이름이 뭔가."

"최에…… 순용입니다."

"직업은 뭔가."

"……"

"직업이 뭐냐니까."

"……없습니다."

"없는 게 아니라 왜놈 스파이지."

"아, 아닙니다, 아닙니다."

"잔소리 마라! 그럼 직업도 없이 뭘 먹고 사나."

"……."

"이 서류 왜놈영사관에 넘기려고 훔친 거지? 영사관의 누가 시켰는지 대라."

"아닙니다, 아닙니다. 뭔지도 모르고 그냥 종이가 필요해서……."

"거짓말 마! 일부러 서랍을 뒤져 이 서류를 골라냈잖아."

"아닙니다. 그냥 책상 위에 있었습니다."

"이놈아, 뻔뻔한 거짓말 하지 말어. 이 서류는 책상에다 마구 굴리는 서류가 아냐. 이런 못된 놈, 너 당장 오늘 밤에 바다에 처넣기 전에 바른대로 대. 한 번만 더 거짓말하면 그땐 정말 숨통을 끊어놓고 말 거다. 대답해, 너 저걸 영사관에 넘기려고 했지!"

간부 하나가 최순용의 멱살을 조이며 다그쳤다.

"예, 살려주십시오. 한 번만 살려주십시오. 제가 잘못했습니다."

최순용이 버둥거리며 내놓은 말이었다.

"저걸 영사관에 넘기려고 했지."

"예……."

"언제부터 스파이 노릇 했나."

"저어…… 서너 달 됐습니다."

"왜놈들 앞잡이 노릇을 하는 게 조선사람으로서 제일 못된 짓이라는 걸 몰랐나!"

"예, 죽을죄를 졌습니다. 마땅한 일자리는 없고, 농장일은 너무 힘들어 할 수가 없고…… 그러다가 그만 잘못 생각한 것입니다. 한 번만 용서해 주십시오."

최순용은 눈물을 떨구었다.

"함께 그 짓 하는 사람이 누군지 대."

"없습니다, 저 혼잡니다."

"잔말 말고 어서 대라니까."

"참말입니다, 저 혼잡니다."

"열 번 죽어 마땅한 인종이군."

"선생님들, 한 번만, 한 번만 용서해 주십시오. 다시는 그 짓 안 하겠습니다. 다시는 그 짓 안 하고 열심히 일해서 살겠습니다. 새사람이 되겠습니다. 한 번만 용서해 주십시오."

최순용은 마룻바닥에 무릎을 꿇고 빌며 눈물을 흘렸다. 그 애걸 앞에 국민회 간부들은 마음이 약해질 수밖에 없었다. 그는 같은 동포였고, 타국살이의 고초 속에서 자칫 잘못 생각해서 저지를 수 있는 실수였고, 속죄를 하는 남자의 눈물을 믿지 않을 수 없었던 것이다.

"최순용 씨, 앞으로는 절대로 그런 짓 하지 마시오. 이곳 동포들이 고생하지 않고 사는 사람들이 누가 있소. 우리가 한덩어리로 똘똘 뭉쳐도 뺏긴 나라를 다시 찾기가 어려운데 그런 짓을 해서야 쓰겠소. 지난 잘못은 개심해서 열심히 일하는 것으로 갚도록 하시오."

최순용이 훈방되면서 들은 말이었다.

그런데 서너 주일이 지나 최순용은 칼을 맞고 죽었다. 그는 교회마다 돌아다니며 교인명부를 훔쳐내다가 죽은 것이었다. 그의 가슴에 칼을 꽂은 것은 이상린이란 사람이었다. 이상린은 최순용의 첩자행위 소문을 듣고 찾아다니다가 죽이게 된 것이었다. 그 사건은 쉬쉬하는 속에서 덮어졌다. 이상린을 보호하기 위해서였다. 그러나 그 사건은 동포들 사이에서 소리없는 바람이 되어 퍼져나갔다.

방영근은 그때 이상린이란 사람을 만나보고 싶은 충동을 느꼈었다. 그런데 자신은 오늘 최순용이와 똑같은 놈을 살려보낸 일에 앞장선 것이 되어 영 마음이 께름칙했다. 왜놈을 죽이거나 중상을 입혀서는 이쪽도 화를 입게 될 것이기에 몰매치기를 말렸던 것인데 그 덕이 그만 조선놈 염탐꾼에게로 다 돌아간 셈이었다. 최순용이 칼을 맞아 죽었는데도 또 똑같은 놈이 생겨나는 것을 이해할 수가 없었다.

"무신 생각이여? 또 갈 가망 없어진 집 생각이여?"

남용석이 식당을 나서며 물었다.

"아니시, 아까 그 조선놈얼 살려보낸 것이 영 찜찜허니 지랄 같구만."

"이, 그런 디넌 술 한잔이 약이시. 가세, 나가 한잔 살랑게."

남용석이 눈을 찡긋해 보이며 어린애처럼 웃었다. 그도 언제부턴가 술 마시는 재미에 들려 있었다.

"술 마신 지 메칠이나 됐다고……."

방영근은 눈총을 쏘며 고개를 돌렸다.

"누가 자네 돈 쓰라등가, 나가 산당게로. 물어봤자 합방이요 가봤자 왜놈 종질인디 술이나 묵제 머허것어."

남용석이 가락을 넣은 뒷말에 맞추듯 건들거리며 헤식게 웃었다.

"그 말 잠 그만허소. 그것이 무신 신통헌 염불이라고 니나 나나 읊어대니 원, 인자 듣기도 싫네."

방영근은 남용석에게 등을 돌린 채 담배를 뻑뻑 빨아댔다.

"기둘리소 기둘리소 쬐깐만 기둘리소. 이래도 한평상 저래도 한평상, 속상해서 한 잔 묵고 기분 좋아 두 잔 묵고, 고단헌 인생살이 스리슬슬 넘어가세⋯⋯."

남용석은 누가 전라도사람 아니라고 할까 봐 즉흥적으로 콧소리 섞은 가락에 신명을 실어 어깨를 덩실거리며 침상으로 올라가고 있었다.

방영근은 물어봤자 합방이요 가봤자 왜놈 종질이라는 말을 되씹고 있었다. 그 말은 합방이 되면서 생겨나 무슨 노래처럼 사람들 입에 붙어다니고 있었다. 사람들은 경우 틀린 일에도 가망 없는 일에도 속상한 일에도 잘못된 일에도 멋쩍은 일에도 그저 그 말을 갖다 붙였다. 그런데 이상하게도 그 말은 그때마다 그럴듯한 변명으로 어울리는 것이었다.

그 말은 게으름을 피우는 데도, 술을 마시는 데도, 노름을 하는 데도, 계집질을 하는 데도 모두 그럴싸한 변명거리가 되었다. 그 말은 묘한 마력을 지니고 있었다. 물어봤자 합방이요 가봤자 왜놈 종

질을 곱씹다 보면 앞이 가로막히는 낙망과 끝없는 슬픔이 가슴을
축축하게 적시는 것이었다. 그 낙망과 슬픔이 말을 하는 쪽의 마음
이나 듣는 쪽의 마음을 모두 허물고 눈물겹게 하는지도 모를 일이
었다.

"어, 어, 요상허네. 요것이 어쩐 일이여. 돈이 어디 갔어, 내 돈!"

뒤에서 들린 다급한 소리였다. 방영근은 후딱 고개를 돌렸다.

"요것이 어떤 놈 짓거리여, 요것이."

얼굴이 벌겋게 달아오른 남용석이 보퉁이의 옷가지들을 마구 흩
뜨려대고 있었다.

방영근은 정신이 아찔해졌다. 돈이 남의 손을 탄 것이 분명했다.
어쩌자고 돈을 보퉁이에 두고 다녔는지 모를 일이었다.

"누구여, 내 돈에 손댄 놈이 누구여!"

남용석은 뒤집힌 눈으로 막사 안의 사람들을 노리며 부르짖었다.

사람들의 눈길은 모두 남용석에게로 쏠려 있었다. 그들의 얼굴은
가지가지였다. 놀란 얼굴이 있는가 하면, 어이없어하는 얼굴도 있었
고, 난처해하는 얼굴이 있는가 하면, 멍한 얼굴도 있었다. 그러나 그
얼굴들 중에서 어떤 얼굴에도 도둑이라고 씌어 있지는 않았다.

"누구여, 내 돈에 손댄 놈 당장 나와, 당장!"

너무 소리를 질러 목소리가 갈라지고 있는 남용석은 제정신이
아니었다.

방영근은 난감했다. 흥분한 남용석은 앞뒤 없이 같은 막사 사람
들을 도둑으로 몰고 있었다. 그건 안 될 일이었다. 다른 막사 사람

들도 자유롭게 오가는 생활이었다. 설령 돈을 훔쳐간 사람이 같은 막사 사람들 중에 있다 하더라도 그 사람이 순순히 나설 리가 없었다.

"이사람아, 이래서넌 안 뒹마. 앉소, 앉어서 맘보톰 잡어."

방영근은 남용석을 붙들었다.

"내 돈 40달러 어떤 놈이 가지갔어, 어떤 놈이!"

남용석은 방영근을 뿌리치며 날뛰었다.

"이사람아 정신 채려. 우리 막사에넌 딴 막사 사람덜도 맘대로 오간단 말이시."

방영근이 남용석의 어깻죽지를 쳤다.

"머시라고!"

남용석의 얼굴이 순간적으로 굳어졌다. 그리고 얼굴이 창백해지며 허물어지듯 주저앉았다. 그때까지 어찌할 줄을 모르고 있던 사람들의 얼굴에 안도의 빛이 나타났다.

"보소 용석이, 우리덜 열이야 다 한식군디 그런 못된 짓 헐 리가 있능가. 필시 딴 막사 사람이 헌 짓일 것이네. 40달러면 우리헌티 하늘 겉은 돈이제만 어찌겠능가. 한분 손탄 돈 찾을라는 것언 죽은 자석 붕알 맨지기네. 돈이야 나허고 갈라 쓰면 된게 맘 추스르소."

방영근은 간곡하게 말했다.

"아이고메, 사람 환장해 가심 터져죽겠능거. 그 돈이 어쩐 돈이여. 피 보트고 살 깎아낸 모질고 모진 돈 아니냔 말이여. 그런 돈얼 도적질헌 놈언 지 에미허고 붙어묵다가 좆대감지럴 못 빼고 뒤질

놈이여."

남용석은 돈을 잃어버린 분을 걸찍한 욕으로 토해내고 있었다.

"맞네, 그런 놈언 오살육시럴 히서 뼉다구럴 따로 추릴 놈이시. 그 돈으로 노름을 허면 손꾸락이 썩어들 것이고, 그 돈으로 술타령을 허면 목구녕이 맥힐 것이고, 그 돈으로 색질을 허면 좆대감지에 음질이 붙어 석 달 열흘 피고름을 쌀 것이시."

방영근은 한술 더 떠서 악담을 퍼대고 있었다. 그건 남용석을 위로하기 위해서만이 아니었다. 그런 험악한 저주를 하는 것은 방영근의 진심이기도 했다. 돈을 훔쳐낸 놈이 결국은 노름을 하거나 술타령을 하거나 색질하는 것으로 그 돈을 써 없앨 것을 생각하면 치가 떨렸던 것이다.

"저 사람 얌전한 줄 알았더니 실은 그것이 아니네."

한 사람이 낮게 속삭였다.

"저 사람도 전라도사람 아닌가. 욕이야 조선팔도 중에서 전라도 당할 데가 없잖은가."

옆사람이 귓속말을 했다.

"어떤 놈이 돈을 훔쳤는지 몰라도 저 욕 들으면 당장 내놓고 말겠네."

"어쨌거나 큰일이네. 피나게 모은 남의 돈 훔쳐내 못된 짓 하는 데 쓰는 풍조가 생겨서야 어찌 살겠나. 서로 믿고 의지해도 살기가 힘드는데."

두 사람은 함께 한숨을 쉬었다.

"가세, 한잔 묵고 속 풀어야제."

방영근은 남용석의 팔을 끌었다.

"일어나게. 나도 한잔 사겠네."

두 사람과 가까이 지내는 김칠성이 자리를 털고 일어났다.

"아이고 드런 놈에 팔자, 인자 거렁뱅이가 따로 없네."

남용석이 허탈한 한숨을 토해냈다.

세 사람은 막사를 나섰다. 처음의 강제노동기간이 끝나고 농장에서 다시 일을 하게 되면서부터 저녁시간은 자유로워졌다. 루나들도 그전과는 태도가 완연히 달라지게 되었다. 어지간해서는 채찍을 휘두르지 않았고 욕도 함부로 내뱉지 않았다.

그건 노동자들을 위한 태도변화가 아니었다. 자기네들의 이익 때문이었다. 이제 채찍질을 당하고 욕을 먹어가며 일할 노동자가 없었다. 그런 횡포를 하면 그날로 다른 농장으로 옮겨가면 그만이었다. 조선인 노동자들은 아무 농장에서나 환영이었다. 조선인 노동자들이 부지런하게 일을 잘한다는 것은 널리 알려진 사실이었다. 그러나 임금은 어디나 마찬가지로 한 달에 15달러였다.

일본노동자들은 몸집이 작아 기운이 떨어지고 끈기가 모자랐다. 중국노동자들은 기운은 그런대로 쓰나 행동이 굼뜨고 게을렀다. 조선인 다음으로 이주해 온 필리핀노동자들은 기운도 보잘것없는 데다 게으르면서도 성질이 거칠었다. 또한 일본노동자들과 중국노동자들은 곧잘 집단적인 저항을 감행했다. 특히 일본노동자들이 집단행동을 벌이면 으레 영사관이 뒤따라 움직였다. 필리핀노동자들은 일하는 요령이 없을 뿐만 아니라 저희들끼리 쌈질이 잦았다.

그러나 조선노동자들은 기운을 잘 쓰고 부지런할 뿐만 아니라 집단행동으로 농장을 망치는 경우가 거의 없었다. 조선노동자들은 끈질기게 참고 견디면서 그야말로 황소처럼 일해 그런 대접이나마 받게 된 것이었다. 1905년 이후 조선사람들의 유입이 끊기고 하와이에 있던 사람들마저 샌프란시스코로 건너가게 되면서 그 값은 더욱 오르게 되었다.

"속상허는 것이야 어찌 말로 다 허겄능가. 그려도 다 잊어불소. 그것이 약이시."

방영근이 남용석의 어깨를 힘주어 잡으며 말했다.

"그나저나 도적질이 생겨나는 것이 큰일이네. 주색잡기 패가망신이드라고 이리 맘들이 변해가다가는 우리끼리도 살기 힘들어지고 농장에서 신용도 떨어지고 할 텐데……."

김칠성의 어두운 어조였다.

"주색잡기만이 아니고 아편쟁이도 있네. 내 돈도 어떤 노름꾼이나 아편쟁이놈이 도적질헌 것일 기여. 다 망쪼 들어가는 판이구만, 빌어묵을!"

아직도 열기 받친 남용석의 말이었다.

"어쨌그나 그리되는 사람덜만 나무랠 일이 아니시. 나라 망헌 담보톰 부쩍 심해지고 있응게. 우리도 전보담 많이 달라지덜 안혔다고. 술도 자주 묵고 중국지집년덜도 더러 찾아가고 말이시."

방영근이 침울하게 말했다.

"맞는 말이네. 나라라는 것이 뭔지 모르겠어. 나라가 성했을 때는 아무 생각도 없었는데 딱 망했다고 하니까 가슴이 덜컹 내려앉고 사지에 맥이 풀리고 앞이 막막해지면서 살맛이 안 난다니까. 그러고 보니 나라가 큰 힘이었던 모양이라."

김칠성이 먼 바다 쪽으로 눈길을 보내며 쓸쓸한 느낌으로 말했다.

"타국에 살수록 나라가 심이고 바람막이 아니드라고. 나라가 망허게 되자 우리가 심 빠진 대신에 왜놈덜이 우리 앞어서 기세 피는 것이 다 머시간디. 집도 절도 없는 신세가 우리 신세닝게."

방영근이 긴 한숨을 쉬었다.

세 사람은 더 말이 없이 회색빛 흐린 어둠살을 밟으며 걸었다. 어디선가 도마뱀들의 울음소리가 음산하게 들려오고 있었다. 도마뱀들은 어두워지면서 소리를 냈고 몸집 큰 두꺼비들은 새벽녘에 모습을 드러냈다.

방영근은 사람들의 마음이 변하기 시작한 것이 언제쯤부터인가를 생각해 보았다. 자신이 그랬듯 아마 샌프란시스코로 건너가지 못하게 되면서부터가 아닌가 싶었다. 새로운 돈벌이를 찾아가지 못하고 하와이에 완전히 갇히게 되자 사람들은 술을 마시기 시작했다. 그리고 술기운에 끌려 중국창녀촌에도 발길을 했다. 술로 마음이 허물어지기 시작한 사람들은 당연한 순서인 것처럼 노름에 손을 댔다. 그러다가 합방 소식을 듣게 되었다. 사람들은 더 심하게 술을 마시고, 더 자주 계집질을 하고, 더 큰 판으로 노름을 했다. 그뿐만 아니라 중국사람들과 선이 닿아 아편에 빠지는 사람들도 생겨나게 되었다.

그들은 허름한 중국집에 자리를 잡았다. 중국음식점은 시내 번화가의 고급에서부터 농장 부근의 싸구려까지 종류가 많았다. 조선노동자들은 술을 마시게 되면 거의가 농장 가까이 있는 중국음식점을 찾아들었다. 값이 싸고 술이 독해 취하기 안성맞춤이었던 것이다.

그러나 일본음식점에 발길을 하는 사람은 하나도 없었다. 음식이 매운맛 짠맛이 없이 게심심하고 덤덜큼한 데다가 술마저 싱거워 전부터 별로 출입하는 사람이 없었다. 그런데 합방이 되자 그나마 깨끗하게 발을 끊은 것이다. 그들은 궐기대회 때의 결의를 어김없이 지켜내고 있었던 것이다.

"자아 술 드세. 술취해서 싹 잊어부러. 그간에 우리가 당해온 고초에 비허면 그것이야 암것도 아닝게."

방영근이 술잔을 들며 남용석을 따스한 눈길로 바라보았다.

"그럼, 돈이야 또 벌면 그만이니까 맘 상하지 말아야지."

김칠성이 옆에서 거들며 술잔을 들었다.

"그려, 돈에 땀 찰까 무서와 보퉁이에 두고 댕긴 나가 미친놈이제."

남용석이 쓰고 떫게 웃으며 술잔을 들었다.

세 사람은 술을 단숨에 들이켰다. 독한 중국술이 목에 확 불을 질렀다.

"닌장맞을, 돈 없어진 것 잘도 알고 술맛이 달시."

남용석이 어이없는 얼굴로 헛웃음을 쳤다.

"많이 묵소. 내 돈이 자네 돈잉게."

방영근이 씩 웃으며 술잔을 건넸다.

"자네들 혹시 그 소문 들었나?"

김칠성이 입맛을 다시며 술잔을 매만졌다. 방영근이 무슨 소문이냐고 눈으로 물었다.

"그 파인애플농장 소문 말이네."

"이, 듣기넌 들었는디……."

방영근의 반응은 심드렁했다.

"대체 그 파인애플이란 것이 머시여?"

남용석이 뚱하게 물었다.

"나도 어디 본 일이 있는가. 말 듣기로는 과실의 한 종류인데, 달고 맛이 있어서 서양사람들이 좋아한다더군."

김칠성이 매끈한 경기도말로 대답했다.

"빌어묵을, 코 큰 서양놈덜 묵으라고 또 우리 노란둥이덜이 골빠지게 농새짓는 것이로구만."

남용석이 퉁명스럽게 내쏘고는 술잔을 입에 대고 발딱 엎었다.

"새로 시작허는 파인애플농장에서 일꾼들을 빼갈려고 돈을 더 많이 주는 것이 틀림없는 일 아닌가?"

김칠성은 아무래도 그쪽에 구미가 당기는 눈치였다.

"소문이야 그런디, 일이 어쩔란지 아능가?"

방영근의 말이 침착했다.

"무슨 말인가?"

"무신 말이기넌, 코 큰 놈덜 쉽게 믿어서는 안 된다는 말이제. 새로 시작허는 일인디, 한 달에 5달러를 더 주고넌 일얼 곱쟁이로 시키먼 어쩔 것이여."

"이, 맞네. 20달러를 주고 개간인지 지랄인지럴 시키먼 일이 꼭 그리되네. 30달러를 받아도 개간일이야 헐 일이 아니제."

남용석이 이야기에 끼어들었다.

"맞어, 그럴 수도 있겠구만……."

김칠성이 느리게 고개를 끄덕였다.

"꼭 개간만 말허는 것이 아니시. 파인애플농사라는 것이 먼지도 모르고 뎀베서는 안 된다 그 말이시. 파인애플농사라는 것이 거 멕시코 동포덜이 애묵고 있는 애니깽농사 같은 것이면 어쩔 것이여. 여그넌 우리 땅이 아닝게 정신 채려야 헌단 말이시."

방영근이 김칠성과 남용석을 번갈아 보며 말했다.

"자네 말이 맞네. 코 큰 놈들이 우리가 어디가 예쁘다고 돈을 더 주겠는가. 알아볼 것은 다 알아봐야지."

고개를 주억거리는 김칠성의 눈에서는 생기가 사라지고 있었다.

하와이의 농장주 중에서는 사탕수수농사를 파인애플농사로 바꾸려고 이미 일을 시작한 사람들이 있었다. 남미 쪽에서 대량생산을 하는 바람에 하와이의 사탕수수농사가 위협을 받게 되었던 것이다. 파인애플농사를 새로 시작하게 된 농장에서는 몸이 실하면서 말썽 없이 일 잘하는 노동자들을 필요로 했다. 그들의 구미에 당기는 건 조선노동자들뿐이었다. 그래서 돈을 미끼로 조선사람들을 낚으려고 그들은 벌써 움직이기 시작했던 것이다.

"자네들 우리 옆 바라크에 있는 충청도 씨름꾼이 맞선 본 얘기 들었나?"

김칠성이 기분을 바꾸려는 듯 새 이야기를 꺼냈다. 그의 얼굴에는 벌써 웃음이 피어나고 있었다. 충청도 씨름꾼이라면 누구나 웃기부터 하는 사람이었다.

"그 미런헌 물건이 결국 맞선얼 봤는갑네? 여자 앞에서 또 방구나 뽕뽕 꿔댄 것 아니여?"

술기운이 도는 남용석이 관심을 드러냈다.

"조선사람 체면이 있는데 방구야 아무데서나 뀌나. 그 사람이 말이야, 루나를 업어치기 해서 꼼짝을 못하게 만든 것처럼 아주 야무진 한마디로 맞선을 보기 좋게 깨버렸다니까."

술기운으로 얼굴이 불콰해진 김칠성이 히물히물 웃었다.

"그 미런헌 물건이 무신 야무진 소리럴 헐 것이 있었을랑고?"

눈을 게슴츠레하게 뜬 남용석의 얼굴이 의아스러워하고 있었다.

"들어보소. 하와이여자는 그 사람을 보자마자 결혼을 하자고 덤볐다는 거야. 허나 그 사람은 애초에 토종여자하고는 혼인할 맘이 없이 루나가 졸라대니까 어쩔 수 없이 끌려나간 판 아닌가. 헌데 여자가 덤비니 야단나지 않았나. 그래 한다는 소리가 어쨌고 하니, 나는 힘이 세서 일은 남 두 몫을 하는데 실은 고자다. 기운이 센 것도 고자라서 그런다고 했다지 않나. 그러니 맞선이 어찌 됐겠어."

김칠성이 키들키들 웃었고, 방영근이 빙긋이 웃고 있었다.

"화아, 그 미련헌 물건이 어디서 그런 꾀가 났으까? 아조 똑똑허시."

남용석은 놀랐다는 듯 고개를 갸웃갸웃하고 있었다.

"그 담에 한 말이 더 재미있네. 그 여자 인물은 별로 볼 것이 없는데 젖통은 어찌나 큰지 풍년 박덩이 두 개가 달린 것만하더라네. 그 큰 젖통을 보자 맘이 동해 아랫것이 불끈 성을 내는데 환장하겠더라지. 농장까지 돌아오는데도 그놈이 가라앉지 않아 주머니에 손을 넣어 붙들고 오느라고 혼이 났다는 거야. 농장에 돌아오자마자 뒷간에 가서 용두질을 두 번이나 쳐서 그놈을 겨우 달랬다니, 그런 물건을 가지고 고자라고 거짓말을 했으니 그 맘이 어쨌겠어."

방영근도 남용석도 한참이나 소리내서 웃었다. 그들의 눈앞에서 충청도 씨름꾼이면서 방귀대장이란 별명을 가진 그 사람의 이런저런 모습이 선하게 떠오르고 있었다.

"농장주인들이 우리를 토종여자들하고 억지로 혼인시킬라는 것도 틀려먹은 수작이야."

김칠성이 불쑥 말했다. 그의 밝던 웃음은 쓰게 변해 있었다.

"그 잡새끼덜이 우리럴 천시히서 하와이 지집허고나 붙어묵어라 그것이제. 개자석덜, 중매럴 슬라면 즈그덜 흰둥이 지집헌타나 슬일이제."

남용석이 담배연기를 훅 내뿜었다.

"흥, 토종여자헌티 중매 스는 것도 고마와허소. 그놈덜이 매긴 등급으로 치자면 하와이 토종덜이 우리보담 한참 위니께."

방영근이 떫게 웃으며 술잔을 들었다.

"그놈의 등급이란 건 도대체 어떤 놈들이 매긴 것인가. 목욕탕 얘길 들으면 영 재수가 없어."

김칠성이 꽁초를 잉끄리며 역정을 냈다.

"백인놈덜이 즈그덜 맘대로 지어낸 것이제 어째. 그려도 우리 뒤에 필리핀놈덜이 있응게 그리 속상해허덜 말소."

남용석이 술기운 밴 눈을 껌벅거렸다.

"이사람이 그간에 고향엘 갔다 왔나, 밤낮 잠만 자고 살았나. 아, 합방이 된 담부터 필리핀놈들하고 우리하고 순서가 뒤바뀐 걸 모르나. 우리가 제일 꽁지네, 꽁지."

김칠성이 화난 얼굴로 목청을 높였고,

"머시여!"

남용석이 놀라며 곧바로 앉았다.

"놀래고 말고 헐 것 없네. 왜놈덜 종놈이 됐다고 그리된 것잉게 당연지사 아니라고."

방영근이 술잔을 비우고 얼굴을 잔뜩 찡그렸다. 그 구겨진 얼굴이 술의 독기 때문인지 하와이에 사는 인종들 중에서 제일 멸시를 당하고 있는 것 때문인지 알 수가 없었다.

목욕탕 이야기란 이랬다. 어느 해 하와이에 가뭄이 심하게 들어 세숫물도 아끼지 않으면 안 되는 형편이 되었다. 그러자니 목욕을 마음대로 할 도리가 없는 일이었다. 그래서 한 탕의 목욕물로 여러 사람이 목욕을 하는 방법을 강구하게 되었다. 첫 번째로 목욕탕에 들어가는 것은 영국계 사람이고 두 번째가 프랑스계 사람이고 세 번째가 러시아계 사람이고 네 번째가 독일계 사람이고 다섯 번째가 이탈리아와 그 외의 유럽사람들이었다. 여기까지가 탕에 들어앉을 수 있는 순서였고 그 다음부터는 그나마 탕 안에는 발도 넣지 못한 채 땟국물을 떠내서 쓰도록 되어 있었다. 탕을 더럽힌다는 것이 그 이유였다. 여섯 번째가 흑인이었고 일곱 번째가 하와이사람이었고 여덟 번째가 일본사람이었고 아홉 번째가 중국사람이었고 열 번째가 조선사람이었고 열한 번째가 필리핀사람이었다. 그런데 합방이 되면서 조선사람이 열한 번째로 밀려나게 되었다는 것이었다.

"우리가 천시당할수록 하와이여자들하고는 혼인하지 말아야 해. 그래야 농장주인놈들이 우리 무서운 것 알지."

김칠성이 입을 야무지게 훔쳤다.

"그 씨름꾼이 그런 꾀럴 내서 피했는디 다른 사람덜이야 걱정 안 해도 될 것이네."

방영근이 술잔을 물끄러미 내려다보며 말했다. 그는 술잔에 어리는 얼굴을 보고 있었다. 수줍게 배시시 웃는 오월이의 동그스름한 얼굴이었다. 혼인 이야기가 오가자 떠오른 얼굴이었다.

독신인 젊은 노동자들의 주색잡기는 그대로 노동력 저하로 나타났다. 그리고 노름은 빈번한 싸움판이 벌어지게 했다. 또한 거친 집단행동도 홀몸의 열기 탓이 컸다. 주색잡기를 막고 집단행동을 못하게 하는 족쇄로 농장주들이 생각해 낸 것이 원주민여자들과 결혼을 시켜 가정을 갖게 하는 것이었다.

그 1차 신랑감으로 뽑힌 것이 기운 세면서도 좀 미련스럽게 보이는 충청도 씨름꾼이었다. 그는 처음 농장생활을 시작하면서 방귀를 뀌다가 채찍질을 당한 사람들 중의 하나였다. 그런데 몸집 큰 그는 채찍을 맞고도 금방 쓰러지지 않았다. 화가 난 루나는 채찍을 더 거칠게 휘둘렀다. 참다 못한 그는 외마디소리를 지르며 루나에게 덤벼들었다. 그는 루나의 혁대를 붙드는가 싶더니 번개 치듯 땅바닥에 패대기를 치고 말았다. 루나는 신음을 토하며 버르적거릴 뿐 몸을 일으키지 못했다.

"이놈아, 방구는 뀌라고 생긴 것이여."

그가 루나를 내려다보며 내뱉은 말이었다. 루나는 허리를 다쳐 병원으로 실려갔고, 그 사건은 농장주인에게까지 알려졌다. 농장주인이 내린 심판은 방귀 뀌는 사람들에 대한 구타 금지였다. 씨름꾼이었다는 그의 한바탕 업어치기 덕에 노동자들이 얻은 자유였다. 그런데 그는 또 농장주가 채우려는 족쇄에서 빠져나오는 새로운 공적을 세운 것이었다.

"하와이지집년덜도 다 미친년덜이여. 미친년덜이 즈그 사내새끼 덜허고 붙어묵을 일이제 어째 우리 조선사람덜헌티 붙을라고 환장이여, 환장이. 그년덜이 이쁘기럴 혀, 말이 통허기럴 혀. 살만 띵띵허니 쩌갖고 게을르디게을른 년덜이."

남용석이 혀 꼬부라지는 소리를 하고 있었다.

"모르는 소리 말어. 그것들도 다 생각이 있어서 그러는 거야. 저희들이 게으르니까 편히 살자고 조선남자를 고르는 거라고. 조선

남자들이 부지런해서 돈벌이 잘하겠다, 거기다가 연장 기운 짱짱하다는 소문까지 쫙 퍼져 있으니 꿩 먹고 알 먹고 아닌가."

김칠성이 풀린 눈으로 느물거리는 웃음을 입가에 물었다.

"하 잡년덜, 즈그 조갑지 물텅물텅허고 헐렁헐렁헌 것 안 생각허고 조선남자 빳빳허고 짱짱헌 연장맛만 꼬시게 보고 살겄다는 것이여? 잡년덜, 사시장철 푹푹 찌는 더운 땅짐으로 퍼지고 늘어진 헐렁 보지 갖고 뻔뻔허고 낯짝 뚜겁게 뎀비는 심뽀 드럽네. 공짜로 줘도 그년덜 것 안 묵어."

남용석이 침을 퉤퉤 퉁겼다.

"흐흐흐…… 술기운이라고 거짓말은 말소. 공짜라면 나는 아이고 하느님 하겠네."

김칠성이 어깨를 들썩이며 웃었다.

"공짜? 공짜……? 잉, 참말로 공짜라면 왜년 것도 묵어야제. 돈 내고 그 짓거리 허는 것이 질로 아까운게."

남용석이 쓸쓸한 듯한 웃음을 흘리며 고개를 끄덕거렸다.

방영근은 남용석이 취했다는 것을 알았다. 그만 일어나야 될 시각이었다. 내일은 또 할 일이 많았다.

"훈련이 내일 밤 맞제?"

방영근이 김칠성에게 눈짓을 했다.

"맞네. 내일 밤 훈련 잘 받자면 그만 일어나야 되겠네. 자알 마셨구만."

김칠성이 몸을 일으켰다. 그는 비틀거리며 앞서 걸어갔다.

"아니시, 술값언 나가 내네, 나가."

방영근도 비틀거리며 그 뒤를 쫓았다.

"걱정 말게, 내가 한잔 산 거야."

김칠성이 허리춤에서 돈을 꺼냈다.

"무신 소리여, 자네넌 담에 사소."

방영근이 완강하게 김칠성을 떠밀었다.

"이사람아, 아무나 사면 어때."

김칠성이 밀리지 않으려고 안간힘 했다.

남용석은 뒤에서 두 사람의 실랑이를 넋놓고 바라보고 서 있었다.

방영근이 돈을 치르고 세 사람은 밖으로 나왔다.

"어떤 놈이여, 골통얼 바숴놀팅게 당장에 나와. 그 돈 40달러면 지집얼 사도 시무 번언 사고, 술얼 묵으면 서른 번언 묵고, 옷얼 사 입어도 열 벌언 사입는다. 국민회에 기부허면 양반대접 받고, 30달 러만 더 보태면 집에 가게 되는 돈이여. 어떤 놈이여, 나와, 나와!"

남용석은 고개를 젖히고 소리소리 질러댔다. 그러다가 끄윽끄윽 울음을 터뜨렸다. 참고 참았던 분함과 허망함이 술기운과 함께 터 져나오는 것이었다.

"어허, 다 잊어불랑게."

방영근이 어깨를 잡아흔들었다.

"그럼, 우리가 옆에 있잖은가."

김칠성이 다른 어깨를 다독거렸다.

"그려, 그려…… 나가 빙신이여, 몸에 안 지닌 나가 빙신이여."

남용석이 어깨를 들먹이며 투박한 손으로 눈물을 훔쳤다.

세 사람은 어둠 속을 걸으며 한동안 말이 없었다. 그들은 제각기 어둠 저편의 하늘을 바라보고 있었다. 유난히 커 보이는 하와이의 별들이 초롱초롱 빛나고 있었다. 하와이의 자연에는 계절감에 따른 변화나 애상이 없이 그저 풍성하고 싱싱함만이 있을 뿐이었다. 그나마 애상감을 느낄 수 있는 것이 별이었다.

"우리는 언제까지 목총만 갖고 훈련을 하는 건가."

김칠성이 불평스러운 투로 말했다.

"기둘려야겄제, 인자 시작인디. 당장 총 살 돈이 어디 있겄어."

방영근의 한숨 섞인 대꾸였다.

그들이 목총을 메고 군사훈련을 받기 시작한 것이 열흘쯤 되었다. 각 농장마다 젊은 사람들을 모아 부대를 편성했던 것이다. 국민회에서 주동이 되었고, 노동자들 중에 섞여 있는 구한국군 출신들이 교관으로 나서게 되었다. 일본세에 밀려 배를 탄 군인들이 300여 명이었던 것이다.

훈련은 하와이에서만 실시된 것이 아니었다. 클레어몬트에 한인 군사훈련반이 조직되었고, 룸포크에 의용훈련대가, 캔자스시티에 소년병학원이 창설되었다.

군사훈련은 하루거리로 1주일에 세 번씩 저녁시간에 실시되었다. 부대편성을 받은 젊은이들은 농장노동의 고단함을 무릅써가며 열성으로 참여했다. 그들은 보수를 받는 군인이 아니었다. 오히려 돈을 내고 있는 군인들이었다. 그들이 메고 있는 목총은 그들이 국민회에 낸 기부금으로 마련된 것이었다.

그런데 조선사람들의 군사훈련을 못마땅해하는 사람들이 있었다. 그들은 루나나 농장주들이었다. 밤의 군사훈련이 낮에 집단행동으로 나타날지도 모를 위험 때문이었다. 그렇다고 그들은 내놓고 방해하지도 못했다. 일과가 끝난 다음의 자유시간에 하는 일인 데다가, 잘못 방해를 하려고 들었다가는 민족감정을 다치게 되어 그야말로 집단행동을 야기시키게 될 판이었던 것이다.

농장주들은 그런 고민을 국민회에 알리게 되었다. 국민회에서는 그런 모든 문제는 국민회서 전적으로 책임진다는 통고와 함께 협조를 부탁했다. 그리고 국민회 간부들은 각 농장을 돌며 정신교육을 곁들이게 되었다.

훈련에 참여하는 젊은이들의 열성은 일요일에 교회를 나가는 것과는 비교가 안 되게 적극적이었다. 목사들은 그동안 몇 년에 걸쳐 노동자들을 상대로 꾸준하게 전도를 해왔다. 그러나 젊은 사람들은 반수도 교회에 나가지 않았다. 농촌 출신들에게는 예수교가 낯설었고, 젊은 사람들은 하느님의 인도보다는 낮잠이 더 절실했고, 국민회의 기부금에다가 교회의 헌금까지 보태지면 그만큼 술값이 축나게 되는 것이었다. 그런데 군사훈련이 시작되자 젊은이들은 다투어 목총을 메고 나섰던 것이다. 그들에게는 하느님보다는 조국이 더 가까웠던 것이다.

하와이여자들과의 결혼 문제는 계속 심심찮은 이야깃거리를 만들어내고 있었다. 그러나 성사되는 경우는 하나도 없었다. 자꾸 맞선을 보이네 어쩌네 하다 보니 괜히 젊은 사람들 성욕만 자극하게 되어 중국인 사창가에 돈을 보태주고 있었다.

조선남자들은 하와이여자하고만 혼인을 하지 않으려는 것이 아니었다. 일본여자는 더 말할 것이 없었고 중국여자하고도 혼인이란 통하지 않았다. 오로지 조선여자가 아니면 안 된다고 머리를 내저었다. 그 막무가내를 농장주들이나 루나들은 이해하지 못했다.

중매에 실패를 거듭하면서 조선남자들의 마음을 알게 된 농장주들은 그 문제를 해결하기 위해 결국 국민회를 찾아갔다. 그들이 내놓은 방안은 조선여자들을 데려오자는 것이었다. 그 묘방은 국민회의 구상과도 맞아떨어졌다.

국민회에서는 합방을 계기로 조선사람들이 크게 낙망하고 의기소침해진 것을 알고 있었고, 그에 따른 방황이 방탕으로 빠져들고 있는 것을 걱정해 오고 있었던 것이다. 신속하게 시작한 군사훈련을 통해서 정신교육을 시키고 있었지만 그건 근본적인 치유책이 될 수가 없었다. 해결의 묘책이 없던 차에 뜻밖에 농장주들에게서 그런 제안을 받게 되었던 것이다.

조선여자들을 데려와 결혼을 시키게 되면 생활안정이 이루어질 뿐만 아니라 동포들의 수가 늘어나 동포사회가 그만큼 튼튼하고 강해질 수가 있었다. 그건 바로 독립운동기지의 강화였던 것이다.

농장주들과 국민회 사이에서 논의된 결론이 '사진결혼'이었다. 그 문제에 따른 모든 행정관계의 일은 농장주들이 해결하기로 했다.

국민회의 보증으로 결혼을 하러 오는 여자는 비자 없이 입국할 수 있다는 결정이 곧 내려졌다. 하와이의 경제권은 농장주들이 장악하고 있었고, 농장생산을 위한 노동력 안정과 신장이라는 명분 앞에서 그런 결정이 쉽게 내려진 것은 너무 당연한 일이었다.

사진결혼의 소문이 농장마다 퍼져나가면서 나이든 총각들의 가슴을 설레게 만들었고, 잊을 수 없는 고향병을 더욱 도지게 했다. 그런데 여자들의 비자 없는 입국은 조선사람들에게만 주어진 특혜가 아니었다. 농장주들은 그 방법을 일본 중국 필리핀 사람들에게도 확대 실시하게 했던 것이다.

사진관의 문턱이 닳아질 지경이 되는 가운데 최초의 조선 신붓감이 하와이에 도착하게 되었다. 국민회 회장 이대수가 시범을 보이듯 신붓감을 맞아들인 것이다. 전라도 처녀 최사라가 일본배 지양환을 타고 호놀룰루 항구에 닿은 것은 1910년 12월 2일이었다.

24

세월의 상처

넓은 들녘의 논에는 벼그루터기들만 앙상하게 남아 있었다. 텅 비어버려 여름보다 더 넓어 보이는 들녘에는 맵고 찬 바람만 가득했다.

보름이는 추운 줄도 모르고 또 가슴아 터져라 하고 매운 바람을 양껏 들이켰다. 숨을 들이켤 때면 저절로 감기는 눈앞에 어머니와 세 동생들의 얼굴이 선하게 떠올랐다. 그리고 숨을 토해낼 때면 펼쳐져 나간 들녘 끝으로 마음은 달음박질해 가고 있었다.

보름이는 들녘이 눈앞에 펼쳐지기 시작하면서부터 그 놀이를 즐기며 부산하게 걷고 있었다. 들녘을 보는 것만으로도 가슴이 탁 트여 살 것만 같았고, 이미 친정 안마당에 들어선 기분이었다. 산 첩첩한 무주에 갇혀 살며 얼마나 그리워했던 들녘인지 모른다.

보름이는 보퉁이를 바꿔들며 달게만 느껴지는 매운 바람을 또

들이켰다.

까욱 까욱 까욱…….

보름이는 소스라쳐 놀라며 사르르 내려감고 있던 눈을 번쩍 떴다. 들이켜고 있던 숨길도 뚝 멎었다.

까마귀떼가 날개를 푸득거리며 날아오르고 있었다. 그러나 까마귀들은 높게 솟는 것이 아니었다. 검은 날개들을 펄럭거리며 사람 키 높이쯤으로 몸을 띄웠다가는 논 서너 마지기 건너로 내려앉고 있었다. 인기척에 놀라 마지못한 듯 자리옮김을 하고 있는 것이었다.

검은 날개들의 펄럭거림과 그 음산한 까욱거림과 사람을 무서워하지 않는 능청스러움에 보름이는 그만 소름이 끼쳤다. 까마귀떼에 정이 떨어진 지는 이미 오래전이었다.

저것덜이 여그꺼정 멀라고 왔을꼬. 인자 산에 묵을 것이 없어서 긍가……?

보름이는 이런 생각을 하며 주위를 두리번거렸다. 눈에 띄는 작은 돌멩이 하나를 얼른 집어들었다. 돌멩이가 얼음덩이처럼 차가웠다.

보름이는 돌멩이를 던지려다가 멈칫했다. 그 끔찍스런 장면이 떠올랐던 것이다. 소나무 가지마다 목매달려 죽은 의병들의 시체에 까마귀들이 새까맣게 달라붙어 있었다. 시아버지가 산골이 울리도록 소리치며 돌팔매질을 해댔지만 까마귀떼는 달아날 기척도 하지 않았다. 아니, 달아나기는커녕 오히려 이쪽으로 덤벼들 기세였다. 돌이 날아가면 몇 마리씩 괴성을 지르며 날개를 거칠게 퍼득거리는 것이 곧 이쪽으로 날아들 것만 같았던 것이다.

"안 되겄다, 그냥 가자. 저것도 다 하늘이 시킨 것잉게."

시아버지가 한숨을 쉬며 돌아섰다.

보름이는 그때처럼 소름 끼치는 무섬증이 들었다. 자신이 돌을 던지면 까마귀떼들이 한꺼번에 자신에게 덤벼들 것만 같았던 것이다.

보름이는 돌멩이를 버리지도 못한 채 살금살금 발을 옮기기 시작했다.

보름이는 또 그나마 남편의 죽음을 다행으로 생각했다. 남편은 너무나 어이없고 억울하게 죽었다. 의병과 내통한다고 하여 왜놈들에게 총 맞아 죽고 말았다. 그러나 혼자 죽은 것이 아니라 동네 젊은 남자들과 함께 당한 죽음이라 표나게 슬퍼할 수도 없었다. 왜놈들은 멀리 끌고 가지 않고 뒷산에서 총질을 해버렸다. 그래서 묘나마 쓸 수 있었던 것이다. 의병이 아니더라도 대토벌이 벌어졌을 때 왜놈들에게 끌려가 종적을 모르는 사람이 한둘이 아니었다. 그 사람들이 흉하게 죽어 까마귀떼에 뜯겼을 것은 더 말할 것도 없었다.

넓고 넓은 들녘에서 자란 탓으로 산들이 겹겹으로 담을 친 속에서 사는 것은 답답해서 미칠 지경이었다. 그런데 남편마저 잃어버리게 되자 산들은 가슴으로 밀고 들어왔던 것이다. 그 암담한 세월의 힘겨움을 시아버지가 헤아려주었다. 여름과 겨울에 친정 나들이를 허락했던 것이다.

먼발치의 둥그스름한 야산 밑자락으로 동네가 드러났다. 보름이는 보퉁이를 머리에 얹었다. 그리고 마구 뛰기 시작했다. 보름이는 벌써 어머니 냄새를 가슴 가득 맡고 있었다. 눈에는 눈물이 그렁그렁 고이고 있었다.

"엄니이, 어엄니이……."

보름이는 사립을 뛰어들며 마치 어린애처럼 어머니를 소리쳐 불렀다.

"누님이여, 큰누님!"

지게문이 벌컥 열리며 동생의 목소리가 터져나왔다.

"머시라고, 보름이라고!"

뒤따라 울린 어머니의 목소리였다.

"야아, 엄니 나 보름이구만이라."

보름이는 토방에 발을 디디며 인사했다. 그 목소리는 벌써 반가움에 겨운 울음이었다.

"큰누님, 어서 오소."

남동생 대근이가 맨발로 토방으로 내려서며 보퉁이를 받았다.

"아이고메 아가, 어서 오니라. 이 추운디 몸땡이가 다 얼어터졌겄다."

감골댁이 눈물 떨구는 목소리로 딸을 얼싸안았다. 그녀는 시집을 보내 아이를 낳은 딸을 대하면서도 '아가'였다.

"엄니, 그간에 어찌 사셨소. 몸언 성허시당가요?"

어머니의 어깨에 얼굴을 묻은 보름이는 목이 메면서 손바닥으로는 어머니의 등을 더듬어내리고 있었다. 보름이는 더 좁아지고 얇아진 어머니의 등에서 배고픔에 시달리며 늙어가는 어머니를 느끼고 있었다.

"하면, 나야 성허제. 니넌 어찌냐, 무병허냐?"

거칠고 마디 굵은 감골댁의 손도 딸의 등을 쓸어대고 있었다.

"큰누님 춥구마넌."

그때까지 먼눈길을 보내며 눈을 껌벅이고 있던 대근이가 퉁명스럽게 말했다. 그의 눈자위는 물기에 젖어 있었다.

"아이고, 이놈에 정신 잠 보소. 얼렁 들어가자, 얼렁."

재빨리 눈물을 훔친 감골댁이 보름이의 등을 싸안았다.

"대근아, 인자 총각이 다 되았네."

보름이는 남동생을 보고 웃음지으며 손을 꼬옥 잡았다. 손이 두껍고 실했다. 그 손에서 문득 오빠를 느꼈다.

"총각언 무신······."

대근이는 누나를 마주 보며 쑥스럽게 웃었다. 그 웃는 모습이 아버지 같기도 하고 오빠 같기도 해서 보름이는 가슴이 찡 울리는 것을 느꼈다.

"여그, 여그, 일로 앉거라."

감골댁은 아랫목에 깔아둔 얇은 이불을 걷으며 보름이를 잡아끌었다.

아랫목은 미지근할 뿐이었다. 그 식어가고 있는 온기에서 보름이는 친정의 피어날 줄 모르는 궁한 살림살이를 가슴 저리게 느끼고 있었다.

"근디, 아넌 어찌고 혼자다냐?"

감골댁이 이불을 끌어다가 딸의 무릎을 덮어주며 조심스럽게 입을 뗐다.

"이, 시아부님허고 약초럴 강경꺼정 실어내니라고 집에 띠났구만이라우. 그라고 그 일이 아니라고 혀도 삼봉이럴 딜고 오기넌 에롭구만요. 날 추운디 병 얻는다고 시아부님이 먼 질 못 뜨게 헝게요."

보름이는 어머니에게 미안한 웃음을 지었다.

"이, 그려. 그 댁도 그 자석이 귀헌 손 아니라고, 귀허고말고." 감골댁은 생각 깊은 얼굴로 고개를 끄덕이고는, "허먼, 시아부님언 강경서 혼자걸음 허신 것이여?" 걱정스럽게 물었다.

"아니어라, 동네사람덜 서넛이 함께 걸음 힜구만이라우."

어머니가 마음쓰지 않게 하려고 보름이는 일부러 환히 웃어 보였다. 그 환한 웃음에 처녀 적의 고운 모습이 피어났다.

"사둔어런 맘이 넓고 넓은 분이여."

감골댁이 나직하게 뇌었다.

"대근아, 그것 잠 요리 도라."

보름이는 보퉁이를 손가락질했다. 보퉁이에는 장을 본 물건들이 들어 있었다. 그 물건들을 어서 어머니 앞에 꺼내 보이고 싶었다. 그 물건들이 별것은 아니지만 그래도 시집살이가 고달프지 않고 시부모의 눈 밖에 나지 않고 살고 있다는 어엿한 증표였던 것이다. 남편을 잃어버리고 홀몸이 되어 어머니의 속근심이 가실 날이 없다는 것을 알지만 그것이야 자신으로서도 어찌할 수가 없는 일이었다.

"엄니, 요것언 엄니가 쓸 참빗이고 바늘이요. 그라고 요것언 보선

맹글어 신으라고 끊은 일본광목인디, 많이넌 못 끊고 두 자구만이
라우."

보름이는 참빗과 바늘쌈을 광목 위에 올려 어머니 앞에 내밀었다.

"아이고 멀라고 요 비싼 것덜얼 사온다냐. 산 골골이 더터서 심
들게 캔 약초 팔아갖고 돈 이리 쓰다가넌 니 시집에서 미움 산다.
맨손이 서운허면 동상덜 엿이나 잠 사다 주면 됐제."

감골댁은 정색을 하고 딸을 나무랐다.

시집살림 축내서 좋을 것이 없었던 것이다.

"엄니, 아무 걱정 마씨요. 나가 마다고 히도 시아부님이 다 알아
서 헌 것잉게."

보름이가 목을 움츠리며 눈웃음을 쳤다.

"그려도 끝꺼정 마다고 혔어야제. 서로가 뻔히 다 아는 살림밑천
인디."

감골댁은 무명베에 비해 훨씬 결이 곱고 광택이 좋은 광목을 매
만지며 시름겹게 말했다. 홀로 된 젊은 며느리의 친정길을 빈손으
로 보내지 않으려는 시아버지의 마음과, 모처럼의 친정걸음을 빈손
으로 하지 않으려고 농사일 틈틈이 약초를 찾아 산골을 허덕이며
오르내렸을 딸의 발싸심이 환히 눈에 보였던 것이다.

"큰언니 맞제, 큰언니!"

반가움이 왈칵 넘치는 외침과 함께 다급하게 방문이 열렸다.

"이, 수국아."

"언니이……."

보름이와 수국이가 얼싸안았다.

"나 꿈이 맞네, 나 꿈이……."

수국이의 반가움에 겨운 소리였다.

"아침에 까치 우는 소리넌 못 들었구마."

대근이가 뚱하니 한마디 걸쳤다.

"그려, 느그덜이 나보담 낫다."

감골댁이 말을 받으며 웃음을 피웠다.

"니 샘에 갔다 왔구나."

보름이가 수국이의 물기 젖은 머리카락을 쓸어넘겨 주었다.

"이, 바가지럴 엎었는디도 물이 자꼬 춤얼 춘당게. 옛날에 언니넌
안 그러등마는."

수국이는 멋쩍어하며 제 손으로 다시 머리칼을 쓸어넘겼다.

"체에, 궁뎅이가 고샅 좁다고 춤얼 춘게 물이 몸살얼 앓는 것이제."

대근이가 콧방귀를 뀌었다.

"니 또 그놈으 애맨 소리!"

수국이의 손이 잽싸게 대근이에게로 뻗쳤다.

"아이고, 아이고, 살점 떨어져 나가네."

대근이가 몸을 들썩이며 맘놓고 소리를 질렀다. 수국이의 손가
락이 대근이의 옆구리를 꼬집어대고 있었다.

"아서, 아서, 총각 죽이겠다."

보름이가 손을 저으며 웃었다.

"처녀 궁뎅이 큰 것이야 보물이제."

눈을 흘기며 감골댁도 웃었다.

"엄니가 그리 역성든게 요것이 우아래럴 몰라본단 말이시."

수국이가 대근이의 어깨를 픽 치며 눈이 찢어지게 흘겨댔다. 그러나 그 얼굴에는 웃음이 담겨 있었다.

"여그, 요것 니 거이다."

보름이가 수국이 손에 색실묶음을 쥐어주었다.

"아이고메, 이쁘기도 헌 거. 요거 일본색실 아니라고? 글안해도 나넌 은제나 요리 존 것얼 갖어볼꼬 있었는디."

색깔이 고운 색색의 수실을 싸잡으며 수국이는 기쁨에 넘치고 있었다. 가슴께에 손을 모아잡은 수국이의 얼굴은 붉게 물들어 있었다. 보름이는 동생의 헐어빠진 입성에 비해 너무 곱게 생긴 얼굴이 서러워 눈길을 돌렸다.

"속창아리없이 왜놈덜 물건 좋아허들 말어." 대근이가 느닷없이 것지르고는, "큰누님도 우리 생각허는 것이야 고마운디, 아까운 돈 없애감서 왜놈덜 물건 쉽게 사딜 말소. 다 나라 망쪼드는 것잉게." 큰누나를 쳐다보며 정색을 하고 말했다.

"음마, 음마, 진작에 망해뿐 나란디 더 망헐 나라가 어딨냐!"

수국이가 동생을 향해 야무지게 쏘아붙였다. 동생을 노려보고 있는 눈이 표독스러움을 가장하고 있는 듯했다.

"넋나간 소리 말어. 나라가 망혔어도 땅언 그대로 있고, 백성덜도 그대로여. 나라럴 뺏겼으면 백성덜이 되찾을라고 정신덜얼 채레야제, 니나 나나 왜놈덜 물건 삼스로 누구 배불리는지 몰르고 나대는 것언 망친 나라 망치고 망치고 또 망치자는 넋빠진 짓거리덜이여. 그래 갖고야 백 년 천 년 왜놈덜 종질이라고."

대근이는 목에 핏줄을 세우고 있었다.

"아이고, 누가 듣겄다 와."

감골댁이 팔을 내저으며 질색을 했다.

"쟈가 어찌 저리 똑똑헌 소리럴 헌다냐?"

보름이는 어리둥절한 눈으로 어머니와 수국이를 둘러보았다.

"저것이 다 들은 풍월이랑마. 서당에 나댕김스로 똑 헌병헌터 잽혀가 늑신허게 매타작당헐 소리만 배와갖고 와서 저리 아는 척해쌓고 야단이란 마시."

수국이가 눈을 흘기며 입을 삐죽거렸다.

"무신 서당이 그런 것도 갤치능고?"

보름이는 더욱 의아스러워졌다.

"긍게 말이시. 신세호라등가 신네호라등가 허는 사람이 벨 요상시런 것얼 다 갤치고 그런다드랑게."

수국이가 색실을 매만지며 코웃음을 쳤다.

"돈 안 딜이고 뚫린 구녕이라고 그리 주딩이 멋대로 놀리덜 말어. 선상님 존함얼 놓고 머시가 어찌고 어쩌? 신네호! 빌어묵을 주딩이럴 팍 그냥!"

눈을 부릅뜬 대근이가 주먹을 치켜들었다. 곧 내려칠 기세였다.

"아이고메, 엄니, 엄니……."

수국이가 화닥닥 감골댁 뒤로 몸을 감추었다.

보름이는 무슨 영문인 줄 몰라 화가 난 대근이만 바라보고 있었다. 그렇게 화가 난 대근이의 모습은 자주 본 적이 없었다.

"그려, 선상님얼 그리 말헌 것언 수국이가 잘못혔응게 대근이 니가 참어라. 그 선상님이야 꿈에라도 그리 말해서넌 안 되제. 글얼 갤차줌스로 돈얼 받기럴 허냐, 뼈대 있는 양반임스로 사람에 차등얼 두기럴 허냐. 그 선상님 아니었음사 어디서 글얼 깨치고, 어디라고 시상 물정얼 알았겄냐. 양반 중에 다시없는 분이시제. 수국이 니도 그 선상님 놓고 입 못되게 놀리덜 말어라. 고것은 사람 도리가 아닝게로."

감골댁은 차분하게 아들을 쓰다듬고 딸을 타일렀다.

신세호, 처음 듣는 이름이었다. 보름이는 송수익 같은 양반이 어디 또 있는 모양이라고 생각했다.

"엄니 말 들어봉게 수국이가 잘못혔다. 선상님 그림자넌 볿지도 않는 것인디, 수국이가 장난으로 헌 말잉게 니가 화럴 풀어라." 보름이는 대근이의 등을 다둑거리고는 "니 인자 담배 피지야? 요것 맘에 들란지 모르겄다." 쌈지를 내밀었다.

"나헌티꺼정 멀라고……."

대근이는 어색스럽게 웃으며 얼굴을 붉혔다.

"힝, 나이 열여섯에 지게질언 서툴러도 담배넌 골촌 것얼 언니가 어찌 알았능고."

수국이가 어머니 등뒤에서 얼굴을 빠끔 내밀며 오금을 박았다.

"지기럴, 나도 돈 있어 장개럴 제때 들었음사 두 자석 애비여."

대근이가 쌈지를 펴보며 받아쳤다.

감골댁과 보름이는 서로 마주 보며 웃음을 짓고 있었다.

오랜만에 세 자식을 모아앉힌 감골댁은 마음이 흐뭇하면서도 한쪽은 비어 있었다. 작은딸 정분이야 시집을 보냈으니 그만이지만 큰아들 영근이는 있어야 될 자리였던 것이다. 스물에 떠나 스물여섯이 되도록 감감 무소식이니 기다리고 기다리던 가슴은 타다타다 숯이 되고 말았다. 쉬 돌아오지 못할 몸이면 그 편지라는 것이라도 한 장 보낼 일이지 어찌 된 것인지 알 수가 없었다. 하긴 아들은 언문을 더듬더듬 읽기는 했어도 마음먹은 대로 쓸 줄은 몰랐다. 서로 못 배운 사람들끼리 누구보고 써달랄 수도 없고 차일피일 미루다 보니 그리됐겠거니, 그저 무소식이 희소식이겠거니 해가며 보낸 6년 세월이었다. 큰아들만을 기다리기로 치면 긴긴 세월이었고, 몸뚱이 하나를 굴려대며 아이들 입에 거미줄 치게 하지 않으려고 발버둥치고 산 것으로 치자면 정신없이 지나간 세월이었다. 그리움에 사무쳐 걱정이 되고, 걱정이 겨워 병이 되어 큰아들 이야기를 입에 올리지 않은 지도 오래되었다. 이야기를 하게 되면 마음병은 새로운 아픔으로 도지는 것이었다.

"엄니, 엄니도 인자 많이 늙으셨구만이라."

어머니를 물끄러미 바라보고 있던 보름이가 목이 젖었다. 흰머리 희끗거리기 시작한 어머니의 모습이 가슴 아리고 한스러워 자신도 모르게 나온 말이었다.

"아니여, 아녀. 나 안직도 기운 펄펄허다. 대근이가 들돌 씨언허게 들어올려 보기 좋게 떡칠 맨치 장성혔는디 나가 이만허니 안 늦음사 욕 얻어묵으라고."

감골댁은 머리를 쓸어넘기며 일부러 환한 웃음을 피워냈다.

"정해논 신랑감도 없는디 색실 그만 되작이고 얼렁 밥이나 허소. 먼 질 오니라고 큰누님 얼매나 배고프겄어."

대근이가 색실을 매만지기에 정신을 팔고 있는 수국이에게 퉁을 놓았다.

"이, 얼렁 밥 앉혀라."

감골댁이 잊고 있었다는 듯 지체없이 말을 받았다.

"언니, 쬐깨만 기둘리소. 금세 밥 맛나게 해올랑게."

수국이가 방싯 웃으며 일어났다.

"잡곡 싹 빼고 쌀밥 혀라, 쌀밥!"

감골댁이 다급하게 일렀다.

"엄니이, 쌀밥언 무신……."

"시끄럽다. 니 믹일 쌀언 있다."

감골댁은 보름이의 말을 무질러버렸다.

논 귀한 무주라 첩첩산골에 살면서 1년 열두 달 사시장철 쌀밥이라고는 구경도 못했을 딸에게 아무리 궁한 살림이라고 해도 잡곡밥을 먹일 수는 없었다. 명색이 들판에 있는 친정을 찾아온 딸이었다. 김 참봉의 음흉한 손길을 피할 겸해서 아무 차림도 갖추지 못한 채 시집이라고 떠나보낸 것을 생각하면 그제나 이제나 가슴이 아리고 저렸다.

보름이는 몸을 일으켰다.

"어디 갈라고?"

"뒷간에 잠 갈라고라."

"니 수국이 일 덜어줄라는 것 아니겄제? 몸 곤헌디."

"야아, 아니구만이라우."

보름이는 뒷간으로 가며 집 안을 둘러보았다. 집 안은 예나 다름 없었지만 집은 좀더 낡아 있었다. 오빠와 여동생 정분이가 함께 살았던 집, 그때가 그래도 정겨웠던 때였다. 멀리 떠나간 오빠는 소식이 없고, 정분이가 시집가고 없는 집은 어딘가 썰렁하고 빈 것 같았다. 그래도 정분이는 자신보다 효녀였다. 남편이 무사해서 어머니 마음에 근심을 심어주지 않고 살아가고 있었던 것이다.

보름이는 뒷간을 거쳐 부엌으로 들어갔다.

"음마, 멀라고 나온가. 들어가 쉬소. 나 혼자서도 요렇타께 다 헐수 있네."

수국이가 보름이의 등을 떠밀었다.

"아니여, 아니여. 니허고 이얘기헐라고 나온 것이여."

"이, 그것이야 좋제. 글먼 언니넌 아무 일 말고 저그 앉어서 이얘기나 허소."

수국이는 언니를 아궁이 앞으로 밀어다 앉혔다.

"작은언니넌 소식 있디야?"

보름이는 아궁이에서 타고 있는 짚불을 지그시 바라보며 말했다. 가느다랗게 피어오르는 파란 연기와 함께 짚이 타는 상큼한 냄새에 옛생각들이 휘감기고 있었다.

"그냥 그리 산다등마."

"갸도 은제나 심 피고 살아질랑고."

"작은언니야 원체로 맘이 심지고 지독형게 엄니야 항시 큰언니 걱정이제."

"그려, 나가 엄니헌티 근심단지다. 내 팔자가 궂어서……."

부지깽이로 짚단을 받쳐 바람을 들이고 있는 보름이의 목소리는 시름겨웠다.

"음마, 언니넌 벨소리 다 허네. 언니가 혼자된 것이 언니 팔자가 궂어서간디. 다 시상이 지랄 겉에서 그리된 것이제. 팔자가 궂은 사람이야 오월이 언니 같은 사람이제."

"이, 오월이넌 어찌고 산다냐?"

"말도 말소. 그 언니 시방 오빠 생각으로 밤잠 못 자고 애가 탈 것이네."

"뜸금없이 무신 소리여?"

보름이가 놀라며 동생 쪽으로 후딱 고개를 돌렸다.

"참, 큰언니넌 사진결혼 소식 몰르고 있제?"

수국이는 왼손으로 제 허벅지를 치며 눈을 빛냈다.

"사진결혼?"

보름이는 의아스런 얼굴이 되었다.

"이, 말 잠 들어보소. 얄궂은 일이 새로 생겼단 말시."

수국이는 살강 앞에서 반찬을 만들다 말고 보름이 옆에 쪼그리고 앉았다.

"그것이 궁게로 서너 달 전에 생긴 일인디 말이시, 하와이로 간 남정네덜이 혼인얼 헐라고 조선처녀덜얼 구허는디, 먼 뱃질 올 수가 없응게 사진얼 보낸 것이여."

"아니, 오빠가 인자 와서 오월이헌티 사진얼 보냈단 말이여?"

보름이는 마음이 급해 불쑥 묻지 않을 수가 없었다.

"아니시, 그거이 아니고 말이시, 인자 와서 처녀덜이 사진으로 신 랑감얼 골르고 야단인 판인디, 그간에 끈허니 기둘리지 못허고 시 집가서 헌지집 되야불고, 팔자꺼정 굿어서 혼자된 오월이 언니가 얼매나 애태움서 땅얼 치겄능가."

수국이의 말투는 곱지가 않았다.

"집안찌리 언약이 된 것도 아니고 소식 한 장 없는디 무신 수로 처녀나이 시물셋꺼정 시집얼 안 갈 것이냐."

보름이는 아궁이의 너훌거리는 불길을 하염없이 바라본 채 중얼 거리고 있었다. 호열자라는 괴질로 남편이고 자식까지 잃어버린 오 월이가 가엾고 딱하기만 했다.

보름이는 새로운 걱정이 일고 있었다. 사진으로 신붓감들을 구 하고 있다면 오빠는 영영 돌아올 수 없는 것인가.

그러나 보름이는 그 말을 입 밖에 꺼낼 수는 없었다.

"수국아, 그 사진결혼인지 먼지럴 엄니도 알고 기시냐?"

보름이의 목소리가 가늘어졌다.

"아닌디, 나넌 말 안 혔는디."

수국이는 몸을 사리며 고개를 저었다.

"어찌서 말 안 혔제?"

"음마, 언니도. 남정네딜이 하와이로 색씨딜 불러딜여 혼인허는 것이야 거그서 영영 살겄다는 것 아니라고. 엄니가 그 일얼 알먼 어찌 되라고?"

"그려, 그려, 참 잘혔어. 니 소견이 인자 다 큰 어런이다."

보름이는 동생의 등을 다독거렸다. 수국이는 그제야 머쓱해졌다. 언니의 말을 잘못 알아듣고 언니를 깨우치듯 대답한 것이 쑥스러웠던 것이다.

"엄니가 어디서 그 소문얼 들었을란지도 모르제."

보름이가 중얼거렸다.

"이, 그러고도 내색얼 안 허는지도 몰라."

수국이가 무겁게 몸을 일으켰다.

"엄니가 기둘린디 나 들어가 볼란다."

보름이도 부지깽이를 놓고 일어섰다. 마침 밥물이 끓어넘치기 시작하고 있었다. 이야기하면서 불때는 일을 거든 셈이었다.

"하먼, 얼렁 들어가소. 근디 언니, 저녁에 어디 마실 갈랑가?"

"안 되제, 첫날인디 엄니랑 식구덜허고 함께 지내야제."

"어메 존거. 나 이따가 언니 옆이서 잘라네."

불쑥 말을 해놓고 수국이는 옆눈질을 하고 돌아가며 부끄럽게 웃었다. 보름이는 고개를 끄덕여 보이며 더없이 따스한 웃음을 지었다.

"수국이가 또 무신 새살까디야?"

방으로 들어서는 보름이에게 감골댁이 물었다.

"아니어라, 벨소리 안 허둥마요. 수국이도 인자 반찬솜씨가 지대로 잽혔드만이라."

보름이는 얼른 말을 둘러붙였다.

"몰르겄다. 지대로 해묵는 것이 있어야 솜씨가 늘든지 말든지 허제." 감골댁은 가늘게 한숨을 쉬고는, "이따가 밥 묵고 무주댁헌티 넌 니 왔다고 말 전해야 헐 거이다" 하며 중한 일을 챙겼다.

"그래야제라. 근디 곱단이 아부지넌 어찌 됐다요?"

보름이의 목소리가 낮아졌다.

"소식 끊긴 지가 발써 2년이다."

"무신 일 생긴 것 아니겄소?"

"어찌 알겄냐. 참말로 답답허고 막막헌 시상이다."

"무주댁도 맘고상 몸고상이 끝도 없구만이라."

"긍게 말이여, 니나 나나 다 시상 잘못 만낸 죄제. 이따가 무주댁헌티넌 요런 말 비치지도 말어. 째진 속살에 소금 뿌리긴게."

가라앉은 어머니의 말에 보름이는 무겁게 고개를 끄덕였다.

"무신 반찬이 이리 많다냐."

보름이가 놀란 눈으로 수국이를 쳐다보았다.

"많기넌 머시가 많혀. 간고등어 하나도 없는 반찬인디."

수국이가 입을 삐쭉했다.

밥상 가운데는 된장찌개가 놓였고, 무채무침과 콩나물에 젓갈종

지까지 놓여 있었다. 거기다가 김장김치까지 곁들여지고 쌀밥그릇이 네 개가 놓여 밥상은 그득하고 푸짐했다.

"배고픈디 얼렁 묵어라, 얼렁."

감골댁은 밥을 듬뿍 떠서 보름이의 그릇에 옮기며 채근했다.

"엄니, 이러면 나 밥 안 묵을라요. 글안해도 나 밥이 질로 많이 퍼졌구마는."

정색을 한 보름이는 밥을 되퍼서 어머니의 밥그릇으로 옮겼다.

"엄니, 그냥 잡숫시요. 엄니가 그래싸면 누님이 묵을 밥도 못 묵웅게."

대근이의 말이었다.

"음마, 가다가 옳은 소리도 다 허네."

수국이의 말이었다.

"그려, 그려. 다 얼렁 묵자."

감골댁이 세 자식을 둘러보았다.

보름이는 밥알을 꼭꼭 씹었다. 참으로 오랜만에 대하는 쌀밥이었다. 그러나 그것이 쌀밥이라서 자꾸 목에 걸려 넘어가지가 않았다. 그 쌀알 하나하나는 어머니의 허리 휘고, 두 동생들의 골이 빠진 고생살이로 모아진 것이었다. 입 안에서 씹히는 것은 쌀알이 아니라 어머니와 동생들의 살점 같기만 했다.

"푹푹 퍼서 많이 묵어라."

"야아……."

보름이는 목이 메어 간신히 대답했다.

설거지를 마친 수국이가 무주댁에게로 심부름을 갔다. 보름이는 직접 무주댁을 찾아가 인사하고 싶었지만 감골댁이 말렸다. 남의 집 눈치살이하는 처지에 마을꾼이 꼬이면 무주댁을 바늘방석에 앉히는 꼴이라는 것이었다.

무주댁은 보름이의 중매를 든 데다가 시집의 먼 친척이라서 누구보다 먼저 찾아봐야 될 사람이었다. 무주댁은 보름이가 과부가 된 다음부터 중매 선 것을 면목 없어 했지만 그건 중매의 잘못이 아니라서 감골댁도 보름이도 그만한 시집을 구해준 고마움은 변함없이 간직하고 있었다.

"아이고, 쌀밥 묵은 기운으로 사내끼나 또 꽈볼끄나."

뒤꿈치로 윗방문을 밀어댄 대근이가 엉치걸음으로 뭉그적이며 문지방을 넘어갔다. 보름이는 윗방을 들여다보았다.

"무신 사내끼럴 그리 가늘게 꼬냐?"

방바닥에 수북하게 쌓인 새끼줄이 너무 가늘어 보름이는 이상스러웠다.

"허 누님도, 척 보면 몰르겄어? 멍석 짤라는 것 아니여."

어느새 담배를 옮겨담은 새 쌈지를 꺼내며 대근이가 씩 웃었다.

"아니, 니가 발써 멍석도 다 짤지 아냐?"

보름이가 놀라서 물었다.

"인자 배우는 것이제 머."

대근이가 콧잔등 웃음을 지었고,

"아니여, 갸가 손끝재주가 영판 좋아서 멍석이고 망태기고 한번

배왔다 허먼 영축없이 짜낸다. 쬐깨 더 손이 실해지면 그 솜씨 이 근동서 당헐 사람이 없을 챔이여."

감골댁이 자랑 삼아 목청을 높였다.

"아이고 엄니, 자석 자랑허는 부모 머시가 되는지 알제라? 벌이 가 심심찮은게 억지로 허는 짓이제 재주가 좋기넌 머시가 좋아라."

대근이는 짚불화로에 곰방대끝을 박고 담배를 빽빽 빨아댔다.

보름이는 그만 코허리가 찡 울리는 것을 느꼈다. 허리를 구부정 하게 구부린 동생의 옆모습이 너무나 아버지를 닮았던 것이고, 열 여섯 살 나이에 벌써 동생은 생계를 위해 힘겨운 짐을 지고 있었던 것이다.

"우리 보름이가 왔다고?"

반가운 소리와 함께 방문이 열렸다.

"아짐, 그간에 편안허셨소?"

보름이와 무주댁은 손을 맞잡았다.

"이, 나야 그냥저냥 살제 머. 보름이넌 안직도 꽃이시. 아니여, 애 기엄니보고 보름이가 머시다냐. 이놈에 주딩이가 김제댁이란 말얼 어찌 그리 못 배우는지 모른당게."

무주댁의 기미 낀 얼굴에는 그저 반가움이 넘쳐나고 있었다.

"친정에 왔응게 그냥 보름이가 좋구만요. 김제댁이야 시집동네서 나 불르는 이름인디요. 절로 앉으시게라."

보름이는 무주댁을 아랫목으로 밀어다 앉혔다.

"요것 보잘것없는디 아그덜 입 다시게 허라고……."

보틈이는 보퉁이를 집어다 무주댁의 치마폭 위에 올려놓았다.

"머시가 요리 많당가?"

무주댁의 눈이 휘둥그레졌다.

"속이야 보잘것없당게라."

보틈이는 부끄러운 기색을 보였다.

"아이고, 먼 질 옴스로 그냥 올 일이제 올 때마동 이러면 미안시러서 어쩐당가. 나야 평상 자네 식구덜헌티 뺨싸대기 맞고 살어야 될 못된 중신에미 아니드라고."

무주댁은 보퉁이를 풀고 있는 손만큼 빠르게 말하고 있었다.

보퉁이에서 나온 것은 사탕 한 봉지와 실고구마를 삶아 말린 것이었다.

"아이고 참말로 너무 과허시. 없는 돈에 사탕언 머시고, 먼 질 옴스로 요것언 또 얼매나 짐이 됐을 것이여. 자네 덕에 우리 새끼덜 살판났네."

무주댁의 눈에 물기가 번졌다.

"부끄럽구만이라우."

보틈이는 고개를 돌렸다. 무주댁에게 사주고 싶었던 백동비녀를 살까 말까 몇 번이고 망설이다가 결국 마음을 닫았던 것이 미안했던 것이다.

"자아, 요것 맛 잠 보시게라."

무주댁이 사탕 하나를 집어 감골댁 앞으로 선뜻 내밀었다.

"어디가, 아그덜 갖다주소."

감골댁이 고개를 내저었다.

"아, 아그덜 입만 입이다요. 어런덜 입도 입이제. 나가 묵고 잡아 못살겄소."

무주댁은 또 하나를 집어들었다.

수국이가 쿡 웃으며 입을 가렸다.

"그려, 수국이 니도 한나 묵고."

무주댁이 수국이에게 사탕을 내밀었다.

"여그도 사람이 있구만이라."

윗방의 사잇문을 통해 들려온 소리였다.

"이, 총각이 거그 있었구마. 자네도 일로 건너와 한나 묵소. 우리 찌리 헐 이얘기도 있고 헝게."

"아이고 저 뻔뻔한 것 잠 보소."

감골댁은 쯧쯧쯧 혀를 찼고, 보름이는 더없이 흡족한 얼굴로 웃고 있었다.

"아짐 인심이야 항시 후헝게."

바지에 묻은 지푸라기 먼지를 털며 대근이가 문지방을 넘어섰다.

그들은 사탕을 하나씩 입에 물어 한쪽 볼들이 불룩해진 모습으로 둘러앉았다. 방은 좁고 관솔불빛은 흐렸지만 따사로운 정은 끈적하게 배나고 있었다.

"헐 이얘기란 것이 존 이얘기요, 궂은 이얘기요?"

대근이가 이야기를 독촉하듯 무주댁에게 물었다.

"이, 그것이 긍게 존 이얘기이기도 허고 궂은 이얘기기도 허시."

무주댁이 입 안에 고인 사탕물을 꿀떡 삼키며 자리를 고쳐앉았다.

"또 무신 일 났능가?"

감골댁이 무주댁의 눈치를 살폈다.

"긍게로 그것이 무신 일인고 허니 말이오, 일남이 아부지가 그지 께 밤에 살짝허니 댕겨갔당마요."

"음마, 철길공사장서 인자 풀어줬등가?"

감골댁이 놀라움과 의아스러움을 동시에 나타냈다.

"엄니도 참, 그냥 풀려난 사람이 밤에 살짝 왔다 갔겄소."

대근이의 낮은 목소리가 짜증스러웠다.

"자네 말이 맞네. 왜놈덜 몰르게 도망 나왔다는 것이여."

"혼자라등게라?"

대근이가 바짝 다가앉았다.

다른 사람들의 얼굴도 모두 긴장되어 있었다.

"그것이야 잘 모르겄고, 산에 있는 의병덜얼 찾아간다고 허드라 네. 의병덜이 안직도 산에 살아 있을랑가 몰라?"

무주댁이 불안한 얼굴로 말했다.

"하먼이라, 살아 있웅게 찾아 들어가는 것 아니겄소."

대근이의 말에는 힘이 짱짱했다.

"그간에 서로 무신 연락이 오가고 그랬을랑가?"

무주댁의 불안한 얼굴이 다소 풀리고 있었다.

"아매 그랬을 것이오. 의병이야 예삿사람덜이 아닝게요."

남편의 생사를 걱정하고 있는 무주댁의 마음을 헤아리며 대근이는 자신 있게 대답했다.

"그리만 되았음사 얼매나 좋겄어. 살았으면 소식이나 좀 전헐 일이제."

무주댁이 진한 한숨을 내쉬었다.

보름이는 까맣게 기미 돋은 무주댁의 얼굴을 보기가 가슴 아파 눈길을 돌렸다.

"일남이 엄니 무신 일 안 당헐랑가 모르겄네."

수국이가 울상을 지었다.

"왜놈덜헌티 또 머리끄뎅이 잽혀 뺑뺑이럴 쳐도 어쩌겄냐, 다 미런허게 열 많은 냄편덜 잘못 얻은 팔자소관이제. 일남이 엄니넌 우리 만복이 아부지가 즈그 일남이 아부지럴 베레났다고 날 원망허는 눈치든디, 일남이 아부지가 시 살 묵은 아새끼도 아니겄고, 누가 누구럴 베레놓고 말고 헐 것이여. 이래저래 속터져 못살겄당게."

무주댁은 빨고 있던 사탕을 마구 씹어댔다.

"참 큰일이시. 의병쌈으로 가망이 없이 됐으면 인자 처자석 딜고 딴디로 떠서 살아갈 방도럴 구해야 될 일 아니라고? 인자 의병언 사그러드는 불씬디."

감골댁은 갑오년 때의 일을 생각하며 마음 무겁게 말했다.

"그런 소견 아무나 낸다요. 요런 난리판굿 치는 어지러운 시상얼 탈 없이 살자면 초라니 임샌 같어야 허는디, 우리 만복이 아베고 일남이 아베고 다 눈치 없고 미런허기가 곰이랑게라."

초라니 임샌이란 약고 눈치 빠른 임덕구를 말하는 것이었다. 임덕구는 아예 의병에 가담하지 않은 채 그동안 죽은 듯이 숨죽이고 조심하며 살아오고 있어서 본인이나 집안에 아무 피해가 없었던 것이다.

"아짐, 고상시럽고 속상헌다고 그리 말허덜 마시게라. 초라니 임샌이 본받을 것이 머시가 하나라도 있다요. 임샌언 만복이 아부지나 일남이 아부지 발샅에 때만치도 못허요."

대근이의 말은 거침이 없었다.

"아이고, 또 저놈에 입. 어디 임샌만 그리 꾀살로 사는 것이냐. 시상살이야 다 지각각 사는 것잉게 냅둬라."

감골댁은 말보다는 눈빛으로 더 맵게 아들을 꾸짖고 있었다. 서당을 다닌 다음부터 옹이가 박이고 뼈가 생기기 시작한 아들의 말이 행여 씨가 될까 무서워 마음이 편치 못했던 것이다.

"허기야 지게럴 꺼꿀로 지고 갯바닥으로 나가든, 뜨건 밥 찬물에 몰아묵고 체를 허든 다 지 맘이제라. 근디 눈치 빠르게 요리저리 피해 산다고 어디 천 년 만 년 살아지간디요."

대근이는 슬그머니 고개를 돌리며 코웃음을 쳤다.

"그나저나 일남이 아부지가 댕겨갔다는 소문이 나먼 그 집안에 안 좋을 것인디."

감골댁은 조심스럽게 말을 돌렸다.

"하먼이요, 여그서나 헐 이얘기제라. 일남이 엄니보고도 입에 돌뎅이 달고 있으라고 일렀구만이라우."

감골댁의 말뜻을 알아들은 무주댁의 대꾸였다.

"의병이야 어찌 됐든 간에 일남이 아부지가 그 지독헌 철도공사 장서 도망해 나온 것만도 장허고 장헌 일이구만이라."

대근이의 말이었다.

"아까 옴스로 봉게 날이 추운디도 공사허니라고 사람덜이 애쓰고 있드라. 대근이 니넌 괜찮허냐?"

보름이는 대근이에게 눈길을 돌렸다.

"치이, 나가 양반집 자석도 아니고 부잣집 자석도 아닌디 괜찮헐 리가 있겄어. 진작에 한 파수 댕겨왔고, 은제 또 끌려가서 고상얼 허게 될란지 몰르제."

대근이가 쓰게 웃었다.

"여그넌 그래도 철길 놓는 디허고 잠 멀어서 괜찮헐랑가 했등마 소양이 없구나. 그놈에 철길이 우리 겉은 사람덜헌티 무신 영화럴 뵐란지 몰르겄다."

"영화넌 무신 영화. 군산서 전주꺼정 뚫린 신작로럴 보면 다 알 쪼제. 그 신작로로 실어내는 건 쌀이고, 들어오는 건 왜놈덜 물건 이여. 승합마차고 인력거도 돈 있고 권세 있는 놈덜만 타고 댕기고. 우리겉이 가난허고 천헌 것덜언 쌔빠지게 고상만 허고 재미야 왜 놈덜허고 조선놈 부자덜이 다 보는 것 아니여. 철길이라고 별수 있 을 것이여."

"대근이가 점쟁이시. 어찌 그런 것얼 훤히 다 내다보고 있다냐."

무주댁이 놀라는 기색을 드러냈다.

"점쟁이넌 무신 점쟁이여라. 누구 눈에나 다 뵈는 것인디라."

대근이의 심드렁한 대꾸였다.

"아니여, 눈이야 누구든지 다 달리고, 보기야 머시든지 다 보제. 근디도 시상 돌아가는 이치럴 알기에넌 눈뜬 봉사가 아니디냐. 구실이 서 말이라도 꿰야 보배드라고 니 말얼 듣고 봉게 앞뒤 아구가 딱 맞는 것이 예사 생각이 아니여. 옷에 오짐 싸서 소금 얻으러 오고, 호박에 말뚝 박어 매맞던 때가 엊그제 같은디 그간에 몸만 큰 것이 아니라 생각꺼정 어찌 그리 크담해졌을끄나? 긍게로 세월이 무심헌 것만은 아닌 것이제 잉."

무주댁은 새삼스러운 눈으로 대근이와 감골댁을 번갈아 보며 무척이나 신통해했다. 감골댁의 늙고 지친 얼굴에 보람스런 웃음이 엷게 피어나고 있었다.

"피이, 그것이 지 자작 생각이간디라? 다 서당에서 줏어들은 풍월이제."

수국이가 걸고 들었다.

"저 입방정, 또 싸울라고."

감골댁이 수국이에게 눈총을 쏘았다.

"그려, 서당 댕긴다고 아무나 생각이 그리 커지간디. 한 나무에 달린 모과도 크기가 다 지각각인디." 무주댁은 대근이를 역성들고는, "대근아, 요것 잠 물어보자. 사람덜 말로넌 인자 의병이 끝장났다고도 허고, 심 모아 새로 일어날 것이라고도 허는디, 니 생각으로넌 어찌겄냐?" 무척 진지하게 물었다.

"글씨요…… 나가 멀 알간디요." 고개를 숙임막해서 눈을 올려

뜬 대근이는 뒷머리를 긁적거리다가, "나가 듣기로넌 의병언 인자 새로 일어나기가 에롭다고 허드만이라. 사람덜이 겁묵어 더 모이덜 않는 디다가 왜놈덜 심이 원체로 씨서 이길 가망도 없응게 의병언 예전 동학군덜맨치로 시나브로 시들게 된다등마요." 그는 무주댁 의 눈치를 보아가며 어렵게 말을 했다.

"나도 그리 짐작혔는디, 글먼 어찌까? 만복이 아베가 집으로 찾 아들기넌 틀렸응게 나가 새끼덜 델꼬 산으로 찾아 들어가야 될 일 아닐랑가?"

무주댁의 느닷없는 말이었다.

모두의 눈길이 무주댁에게로 쏠렸다. 아무도 입을 열지 않았다. 방 안의 서먹한 침묵 속에서 관솔 타드는 소리만 가늘게 울고 있었다. 무주댁의 갑작스러운 말은 그만큼 놀랍고도 위험스러웠던 것이다.

"어이 무주댁, 그리 숨맥히게 생각허지 말소. 그런다고 될 일이 아니시."

감골댁이 힘겨웁게 입을 뗐다.

"글안허먼 어쩔 것이오. 그간에 혼자서 생각허고 또 생각혀도 그 방도밖에 없당게라. 아그덜 아베가 집으로 찾아들었다가넌 잽혀 서 죽을 것이고, 아베가 탈 없이 살자면 딴 디로 떠야 허는디, 어채 피 여그서 못살 신세가 됐응게 지가 찾아나스는 것이 안 낫겄능게 라?"

무주댁의 눈에 눈물이 맺히고 있었다.

"아니시, 그 타는 속 아는디, 그리혀서넌 안 되네. 산이 한둘이 아니고, 산 하나에 골이 또 한둘이 아닌디 어느 산 어느 골에 있는지 알고 찾아나설 것잉가. 의병이 한자리에 앉아서 도 닦는 시님도 아닌디 말이시. 기둘리소, 그간에 몇 년 세월도 참고 기둘림서 살았는디, 쬐깨만 더 기둘리소. 올 때가 되면 만복이 아부지가 쥐도 새도 몰르게 식구덜 델로 올 것이네. 만복이 아부지가 어디 예삿사람인간디. 기연시 델로 올 것이네. 근디 그때 자네고 새끼덜이 없어 보소. 만복이 아부지가 어찌 되겠능가. 여자넌 뿌리 실헌 나무가 돼야 허는 법이시. 남자가 날개 돋친 새로 몇십 년 떠돌다가도 소리 소문 없이 들이닥치면 그간에 건사헌 자석덜 내뵈고 편안헌 잠자리 피게 여자넌 실헌 나무가 돼야 허는 법이여. 남정네가 헐일없이 타관얼 떠돌아도 그리해야 허는 법인디 만복이 아부지야 더 말헐 것이 머 있간디. 안 그런가?"

감골댁의 말은 간곡하면서도 무게가 실려 있었다.

말이 없는 무주댁의 고개가 시나브로 수그러들고 있었다.

"아짐, 아짐 속 답답헌 것이야 다 아는디, 어쩌겠소, 기둘린 짐에 쬐깨 더 기둘려야제."

보름이가 무주댁의 손을 잡았다.

"그려, 자네 겉은 사람도 사는디 나가 너무 호강시러서 그리 생각헌 것인갑네. 어쩼그나 엄니 말씸이 맞제."

잠겨드는 소리로 말하며 무주댁은 고개를 끄덕거렸다. 낡은 치마 위로 눈물이 방울져 떨어졌다.

대근이는 슬그머니 윗방으로 건너가고 있었다. 흐린 관솔불빛에 그의 그림자가 유난히 크게 방을 채웠다.

"무신 다른 소식언 없능가?"

감골댁은 무주댁의 기분을 바꾸게 하려고 일삼아 물었다.

"그 머시라드냐, 토지조사 어쩌고 허는 소문이 자꼬 불어나는 것 말고넌 벨 소식이 없구만이라."

무주댁이 눈물을 훔치며 대답했다.

"이, 그 토지 머시라고 해쌓는 것이 무신 소리라등가?"

"지도 잘 모르겄구만이라. 왜놈덜이 땅얼 어찌헐라는 것인갑는디, 아짐이나 우리 집겉이 땅이 한 뙈기도 없는 사람덜이야 근심 안 혀도 될 일인 상싶구만요."

"이, 집도 절도 없는 거렁뱅이가 신간 편케 불귀경허는 심이로구만."

감골댁이 스산하게 웃었고, 옆에서 수국이가 킥 터지는 웃음을 막느라고 입을 가렸다. 보름이가 수국이에게 곱게 눈을 흘겼다.

무주댁은 사탕봉지를 만지작거리고 있었다. 감골댁은 그 손놀림에 아이들을 생각하고 있는 무주댁의 마음이 실려 있는 것을 느꼈다.

"어이 무주댁, 인자 가보소. 밤도 늦고 아그덜도 기둘리네. 보름이야 메칠 있을 것잉게."

"글먼 그리헐께라?"

무주댁은 곧 보자기의 네 귀를 모아 손아귀에 몰아잡았다.

"자네 덕에 우리 새끼덜이 생일 만냈네. 담에넌 이러덜 말소 이."

무주댁은 방을 나서며 보름이에게 재차 인사를 잊지 않았다.

보름이가 가운데 눕고 어머니와 수국이가 양쪽에 누웠다. 누가 먼저랄 것도 없이 보름이와 수국이는 이불 속에서 손을 잡고 있었다. 어둠 속에서 아무도 말이 없었다. 마당을 지나가는 바람소리가 추웠고, 문풍지 떠는 소리가 슬픈 울음처럼 애절했다. 멀리 떨어져 있으면 친정은 그리움이었고, 와서 보면 친정은 슬픔이었다. 보름이는 지향 없는 슬픔으로 양쪽 관자놀이께가 젖어내리는 속울음을 울고 있었다.

　아침햇살이 퍼지기를 기다려 보름이는 집을 나섰다. 들녘 멀리로 묽은 안개가 가라앉아 있었다. 햇살에 밀려 스러져가고 있는 안개였다.

　보름이는 들녘안개가 산골안개에 비해 싱겁다고 생각했다. 들녘의 안개는 들녘을 닮아 그저 아득하고 잔잔하면서 부드러울 뿐이었다. 그런데 산골의 안개는 산 줄기줄기를 휘감고 싸안고 돌며 뭉클거리고 꿈틀거리고 뒤엉키며 요동쳤다. 거칠고 억센 산을 닮은 모습이었다. 들녘안개가 치맛귀 얌전하게 여민 정갈한 여자라면, 산골안개는 저고리 풀어헤친 힘센 남자였다. 경치로 치자면 아무래도 산골안개가 더 낫다는 생각이 들었다. 보름이는 문득 산골사람이 되어가고 있는 자신을 느끼고 있었다.

　보름이는 햇살이 퍼지고 있는 들길을 재게 걸었다. 오월이가 마음에 쓰여 일찌감치 길을 잡은 것이다. 오월이가 학모가지가 되도록 오빠를 기다리다 못해 시집을 간 것을 생각하면 언제나 죄스러움이 앞섰다.

보름이는 신작로에 이르러 발길을 멈추지 않을 수가 없었다.

"시상에나…… 저 쌀섬덜 잠 보소…… 태산이 따로 없네……."

줄줄이 잇댄 달구지들이 쌀섬들을 가득가득 싣고 지나가고 있는 것을 멍하니 바라본 채 보름이는 중얼거리고 있었다.

달구지들은 군산 쪽으로 더디게 굴러가고 있었다. 쌀섬들이 군산으로 실려가는 것을 처음 본 것이 아니었다. 처녀 적부터 보아온 것이었다. 그런데도 쌀이 실려가는 것을 볼 때마다 가슴 철렁하는 놀라움과 걱정이 새롭게 일어나고는 했다. 쌀을 그렇게 쉼없이 일본으로 실어내니 쌀은 귀해지고, 쌀값은 오르고, 가난한 사람들은 쌀을 구경하기가 더욱 어려워지면서 장리변은 높아지고, 부자들은 날이 갈수록 자꾸만 배꼽이 튀어나오게 되어 있었다.

"다 배곯아 죽겄네…… 다 배곯아 죽겄어……."

보름이는 가슴이 내려앉는 시름에 묻혀 달구지들이 지나가기를 기다리며 연상 중얼거리고 있었다.

"이려, 이려!"

"이려, 요 잡놈에 소!"

달구지꾼들이 소리치며 소들의 엉덩짝을 갈겨대고 있었다. 목을 있는 대로 늘여뺀 소들은 입으로는 끈끈한 침을 질질 흘리고 코로는 뜨거운 김을 훅훅 내뿜으며 달구지들을 끌고 있었다. 날씨가 추워 내뿜는 콧김이 허연 것처럼 땀으로 맥질된 소들의 등판에서는 김이 피어오르고 있었다.

"어찌 될랑고…… 어찌 될랑고……."

보름이는 가라앉은 소리로 중얼거리며 신작로를 가로지르고 있었다.

보름이는 오월이네 동네 당산나무를 지나며 걸음이 더 빨라지고 있었다. 오월이의 얼굴이 떠올랐다. 울고 있는 얼굴이었다. 오월이는 눈에 띄게 잘생기지는 않았어도 수더분하게 항시 웃는 얼굴이었다. 그런데 떠오르는 것은 우는 얼굴이었다. 그것은 괴질로 남편을 잃고 나서 울 때의 얼굴이었다. 오월이는 처녀 적에 웃던 얼굴을 시집가면서 잃어버리게 되었다. 그러더니 남편과 아이를 잃고 나서는 우는 얼굴로 변하고 말았다.

샘 옆을 지나려던 보름이는 방망이소리에 고개를 돌렸다. 이 추운 아침부터 누가 빨래를 하나 싶은 생각이 스쳤던 것이다. 그런데 방망이질을 하고 있는 여자가 바로 오월이었다.

"아이고, 오월아!"

보름이는 자신도 모르게 왈칵 소리치며 샘으로 내달았다.

"잉? 누, 누구여……."

갑작스러움에 놀란 오월이는 보름이를 얼른 알아보지 못하고 더듬거렸다.

"나여, 나, 보름이."

보름이는 마치 아이들처럼 깡충거리기까지 하며 자기 가슴을 손바닥으로 토닥였다. 샘가에 아무도 없어서 처녀 적의 몸짓이 나오고 있었다.

"보름아, 니가 어쩐 일이여!"

오월이가 울음을 터뜨리듯 하며 방망이를 내던졌다. 둘이는 손을 마주 잡았다.

"니 미쳤냐. 이 추운 날 아침보톰 빨래럴 허고 나스게."

보름이는 쏘아댔다. 얼음장처럼 차가운 오월이의 손이 가슴 아프게 했던 것이다.

"괜찮혀. 샘물이야 냇물보담 뜨신게로."

오월이가 눈을 떨구었다.

어린 시동생들 많은 오월이의 고달픈 시집살이 아픔이 거기 있었다.

"무신 소리냐. 햇발이 쫙 퍼진 한낮에 허먼 손이 훨썩 덜 시리제. 삼동 아침 햇발에 비허먼 한낮 햇발이야 숨이불 아니다냐."

보름이는 마구 혀를 차며 오월이의 손을 내려다보았다. 손은 벌겋게 얼부푼 데다가 거친 손등은 갈가리 터서 실피를 물고 있었다.

"그리 신간이 편허먼 좋겠제. 한낮에넌 또 딴 일이 있응게……."

오월이는 슬픔인 듯 괴로움인 듯 쓸쓸하게 웃으며 손을 뒤로 감추었다.

"이 멍청이 가시네야, 일얼 앞뒤로 바꾸먼 될 것 아니겄어."

보름이의 입에서는 처녀 때 속상하면 쓰던 말이 튀어나오고 있었다.

"그것이 어디 내 맘대로 된다냐."

오월이가 한숨을 푹 내쉬었다.

"아니 글먼, 느그 시엄씨가 시집살이시키고 나스는 것이여?"

보름이는 가시 돋친 눈으로 남의 시어머니를 거침없이 '시엄씨'라
고 불러대고 있었다.

"다 나 팔자가 쪼그랑 팔자라서 그렇제."

오월이는 빨랫돌 앞에 쪼그리고 앉았다.

"니 시집살이가 안 맵다고 헌 것언 거짓말이었는갑네?"

보름이도 오월이 앞에 마주 앉았다.

"글씨…… 맘이 변헌 것이겠제. 서방 죽은 것언 돌담 허물어진
것이고, 시아부님 시상 뜨신 것언 짚담 넘어간 것 아니라고. 이래저
래 바람 막아줄 사람 없웅게 내 신세가 요 꼬라지제."

"시아부님이 시상 뜨셨다고?"

보름이의 눈이 커졌다.

눈물이 그렁해진 오월이는 고개만 끄덕였다.

시엄씨가 먼첨 죽어야는디 잘못됐다는 말이 곧 목을 넘어오는
것을 보름이는 간신히 참아냈다. 홀시아버지에게 살뜰한 정을 받으
며 사는 자신의 처지가 훨씬 낫다고 생각하며.

"나 그냥 팍 죽었으면 쓰겄다."

오월이가 손등으로 눈물을 씻고는 빨래를 끌어당겼다.

"그 무신 넋나간 소리여."

보름이가 오월이의 팔을 붙들었다.

"넋나가기넌…… 나가 서방이 있기럴 허냐 새끼가 있기럴 허냐.
그도 저도 아니면 시엄씨가 살붙게 허기럴 허냐. 나가 이 시퍼런
나이에 머럴 바래고 살아지겄냐. 애초에 글른 팔자 죽어서나 고쳐

알 것 아니여."

"이 미친 가시네야. 니만 팔자가 글르고 나넌 팔자가 늘어졌냐. 서방 없기로넌 나나 나나 똑같은 팔자여."

"음마, 그런 소리 말어. 사람이 죽어도 값이 다 달른 법이여. 사내 꼭지가 얼매나 못나고 짜잔허먼 괴질얼 못 이기고 죽었을끄나. 왜 놈덜 손에 죽었음사 평상 원수갚음 헐 맘으로나 살고, 어디서나 자랑 삼음서 살제. 이년 팔자넌 죽도 밥도 아니여."

오월이는 빨래를 마구 문질러대고 있었다. 보름이는 그런 오월이를 물끄러미 바라보고 있었다. 나이에 비해 너무 상한 얼굴이며, 여기저기 꿰맨 자리가 있는 낡은 입성이며가 가엾고 측은했다. 보름이는 빨래통에서 옷가지 하나를 집어들었다.

"니 시방 머허냐!"

오월이가 소스라치며 소리질렀다.

"가시네야, 간떨어지겄다."

보름이가 눈을 흘기며 소매를 걷었다.

"안 돼야, 냅둬, 냅둬!"

오월이는 빨래를 잡아채려고 들었다.

"니 어찌 이러냐. 니허고 나허고가 넘넘이냐? 우리넌 동무여. 근디 니 허는 일 손끝 맺고 앉어서 귀경만 헐끄나? 니넌 그럴 심판이여?"

정색을 한 보름이의 말에 오월이는 아랫입술을 물며 고개를 떨구었다. 그 입언저리며 볼이 씰룩거리고 있었다.

둘이는 한동안 말없이 빨래만 했다.

"시집살이 말고 무신 속상허는 일 또 없냐?"

보름이는 조심스럽게 말을 꺼냈다.

"없제 머……."

오월이는 고개를 저었다.

보름이는 오월이가 사진결혼 이야기를 일부러 피한다는 것을 알았다. 속 깊은 오월이다웠다. 보름이는 그 이야기를 덮기로 했다. 꺼내보았자 오월이만 상처 나게 하고 아프게 할 부질없음이었다.

"뜨신밥 한 끄니도 못 해묵고……."

"아니여, 이리 만내보는 것이 질이제."

보름이는 빨래통을 받쳐 오월이의 머리에 이어주며 설움의 덩이를 삼켰다.

"맘 강단지게 묵어."

보름이는 오월이의 등에다 대고 애타게 말했다. 빨래통을 힘겨웁게 이고 가는 오월이의 좁은 어깨가 들먹이고 있었다.

25

지반 다지기

"면장님 나리, 불르셨는게라우."

사무실로 들어선 장칠문이 절도 있게 거수경례를 올려붙였다. 그는 일진회원 제복이 아닌 순사제복에 긴 칼을 차고 있었다.

"불렀으니 왔겠제에?"

백종두는 목을 외로 꼰 채 장칠문을 거들떠보지도 않고 말꼬리를 길게 꼬아올리고 있었다. 그는 말꼬리를 꼬아올리는 것처럼 콧수염끝을 배배틀어 위로 솟기게 하는 손장난을 하고 있었다.

"야아, 무신 급헌 일이……."

장칠문은 자지끝이 찌릿 울리도록 강한 긴장을 느끼며 말을 얼버무렸다. 면장님의 말꼬리가 꼬여 올라가는 것은 화가 났거나 기분이 나쁘다는 표시여서 그는 오금이 조였던 것이다.

"요새 낮잠 자고 댕기는겨 술타령허고 댕기는겨?"

백종두는 여전히 본 체도 안 하며 말을 던지고 있었다.

"저어…… 열성으로 일허고 있는디요."

장칠문은 더욱 기죽어들며 신경을 곤두세웠다. 백종두의 꼬인 심중을 빨리 파악해야 했고, 그가 치고 있는 그물에 걸려들어서는 안 되었던 것이다.

"열성으로 일얼 혀어? 고런 표 안 나는 열성이면 순사복 벗고 느 그 아부지 밑이서 장사나 배우는 것이 낫덜 안컸냐?"

장칠문은 그때서야 머리에 번쩍 떠오르는 것이 있었다.

"야아, 면장님 나리가 시키신 일언 날마동 발샅에서 불이 나게 열성으로 허고 있구만이라우."

"체, 말언 청산유수시. 열성으로 허는디도 안직꺼정 아무 소식이 없어!"

백종두는 몸을 돌리는가 싶더니 뒷말을 큰소리로 외치며 책상을 쾅 내리쳤다. 장칠문은 흠칫 놀라며 더 빳빳한 부동자세가 되었고, 백종두는 싸늘한 눈으로 겁먹은 장칠문을 노려보았다.

"자네 똑똑허니 정신 채리고 들어. 나가 저번 참에도 말했디끼 그 일언 황해도나 평안도서만 일어날 일이 아니라 그것이여. 여그 전라도, 전라도서도 얼매든지 일어날 일이란 말이여. 자네도 전라 도놈잉게 전라도 물건덜이 얼매나 찔기고 독허고 맵고 짜운지 잘 알겄제? 어째서 조선팔도 다 빼놓고 동학당놈덜이 해필허고 전라 도땅서 질로 먼첨 일어나고, 질로 많이 일어났을끄나? 그적에 뒤질 만치 뒤지고 빙신이 될 만치 됐으면 기가 죽고 정얼 띠얄 것 아니

졌어. 근디 그것이 아니여. 아, 보호조약얼 맺은게 벌떼겉이 일어나는 그 화적떼덜얼 자네도 똑똑허니 봤제? 그놈으 의병인지 화적떼인지도 한번 일어나기 시작헝게 다른 도허고넌 달르게 이놈에 전라도땅에선 갈수록 불붙디끼 허지 안했냔 말이여. 그 찔기고 독헌 것이 전라도놈덜 심뽀여. 통감부서 남한 대토벌로 전라도땅얼 그리씨게 닦달얼 안 힜음사 지끔도 두 다리 뻗고 편헌 잠 못잘 것 아니겄어! 근디 말이여, 화적떼가 많이 죽었다고 히서 일이 다 끝난 것이 아니다 그 말이여. 요 맵고 짜운 전라도것덜이 또 때가 오기럴 기둘림서 죽은디끼 숨었다 그것이여. 고런 놈덜얼 쏙쏙 뽑아내란 말이여. 고런 놈덜 씨럴 몰리란 것이 총독부 엄명이여, 엄명!"

백종두는 또 책상을 내려쳤다.

백종두가 말하는 '그 일'이란 안중근의 사촌동생 안명근이 총독 암살계획을 세웠다가 탄로된 것을 계기로 황해도 일대의 민족주의자들을 총 검거하게 된 '105인 사건'이었다. 그 사건을 빌미 삼아 총독부에서는 반일 의식을 가진 사람들의 색출 명령을 전국에 걸쳐 내려놓고 있었다.

"자네 평상얼 순사보로만 있다가 늙어죽을 생각언 아니겄제?"

"야아……."

"글먼 공얼 세와야 혀, 공얼!"

"야아 알겄구만요, 면장님 나리."

장칠문이 오른쪽 다리를 옆으로 들었다가 착 붙이며 기운차게 외쳤다. 구둣발을 어찌나 세게 갖다 붙였는지 마룻장이 울렸다.

장칠문이 꼬박꼬박 '면장님 나리'라고 호칭하는 것은 그의 뜻이 아니었다. 그건 백종두가 면장으로 부임하면서 결정한 공식호칭이었다. 백종두는 그냥 면장님으로서는 셈이 차지 않아 며칠을 고심했던 것이다. 면장님 어른·면장님 양반·면장님 어르신…… 아무래도 어색해서 면장 어른·면장 양반·면장 어르신 해놓고 보니 또 '님' 자가 빠지는 것이 아까웠다. 그래서 사또 나리에서 '나리'를 떼다가 '면장님 나리'로 결정한 것이었다.

"나가 자네럴 어찌서 내 밑으로 딜고 왔고, 자네 출세가 누구 손에 달린지 알고 있겄제?"

백종두는 다시 콧수염을 비비꼬아 올리며 거만을 떨었다.

"야아, 명념하고 있구만이라우."

장칠문은 허리를 반으로 꺾었다.

그때 사무실 문이 열리며 한 남자가 들어섰다.

"아이고 하시모토 상, 어서 오십시오."

백종두가 반색을 하며 일어섰다.

"무슨 용무요?"

하시모토가 장칠문을 힐끗 쳐다보았다.

"아니오, 다 끝났소. 어서 앉으시오." 백종두는 손을 내저으며 하시모토에게 자리를 권하고는, "정신 똑똑히 차리고 우리 면에서는 반일배놈들을 한 놈도 남기지 말고 색출해." 장칠문을 향해 유창한 일본말로 소리쳤다. 그건 일부러 하시모토에게 내보이는 시위였다.

"백 면장은 역시 대일본제국의 충직한 신민이오. 백 면장 같은 사람 몇천 명만 있으면 총독부가 마음을 놓을 텐데 말이오. 반일 배놈들은 색출이 잘되고 있소?"

장칠문이 사무실을 나가자 하시모토가 의자에 앉으며 말을 꺼냈다.

"매일 독려를 하고 있습니다. 제놈들이 아무리 몸을 감춰도 다 찾아내고 말 겁니다. 내가 면장으로 있는 한 그런 놈들은 반드시 씨를 말리고 말겠어요."

백종두는 두 손가락으로 콧수염을 양쪽으로 쓰다듬어 올리며 큰소리를 쳤다.

"다 알겠지만 숨은 놈들을 찾아내는 데는 비밀정보망을 이용하는 것이 제일 효과적인 방법이오. 관리 일인당 끄나풀을 열 명씩 확보하라는 지시는 다 완료되었소?"

"거의 다 돼가고 있지요."

"그것도 신중하고 철저하게 해나가야 됩니다. 일로전쟁에서 내가 경험한 바로는 끄나풀 속에 오히려 적의 스파이가 숨어드는 위험도 있어요. 열 명 중에 그런 놈이 하나만 있으면 나머지 아홉은 있으나마나가 됩니다. 이 점 각별히 유의해야 합니다."

하시모토는 자못 타이르는 어조였다.

"물론 그래야겠지요."

백종두는 아니꼬움을 느끼면서도 짐짓 내색을 하지 않았다. 마음 같아서는 "내가 다 알아서 할 테니 간섭하지 마시오" 하고 쏘아대고 싶었지만 꾹 눌러 참았다.

그가 군산부에서 더욱 힘이 막강해진 쓰지무라와 친하기 때문만이 아니었다. 아무리 살펴보고 생각해 보아도 그의 정체는 간단하지가 않았던 것이다.

"논 수매는 잘되고 있나요?"

백종두는 담배를 권하며 하시모토의 일에 먼저 관심을 나타내보였다.

"글쎄 말이오. 그게 뜻 같지가 않아요. 돈뭉치를 보고는 팔 듯 팔 듯하다가는 며칠이 지나면 안 팔겠다고 얼굴을 돌리고는 한단 말이오. 그게 다 의병놈들이 논을 팔아먹는 건 나라를 팔아먹는 거라고 선동해 댄 결과요."

하시모토가 담배연기를 뿜어내며 얼굴을 일그러뜨렸다.

"하시모토 상, 그렇게 간단하게 생각하지 말아요. 의병놈들이 그러기도 했고, 원래 조선놈들이란, 아니 논 몇 마지기씩 가지고 농사나 지어먹는 천한 것들이란 겉으로는 순한 척, 굽실거리는 척하지만 속으로는 엉뚱한 생각을 하고 있다는 걸 알아야 해요. 그래서 동학당 난리도 일어나고, 의병인지 화적떼인지도 일어나게 된단 말이오. 아랫것들이 앗싸리하지 않고 엉큼하다는 걸 잊지 마시오."

백종두는 내 말이 어떠냐는 듯 하시모토를 빤히 건너다보고 있었다.

"맞소, 백 면장 말이 맞소. 남자들도 그렇지만 여자들이 특히 더 심해요. 머릿수건을 쓴 여자들은 고개를 약간 수그리고 슬슬 옆걸음질을 치며 사람을 피하는데, 힐끗힐끗 볼 것은 다 보면서 얌전한 척은 또 다 한단 말이오. 헌데 이쪽에서는 머릿수건에 가려 여자들의 얼굴을 볼 수가 없지 않소. 그나저나 논을 빨리빨리 사들여야 할 텐데 참."

하시모토는 짭짭 입맛을 다셨다.

"면장 힘으로 마구잡이로 내리누를 수도 없고, 참 곤란하군요."

백종두는 슬며시 발뺌을 시도하고 있었다. 하시모토가 논을 많이 확보해야 하는 건 자신에게 지워진 짐이기도 했던 것이다.

"헌데 말이오, 논을 적게 가진 사람들보다도 더 문제가 논을 많이 가진 부자들이오. 부자들 중에서도 거 김 참봉이라는 사람 있잖소. 그자는 아주 고약한 인물이오."

하시모토는 얼굴을 잔뜩 구겨붙였다.

주름이라고는 찾아볼 수 없이 반드르르하게 젊은 얼굴인 하시모토가 콧잔등과 이마에 주름이 잡히도록 얼굴을 구기는 것은 몹시 화가 나거나 속이 상해 있다는 표시였다. 그가 찾아온 용건이 바로 김 참봉 때문인지도 모른다고 생각하며 백종두는 마음을 다잡았다.

"김 참봉이 하시모토 상한테 뭘 잘못한 일이 있나요?"

"글쎄 아주 고약한 일이 생겼소. 그 작자가 논을 파는 게 아니라 오히려 사들이고 있단 말이오. 그건 분명 내 일을 방해하는 건데, 제놈이 제 돈으로 하는 짓이니 죽이지도 살리지도 못할 노릇이고, 참 야단났단 말이오."

"하, 김 참봉이 그러던가요?"

백종두는 자신도 모르게 흘러나간 소리에 그만 가슴이 뜨끔해졌다.

"그놈이 논을 사들이면서 지껄인다는 소리가 더 가관이오. 뭐라고 하는고 하니, 이제 일본세상이 됐으니 일본부자들이 하는 대로 따라서만 하면 망할 염려는 없다고 한다는 거요. 제법 눈치까지 빠른 놈이니 더 고약하단 말이오. 아주 골칫거리를 만났소."

"글쎄, 그놈을 그거 어쩐다?"

백종두는 일부러 '그놈'이란 말을 쓰며 하시모토의 편을 드는 척 얼굴을 찡그렸다. 그러나 속으로는 김 참봉에게 썩 괜찮은 느낌을 가지고 있었다. 김 참봉이란 자는 자신이 면장으로 취임하자마자 찾아와 인사를 하면서 쌀 50섬까지 넌지시 내놓았던 것이다. 그건 중인으로서 이방의 자리에서 뛰어올라 면장이 되면서 족보 있는 양반한테 받은 최초의 인사였고 최초의 뇌물이었다. 그때의 그 통쾌하고 황홀한 기분이란 형용할 수가 없었던 것이다. 이 세상에서 제일 황홀하고 기막힌 기분은 여자하고 알몸놀이를 할 때라고 생각하고 있었는데 양반한테 인사와 뇌물을 받는 기분이란 그것보다 몇 갑절 기막혔던 것이다. 그런 승리감과 황홀감을 맛보게 해준 김 참봉이 미울 까닭이 없었다.

"그게 눈을 찔러대는 가신데, 그놈을 어떻게 좀 해버리는 수가 없겠소?"

하시모토가 마침내 속셈을 드러냈다.

"그놈이 고약하긴 고약한데 어떤 좋은 수가 있을까?"

백종두는 말끝을 흐리며 고개를 갸웃거렸다.

"백 면장! 최소한 죽산면 일대의 논은 다 내 손아귀에 넣어야 한다는 이 하시모토의 계획은 잊지 않고 있겠지요?"

하시모토의 목소리는 쇳소리를 내며 백종두에게 날아가고 있었다.

"아, 무슨 말씀을 그리 섭섭하게 하십니까. 그 중대한 일을 꿈에라도 잊을 리가 있나요."

백종두도 눈을 똑바로 뜨고 쨍쨍한 목소리로 하시모토에게 응수했다. 그러나 그의 등줄기에서는 서늘한 바람이 일고 있었다. 눈치가 예사가 아닌 하시모토에게 자신의 내심을 들켰을까 봐 가슴이 섬뜩했던 것이다.

하시모토의 말은 노골적인 공갈이고 협박이었다. 젊은 놈의 그 방자함은 순전히 쓰지무라를 업고 있어서 나오는 것이었다. 자신의 목숨이 쓰지무라의 손에 달려 있는 한 하시모토는 상전이었다. 죽산면의 논들을 무슨 수를 써서든 하시모토의 것이 되게 하라는 것은 쓰지무라가 내린 어길 수 없는 명령이었다. 손톱 밑에 이 한 마리를 놓고 잉끄려 죽여버리듯 백종두는 김 참봉을 마음에서 미련 없이 지워버렸다.

"백 면장, 내 말 똑똑히 들어두시오. 내가 최근 몇 년 동안에 억울하고 또 억울한 일이 뭔지 아시오? 군산에서 제일 가까운 옥구군 일대의 평야, 그 다음으로 가까운 대야면 일대의 평야, 그리고 그 다음인 만경면 일대의 평야, 그리고 그 밑으로 이어진 진봉면,

성덕면 일대의 평야를 다 놓치고 여기 죽산면까지 밀려 내려왔다는 사실이오. 물론 내가 한발 늦게 조선땅에 왔기 때문에 그리되었다는 것을 알고 있소. 그런데도 난 억울한 심정을 버릴 수가 없소. 그 억울함을 풀자면 무슨 수를 써서든지 이 죽산면 일대의 논은 전부 내 손아귀에 넣어야 되겠다 그 말이오. 백 면장은 바로 죽산 면장이오. 돈으로 해결이 안 되는 것은 그 다음부터 면장이 능력 발휘를 해야 한다 그 말이오. 무슨 말인지 알아들으시겠소?"

하시모토는 찬바람 도는 웃음을 입가에 문 채 백종두를 노려보듯 하고 있었다.

"당연하지요. 서로 의논해서 좋은 방안을 강구해 나갑시다."

백종두의 반들거리는 눈이 간사스럽게 웃고 있었다.

"좋소, 우리 둘이 힘을 합치면 그까짓 놈 하나쯤 죽산면에서 몰아내기는 어렵지 않을 거요."

하시모토는 입술을 야무지게 훔쳤다.

"아니, 몰아내요?"

백종두는 엉겁결에 입을 열었다.

"놀랄 것 없소. 지금 내 심정을 말한 것뿐이니까."

매끈한 것 같으면서도 깐깐해 보이는 하시모토의 얼굴이 더욱 냉정해 보였다.

백종두는 순간적으로 소름이 끼치는 것을 느꼈다.

저놈이 대체 뭘 해먹고 산 놈인가. 젊은 놈이 돈은 또 어디서 났고. 저놈 욕심이나 말하는 뽄새가 사람 여럿 잡을 놈이라니까.

백종두는 이런 생각을 또 하며 마음을 사리고 있었다. 자신이 관청물을 먹어오면서 잇속을 챙기고 이런저런 고비를 넘기고 하느라고 별의별 꾀를 다 부려보고 술수를 쓰고는 했지만 어느 사람을 아예 뿌리뽑아 딴 곳으로 내몰 생각은 한 번도 해보지 않았던 것이다.

"김 참봉을 막아낼 무슨 좋은 방도를 생각한 게 있나요?"

백종두는 하시모토가 묻기 전에 먼저 넌지시 말을 꺼냈다. 하시모토의 생각을 알아낼 겸 그의 생각에 의지해 자신의 생각을 풀어갈 속셈이었다.

"그것보다 먼저 할 말이 있소. 다름이 아니라 토지조사사업에 대해서요."

하시모토는 생각을 간추리려는 것인지 담배에 불을 붙였다.

백종두는 토지조사사업이 실시될 거라는 통고만 받고 있었지 구체적인 내용은 아무것도 아는 것이 없어서 하시모토의 눈치만 살피고 있었다.

"백 면장은 토지조사사업에 관해서 뭘 좀 아는 게 있소?"

"알 리가 있나요. 상부에서 아직 아무 하달도 없는데요."

"됐어요, 그건 차차 알게 될 거고…… 그보다 중요한 건 토지조사사업이 머잖아 실시될 거라는 사실이오. 그게 우리에겐 절호의 기회가 될 거요."

하시모토는 주먹을 불끈 쥐어 보였다.

우리……?

백종두는 문득 의문이 생겼다. 그 '우리'라는 말에 자신도 포함되는 것인지 아니면 자기네 일본사람들을 말하는 것인지 모호하고 아리송했던 것이다. 그렇다고 그걸 따져물을 수도 없었다.

  "그간에 호구조사는 다 끝냈다고 했지요?"

  "예, 완료됐지요."

  "그럼 토지조사사업이 실시되기 전에 미리 해둘 중요한 일이 한 가지가 있소. 그게 뭔고 하니, 우리 죽산면의 농지경작 실태요. 다시 말해 누가 몇 마지기 논을 가지고 있는지를 파악하는 것이오."

  "그거야 예전부터 해놓은 게 군청에 다 있지요."

  "아하 백 면장, 어찌 그리 말뜻을 못 알아듣소. 이제 세상이 달라져 면 단위 중심의 행정을 해나가는데 군청이 무슨 소용이 있소. 그리고 논밭은 끝없이 계속 사고팔고 해서 주인이 바뀌고 있는데 예전의 문서를 어디다 써먹겠소. 더구나 조선관청의 문서라는 건 엉성하기 짝이 없소. 그러니까 죽산면의 실태를 한눈에 알아볼 수 있도록 새로 조사할 필요가 있단 말이오."

  "그게 토지조사사업과 중복되는 일 아니겠소?"

  "어허, 백 면장이 이렇게 답답할 때도 다 있나. 아니지, 토지조사사업이 뭔지를 몰라서 그렇겠군." 하시모토는 신경질을 내려다가 자제하고는 "백 면장, 법이 다 만들어지면 그게 중복되는 일이 아니라는 걸 알게 될 테니까 우선은 내가 시키는 일만 하시오." 그는 마치 쓰지무라처럼 명령조로 말했다.

  "알겠습니다."

백종두는 그 기세에 밀리며 대답했다.

"그리고 말이오, 김 참봉을 제외한 지주들 중에서 쓸 만한 사람을 두어 명 골라내 백 면장의 심복으로 만들어두는 게 좋겠소. 물론 나한테도 소개시키고 말이오."

"그렇게 하지요."

"김 참봉이란 사람은 욕심이 많고 고집이 세게 생겼어요. 그러니까 섣불리 건드려서는 안 될 인물이오. 그자의 손발을 묶으려면 아주 신중해야 하니까 좀더 생각해 보도록 합시다."

하시모토는 담배연기를 훅 내뿜으며 일어섰다. 그의 매끈한 얼굴이 싸늘했다.

장칠문은 밤을 틈타 마을 마을을 돌고 있었다. 순사복을 벗어버린 한복 차림이었다. 신분을 감추기 위한 변장이었지만 몸에는 무기를 지니고 있었다. 그리고 혼자 움직이지도 않았다. 밤에 활동할 때는 언제나 기운 세고 싸움에 이골난 심복 하나를 데리고 다녔다.

힘이 많이 약해지기는 했지만 의병들이 아직도 활동하고 있다는 사실을 장칠문은 소홀히 하지 않았다. 의병들이 끈질기게 활동을 하고 있다는 것은 그들에게 먹을 것이며 입을 것이며 잠자리를 대주는 민간인들이 있다는 증거였다. 그래서 장칠문은 자신과 선을 대고 있는 사람들 이외에는 그 누구도 믿지 않았다. 돈 없애가면서도 결국 주모에게 속아 저승객이 된 털보 방태수와 똥통에 기어들어 목숨은 겨우 부지했으나 똥독이 올라 비실거리는 빈대코 김봉구의 신세를 남의 일로 생각하지 않았다.

홍산리 외리의 강 서방은 미리 연락해 둔 대로 주막이 멀지 않은 입석거리에 먼저 나와 있었다.

"오래 기둘렸소?"

장칠문이 불쑥 물었다.

"아이고, 붕알이 다 얼어붙어 부렀소."

양쪽 소매 속에 손을 서로 엇갈리게 넣은 강 서방이 어깨를 부르르 떨었다.

"붕알이 얼어붙어 부렀으면 발꾸락언 어찌 됐을랑고? 주막에 술 한잔 허로 갈라고 혔등마 섭허게 되았네."

"아이고 맞소, 붕알 노골노골허니 녹힐 뜨끈뜨끈헌 주막집 아랫목 코앞에다 두고 요런 한데서 만내자고 헌 것이 머시다요. 내 발꾸락이야 걱정 말고 주막으로 가기나 헙시다."

강 서방은 순진하게도 장칠문의 오기 받친 말을 거꾸로 알아듣고 있었다. 상대방의 얼굴표정을 알아볼 수 없도록 사방이 어둡기도 했다.

"강 서방, 정신 나갔소. 사람 눈 조심허란 말 또 까묵어부렀소?"

장칠문의 목소리가 날카로워졌다.

"모가지가 두 개가 아님사 추와도 정신 채레야제."

장칠문의 옆에 선 사내가 내뱉었다.

"야아, 알겄구만이라우, 알겠어라."

강 서방의 황급한 대꾸였다.

"강 서방, 못된 놈들 찾아냈소?"

"눈에 아무리 불키고 찾아도 의병언 얼찐도 안 허능마요."

"어허, 의병만 찾으란 것이 아니랑게로."

장칠문의 목소리가 다시 거세졌다.

"아, 의병이 그림자도 안 비친게 의병허고 내통허는 사람도 없다 그말 아니겠소."

강 서방의 목소리도 퉁명스러워졌다.

"요런 답답허기년." 신경질이 확 솟기는 것을 장칠문은 애써 눌러 참으며, "강 서방, 내 말 잘 들으시오. 의병이나 의병허고 내통허는 인종덜만 찾아내란 것이 아니란 말이오. 긍게 무신 말이냐면, 일본이고 일본사람 욕해 댐스로 나라 찾자고 사람덜 맘에 살살 바람 일게 허는 놈덜, 총독부고 관청이 허는 일 마땅찮애 험스로 몰르고 있는 사람들헌티꺼정 알리는 놈덜얼 다 찾아내라 그 말이오. 알아들겄소?" 그는 말주변을 다 짜내 설명했다.

"야아⋯⋯."

강 서방의 대답에는 맥이 없었다. 그도 그럴 것이 장칠문의 말대로 하자면 찾아내고 말고 할 것이 없었다. 철든 동네남자들이 다 거기에 해당되었다. 아니, 여자들도 걸핏하면 총독부며 일본사람들을 욕해 대는 판이었다.

"강 서방, 대답이 어찌 그리 맥아리가 없소. 저녁밥 안 묵었소."

장칠문이 쏴질렀다.

"야아, 죽 한 그럭 묵은 속에 날꺼정 추와논께 영 죽겄소."

강 서방은 얼른 둘러붙였다.

"강 서방, 사시장철 쌀밥만 묵고 살기럴 바래면 나가 시키는 일만 똑바라지게 잘해내란 말이오. 그런 놈만 잘 찍어내면 논 열 마지기 얻기야 오뉴월 풋감 줍기닝게로, 알아듣소?"

"야아!"

강 서방의 대답에는 금방 기운이 넘쳤다. 장칠문은 어둠 속에서 빙긋이 웃고 있었다.

"그런 놈덜얼 찾아내면 당장에 나헌티 연락허시오."

"그러제라."

"날 추운디 고상혔소. 요것으로 가다가 주막서 목이나 축이씨요."

장칠문은 강 서방 손에 돈을 쥐여주었다.

"이리 안 허셔도 되는디……."

강 서방은 어물어물 돈을 받았다.

며칠이 지나 신세호의 집은 순사들에게 기습을 당했다. 신세호는 아무것도 모르고 있다가 방문이 열어젖혀져서야 소스라쳤다. 그는 아이들에게 글을 가르치고 있었다.

"신세호, 나왓!"

순사 하나가 조선말로 외쳤다. 그건 장칠문이었다. 그는 긴 칼 대신 총을 들고 있었다.

"무슨 일이오!"

얼굴에 핏기가 가시긴 했지만 신세호는 똑바로 앉아 말을 받았다. 방 안의 아이들이 겁에 질려 저희들끼리 몸을 붙이며 웅크러들었다. 그중에 방대근이도 끼여 있었다.

"무신 일인지넌 주재소에 가면 알 것이고, 얼렁 나왓!"

그러나 장칠문은 상대방이 나오기를 기다리지 않았다. 소리를 치면서 방으로 뛰어들었다. 그 바람에 아이들이 방구석으로 밀렸다.

"이 무슨 짓이오. 사람을 잡아가려거든 먼저 연유를 밝혀야지."

신세호가 몸을 벌떡 일으키며 소리쳤다. 여자처럼 연약하게 생긴 얼굴에는 공포의 빛이 역연했고 목소리도 떨리고 있었다.

"죄진 놈이 머시가 잘났다고 주딩이 까고 지랄이여, 얼렁 나가!"

장칠문이 개머리판으로 신세호의 등을 떠밀었다.

"기다리시오. 의관을 갖출 것이니."

신세호는 책장 쪽으로 몸을 돌리려 했다.

"헹, 양반 찌끄레기라고 이 다급헌 판에도 의관타령이여? 죄인잉게 맨상툿바람이 격에 맞을 것인디. 잡새끼, 얼렁 나가!"

장칠문은 구둣발로 신세호의 허리를 사정없이 내질렀다.

신세호는 비명을 토하며 몸이 휘청 꺾였다. 툇마루에 곤두박이는 것을 가까스로 모면한 신세호는 버선발로 토방에 내려섰다. 기다리고 있던 두 명의 순사가 그의 팔을 뒤로 꺾어 쇠고랑을 채웠다.

"씨부랄 놈, 누구 앞에서 양반타령이고 의관타령이여."

총을 옆구리에 기대세운 장칠문은 손바닥에 침을 튀겨 맞문질러 대며 신세호의 뒷모습을 노려보고 있었다. 그는 보부상 아들로 천시당하고 살아오며 쌓인 양반에 대한 적개심을 그렇게 풀고 있었다.

"빨리 방 안을 검색해."

일본순사가 장칠문에게 명령했다.

"하이!"

장칠문은 자기보다 나이가 어려 보이는 일본순사에게 잽싸게 경례를 올려붙이고는 몸을 돌렸다.

장칠문은 방 안을 뒤지기 시작했다. 살림이 넉넉하지 못한 양반의 공부방답게 값나가는 장식가구 같은 것은 없고 책들과 신문지가 쌓여 있을 뿐이었다. 장칠문은 구둣발을 저벅거리고 다니며 책들을 뒤졌다. 열서너 명의 아이들은 두 패로 갈려 방구석에 몰려서 장칠문이 걸음을 옮길 때마다 움찔거렸다. 방바닥에는 아이들이 글공부를 하던 종이들이 그대로 널려 있었다. 장칠문의 구둣발에 종이에 적힌 글씨들이 마구 밟히고 있었다. 종이에 붓으로 쓴 글씨들은 한문이 아니고 한글이었다.

"다 찾았습니다."

장칠문이 방을 나서며 일본순사에게 보고했다. 그의 손에는 서너 권의 책이 들려 있었다.

"틀림없이 다 찾았나?"

"옛, 틀림없습니다."

장칠문은 토방으로 뛰어내리며 득의만면해 있었다.

"어디 보자."

책은 장칠문의 손에서 일본순사에게로 넘겨졌다.

신세호는 옆눈길로 책들을 일별했다. 그리고 눈을 질끈 감았다. 예상이 적중했던 것이다.

"됐다. 가자!"

일본순사가 걸음을 떼어놓았다.

"얼렁 걸어!"

장칠문이 신세호의 등을 떠밀었다.

"여보오……."

그때까지 굳어져 있던 신세호의 아내가 잦아드는 소리를 내며 주저앉았다.

"선상니임……."

아이들이 방에서 우르르 쏟아져 나오며 울음 섞인 소리로 외쳤다.

"개자석, 조선놈이!"

아이들 뒤에서 방대근은 입술을 앙다물고 서 있었다.

고샅에서 순사 일행과 마주치는 동네사람들은 황급히 길을 비켜서고는 했다.

신세호는 고개를 숙이고 걸었다. 잡혀가는 것이 겁나거나 기가 꺾여서가 아니었다. 맨상투에 동저고릿바람으로 사람들을 대하는 것이 민망하고 수치스러웠던 것이다. 그는 상투를 틀어올린 다음부터 의관을 갖추지 않고서는 문밖을 나서본 적이 없었다. 그런 법도에 어긋나고 품격 없는 짓이란 가상도 안 되는 일이었다.

신세호는 아이들의 서투른 붓글씨를 보아주다가 옷을 버릴까 봐 의관을 갖추지 않았던 것을 후회하고 있었다. 그리고 사람으로서 지켜야 할 기본 예절마저 짓밟아버리는 왜놈들의 횡포에 새로운 분노를 느끼고 있었다.

신세호는 마을을 벗어나면서 고개를 들었다. 마음을 가라앉히려고 숨을 깊이 들이켰다. 왜놈들에 대한 분노와는 다르게 가슴에는 두려움이 차 있었다. 그 두려움은 뜨거운 것 같기도 했고 꿈틀거리는 것 같기도 했고 매운 것 같기도 하면서 가슴을 쿵쿵 울려대고 있었다. 숨을 몇 번이고 들이켰지만 두려움은 가라앉지도 약해지지도 않았다. 죄인 취급을 당해 잡혀가는 것은 난생처음 있는 일이었다.

신세호는 송수익을 생각해 냈다. 죽기를 작정하고 나선 그의 용맹이 새삼 부러웠다. 굽힐 줄 모르는 그의 강인함을 닮아야 한다고 생각했다. 그러나 그가 왜놈들에게 잡혀서도 두려움을 느끼지 않을 것인지 의문스러웠다. 의병대장이 한 일에 비하면 내가 한 일은 아무것도 아니지 않는가……. 설마 이놈들이 죽이기야 하겠는가……. 신세호는 멀고 먼 들녘끝을 응시하며 어금니를 맞물었다.

주재소에 도착하자마자 신세호는 주재소장 앞으로 끌려갔다.

"네놈이 바로 신세혼가!"

소장이 몸을 발딱 일으키며 팔을 내뻗쳤다. 그의 쭉 뻗은 검지손가락은 상대방의 눈을 파내기라도 할 것처럼 신세호의 눈을 겨누고 있었다.

신세호는 눈에다 힘을 모았다. 상대방은 왜놈답게 몸집이 작았다. 그러나 눈만은 매섭고 독기가 서려 있었다. 신세호는 그 눈을 피해서는 안 된다고 생각했다.

"이놈이 감히 누굴 쏘아봐! 반항하는 거야."

허공을 찢는 날카로운 소리와 함께 싸리회초리가 신세호의 옆얼굴을 후려쳤다. 신세호는 눈에서 불이 번쩍하는 것을 느꼈다. 그와 동시에 울컥 솟기는 비명을 깨물었다. 그러나 고개는 자신도 모르게 떨구어졌다.

 "이놈도 이거 악질이구만. 이쪽으로 바닥에 꿇어앉혀."

 통변 노릇을 겸하고 있는 장칠문에게 소장이 명령했다.

 신세호는 의자에서 일으켜세워져 소장의 의자 옆 마룻바닥에 꿇어앉혀졌다.

 "미리 말해 두겠는데, 묻는 말에 순순히 답해. 괜히 골병들지 말고."

 소장은 담배에 불을 붙이고 나서 나직한 소리로 말했다.

 고개를 떨구고 있는 신세호는 그 차가운 소리가 목에 감기는 걸 느끼며 진저리를 쳤다.

 "신세호, 너 신민회 소속이지?"

 소장이 의자를 뒤로 빼며 물었다.

 신민회……? 어디서 들은 이름 같았다. 그러나 기억이 분명하지 않았다. 신세호는 고개를 들었다.

 "신민회요……?"

 "이놈아, 모르는 척하지 말엇! 신민회 소속이 맞지."

 소장의 눈이 독을 내뿜었다.

 "아닙니다. 신민회가 뭡니까?"

 "닥쳐, 이자식아."

소장이 구두코로 신세호의 무릎을 내질렀다.

"아이쿠!"

신세호의 무릎 꿇은 몸이 들썩 들렸다가 내려앉았다. 그 순간 신세호는 신민회가 무엇인지 깨달았다. 얼마 전 신문에서 본 기억이 떠올랐던 것이다.

"엄살떨지 말고 좋은 말로 할 때 실토해. 네놈이 실토하게 하는 고문 방법이야 얼마든지 있으니까." 소장은 담배연기를 신세호의 얼굴에 훅 내뿜고는, "너 신민회원이지!" 버럭 소리쳤다.

"아니라니까요."

신세호는 자기에게 씌우려는 올가미를 피하려는 듯 고개까지 내저었다. 신민회원으로 잘못 얽혀들었다가는 꼼짝없이 감옥살이를 할 판이었다.

"이자식, 죽고 싶어!"

소장은 벌떡 일어나며 신세호의 배를 걷어찼다.

신세호는 숨이 컥 막히는 걸 느꼈다. 뱃속이 뒤집히고 찢어지는 통증에 휘말리며 머리를 마룻바닥에 쿵 찧었다. 정신이 가물가물 멀어지고 있었다.

"이자식아, 엄살떨지 말고 똑바로 앉어."

신세호는 정신을 잃지 않으려고 이빨을 맞갈았다. 그러면서 고문에 굴복해서는 안 된다고 자신을 일깨웠다. 신민회는 총독의 암살 음모를 도모했다고 하여 그 회원들이 전국적으로 검거되고 있었다. 신세호는 몸을 일으키려고 했지만 뱃속이 비비틀리고 꼬이는 아픔 때문에 허리를 펼 수가 없었다.

"얼렁 일어나."

장칠문이 신세호의 어깨를 잡아챘다.

"너 신민회원이지, 그렇지?"

소장이 신세호 앞으로 얼굴을 디밀며 다그쳤다.

"아니오, 난 신민회가 뭔지도 모르오."

흐릿하게 보이는 소장의 얼굴을 의식하며 신세호는 완강하게 고개를 내저었다.

"이새끼가 정말! 빨리 토해내."

소장의 주먹이 신세호의 얼굴을 후려쳤다. 신세호의 고개가 뒤로 넘어갔다가 되돌아왔다. 왼쪽 코에서 피가 흘러내렸다.

"너 신민회원이 틀림없지!"

"아니오."

턱까지 흘러내린 피가 방울져 떨어지며 신세호의 흰옷을 붉게 물들이고 있었다.

"증거가 있는데도 아니야? 너 죽고 싶지 않으면 바른대로 대."

"증거를 보이시오."

"봐라, 이거다."

소장이 무언가를 신세호 앞으로 불쑥 내밀었다. 그건 신채호의 소설집 『성웅 이순신』과 『을지문덕』이었다.

"아니, 그게 무슨 증거요?"

그 억지에 신세호는 그만 비웃음이 나오려고 했다. 그건 일종의 자신감이기도 했다.

"이자식이 누굴 바보로 아나! 이놈아, 바로 이 신채호란 놈이 신민회 간부고, 그놈은 조선독립을 목적으로 이런 불온한 책을 써서 신민회 비밀조직을 통해 배포했고, 네놈은 서당을 벌여놓고 앉아 아이들한테 이 불온서적을 읽혀 조선독립의 불온사상을 고취시키는 동시에 반일사상을 주입시켰단 말이야. 이래도 거짓말을 하겠나!"

신세호는 가슴이 와르르 무너지는 것을 느꼈다. 그 말을 듣고 보니 자신은 영락없이 신민회 회원이었다. 그러나 신채호라는 분이 신민회 간부라는 것은 까맣게 모르고 있었던 것이다.

"아니오, 난 신민회가 뭔지도 모르고, 그 책은 장터에서 산 거요."

신세호는 코피가 번진 입으로 부르짖었다.

"그래? 그럼 이 책이 총독부령으로 정해진 금서라는 것도 몰랐나?"

"그렇소."

신세호는 책을 빌린 사실을 숨긴 것처럼 판금조처도 모르는 척했다.

"그렇겠지, 다 그렇게 말하게 돼 있으니까. 네놈들이 아직 초장이라 우리 일본경찰의 조직이 어떤지 모르고 까부는 거야. 신민회? 그까짓 건 곧 일망타진이야."

소장은 코웃음을 치며 책을 책상 위에 던졌다. 그리고 천천히 몸을 일으켰다.

"이놈도 보기보단 독종이야. 때리면 우리 힘만 들고 소리질러 대는 것 듣기 싫으니까 밖으로 끌어내다가 자백할 때까지 찬물 퍼부어."

소장이 부하들에게 명령했다.

신세호는 주재소 뒤뜰로 끌려나갔다. 날이 어둑어둑해지고 있었다. 어스름을 타고 추위는 더 심해지고 있었다.

신세호는 잎이 다 떨어진 감나무에 묶였다. 신세호를 묶은 두 일본순사가 담배를 피워물었다. 그때 물통을 든 장칠문이 나타났다.

"대가리서부터 퍼부어."

순사 하나가 장칠문에게 턱짓을 했다. 장칠문은 물통을 불끈 들어올렸다. 그리고 신세호의 머리 위에다 물을 쏟아부었다.

"빨리 또 떠와."

순사가 담배연기를 풀풀 날리며 말했다. 장칠문이 부산하게 사라졌다.

신세호는 막힌 숨을 토해냈다. 찬물을 뒤집어쓴 순간 머리를 친 것은 죽음이었다. 그는 캄캄한 절망에 빠졌다.

"얼어뒈지기 전에 입 열어."

장칠문이 두 번째 물통을 뒤집으며 내뱉었다. 신세호는 또다시 죽음을 느꼈다.

장칠문은 찬물을 퍼부어댈 때마다 점점 더 신명이 오르고 있었다. 몸이 얼어붙기 시작하면 제아무리 독한 놈이라고 하더라도 실토를 하지 않고는 못 배길 거라는 기대에 마음이 설레고 있었다.

저놈이 제대로 입을 열기만 하면 내 팔자는 핀다. 저놈이 입을 열기만 하면 그때는 줄줄이 고구마캐기가 아닌가. 그리되면 순사보를 면하고 정식 순사가 되는 것이야 하루아침이다. 정식 순사가 되기만 하면…….

이런 생각을 하면 장칠문은 가슴이 설레다 못해 벌떡거렸다. 어떻게 해서든 정식 순사만 되면 백종두의 그늘에서 벗어날 작정이었다. 우선 자신의 신분을 빤히 알고 있는 백종두의 천대와 멸시가 싫었던 것이다. 그리고 군산에 비해 손바닥만한 면 단위 촌구석이 싱겁고 지루해 살맛이 나지 않았다.

정식 순사가 되어 옮겨갈 목적지는 군산이었다. 군산은 시끌벅적하게 돌아가는 도시인 데다가 돈이 흥청거리는 데가 수두룩했고, 일진회에서 거느렸던 졸개들이 부두에서부터 쫙 퍼져 있는 그곳에서 순사질을 해먹는다는 것은 면장이 따로 부러울 것 없는 일이었다.

"니가 군산바닥서 순사질얼 하면 이 애비가 날개 다는 것 아니겄냐. 어쨌그나 간에 죽산면에 가서 그놈으 순사보에 보 자럴 탁 띠내게 공얼 세와라. 니가 보 자만 띠내고 정식으로 순사만 됨사 군산으로 오는 것이야 이 애비가 요렇타게 해낼 것잉게. 니도 알지야? 애비헌티 그만헌 심 있는 거."

장칠문은 아버지의 말에 더 힘을 얻어가며 물통이 무거운 줄을 몰랐다.

한편 신세호의 아내 김씨의 연락을 받은 신씨문중에서는 여기저기 사람을 띄워 저녁 무렵에 문중회의를 열었다.

"이얘기럴 다 들어본즉 세호 조카가 주재소로 붙들려간 연유가 확연허지가 않소이다. 왜놈덜이 연유럴 말허지 안했고, 무신 책얼 압수해 갔다는 것으로 보아 서당을 열어 공부를 가르치면서 무신 잘못이 생긴 것 아닌가 싶소이다. 이 일얼 어찌했으면 좋을란지 말씸덜 나눠보십시다."

흰 수염이 근엄한 좌장의 말이었다.

"진중허고 얌전헌 세호 조카가 주재소로 잡혀갈 만치 잘못헌 일이 없을 것인디요?"

"글씨요, 그리 장담허기도 에로울 것잉마요. 살림도 넉넉허덜 못헌 처지에 뜸금없이 서당을 채린 것보톰 이상시러웠는디요. 서당서도 진서보담도 언문얼 더 많이 갤친다넌 소문도 나돌든디, 혹여 그 사람이 합방되고 나서 생각얼 달리 묵은 것이 아닐랑가요?"

"안직 젊은 나이닝게 망국한얼 풀자는 생각으로 서당을 채랬는지도 모를 일이오. 그러다 봉게 우국의 언사가 왜놈덜 귀에 죄로 잡히게 되고……."

"자아, 시방 우리가 헐 일언 세호 조카가 무신 죄럴 졌는지 갑론을박헐 것이 아니외다. 왜놈덜 행투로 보아 사람얼 잡어가면 차근히 죄럴 따지기 전에 매질보톰 해댈 것인즉, 우리가 시급히 헐 일은 잡혀간 사람을 어찌 빼낼 것인지 그 방도를 찾는 것이라 생각되오이다."

좌장이 흰 수염을 쓰다듬어 내리며 사람들을 둘러보았다.

"예, 지당허신 말씸이십니다. 그렇게로 이번 일언 세호 조카가 진죄으 유무를 따지기 전에 왜놈덜이 우리 문중사람얼 잡어간 것이 문제로구만요. 왜놈덜이 감히 어디라고 우리 고령 신씨 문중사람헌티 즈그 맘대로 쇠고랑얼 채우고 그럴 법이 있능가요. 이것은 우리

고령 신씨 문중의 위신과 체면얼 깎는 일이니 문중이 전부 들고일어나야 헐 일이라고 생각허느만요."

"그 말이 맞구만요. 주재소놈덜이 고령 신씨 무서운 것얼 알게 해야 될 것이구만요."

"두말헐 것 있능가요. 왜놈덜이 섣부르게 우리 문중사람덜헌티 손 못 대게 초장에 버르장머리럴 잡아놔야 헐 일이구만요."

그 시각에 얼음덩이가 된 신세호는 완전히 정신을 잃고 말았다. 그의 흩어진 머리카락들이며 옷끝마다에는 실고드름이 맺히고, 살얼음이 낀 그의 얼굴은 파랗게 죽어 있었다.

"요런 지독헌 놈이 끝꺼정 입얼 안 열고 정신이 나가부네."

울상이 된 장칠문은 물통을 걷어찼다.

"헤이 고쓰까이, 빨리 끈 풀어. 이러다가 죽이면 큰일난다. 빨리 해, 빨리."

일본순사가 장칠문을 다그쳤다.

"씨부랄 놈 지랄허고 자빠졌네. 니나 나나 순사복 입고 칼 차기넌 매일반인디 다른 존 말 다 두고 고쓰까이가 머시여, 고쓰까이가. 잡녀러 새끼, 셋바닥얼 탁 짤라불라."

장칠문은 물을 정신없이 퍼다붓고도 자백을 받아내지 못해 성질이 돋아 있던 판에 '고쓰까이(심부름꾼)'라고 업신여김까지 당하게 되자 그만 화가 머리 꼭대기까지 치솟아 조선말로 마구 욕을 퍼대고 있었다.

"이봐, 지금 나한테 욕하는 거지!"

일본순사가 장칠문을 향해 눈을 부라렸다. 장칠문은 아차 싶었다. 자신이 한 말에 '고쓰까이'란 말이 섞여 있었음을 순간적으로 깨달았다.

"내가 순사님한테 욕할 리가 있나요. 저놈한테 욕했지요. 이자식아, 니가 자백을 안 하니까 나까지 고쓰까이라고 무시당한다고 욕을 한 거지요."

장칠문은 웃음까지 지어가며 능청스럽게 둘러붙였다.

"욕한다고 기절한 놈이 알아듣기나 해. 빨리 끈 풀어 안으로 옮겨."

일본순사는 미심쩍은 눈초리이면서도 그냥 지나쳤다.

끈을 풀었지만 온몸이 얼어붙은 신세호는 나무토막이나 다름없었다. 장칠문이 업고 일본순사가 옆에서 붙들고 해서 신세호는 주재소 안으로 옮겨졌다.

"빨리 옷 벗겨서 숙직실로 옮겨. 이러다가 죽이면 정말 큰일이야, 큰일."

뻣뻣하게 굳은 신세호를 책상 위에 누이며 일본순사가 서둘러댔다.

"아니, 이거 왜 이래. 죽었어 살았어?"

난로 옆에 앉아 있던 다른 순사가 눈을 휘둥그렇게 뜨며 달려들었다.

"기절했네, 기절."

"자백은?"

"안 했네."

"자백도 못 받고 이 지경을 만들면 어쩌나. 이러다가 죽는다는 걸 자네도 알잖나. 자백도 못 받고 죽이면 어찌 되는지 알아? 양반 잘못 건드리지 말라는 지시 잊어버렸나?"

"아 글쎄 내가 딴생각 하고 있는 사이에 저놈이 이 꼴을 만들어 놨지 뭔가. 같은 조선놈이 더한다니까."

"시끄럽네, 다 자네 잘못이야."

그들은 신세호의 옷을 벗기기 시작했다. 옷도 얼고 몸도 얼어서 옷은 쉽게 벗겨지지 않았다. 그들은 한참을 낑낑거려 옷을 다 벗겨 냈다. 그리고 신세호를 숙직실로 옮겨다 눕히고 이불을 덮었다.

"정신이 깨날 때까지 팔다리를 주물러."

순사 하나가 장칠문에게 명령했다.

"나 아직 저녁밥도 안 먹었소."

장칠문이 아니꼽다는 듯 내쏘았다.

"누구는 저녁밥 먹은 줄 아나. 저러다가 죽이면 네놈은 어찌 되 는지 알기나 해."

순사가 눈을 부릅떴다.

"나야 시키는 대로 한 것뿐이오."

장칠문은 그냥 돌아서려다가 순사를 똑바로 쳐다보며 이 말을 분명하게 했다. 재수 없게 죽게 되는 경우를 생각해서였다.

"잔소리 말고 빨리 주무르기나 해!"

순사가 소리치고 돌아섰다.

"좆겉은 놈덜. 시킬 때넌 은제고 겁난게 떠넘기는 것언 머시여.

왜놈덜도 겁 많고 간이 콩알만헌 것이, 알고 보먼 좆도 아니랑게. 몸집도 보잘것이 없고 좆대감지도 우리보담 작은디, 근디 어찌서 저것덜이 조선얼 집어묵어 부렀을꼬? 모를 일이랑게, 모를 일이여……."

신세호의 팔다리를 주무를 생각도 하지 않고 장칠문은 벽에 등을 기댄 채 담배를 빨아대며 고개를 갸웃갸웃하고 있었다.

신세호는 새벽녘에 정신이 깨어났다. 심한 오한으로 턱이 덜덜거리고 전신이 쏙쏙 아리면서 푸들푸들 떨렸다. 그는 떨리는 것을 막으려고 몸을 오그리며 자신이 죽지 않고 살아 있다는 것을 의식했다. 그 순간 마음이 환해지면서 목이 메었다. 몸이 얼어붙는 견디기 어려운 고통 속에서 가물가물 정신을 잃어가며 느꼈던 절망이 빛으로 바뀌고 있었다. 그러나 살아 있다는 기쁨도 잠시일 뿐이었다. 그는 곧 고문의 공포에 짓눌리고 말았다.

신세호는 몸을 바짝 오그려 팔로 다리를 감았다. 그는 맨살이 닿는 이상한 감촉을 느꼈다. 그는 자신의 몸을 더듬었다. 그때서야 그는 자신이 알몸인 것을 알았다. 왈칵 수치심이 끼쳤다.

자신이 왜 벌거숭이로 누워 있는가를 신세호는 한참 추리를 한 다음 알아냈다. 왜놈들 앞에 벌거숭이가 된 치욕을 그는 신음으로 앓았다.

신씨문중 사람들은 아침 일찍부터 주재소로 몰려들었다. 앞으로는 나이 많은 사람들이 서고 뒤에는 젊은 사람들이 받친 그들은

50여 명을 헤아렸다.

그들 중에 단발을 한 사람은 단 하나도 없었다. 갓도래가 넓은 양반갓에 거의가 비단두루마기를 말끔하게 차려입은 그들의 외모는 뼈대 있는 양반인 신씨문중의 위세와 권위가 어떤 것인지 잘 드러내고 있었다. 물론 그들은 죽산면에 사는 신씨들만이 아니었다. 밤 사이에 이웃 김제와 진봉·성덕 면에 연락해서 모인 사람들이었다.

눈에 힘이 모아지고 입이 꾹 다물린 그들의 얼굴에는 분노가 서려 있었다. 그들의 이글거리고 있는 기세는 조그만 주재소 하나쯤 곧 떠넘겨버릴 것 같은 느낌이었다.

"이놈들아, 당장 신세호럴 내놔라!"

어제 문중회의를 주재했던 흰 수염의 노인이 호령했다.

주재소 소장은 뒤늦게 연락을 받고 헐레벌떡 뛰어왔다. 그는 주재소 앞에 진을 치고 있는 색다른 사람들을 보고 그만 기가 질렸다. 상투머리에 수건을 두른 농부들은 많이 보았지만 큰 갓에 비단옷을 입은 양반들이 그렇게 많이 모인 것은 처음 보는 것이었다.

'조선양반들을 함부로 대해서는 안 된다. 그들은 조선 500년의 지배층인 동시에 현재의 지주들이고 현실세력이다. 각 지방마다 문벌을 이루고 사는 그들은 특히 양반이라는 자기네 신분에 대한 긍지와 자만이 하늘 높은 줄을 모른다. 그 위신과 콧대를 잘못 건드려서는 안 된다. 그들은 자기네 문벌의 위신이 손상되거나 권위가 훼손되었다고 생각하면 즉각적으로 집단행동을 감행한다. 그 저항은 간단하지가 않다. 그 영향이 곧 아래 계층으로 퍼져 한 지역

전체가 저항하는 형태가 되기 때문이다. 물론 양반과 그 아래 계층 사이에는 갈등이 있다. 신분이 낮은 사람들은 양반에 대해 불만과 불평을 품고 있다. 그러나 그들은 또 양반을 존경하고 우대하는 마음도 가지고 있다. 그건 곧 애증의 관계인데, 어쨌거나 양반들이 평민이나 상민들에게 끼치는 영향력은 막강하다. 그러므로 우리에게 양반들은 적대의 대상이 아니라 타협과 회유의 대상이다. 단적으로 말해서 조선지배의 성패는 양반계층을 어떻게 회유하고, 얼마나 능란하게 타협해 나가느냐에 달렸다고 해도 과언이 아니다. 따라서 양반을 대함에 있어서는 첫째 예절을 잘 지켜야 하며 둘째……'

조선으로 출발하기 전에 오사카에서 교육받았던 내용이 빠르게 스쳐가고 있었다. 내가 일을 잘못 저지른 것인가……. 소장은 작은 체구를 바르르 떨며 마른침을 삼켰다.

그러나 일은 이미 저질러진 것이었다. 그리고 물증도 확보되어 있었다. 만약 신민회 회원이 아니라고 하더라도 판금서적을 학동들에게 읽어준 것만으로도 반일사상을 고취시킨 범행으로 얼마든지 몰 수 있었다.

조선양반놈들에게 위신과 체면이 있다면 대일본제국의 순사에게도 위신과 체면이 있다. 소장은 이런 생각과 함께 전의를 가다듬었다. 이번 사건에서 명분 없이 밀리게 되면 이 고장에서 소장 노릇 제대로 해먹기는 틀려버린다는 것을 그는 본능적으로 감지했던 것이다.

"자아, 흥분들 하지 마시고 내 얘기를 들어보시오. 우리가 신세호를 체포한 것은 개인적으로 범행을 저질렀기 때문이지 그 사람이 신씨라는 성을 가졌기 때문이 아닙니다. 나는 조선양반들의 높은 지체를 존중하고 고상한 체통을 존경하는 사람입니다. 그러나 치안책임을 맡은 입장에서 양반이 저지른 범행까지 묵과할 수는 없다 그겁니다. 법 앞에서는 지위 고하를 막론하고 공평해야 하기 때문입니다. 우리 경찰은 신세호를 무작정 체포한 것이 아니라 그가 범행을 저지른 물증을 토대로 신중하게 체포한 것입니다. 여러분들께서 이렇게 집단으로 오신 것은 그런 자세한 내막은 모르고 혹시 신씨집안을 무시하거나 모욕하는 것이 아닌가 하는 오해를 했기 때문인 것 같습니다. 우리 경찰은 어디까지나 물증에 의한 정당한 범행수사를 할 뿐입니다. 따라서 여러분들의 이런 집단행위는 경찰업무를 방해하는 죄가 되고, 여러분이 해산을 하지 않으면 막강한 경찰력이 동원되는 불행한 일이 발생하게 됩니다. 그런 사태를 예방하기 위해 나는 여러분의 대표에게 물증을 보이고 범행을 설명할 용의가 있습니다."

여기서 말을 끊은 소장은 웃음기 서린 부드러운 얼굴로 모여선 사람들을 휘둘러보았다. 작은 체구에 비해 그의 언행은 다부지고 여유만만했다. 그의 양쪽 옆에는 부하들이 집총자세로 서 있었다.

모여선 사람들이 술렁거렸다. 앞에 선 노장층들이 낮은 소리로 무슨 이야기들을 주고받았다. 소장은 여전히 호의적인 얼굴로 그들을 바라보고 있었다.

"좋소이다. 우리 세 사람이 물증을 보고, 신세호도 만나보도록 허겄소."

흰 수염의 노인이 앞으로 나서며 말했다. 다른 두 노인이 뒤따라 앞으로 나섰다.

"예, 그렇게 하지요. 그럼 저 사람들을 해산시켜 주시오."

소장이 턱짓으로 나머지 사람들을 가리켰다. 일이 의외로 쉽게 풀려 그는 스스로의 능력에 적이 만족을 느끼고 있었던 것이다.

"그것은 안 될 일이오. 우리 눈으로 다 똑똑허니 볼 때꺼정언 해산얼 못하외다."

흰 수염의 노인이 완강하게 고개를 저었다.

"아니, 그게 무슨 소리요. 나를 아니, 우리 경찰을 못 믿겠다는 거요?"

소장은 발끈 화를 내며 목청을 높였다. 그는 사탕 핥듯 즐기고 있던 만족감이 산산이 깨져나가는 것을 느끼고 있었다.

"저 사람덜이 해산얼 안 헌다고 해서 난동얼 부릴 것이 아닌즉 우리가 할 일얼 못헐 것이 없소. 더군다나 당신네 경찰이 당당헌 바에야 더 말헐 것이 없지가 않소이까."

흰 수염의 노인은 범접하기 어려운 근엄함으로 소장을 몰아붙이고 있었다.

소장은 그만 난감해지고 말았다. 되받아칠 말이 없었다. 다 이긴 싸움인 줄 알았는데 싸움은 비로소 시작이었던 것이다. 양반이란 것이 결코 허울만 좋은 것이 아니라는 것을 깨달으며 소장은 쓴 입맛을 다셨다.

"좋소, 세 사람만 들어오시오."

소장은 옆에 차고 있는 칼을 일부러 소리나게 흔들어대며 돌아섰다.

세 노장이 소장의 뒤를 따라 주재소로 들어가고, 나머지 사람들은 서로 이야기 짝을 지으며 웅성거렸다. 그들의 얼굴은 하나같이 추위를 타고 있었다.

"이게 바로 물증이오."

소장은 자기 책상서랍에서 책을 꺼내 책상 위에 던지듯 했다. 주재소 안으로 들어온 소장의 태도는 표변해 있었다.

노장 두 사람이 서둘러 책을 한 권씩 집어들었다.

"아니, 이건 이야기책 아니오?"

흰 수염의 노인이 의아스럽게 소장을 건너다보았다.

"이야기책이라도 그냥 이야기책이 아니니까 문제요."

"당최 무슨 소린지 모르겠소. 조선사람이 쓴 이야기책얼 조선사람이 본 것이 머시가 죄가 된다는 것이오?"

흰 수염의 노인의 눈에는 노여움이 드러났다.

"모르는 소리 마시오. 그 책을 쓴 신채호라는 자는 반일 비밀단체인 신민회의 간부로 체포령이 내려져 있고, 그자는 그 책들을 반일 독립사상을 고취하기 위해 썼단 말이오. 그래서 총독부에서는 그 책들을 금서로 지정했는데 신세호는 그 조처를 어기고 학동들에게 그 책들을 읽어주면서 반일사상을 주입시키고 조선독립을 선

동했단 말이오. 신세호가 반일 비밀단체인 신민회 회원이 아니고
서는 그런 범법행위를 자행할 리가 없소. 이래도 할 말이 있소!"

소장의 자신만만한 말이었다.

세 노장은 말문이 막히고 말았다. 사람의 속이란 알 수가 없는
일이었던 것이다.

"이제 됐으니 모두 물러가시오."

소장은 수세에 몰린 적을 숨돌릴 겨를 없이 몰아쳐야 한다고 생
각하고 있었다.

"아니오, 일이 다 안 끝났소. 이런 일언 한쪽 말만 들어서 될 일
이 아니오. 우리가 당자헌티 직접 확인헐 것이니 신세호럴 만나게
해주시오."

또 일이 끝난 줄 알았는데 다시 걸고 드는 것이었다. 소장은 그
만 울화통이 터졌다.

"수사가 다 안 끝났으니 범인은 만날 수가 없소. 그만 돌아가시오."

"좋소이다. 그리 식언얼 허면 우리도 해산이고 머고 못허는 것
이오."

흰 수염의 노인이 의자 하나를 차지하고 앉았다. 다른 두 노인도
의자를 하나씩 끌어다가 앉았다.

수세에 몰린 것은 오히려 자신이었다. 소장은 반격을 생각했다.
그러나 마음만 급할 뿐 그들을 물리칠 마땅한 방법이 떠오르지 않
았다. 눈앞에 버티고 앉아 있는 세 노인만이 문제가 아니었다. 밖에
는 50여 명의 사람들이 진을 치고 있었다. 의자를 차지하고 앉는 배

짱 앞에서 총을 들이대는 강압적인 방법이 통할 것 같지가 않았다.

"당장 나가시오! 수사가 끝나기 전에는 범인 면회를 시키지 않는 게 원칙이오."

소장은 구둣발로 마룻장을 구르며 스스로의 기세를 돋우었다.

"신세호를 대면시키겠다는 약조넌 왜 했소. 약조럴 지키시오."

꼿꼿하게 앉은 흰 수염의 노인은 소장을 거들떠보지도 않은 채 공격을 가하고 있었다.

소장은 자신의 경솔을 후회했다. 처음에 물증 확인만으로 못을 박아야 했던 것이다. 양반떼거리들의 기습을 모면할 생각만 앞서 상대방의 말을 소홀하게 받아넘긴 것이 불찰이었다.

신세호를 그들과 대면시킬 수 없는 것은 두 가지 이유 때문이었다. 첫째 신세호는 보나마나 그들 앞에서 자신이 신민회 회원이 아니라고 주장할 것이고, 둘째 신세호의 몰골은 고문당한 흔적이 너무나 뚜렷했던 것이다. 그런데 당장 문제인 것은 수사에 방해를 받는 것이 아니라 고문을 한 흔적이었다. 신세호의 고문당한 꼴을 보게 되면 저렇듯 위세당당한 양반떼거리들이 가만히 있을 턱이 없었다. 그것을 트집 잡아 말썽을 일으킬 것이 너무나 뻔했다.

"당신들, 수사방해가 얼마나 큰 죄가 되는지 알아! 좋은 말로 할 때 당장 나가라니까."

소장은 아까보다 더 크게 소리치며 문 쪽으로 팔을 뻗쳤다. 그의 얼굴은 험상궂게 구겨져 있었고, 눈은 살기를 품고 있었다.

"좋소이다, 약조넌 당신네가 깨고서 우리보고 죄인이라? 어디 당신네 맘대로 해보시오."

흰 수염의 노인은 기색이 달라지기는커녕 오히려 수염을 쓰다듬
어내리며 앉음새가 더 단단해졌다.

소장은 소리를 칠 때마다 자꾸 더 밀리는 것을 느끼며 초조해지
고 있었다. 언제 보아도 기분 나쁜 큰 갓을 쓴 양반떼거리들이 마
치 무슨 성벽처럼 완강하게 느껴졌다. 일단 마음이 다급해지기 시
작하자 그들을 물리칠 묘안은 더 떠오르지 않았다.

이것들을 공포를 쏴대서 해산시켜?

소장은 어금니를 맞물며 이 생각을 했다. 그때 전화가 울렸다.

"소장님, 전화 왔습니다. 면장님이십니다."

부동자세가 된 일본순사가 두 손으로 수화기를 받들어올렸다.

면 단위에 전화라야 면사무소와 주재소로 통하는 것이 전부였
다. 두 기관은 가깝게 붙어 있으면서도 행정과 치안의 업무협조를
위해 전화가 가설되어 있었다.

소장은 전혀 달갑잖은 기분으로 수화기를 받아들었다. 전화를
받을 기분이 아닌 데다가, 턱없이 거드름을 피우는 백종두라는 위
인도 마음에 들지 않았던 것이다. 그러나 공무인 한 전화를 안 받
을 수도 없는 노릇이었다.

"여보세요, 주재소장입니다."

"아, 나 면장이오. 별일 없나요?"

마뜩찮은 소장의 목소리에 비해 백종두의 목소리는 탄력적으로
밝았다.

"예, 별일 없어요."

소장은 직감적으로 이자가 무슨 냄새를 맡았나 생각하면서도 시침을 뗐다.

"아니, 근동 신가란 신가는 다 모여들어 주재소를 둘러싸고 야단난 판인데도 별일이 없단 말이오?"

수화기에서 흘러나오는 백종두의 말은 날카로운 대꼬챙이가 되어 여지없이 소장의 귀청을 찌르고 있었다.

이런 약삭빠른 놈이 어느새 알았나그래. 이럴 줄 알았더라면 솔직하게 도움을 청하는 게 나았을 건데……. 그러나 이미 엎질러진 물이었다. 소장은 짜증과 함께 오기가 솟아올랐다.

"그까짓 놈들은 아무것도 아니오. 내가 다 알아서 처리하겠소."

"아, 그거야 당연히 그리해야지요. 소장이 책임져야 할 소관업무니까. 헌데 한 가지만 분명하게 말하겠소. 다른 게 아니라 범인으로 잡아온 놈을 쉽게 풀어줘선 안 된다는 거요. 철저하게 수사를 해주시오. 우리 면에서 반일배놈들을 근절시키는 것은 내 책임이기도 하니까."

전화가 끊겨버렸다.

소장은 느닷없이 면상을 얻어맞은 기분이었다. 울화가 치솟기면서 욕이 터져나오려고 했다. 그러나 가까스로 참아냈다. 같은 조선놈인 장칠문 앞에서 면장을 욕해 대는 건 뻔한 덫에 차이는 어리석음이었다. 장칠문은 백종두와 끈이 이어져 있는 사이였고, 아무리 조선놈이라고 하더라도 면장은 면장이었다.

면장은 뜻하지 않은 복병이었다. 만약 양반떼거리들을 무마하기 위해 범인을 적당히 풀어주려고 해도 풀어줄 수가 없게 되고 말았다. 답답하던 해결책이 이제 아주 암담하게 막힌 것이었다.

소장은 신경질적으로 성냥을 그어대 담배에 불을 붙였다.

"바깥에 있는 사람덜 춥소이다. 어서 사람얼 만나게 허시오."

흰 수염의 노인이 묵직한 어조로 다시 소장을 밀어대고 있었다.

"시끄럽소. 내 할 말은 다 했으니 어디 당신들 멋대로 해보시오. 그땐 나도 생각이 있으니까."

소장은 꽥 소리를 지르며 옆에 차고 있던 칼을 반쯤 뽑았다가 도로 넣었다. 그 재빠른 동작에 쇠끼리 갈리고 부딪치는 소리가 날카롭고 싸늘했다.

"머시라고? 눈치럴 보아허니 사람얼 우리 앞에 내놓지 못헐 만치 매질얼 헌 모냥이구나. 어디 봐라, 우리 멋대로 헐 것이니!"

흰 수염의 노인이 마침내 의자에서 몸을 일으키며 언성을 높였다. 그 얼굴에 노기가 이글거리고 있었다.

한편 백종두는 면사무소 직원 두 명을 주재소 쪽에 내보내 놓고 사태가 악화되기를 기다리고 있었다.

"면장님, 면장님 나리, 야단났구만이라우. 신씨문중 사람덜이 전부 주재소 안으로 밀고 들어가는디 순사덜이 원체로 수가 작응게 밀리고 있구만요."

사무실로 뛰어든 한 직원의 숨가쁜 보고였다.

"순사덜이 밀린다고?"

백종두는 속으로 고소해하며 느리게 몸을 일으켰다. 일은 자신이 바라는 대로 되어가고 있던 것이다.

"야아, 순사덜이 총얼 못 쏜게 총이야 앞 가로막는 작대기구만요."

"알었네, 물러스소."

백종두는 건성으로 옷을 털며 사무실을 나섰다. 그때 탕 총소리가 울렸다. 백종두는 주춤 멈춰섰다. 공포인지 무엇인지 알 수가 없었다. 총소리는 더 들리지 않았다. 사정이 아무리 다급하다 해도 소장이 바보가 아닌 바에야 진짜 사격은 하지 않았으리라고 생각했다. 그는 주재소로 발길을 서둘렀다.

백종두의 예상대로 그건 공포였다. 주재소에서는 신씨문중 사람들과 순사들이 팽팽하게 대치해 있었다. 신씨문중 사람들은 주재소로 밀고 들어가다가 멈춘 상태였고, 살기 품은 순사들은 그들을 향해 총을 겨누고 있었다.

"물러스시요, 물러서. 면장님 나리 나오시는디 물러서."

면직원이 소리를 높이며 사람들을 헤치기 시작했다. 사람들이 길을 틔우며 웅성거리기 시작했다.

면직원이 양반들을 양쪽으로 가르며 내놓는 길을 따라 백종두는 냉엄한 얼굴로 걷고 있었다. 그는 양쪽에서 자신에게로 쏠리고 있는 양반들의 눈길을 충분히 의식하는 만큼 냉정하게 묵살하고 있었다. 그는 더없이 당당하고 의연해 보였다.

"에에, 나 면장이오. 내가 보기로 일이 이리 돼서넌 좋을 것이 없소. 일얼 순리로 따지면 아무리 죄럴 졌어도 좋게 푸는 방도가 있소. 헌디 이리 완력으로 대허면 양반 체면도 깎이고 일도 고약허니 꼬이는 법이오. 나넌 면장으로 이 일이 좋게 풀리기럴 바래고 있소. 또 면장 권한으로 쉽게 풀 수도 있소. 허니 그쪽서도 그리 바래는 맘이 있으면 대표럴 뽑아 면장실로 오시오."

백종두는 신씨문중 사람들을 향해 이렇게 말하고는 그대로 주재소를 나가버렸다. 그는 주재소장하고는 한마디도 나누지 않았다. 누가 보아도 그는 주재소장보다 높아 보였다.

조선말을 알아듣지 못하는 주재소장은 잠시 멍한 얼굴이다가 백종두의 모습이 사라져버리자 불쾌한 표정이 되었다.

신씨문중 사람들 사이에서는 동요가 일어났다. 끼리끼리 의견을 주고받느라고 소란스러워지고 있었다.

"다덜 사담얼 중지허시오. 잠시 중지럴 모으도록 허겠소."

흰 수염의 노인이 목청을 높였다.

햇발이 퍼지기는 했으나 날씨는 여전히 매웠다. 추위 속에선 신씨문중 사람들은 언 몸을 추슬러가며 새로 의견들을 모았다. 범절에 따라 나이 많은 축들이 입을 열었고 젊은 축들은 그저 묵묵히 듣고 있었다.

공론은 면장을 중재자로 삼자는 것으로 낙찰되었다. 그 이유는 신세호가 총독부령을 어긴 것이 분명한 이상 법망을 피할 도리가 없고, 더 우격다짐으로 나가다가 신세호에게 감옥살이 고생을 시키느니 이 정도에서 면장을 이용해 일을 무마하자는 목적이었다. 일이 그렇게 해결될 수 있다면 그것으로 신씨문중의 위력은 과시

된 것이라는 데에 그들은 별다른 이의가 없었다.

아까의 세 노인이 다시 면장을 만나기로 했다. 신씨문중 사람들은 면장인 백가가 자기네들보다 지체 낮은 중인이라는 것을 너무나 잘 알고 있었다. 그러나 아무도 그 사실을 입에 올리지 않았다. 그들은 세상이 바뀌었다는 것을 체념하고 있었고, 당장 눈앞의 일을 해결하지 않을 수 없었던 것이다.

"아, 오셨구만요. 일로 앉으시오."

백종두는 아까와는 딴판으로 정중하고 친절하게 세 노인을 맞아들였다. 그런데 세 노인의 얼굴은 굳어진 것도 같고 불쾌한 것도 같고 떫은 것도 같고 제각각이었다.

"이리 지럴 찾어온 것으로 어러신덜 맘얼 다 아니께 이얘기가 길어질 것도 없구만요. 딱 짤라 이얘기럴 허자면 잽혀온 사람얼 이것저것 죄럴 따지지 말고 속히 풀어내는 것 아닐랑가요?"

백종두는 일부러 '지럴 찾어온'이라고 못을 박고는 상대방들의 맘속에 든 말을 먼저 해버렸다. 그의 반들거리는 눈은 유난히 더 빛을 내며 세 노인을 차례차례 겨누고 있었다.

"요지넌 그렇소."

흰 수염 노인의 더딘 대꾸였다.

"그러면 됐구만요. 잽혀온 사람 죄가 얼매나 크든지 간에 나헌티 하로만 여유럴 주먼 닐 이맘때 딱 풀려나게 허겠구만요. 지금 당장 에로운 것언 주재소장 맘얼 돌릴 궁리럴 혀야 헝게요. 어찌 생각허시능가요?"

세 노인은 서로를 쳐다보았다. 그들은 눈으로 의사소통을 하고 있었다.

"그 말얼 어찌 믿소?"

"신씨문중에 거짓말해서 면장자리 지대로 지키겠능게라?"

백종두는 계속해서 그들의 급소만 골라가며 찌르고 있었다.

세 노인은 다시 눈길을 주고받았다.

"소장이 매질얼 헌 모냥인디, 더는 몸 상허게 해서는 안 될 것이오."

"하먼이요. 인자보톰 터럭끝도 못 다치게 허겠구만이라."

"긴말 안컸소. 내일이오."

흰 수염의 노인이 무겁게 몸을 일으켰다. 두 노인이 뒤따라 일어났다.

"안심허고 가서 쉬시씨요. 진작에 나가 알었으면 요런 고상덜 안 힜어도 될 것인디……."

백종두는 또 예절 바른 태도로 세 노인을 사무실 밖에까지 배웅했다.

흰 수염의 노인이 걸음을 옮기며 가늘고 긴 한숨을 내쉬고 있었다. 그리고 무슨 말인가를 하느라고 수염에 감싸인 입술이 달싹이고 있었다. 노인의 걸음걸이는 갑자기 무겁고 지쳐 보였다.

"으하하하하…… 어허허허허……."

뒷짐을 진 백종두는 배를 앞으로 내밀어가며 마구 웃어젖히고 있었다.

이놈들아, 네까짓 것들이 양반이면 별수 있느냐. 결국 날 찾아와 머리를 숙이지 않았느냐. 뭐, 함안 조가는 말뚝구멍에서 나와도 양반이고, 고령 신가는 돼지우리에서 낳아도 양반이라고? 더러운 놈들, 왜 개씹에서는 나왔다고 안 했냐. 이놈들아, 이제 까불지 말아라. 이 아전 출신 백가한테 네놈들은 존대를 썼어. 이제 양반이 뒤바뀐 세상이고, 네놈들은 갈수록 보잘것없이 될 테니까 어디 두고 봐라. 내가 네놈들이 이뻐서 편드는 줄 아냐. 네놈들은 이제 내 주먹 안에 든 밥이야. 네놈들이 일단 은혜를 입었으니 앞으로 두고두고 갚아야 해.

백종두는 난생처음으로 통쾌한 승리감을 맛보고 있었다.

웃음소리 속에 전화벨이 울렸다.

"나 소장이오. 저것들이 그냥 돌아가고 있소. 어떻게 했길래 그렇소?"

"뭐 놀랄 것 없소. 거 범인이나 더 때리지 말고, 이따가 점심이나 함께합시다. 내가 한턱내겠소."

백종두는 먼저 전화를 끊었다.

26

번뇌의 불

산골에 얼음이 풀리면서 돌돌거리는 개울물소리가 날로 낭랑해지고 있었다. 아침이면 골짜기마다 피어나는 안개도 젖빛으로 짙었고, 산들은 밝은 기운을 띠면서 꿈틀거리는 것 같았다. 작은 새들이 지저귀는 소리에도 맑고 싱그러운 기운이 넘쳐나고 있었다.

봄이 오고 있었다. 하늘빛도 아늑해졌고 땅 색도 포근해졌다. 봄은 하늘에서도 내리고 땅에서도 피어오르는 것 같았다.

"안직 물이 찬디……."

홍씨는 치마를 여미고 앉으며 개울물에 손을 담갔다.

"이, 보살님. 물이 차운지 암스로 멀라고 손얼 잠그고 그런당게라."

빨래를 주무르고 있던 아기중이 반가운 얼굴에 나무라는 투로 말했다.

"시님 손 시런디 지가 허먼 어쩌겠소."

홍씨의 조심스러운 말이었다.

"아니구만이라우. 중이 속인헌티 옷언 얻어입어도 중 빨래럴 속인헌티 맽기는 법이 아닌디요. 중이 지 빨래 지가 허는 것도 수행잉게요."

빨래를 움켜잡은 아기중은 정색을 하고 도리질을 했다.

"똑 큰시님이 말씸허시는 것 겉으요."

홍씨는 쿡 웃으며 눈흘김하듯 아기중을 쳐다보았다. 그 야릇하게 고운 눈매에 정이 담뿍 들어 있었다.

"큰시님이 항시 귀아프게 허시는 말씸잉게라."

아기중은 고개를 움츠리고 어깨를 올리며 장난스럽게 웃었다.

"나무허는 것도 수행, 비질 걸레질도 수행, 밥허는 것도 수행, 궂은일언 다 수행이니 절 인심도 참 야박허요."

홍씨는 아기중이 그지없이 짠한 생각이 들어 나오는 대로 말을 해버렸다.

"그거이 아니구만요. 수행질이 구만리 첩첩산중인디 그런 겉수행얼 이겨야 속수행도 지대로 닦게 되고, 그 담에 중생제도럴 헐 수 있게 되닝게요."

"참말로, 달통헌 법사님 법문이 따로 없소." 홍씨는 눈을 크게 뜨며 놀랍다는 표정을 짓고는, "시님, 이 중생얼 제도 좀 혀주시오" 하며 조금 가까이 다가앉았다.

"아이고메, 지가 무신 시님언 시님이어라. 행자 중에서도 질로 끝에 매달린 풋행잔디요."

아기중은 깜짝 놀라며 물러나 앉았다.

"아니, 시님보고 에로운 독경허라는 것도 아니고, 번뇌 삭일 법어 내리라는 것도 아닝게 걱정 안 해도 되능마요. 나가 살짝 알라고 허는 일이 있는디 그것만 말해 주면 되겄소."

주위를 빠르게 살피는 홍씨의 목소리가 낮아지고 있었다.

"고것이 무신 일인디요……."

이상한 낌새를 눈치챈 아기중이 홍씨를 쳐다보며 맑은 눈을 깜박거렸다.

"저어……."

홍씨는 다시 뒤쪽을 살피며 저고리섶을 여몄다. 망설임이 드러나고 있는 얼굴에 발그레한 기가 돌았다.

아기중은 그 얼굴이 무슨 꽃처럼 곱다고 생각했다. 그리고 문득 우리 어머니가 저렇게 생기지 않았을까 하는 생각도 했다.

"저어…… 여그 기시든 의병대장님 말이오, 그 어린이 어디로 가셨능가 아시오?"

홍씨는 더 얼굴이 붉어지며 낮은 소리로 물었다.

"고것얼 알면 보살님 맘이 제도가 되는게라?"

아기중이 쌔액 웃으며 앞으로 다가앉았다. 아기중의 그 묘한 웃음과 찌르듯 하는 말이 자신의 마음을 환히 들여다보고 있는 것 같아 홍씨는 그만 당황했다.

"긍게 머시냐…… 몸이 성허덜 안허셨는디…… 걱정시럽고 히서……."

홍씨는 어색스럽게 웃으며 말을 얼버무리고 있었다. 아기중이 너무 영특해서 탈이라고 생각하며.

"어쩌제라? 지도 잘 몰르는디요. 지팽이 안 짚어도 되게 다리가 낫자 다른 의병덜허고 곧 떠났는디, 어디로 간다는 말언 없었구만요. 지가 물어봉게 쩌그 저 산만 손꾸락질허드랑게요."

홍씨의 마음은 무너져내리고 있었다.

"근디 두 달 전인가, 아칙에 마당얼 씨는디 누가 앞얼 딱 막고 스드랑게라. 아, 올려다봉게 그 의병대장님이등마요. 얼매나 반갑든지……."

아기중의 눈시울이 붉어졌다.

"음마, 무신 일로 오셨등가요?"

홍씨의 마음은 금세 환하게 밝아졌다.

"그냥 지내가기 섭해 발길허셨담스로 하룻밤 묵고 뜨셨구만이라우."

따스한 봄볕을 등에 받고 앉은 아기중은 홍씨의 기색을 유심히 살피고 있었다.

"언제 또 오신단 말씀 없으셨소?"

홍씨의 눈 가장자리에 수심이 어렸다.

"야아, 인연이 남았으면 또 만내자고 허셨구만이라우."

"시님 생각에넌 또 오실 것 겉으요?"

"하먼이요, 그 어런이야 천년장순디요."

"천년장수?"

"야아, 그 어런 별호구만이라우. 무신 일이 있어도 왜놈덜 손에 안 죽는다고."

"오시면 언제나 오실랑가……."

홍씨는 눈길을 떨구며 가느다란 소리로 중얼거렸다. 눈 가장자리에 어렸던 수심이 얼굴 전체로 퍼져나갔다.

아기중은 보살님의 고운 얼굴이 그렇게 변하는 것이 싫었다. 예쁜 꽃이 시들어버리는 것 같았던 것이다.

"그 어런헌티 무신 전헐 이얘기가 있으신게라? 글로 적어주시면 지가 잘 간수혔다가 영축없이 전헐 것인디요."

아기중은 눈길을 떨군 홍씨의 얼굴을 올려다보듯 고개를 갸웃하게 틀어올리며 말했다.

홍씨가 아기중을 바라보며 고개를 보일 듯 말 듯 저었다. 나뭇가지 그림자가 엷게 내려앉은 그 얼굴이 그지없이 쓸쓸해 보였다.

"글면 꼭 만내서 헐 이얘긴게라?"

홍씨가 위아랫입술을 맞물며 흐릿하게 웃었다. 그 얼굴이 더욱 쓸쓸해졌다.

아기중은 개울물을 내려다보았다. 몸이 달았다. 보살님하고 의병대장님을 만나게 해주고 싶었지만 의병대장님이 어느 산골에 있는지 알아낼 길이 없었던 것이다. 아기중은 하늘을 올려다보았다. 하늘이 부셔 눈을 찡그렸다. 그때 번뜩 떠오르는 생각이 있었다.

"이, 공허 시님이 있구만요, 공허 시님!"

아기중은 밑도 끝도 없이 소리쳤다. 그 기쁨에 넘친 소리가 어찌나 크고 카랑했던지 홍씨는 가슴에 손을 댈 만큼 놀랐다.

"공허 시님······."

"야아, 공허 시님도 의병인디 여그 자주 오시능마요. 공허 시님헌티 부탁허면 그 어런얼 만내실 수 있구만이라."

아기중의 기분을 따라 홍씨의 얼굴이 밝아지는 듯싶더니 이내 어두워졌다.

"아니오, 장허신 일 허시넌 분네덜인디 그래서넌 못쓰요."

홍씨는 분명하게 고개를 저었다.

아기중의 얼굴에서 생기가 걷히며 침울해졌다.

"목이 타면 물얼 묵어야 허고 배가 고프면 밥얼 묵어야 허는 것 아닝게라. 만내고 잡은 사람언 만내야제 참는다고 참아지간디요. 맘에 지옥만 생기제. 메칠 있으면 공허 시님이 오실란지도 몰르는구만요."

"시님······."

홍씨는 그만 아기중을 와락 끌어안고 싶은 충동을 느꼈다. 저런 자식이라도 하나 있었으면 하는 생각이 회오리쳤던 것이다. 그러나 아기중의 먹물옷이 앞을 가로막아 팔을 뻗칠 수가 없었다.

"시님, 지가 괜헌 이야기럴 꺼냈구만요. 다 잊어불고 딴 재미진 이 야기나 헙시다."

홍씨는 상긋 웃어 보이며 아기중 앞에 놓인 빨래를 얼른 집어들었다.

"아니구만요, 아니어라."

아기중이 빨래를 뺏으려고 허둥거렸다.

"중생이 시주헐라는 것잉게 시님언 옆에서 재미진 절집 이얘기나 허랑게요."

홍씨는 빨래를 빼앗기지 않으려고 돌 위에 꼭 눌러잡고 앉아서 아기중을 달래듯이 말했다.

"절집에 무신 재미진 이얘기가 있간디요. 맨날 목탁 치고 염불이나 외는 것이 일인디라."

아기중은 더 빨래를 뺏을 생각은 하지 않고 넓은 바위 위를 유연하게 흘러내리고 있는 해맑은 물줄기를 물끄러미 바라보고 있었다.

어디선가 옥빛 구슬이 도르륵 구르는 듯한 새소리가 맑고 곱게 울려왔다.

"참, 그 이얘기가 있다!"

아기중이 눈을 반짝 뜨며 손뼉을 쳤다. 홍씨가 빨래를 주무르며 어서 이야기를 하라는 듯 방싯 웃었다.

"작년에 보살님이 새북마동 탑돌이럴 안 허셨능게라. 그적에 그 어린이 멀찍이서 보살님 탑돌이허능 것얼 보고 있드랑게요. 그려서 지가, 어찌 여그 기신가요 힜등마 그 어런 답이, 목탁소리럴 듣고 있소 허드랑게요. 그래서 지가, 목탁소리넌 귀로 듣는 것이제 눈으로 보는 것이간디요? 허고 찔렀구만요. 긍게 그 어런이 헛웃음얼 치드만이라."

"아니, 그런 일이 있었소?"

홍씨는 소스라치며 빨래 주무르던 손을 뚝 멈추고 아기중을 쳐다보았다. 그 말을 듣는 순간 홍씨는 가슴에서 화끈하게 불길이 이는 것을 느꼈던 것이다.

지난 1년 동안 숯으로만 가득 채웠던 가슴에 불길이 걷잡을 수 없이 일고 있었다. 그 뜨거움은 정신을 아련하게 하고 혼곤하게 하면서 점점 더 가열되고 있었다.

"하먼요. 그러고 나서 그 어런이 글얼 지어 보살님헌티 보낸 것이구만이라."

눈을 내리감은 홍씨는 손으로 가슴을 꼭 누르고 있었다. 현기증도 아니고 황홀감도 아닌 야릇한 힘에 휘둘리면서 정신이 아슴해지고 있었던 것이다. 홍씨는 아기중의 말을 멀리 스치는 소리로 놓치고 있었다.

"보살님, 어찌 그러신게라?"

아기중이 의아해하며 홍씨의 팔을 흔들었다. 홍씨는 눈을 떠야 한다는 겉마음과 눈을 뜨고 싶지 않은 속마음 사이에서 서성이고 있었다.

"아니, 어지럼증이 좀 일어서……."

홍씨는 더디게 눈을 떴다. 눈꺼풀이 바르르 떨리고 있는 눈에는 안개가 낀 것도 같았고 어스름이 낀 것도 같았다.

"찬물 맨지닝게 어지럽제라. 그 빨래 이리 줏씨요."

아기중이 잽싸게 빨래를 가져갔다. 홍씨는 그만 정신이 번쩍 들었다.

"시님, 그것이 아니구만요. 지가 헛생각에 잽혀서…… 얼렁 내놓으시오, 빨래."

홍씨는 난색이 되어 빨래를 뺏으려고 들었다. 아기중은 몸을 발딱 일으키며 빨래를 뒤로 감추었다.

"옷 젖겄소. 중생 시주럴 그리 퇴허면 부처님이 나무래싱마요."

"억지 시주 받으먼 부처님이 노허시요."

아기중의 지체없는 화답에 홍씨는 박하잎 씹는 기분을 느끼며 환하게 웃었다.

"1년간에 몸만 크신 것이 아니라 맘도 많이 크셨소. 물 묻힌 손 부끄럽게 맨들지 말고 얼렁 이리 주시랑게라."

홍씨는 정 깊은 눈길로 아기중을 어루만지듯 하며 손을 내밀었다.

"치이, 보살님언 참말로 관음보살 현신인갑소. 양반임스로도 새끼중 빨래꺼정 꼭 혀줄라고 야단이고."

아기중은 귀엽게 눈흘김을 하며 감추었던 빨래를 내밀었다.

"부처님 앞에 양반 상놈이 어디 있당게라. 다 똑같은 무리중생이제."

홍씨는 빨래를 받으며 아기중의 눈흘김을 맞받아 눈을 흘겼다. 마음의 시름과 그늘이 다 씻기고 걷히는 걸 느끼며.

"보살님, 요분에넌 메칠 불공이신디요?"

아기중이 홍씨 옆에 붙어앉으며 물었다.

"삼칠일 불공 디릴란디요."

홍씨는 빨래를 박박 문질러대며 대답했다.

"삼칠일? 와아, 글먼 되았다!"

아기중이 갑자기 소리쳤다.

"이 중생 간떨어지겠소."

홍씨는 영문 모르고 아기중에게 고개를 돌렸다.

"봇씨요, 보살님이 그리 오래 불공 디리고 기시런 동안에 그 어
런얼 만내게 된당게라. 지넌 그리 긴 불공인지 몰르고 걱정혔구만
이라우."

"아이고, 누가 듣겠소."

홍씨가 빠르게 주위를 살폈다.

홍씨는 그만 얼굴이 달아올랐다. 그건 지울 수 없는 죄의식이고
부끄러움이었다. 시아버지와 시어머니의 모습이 가슴을 압박해 왔
다. 그러나 가슴에 쌓여가는 번뇌의 숯덩이를 더는 어찌할 도리가
없었다. 그 숯덩이들이 재로 사위어지려면 불이 붙어야 했다. 그런
데 그 불씨는 절에 있었다. 다시 절에 찾아가기 위해 거짓말을 해
야 했고, 시부모님은 그 거짓말에 속아 삼칠일재의 행보를 갖추어
주었던 것이다.

마음 같아서는 석 달 열흘 백일재를 허락받고 싶었지만 그건 말
을 꺼낼 수 없는 욕심일 뿐이었다. 삼칠일재를 올리며 스무하루 동
안 절에 머물게 되면 인연의 끈이 이어지지 않으랴 하는 애타는 기
대에 모든 것을 걸었던 것이다.

핏줄 하나도 없는 청상며느리에게 삼칠일재를 허락한 시부모님
의 마음도 여간한 것이 아니었다. 아니, 자신의 거짓말이 그만큼 야
무지고 야멸찼다고 해야 옳았다. 어찌 그리될 수 있었는지, 그건 자

신도 모를 일이었다. 시부모님에게 죄가 되는 줄 알면서도 다스려
지지 않는 날개 돋친 마음이었다.

홍씨는 마음의 괴로움을 짜내듯 빨래를 힘껏 쥐어짰다. 힘을 쓰
느라고 아랫입술을 문 이빨들이 가지런하게 드러났다. 옆에 쪼그려
앉은 아기중은 천진스럽게 웃으며 그 모습을 바라보고 있었다.

"때가 다 졌는지 모르겠소."

홍씨는 시원스럽게 빨래를 털어댔다.

"먹물꺼정 다 빠져부렀는디라."

아기중이 만족스럽게 웃으며 몸을 일으켰다.

"아이고 참, 시님언 어찌 그리 말끝마동 도통헌 대사님 겉으요."

홍씨는 빨래를 건네며 귀엽고 대견한 아기중을 또 끌어안아 주
고 싶은 충동을 느끼고 있었다.

"치이, 큰시님언 맨날 밥충이 잠충이 멍충이라고 야단이신디요?"

아기중은 빨래를 받아들며 입을 삐쭉 내밀었다.

홍씨는 입을 가리며 쿡쿡 웃었다.

"참말로 삼칠재제라?"

홍씨는 고개를 끄덕였다.

"와아 좋고 존 거!"

아기중은 두 팔을 뻗쳐올리며 외쳤다. 그리고 빨래를 휘둘러대
며 달려가기 시작했다.

홍씨는 아기중의 뒷모습을 물끄러미 바라보고 있었다. 봄기운처
럼 활기차게 달려가고 있는 그 모습이 바로 외로움이었던 것이다.

홍씨는 아기중이 바로 자신인 것을 느끼고 있었다. 시집에서 잠시나마 벗어나려 했던 것도, 시집으로 돌아가고 싶지 않은 것도 사무쳐오는 외로움을 어찌할 수 없어서였다. 부처님, 이런 마음이 다 죄업이 아니오니까…… 어찌하면 좋습니까…….

홍씨는 눈물이 핑 돌아 고개를 떨구었다. 부처님 앞에 합장을 하기조차 무섭고 두려웠다.

법당에 들어 합장을 하고 고개를 약간만 들어도 마주치게 되는 부처님의 눈. 감길 듯 가늘게 뜬 그 눈은 참으로 자비롭고 인자하면서도 또 얼마나 매섭고도 무서웠던가. 모든 것을 두루 살피고, 모든 것을 꿰뚫어보고, 모든 것을 알아차리는 것 같은 그 눈앞에서 무섭고 두려워지는 까닭은 무엇인가. 거짓된 마음, 죄된 마음을 지닌 탓이었다. 부처님의 눈은 중생의 마음을 비추는 거울이라고 하지 않았던가. 어젯밤 예불에서는 끝내 고개를 들지 못하고 말았다. 부처님의 눈길을 일부러 피한 것이었다. 그리고 차마 그분을 만날 수 있게 해주소서 할 수가 없어서, 이년의 가슴에서 번뇌를 몰아내 주소서 했던 것이다. 그러나 그 기원 자체가 거짓이었던 것이다.

홍씨는 괴로움을 씹으며 개울을 따라 올라갔다. 얼마를 걷지 않아 홍씨는 몸을 움츠렸다. 그릇을 씻다가 그분과 마주쳤던 자리가 나타났던 것이다. 그저 무심하게 옮긴 발길이었다. 그런데 자신은 그분이 걸어 내려왔던 자취를 밟아 걷고 있었던 것이다.

홍씨는 가슴 두근대는 박동을 느끼며 주위를 둘러보았다. 지난

1년 동안 거의 밤마다 보았던 정경이었다. 그런데 틀린 것이 한 가지 있었다. 자신은 있는데 그분의 모습이 없는 것이었다.

홍씨는 손바닥으로 가슴을 누르며 가만히 한숨을 내쉬었다. 그때 느꼈던 감정이 생생히 되살아나고 있었다. 그때, 아기중에게 편지를 받았을 때만 해도 아무런 느낌이 없었던 것이다. 그저 한 가닥 위로의 고마움을 느꼈을 뿐이었다. 그런데 개울가에서 맞닥뜨리는 순간 그 이름 모를 사람은 가슴을 뒤엎고 정신을 뒤흔들고 온몸을 저리게 만들어놓고 말았던 것이다. 그 사람은 그저 사람이 아니었다. 남자로 가슴을 박차고 뛰어들었던 것이다. 그 사람은 남편을 남자로 받아들였던 다음 남자로 느끼게 된 최초의 사람이었다.

걷잡을 수 없는 감정을 산을 내려가면서 다스리려고 했다. 시집을 나섰을 때의 마음처럼 빛은 없어도 흔들리지 않은 마음으로 시집에 들어서려고 했다. 그러나 그런 다짐은 아무 소용이 없었다. 산에서 멀어질수록 오히려 마음은 더 출렁거리고 헝클어지기 시작했던 것이다.

밤마다 꿈에서 그분을 만났다. 아니, 밤마다 그 꿈을 꾸려고 애를 썼다. 잠자리에 들면 으레껏 눈을 감고 그날의 만남을 떠올리는 것이었다. 그 생생한 기억을 음미하며 꿈이 꾸어지기를 바라고는 했다. 그러다 보니 죽은 남편의 기억은 차츰 색이 바래가고, 시집은 나날이 감옥으로 느껴지기 시작했다.

꿈이라는 것은 참 묘한 것이었다. 생시에는 전혀 생각지도 않았던 일들이 꿈에서는 벌어지고는 했다.

처음 얼마 동안은 그날과 다름없이 그냥 만나는 꿈이었다. 그러다가 어느 날인가 엉뚱한 꿈을 꾸게 되었다. 자신이 그 사람을 부축하고 산길을 한정 없이 걸어가고 있었다. 그런 다음부터 꿈은 자꾸 변하게 되었다. 그 사람에게 손을 잡히게 되었고, 품에 안기게 되었다. 어느 날인가는 그 사람을 따라 의병이 되기도 했고, 그 사람이 의병을 그만두고 단둘이 어느 깊은 산골로 들어가 집을 짓기도 했다. 그러다가 어느 날 밤에는 그만 그 사람하고 한몸이 되고 말았다. 그 꿈을 꾸면서 이게 꿈이 아니었으면 하는 생각까지 했던 것이다.

그 꿈을 꾸고 나서부터 꿈은 점점 더 진하고 야하게 변해갔다. 그러면서 나날이 팍팍해지고 세상살이가 싫어지기 시작했다. 시집이 답답한 옥살이로 느껴지는가 하면, 불현듯 절로 내달아가고 싶은 충동에 휘말리기도 했다.

"문단속 잘허고 자그라."

밤마다 시어머니가 하는 이 말이 진저리쳐지게 싫어지기 시작한 것도 그즈음부터였다.

"니 밤마동 무신 꿈얼 그리 험허니 꾸길래 그리 소리럴 질러쌓냐."

어느 날 시어머니가 갑자기 내놓은 말이었다.

"벨 꿈 아닌디요……."

가슴이 덜컥 내려앉았지만 얼굴을 숙이며 어물거려 넘겼다.

"몸이 허해졌는갑다. 약얼 잠 묵어야 쓰것다. 수절허고 산다는 것이 몸이 너무 실해도 에롭고, 몸이 너무 허해도 에로운 일이니라.

몸이 실허면 탈이 생기고 몸이 허허면 득병얼 허닝게."

"아니구만요, 지 몸언 안 허헌디요."

약을 먹으면 꿈을 더 진하게 꾸게 되고, 꿈이 진해지면 소리를 더 크게 지르게 될까 봐 무서워 고개까지 내저었던 것이다.

시어머니 앞에서 자리를 피하고 나서도 가슴의 요동은 가라앉지 않았다. 무슨 소리를 잘못 질러 행여 그 꿈을 들키지나 않았는지, 속마음을 의심받고 있는 것이나 아닌지 조바심이 일어 견딜 수가 없었던 것이다.

"수절 중에 자식 없고 시부모 없는 수절이 질로 에롭고, 그 담이 자식은 있어도 시부모 없는 수절이고, 또 그 담이 자식 없이 시부모 뫼신 수절이고, 그 끝이 자식 키움서 시부모 뫼시는 수절이니라. 허나 당자가 당허는 맘고상이야 다 똑같다고 헌다. 열녀문 하나가 스자면 삼층장에 피묻은 솜이 가득 차야 헌다는 말이 안 있디냐. 그러자니 송곳으로 찔러댄 허벅지가 어찌 됐겄냐. 맘 강단지게 묵어라."

남편의 사십구재를 지내고 나서 시어머니가 한 말이었다. 그때만 해도 그 말뜻을 잘 몰랐었다. 수절은 당연한 것이었고, 또 그렇게 어려울 것 같지도 않았었다.

그런데 1년상을 보내며 마음 허전함이 넓어져 갔고, 2년상을 지내며 외로움이 커져가는 것을 느꼈고, 3년상을 치르게 되면서 송곳이 왜 필요한지를 알 것 같았는데 그만 그 남자와 맞닥뜨리고 말았던 것이다.

"약도 소양이 없는갑다. 니럴 소리질르게 허는 그 험헌 꿈이 머시냐?"

어느 날 시어머니가 또 말을 꺼냈다.

"예에…… 아무리 생각해도 요상허구만요. 밤마동 그이가 험헌 모양얼 허고 찾아오는디…… 극락왕생얼 못혔는지 어쩐지……"

미리 준비했던 거짓말도 아니었다.

"머시여! 동녕이가 험헌 꼴얼 허고 밤마동 찾어와."

오히려 소스라친 것은 시어머니였다.

"안 되겠다. 무당굿이라도 혀야제."

시어머니는 서둘러 무당굿을 벌였다. 그것이 무슨 효험이 있을 리 없었다. 시어머니에게 그토록 천연덕스럽게 거짓말을 할 수 있었던 마음은 무당굿에 맞서 그 꿈을 놓치지 않으려고 단단히 도사려져 있었던 것이다.

그런 독한 마음이 어디서 생겨나는 것인지 자신도 모를 일이었다. 꿈을 꿀 때마다 가슴이 타다 만 그리움은 숯덩이로 쌓여가고, 그리움은 사무침이 되어 밤마다 마음은 절로 달음박질쳐 가고 있었다. 그러면서 몸은 축나가고 살맛을 잃게 되었다.

"안 될 일이다. 사자넌 저승으로 가야제 이승으로 찾아오는 것언 변괴다. 요분 제사에 삼칠일 불공얼 올리도록 허거라."

마침내 시아버지가 내린 결정이었다.

홍씨는 봄기운 자욱하게 어린 산줄기들을 하염없이 바라보고 있었다. 바람 거센 바다에 겹겹이 파도가 일듯 수없이 많은 산들은 겹으로 겹으로 파도를 일구며 출렁이고 있었다. 홍씨의 마음은 그 산줄기들을 지향 없이 더듬고 있었다. 그러나 가슴으로 밀려드는 것은 막막함뿐이었다. 산이 그리도 많은 만큼 골짜기도 많은 것인데 그 사람이 어느 골짜기에 있는 것인지…… 막막함은 서러움으로 북받쳐올랐다.

홍씨는 아침저녁으로 불전에 합장을 하는 시간이 괴로웠다. 그건 어디까지나 남편의 극락왕생을 비는 불공이었다. 그런데 자신은 전혀 딴마음을 품고 부처님 앞에 서 있는 것이었다. 그건 부처님께 죄짓고, 죽은 남편에게 죄짓고, 스님에게 죄짓는 일이었다.

스님은 아무것도 모르고 지성으로 염불을 하고 목탁을 쳤다. 그 염불소리는 부처님의 꾸지람으로 들리고, 그 목탁소리는 부처님의 매질로 느껴졌다. 너무 죄가 커지는 것 같아 마음을 고쳐먹자고 스스로를 나무라고 욕도 하고 다짐도 했다. 그러면 마음이 돌려지는 것도 같았다. 그러나 합장을 풀고 법당을 벗어나면 마음은 어느새 제자리로 돌아가버리고, 눈길은 겹겹으로 뻗어나가고 있는 산줄기를 더듬고 있었다.

마음은 제 것이면서도 뜻대로 되지 않는 묘하고도 얄궂은 것이었다. 그 미친 마음하고 싸우기에도 지쳐 있었다. 뜻대로 안 되는 미친 마음을 고쳐달라고 큰스님께 모든 걸 실토할까도 몇 번이고 생각했다. 그러나 또다른 마음이 그 마음을 가로막았다. 한마음 속에 마음이 도대체 몇 개인지 알 수가 없었다.

그런데 며칠이 지나면서부터 자신도 모르게 불전에 엉뚱한 기구를 하고 있는 자신을 깨달으며 홍씨는 소스라치게 놀라고는 했다.

부처님, 부처님, 이것이 필시 인연일진대 꼭 만나게 해주십시오. 오다가다 옷자락이 스침도 인연이고, 먼 산자락을 돌아가는 여인의 옷깃을 보는 것도 인연이라고 하시지 않았습니까. 하온데 저는 글발을 받은 다음 대면하여 눈 마주치고 마음 헝클어진 사이가 아니옵니까. 세상에는 남정네도 많고 절도 많습니다. 하온데 어찌하여 하필이면 그 남자를 이 절에서 만나게 되었습니까. 그건 혹시 부처님의 뜻으로 만남이 지어진 것은 아니옵니까. 저는 제가 남다르게 음녀의 피를 타고나고 탕녀의 피를 타고난 것이 아닌가 수없이 제 살을 꼬집으며 생각해 보았습니다. 하오나 제가 남편을 두고 이런 음심을 품었다면 의당 음녀고 탕녀로 벌을 받아 마땅하겠지요. 다 아시듯 저는 남편도 자식도 없는 몸입니다. 스물한 살 나이를 붙들어맬 기둥이 아무것도 없습니다. 어찌하오리까, 이 몸 가엾이 여기시어 그분을 꼭 만나게 하여주십소사.

이런 기구와 함께 열흘이 지나가고 있었다.

"공허 시님, 공허 시님, 어디 기시다가 인자 오시는게라. 이제나 오실끄나 저제나 오실끄나 날마동 눈이 빠지게 기둘렸는디요."

아기중은 공허에게 매달리며 반가워 어쩔 줄을 몰라했다.

"이놈이 배곯은 강아지 쥔 보고 날뛰데끼 어째 이리 소란이냐. 딴 때넌 물 한 사발 떠오라 해도 주뎅이보톰 10리나 내밀든 놈이."

공허가 휘적휘적 걸어가며 내던진 말이었다.

공허의 뒤에는 총을 든 네 사람이 따르고 있었다. 그런데 네 사람 중에 한발 앞장서서 걷고 있는 사람이 있었다. 그는 바로 철도 공사장에서 도망쳐 나온 손판석이었다.

"시님, 그것이 아니고라, 긴허게 디릴 말씸이 있는디요."

아기중은 공허를 올려다보고 종종걸음을 치며 말하고 있었다.

"어디 왜놈토벌대라도 진얼 쳤냐."

걸음을 멈추지 않는 공허의 대꾸는 퉁명스럽기만 했다.

"그보담도 훨씬 더 중헌 일이구만이라우."

아기중의 목소리가 카랑하게 울렸다. 그 목소리에는 공허를 붙들어세우려는 오기가 받쳐 있었다.

"머시여?"

공허가 걸음을 멈추며 아기중을 내려다보았다. 아기중이 쌔액 웃고 있었다.

"이놈아, 어여 말혀!"

"저어…… 어떤 보살님이 천년장수님얼 만내보고 잡어허는디요."

"이놈아, 니 시방 꿈꾸고 있냐."

공허의 큰 주먹이 아기중의 머리에 알밤을 먹였다.

"아이고메, 머리빡 깨지네." 아기중은 두 손으로 머리를 싸잡으며 엄살을 떨고는, "시님언 말도 차근허니 안 들어보고 어쩨 사람얼 패고 그요. 시님만 의병질허는지 아시오. 그 보살님 냄편도 의병허다 죽었단 말이오. 그라고 시님언 중생제도허는 몸인디 중생이 바래는 것 안 들어주면 무신 중이당게라." 아기중은 다시 걷기 시작한 공허 옆을 졸졸 따라가며 카랑카랑하게 말하고 있었다.

"니 고것이 무신 소리여?"

공허가 의심쩍어하는 얼굴로 다시 걸음을 멈추었다.

"긍게로 지 이얘기 차근허니 다 들어도란 말이오."

아기중은 입을 쑥 내밀며 공허를 치올려보았다. 한 손으로는 알밤 먹은 자리를 매만지고 있었다.

"그려, 얼렁 주지시님 뵙고 올 거싱게."

보살의 남편이 의병으로 죽었다는 말이 공허의 마음을 붙들었던 것이다.

공허와 단둘이 앉은 아기중은 송수익이 한 일이며 홍씨에 대한 것까지 아는 것은 다 이야기했다.

"긍게로 시님이 천년장수님헌티 이얘기히서 보살님허고 만내게 헐 수 있제라?"

"글씨, 인자 와서 어찌서 만낼라고 허는지, 질로 중헌 것이 빠졌는디?"

공허가 고개를 갸웃갸웃했다.

"아, 고것이야 서로 만내갖고 보살님이 장수님헌티 헐 이얘기제라."

아기중은 마음 다급하게 쏟아놓았다.

"요런 쥐방울만헌 것이, 니넌 너무 눈치싸고 되바라진 것이 탈이여."

공허는 또 아기중의 까까머리에 알밤을 먹이고는 자리를 털고 일어섰다.

"시니임, 어쩔라요오!"

아기중은 방을 나가는 공허의 뒤에다 대고 애타게 부르짖었다. 그러나 공허한테서는 아무런 대꾸가 없었다. 그 무정함에 아기중은 그만 울음이 솟구쳤다.

공허는 주지승과 함께 자리하고 앉아서 세상 돌아가는 것이며 의병의 장래 같은 것에 대해서 이야기하던 끝에 아기중에게 들은 보살의 이야기를 꺼내놓았다.

"소승으로서넌 어찌허는 것이 좋을란지 잘 모르겠구만요. 시님 생각언 어떠신가요."

주지승은 느리게 눈을 내리감았다. 그러고는 말이 없었다. 공허는 부처님을 흉내 낸 반쯤 뜬 눈으로 주지승을 바라보고만 있었다. 주지승의 입은 점점 더 굳게 다물리고 있는 것 같았다. 동백기름 등잔이 가물가물 타고 있는 방 안에는 한동안 침묵만이 쌓였다.

"내 생각으로넌 그 보살이 무신 똑별난 이얘기럴 전헐 것이 있어서 만낼라는 것 같지가 않소. 그저 만내볼라는 마음인 것이제."

주지승이 공허를 건너다보며 아무 어감이 없는 소리로 말했다.

"글먼 청상 가심에 도진 상사기로구만이라?"

공허의 거침없는 말이었다.

주지승의 고개가 보일 듯 말 듯 끄덕였다.

"어째야 좋을랑가요?"

"그것이 설법으로 다스려지는 것도 아니고 염송으로도 꺼지지 않는 병 중에 병인 번뇌의 불이오. 마음 따로 몸 따로 일어나는 병이니 몸얼 없애지 않는 한 마음도 잡아먹는 병이 그것이라 어쩌는 방도가 있겠소. 출가해 법문에 든 몸덜도 그 병앓이로 진창길 걷는 허송세월을 허는 법인디, 젊다나 젊은 중생육신 지녔으니 다른 방도가 있을 리 있겠소. 만내게 다리럴 놓으시오."

주지승의 담담한 말이었다.

"송 대장이 퇴헐란지도 모르는디요?"

"보시허라 이르시오."

주지승의 어조가 약간 달라졌다.

"그 보살이 미색이든가요?"

공허가 장난스럽게 물었다.

주지승은 그저 빙긋이 웃었다.

"그 보살이 사람 보는 눈도 솔찬허구만요. 소승이 더 젊은디도 송 대장얼 맘에 둔 것 봉게로. 송 대장이야 참말로 나무랠 디가 없는 분이구만요. 인물 헌출하고 학식 높은 디다가 생각 똑바르고 맘 강직허고 정꺼지 두터우니 더 보탤 것이 없구만요. 근디 처자가 있는 몸에다가 곧 만주로 뜰 몸이니 그 보살 가심에 붙은 불 씨언허니 꺼주기넌 에로운 일이겠는디요."

"세상인연이 어찌 다 고르기럴 바래겠소. 인연이야 뜻대로 되는 것이 아닌즉 남녀인연은 더 기묘헌 법이오. 제 번뇌넌 결국 제가 다스릴 길밖에 없소."

주지승은 다시 눈을 내리감으며 홍씨가 왜 탈상 때보다 날을 더 길게 잡아 불공을 드리려고 왔는지 뒤늦게 헤아리고 있었다.

"시님께서넌 몰른 칙끼허실랑가요?"

"그리허능 것이 도리 아니겠소. 당자가 의지해 오지 않는 일에 먼첨 나스는 것도 간섭이고, 여인네가 감출라는 부끄럼얼 건디리는 것도 맘에 상채기 내주는 죄업이니."

"알겠구만이요. 좌우당간 송 대장이 맘보시에 육보시꺼정 잘허는 날에넌 원효대사가 따로 없겠구만이라."

공허가 능글맞은 웃음을 흘리며 꿈지럭거리는 몸짓으로 몸을 일으켰다. 그런 공허를 실눈으로 바라보며 주지승은 잔잔하게 웃기만 했다.

"소승 이만 물러갈랑마요. 편히 유허시게라우."

공허가 가볍게 합장을 하고 돌아섰다.

"인연언 번뇌에 시작이지만 번뇌가 무서와 인연얼 피헐 까닭이야 없는 법이오. 한번 설킨 인연언 피헐라고 헌다고 피해지는 것이 아닌 법잉게."

주지승의 독백 같은 말이었다. 문고리를 잡고 잠깐 멈춘 듯했던 공허는 아무 대꾸 없이 방문을 밀치고 나갔다.

아기중은 잠이 깨자마자 공허의 방으로 달려갔다. 그런데 방은 텅 비어 있었다. 다른 의병들과 함께 벌써 떠나버린 것이었다. 아기중은 너무 허망하고 난감하여 마루에 털퍽 주저앉고 말았다.

"잠도 안 자고 쌈에 미쳐갖고…… 땡초여, 순 땡초여."

아기중은 볼멘소리를 내며 짚신발로 댓돌을 차대고 있었다. 천년장수님을 꼭 모셔오겠다는 다짐을 받아두고 싶었는데 그렇게 안타까울 수가 없었다. 저녁밥만 먹고 나면 쏟아지는 잠을 견뎌내지 못하는 자신이 미웠고, 보살님한테 자신 있게 해줄 말이 없어서 속이 타고 있었다.

아기중은 홍씨를 살살 피해다니기 시작했다. 그러나 규모가 크지 않은 절에서 그건 마음대로 되는 일이 아니었다.

더구나 날로 포근해지고 아련해지고 싱그러워지는 봄기운을 따라 홍씨가 방을 지키지 않고 여기저기 거닐고 다녀서 아기중은 예기치 않은 곳에서 홍씨와 마주치고는 했다.

"보살님, 순천 선암사 뒷간 이야기 들어보셨는게라?"

"보살님, 구례 화엄사 북 치는 중놈 이야기 들어보셨는게라?"

아기중은 자기가 먼저 이런 식으로 말을 걸고는 했다. 그때마다 홍씨는 아기중을 따스한 눈길로 바라보며 고개를 저었다.

"이, 지 이얘기 들어봇시요. 순천이라 조계산에 선암사라고 허는 크고 큰 절이 있는디 예로보톰 법통이 실해 글공부허는 대중이 많애서 평소에 2천 명이고, 날이 풀려 천지사방서 행각 나슨 스님네덜이 뫼들먼 절 대중이 3천도 되고 4천도 됐당마요. 긍게로 쌀 씻는 뜬물이 50리럴 흘러갔겄제라. 근디 그 많은 대중이 묵는 것도 묵는 것이고 싸는 것도 또 골머리 아픈 일이였당마요. 그려서 뒷간얼 무작시럽게 크게 져서 칸얼 수십 개럴 맨들었는디, 거그서 똥얼 누먼 1년 뒤에 쩌어 아래서 찰깍 허는 소리가 난다능마요. 뒷간이 어칫게나 높으든지 말이어라."

"거그 머시냐, 지리산 자락에 화엄사라고 허는 무지허게 큰 절이 있는디, 절이 큰게로 북도 커서 아그덜 100명이 들어갈 만치 큰 북이 있당마요. 근디 그 북얼 도맡어 치는 중놈이 기운이 씨기가 황소기운인디 미런허기넌 절밥 10년에 그 짧은 반야심경도 욀 줄 모르는 돌대그빡이드랑마요. 긍게 천상 그 북치기로 타고난 중놈이제라. 그 중놈이 기운이 씬 대신에 끄니때마동 한 말 밥얼 묵어댄당마요. 하로에 세 말 밥 묵고 북얼 쳐대는디 그 북소리가 얼매나 크든지 지리산 아흔아홉 골얼 다 울리고 천왕봉 산신령님 귀꺼정 울리드랑마요. 신령님언 그 심진 북소리럴 들음서 기분이 좋아라 허시다가 북소리가 끝나면 꼭 상얼 찡그리고 돌아앉음서 고이연 놈 허셨당게라. 어찌 그런지 아시요? 그 미런헌 중놈이 북얼 치니라고 심이 들어서 끝장에넌 꼭 방구대포럴 쏴질렀구만이라. 세 말 밥 묵고 쏴질르는 방구가 어찌케나 씨고 독허든지 신령님헌티꺼정 퍼진 것이제라."

아기중이 이야기를 할 때마다 홍씨는 입을 가리고 웃어댔다. 아기중은 홍씨가 밝게 웃는 것을 보며 다음 이야기를 생각해 내기에 마음 무거워지고는 했다.

그렇게 진땀 흘리며 이레째가 되었다.

모습을 나타낸 것은 천년장수가 아니라 공허였다. 아기중은 그만 가슴이 철렁 내려앉고 말았다.

"어쩐 일이당가요, 시님?"

아기중은 곧 울음이 터질 것 같은 얼굴로 공허를 원망스럽게 올려다보았다.

"이놈아, 비질 나무질이나 잘헐 일이제 니가 어째 이 야단이여."

퉁명스럽게 내쏘는 공허의 주먹이 올라가는 듯싶자 아기중은 재빨리 뒤로 물러서며 쏘아댔다.

"불제잔께 중생제도헐라고 그요."

"아이고, 저 주딩이. 절밥 헛믹인 것이 아닝게 다행허다."

공허가 고개를 젖히며 껄껄거렸다.

"아이고메, 사람 생지옥에 빠쳐놓고 머시가 그리 좋으요."

입을 앙다문 아기중이 숨을 씩씩 불어댔다.

"불제자 나으리, 중생이 생지옥에 들고나는 것언 다 지 맘으로 허는 것이제 이 중놈 잘못이 아니오이다." 공허는 높은 사람에게 아뢰듯 허리까지 굽히는 것처럼 하더니, "떼엑끼놈, 젖비린내 나는 놈이 어런덜 일에 눈 팔지 말고 불경이나 한 자라도 더 외와라." 고 약하게 눈을 꼬느며 호통을 쳤다.

"그거시 아닌디요…… 보살님이 하도 안됐어서…… 영판 맘씨 존 보살님……."

공허의 기세에 눌린 아기중은 울음 가득한 입술을 삐쭉거리며 중얼거렸다.

"이놈아, 천년장수님언 쩌어 만주로 떠나부렀다."

공허는 이 말을 내던지고는 돌아섰다.

아기중은 그만 그 자리에 주저앉고 말았다. 마침내 참고 있던 울음이 터졌다. 아기중은 소리를 내지 않으려고 입술을 맞물었다. 소리는 참을 수 있었지만 눈물은 참을 수가 없었다. 손등으로 자꾸 눈물을 닦아냈다. 흐린 눈앞에 보살님의 모습이 어른거리고 있었다. 날마다 먼 산을 한정도 없이 바라보고 있는 모습이었다.

보살님에게 그 말을 어떻게 해야 할 것인지…… 보살님이 그 말을 듣고 얼마나 상심할 것인지…… 생각만 해도 가슴 조이고 겁나는 일이었다. 그렇다고 보살님이 떠날 때까지 어디로 피할 데도 없었다. 다른 절이 어디 있는지만 알아도 주지스님 몰래 행각을 떠나버리고 싶었다.

"어째 혼자시오?"

주지승이 공허의 합장인사를 받으며 의심 담긴 눈길을 보냈다. 공허는 멀뚱하게 주지승을 쳐다보았다.

"아니 오겠다고 허는 것이오?"

연이어지는 주지승의 물음에 공허는 씩 웃었다.

"송 장군이 고런 졸부도 아니고 또 그리 막된 배은망덕헌 인종도 아니구만이라."

"무신 소리요?"

주지승이 의아해했다.

"송 장군언 청상 상사기에 맘보시 못헐 만치 속이 줍덜 않고, 시님 덕으로 몸얼 건사헌 사람이 시님 뜻얼 외면헐 리가 없구만이라우."

"……"

주지승은 공허만 바라보고 있었다.

"만주로 뜰 급헌 일 끝내놓고 금세 뒤따라오기로 혔구만요."

"기어이 만주로 떠?" 주지승의 얼굴에 그늘이 서리더니, "공허도?"하며 얼굴이 착잡하게 변했다.

"소승언 뒷일얼 생각히서 우선 남어 있기로 뜻얼 모았구만요."

"나라럴 기연시 되찾기넌 찾아야 헐 일인디…… 그 방도가 무언고……."

주지승은 소리 없는 한숨을 길게 내쉬며 먼 산줄기 쪽으로 눈길을 보냈다.

저녁밥만 먹으면 잠에 곯아떨어지는 아기중은 밤이 깊도록 잠이 들지 못하고 뒤치락거렸다. 걱정이 커가는 마음에 밤 깊은 풍경 소리만 유난히 슬프게 들려오고 있었다. 그 가늘고 외롭고 슬픈 소리가 마치 보살님의 울음소리 같기만 했다. 만주…… 만주가 어딜까…… 만주가 얼마나 멀까……. 이런 생각을 하다가 아기중은 잠이 들었다.

아기중은 밤새도록 길고 긴 꿈을 꾸었다. 보살님과 함께 만주를 찾아가는 꿈이었다. 산을 수없이 넘고 넘었다. 그런데 불쑥불쑥 앞을 가로막는 사람이 있었다. 그건 공허 스님이었다. 어찌어찌 피해 도망을 치고 나면 얼마 가지 않아 또 막아서고는 했다.

"어이 새끼중, 영판 부지런허시 잉."

개울로 낯을 씻으러 나가던 공허가 알은체를 했다. 비질을 하고 있던 아기중은 째져라 하고 눈을 흘겨댔다.

한편 송수익은 남아 있는 의병들을 해산시키고 있었다. 공허의 대원 여섯까지 합해 모두 서른넷이었다.

"여러분, 오늘은 우리 모두에게 참으로 슬프고도 서운한 날입니다. 여러 가지로 사정이 여의치 못해 우리 의병대는 해산하지 않을 수 없게 된 것입니다. 그러나 우리는 조금치도 슬퍼하거나 서운해 해서는 안 됩니다. 왜냐하면 우리가 의병을 해산하고 헤어진다고 해서 의병활동을 영영 끝내고 다시는 만날 수 없게 되는 것이 아닌 까닭입니다. 한번 의병으로 나선 우리는 빼앗긴 나라를 되찾을 때까지 의병정신으로 싸워야 하고, 우리는 기필코 다시 만나게 될 것입니다. 우리가 오늘 헤어지는 것은 새로운 일을 시작하기 위한 임시방편이고, 다시 만나기 위한 준비고 약조입니다. 여러분들도 다 아시다시피 이제 조선천지는 왜놈들의 총칼이 미치지 않은 곳이 없습니다. 그러다 보니 여러 의병대들이 새 싸움터를 찾아 만주땅으로 옮겨가다가 거의가 중도에서 왜병들의 총칼에 참살당했습니다. 황해도 평안도 의병대들이 당한 일입니다. 형편이 그러한데 우리가 이 전라도땅에서부터 총들을 들고 압록강이나 두만강을 무사하게 넘어가기란 지난한 일입니다. 그래서 여러 궁리 끝에 내린 결정이 일단 헤어졌다가 다시 만나기로 한 것입니다. 여러분, 우선 처자식이나 가족을 만나 새 생활을 꾸리십시오. 물론 왜놈들의 눈을 피해 고향을 떠서 새 고장으로 옮겨가며 살아야 한다는 것이 얼마나 고생스럽고 힘겨운 일인지 잘 알고 있습니다. 허나 의병투쟁을 한 여러분들은 그런 어려움쯤 능히 이겨내리라 믿습니다. 또한 왜놈들에게 개죽음을 당하지 않기 위해서는 그런 고비를 다같이 넘어가야 합니다. 여러분, 여러분들이 그간에 얼마나 장한 일들을 했는지는 새삼스럽게 말할 필요가 없을 것입니다. 의병싸움으로 수없이 죽어간 대원들을 생각하며 언제 어디서나 꿋꿋하게 살아가도록 합시다. 그리고 다시 만나 싸울 날을 기약합시다."

송수익의 어조에는 비장감이 어렸고, 대원들의 얼굴에도 비장감이 흐르고 있었다.

송수익이 말을 마쳤지만 대원들은 누구 하나 움직이지 않았다. 그들 중에 총을 든 것은 단 두 사람뿐이었다. 그들은 포수 출신이었던 것이다. 다른 사람들의 총은 모두 공허에게 맡겨졌던 것이다.

"여러분, 이제 그만 일어들 나시오."

송수익은 웃음을 지으면서 말했다. 그러나 그 웃음에는 슬픈 빛이 역연했고, 침통한 목소리에는 물기가 스며 있었다.

"우리 그냥 작별허기 서럽고 지랄 같은디 속 풀고 맘 다지게 다 함께 노래나 한 자락 허고 뜨는 것이 어쩌겠소!"

지삼출의 걸찍한 외침이었다.

"이, 그것 좋겠구만, 좋아."

"맞어, 자알 생각혔구만."

"근디, 다 아는 노래가 머시가 있을랑고?"

"아, 머시기넌 머시여. 천지간에 다 아는 노래사 아리랑타령 아니드라고."

손판석이 불끈 일어서며 말했다.

"그려, 그려. 아리랑이 딱 좋네. 한 사람씩 돌아감스로 가락얼 믹이기로 허는 것이여. 모다 얼렁얼렁 일어나드라고."

지삼출이 몸을 일으키며 사람들에게 손짓을 했다. 대원들 모두가 다투듯 몸을 세웠다.

"여러분, 기왕 노래를 하는 참에 우리 모두 어깨동무를 하고 하는 것이 어떻겠소?"

송수익이 대원들을 둘러보았다.

"그것 참말로 좋구만이라, 대장님."

지삼출이 목메는 소리로 외쳤다.

"그려, 좋고말고."

"아, 얼렁 어깨덜 엮드라고 잉."

대원들은 서로서로 어깨를 엮어나가며 동그라미를 그렸다. 서른 네 사람이 어깨동무한 커다란 동그라미가 이루어졌다.

"나보톰 왼짝으로 돌아감서 지각각 가락얼 믹이넌 것잉게 그리덜 알드라고 잉. 짜아, 시작얼 허는디이!"

지삼출이 어깨를 흔들며 발을 굴렀다.

아리아리랑 아리아리랑 아리랑이 났네 으으
아리랑 응 어어 응 아르랑이 났네

김제·만경 아리랑이 굵은 목소리들에 실려 산골을 울리기 시작했다.

남녀간에 작별이제 의병이 무신 작별

죽어서나 작별잉게 맘 변치덜 말세나

눈을 꼭 감은 지삼출이 목에 핏줄이 돋도록 엮어낸 노랫말이었다.

아리아리랑 아리아리랑 아리랑이 났네 으으
아리랑 응 어어 응 아르랑이 났네
맘이사 변헐 건가 어찌 만낸 우리라고
세월이 수상허니 만낼 기약 그 언젠고
아리아리랑 아리아리랑 아리랑이 났네 으으
아리랑 응 어어 응 아르랑이 났네
밤이 들면 낮이 오고 겨울 뒤에 봄이 오네
세월얼 걱정 말소 작별이면 상면이네
아리아리랑 아리아리랑 아리랑이 났네 으으
아리랑 응 어어 응 아르랑이 났네
세월아 네월아 가지럴 말어라
이내몸 늙어지면 어찌 의병 헐거나
아리아리랑 아리아리랑 아리랑이 났네 으으
아리랑 응 어어 응 아르랑이 났네
작별도 서럽고 기약도 서러우네
서러움이 첩첩이니 통곡이 태산일세

다섯 사람째로 노랫말이 이어지면서 그들의 가락은 서럽고 구성지면서도 컬컬하고 어기차게 어우러지고 있었고, 엮어진 어깨 어깨가 가락을 따라 덩실거리며 커다란 동그라미가 돌기 시작했다.

그들이 그려내고 있는 동그라미는 동네마다 솟아 있는 당산나무의 풍성한 모습을 닮아 있었다. 당산나무는 하늘의 뜻을 받들어 땅에 내리고, 땅의 바람을 받들어 하늘에 올리는 고결한 일을 해낸다고 믿어졌다. 그래서 사람들은 마을 전체를 위하는 일이 있을 때마다 당산나무 아래로 모여들었다. 농사일을 시작하게 될 때, 절기 따라 오는 명절 때마다, 풍년의 흥겨움이거나 가뭄의 근심이 생길 때마다, 괴질이 돌거나 어느 집이 흉사를 당할 때마다 마을사람들은 당산나무 아래로 모였다.

농사일을 시작하며 풍년을 기원할 때는 고사터가 되었고, 명절 때마다 모여 흥겨움과 기쁨을 함께 나누며 춤과 노래를 즐길 때면 잔치마당이 되었고, 풍년을 감사하고 가뭄을 거둬주기를 빌 때는 제단이 되었고, 마을에 길흉사가 생길 때면 회의장이 되었다. 그리고 뙤약볕 내리쬐는 한여름이면 노인네들의 휴식처나 낮잠터였고, 조무래기들에게는 사시장철 놀이터였다. 어쩌다가 마을의 화목을 깨뜨리는 다툼이 벌어지거나 음행을 저지른 여자가 생겨나면 그때는 재판장이 되기도 했다.

그러나 당산나무 아래 남녀노소 가릴 것 없이 온 마을사람들이 다 모이게 될 때는 아무래도 풍년이 들거나 명절 때였다. 그때는 어김없이 흥겨웁게 풍물이 잡혀 사람들의 신명을 돋우었고, 풍물 잡힌 마당에 술이 곁들여지니 춤과 노래가 절로 나올 수밖에 없었다. 노래를 부르는 축은 자연스레 손에 손을 맞잡고 동그라미를 그리며 돌아가고, 춤을 추는 축은 동그라미 안에서 더덩실 더리덩실 풍물과 노랫가락에 실려 맘껏 춤추며 제각기 새가 되어 날았다. 그 잔치마당에서 농사의 고달픔도 녹아내리고, 가난의 시름도 풀려내리고, 속 깊은 근심도 삭아내렸다.

당산나무의 풍성한 둥근 숲은 하늘의 모양이었고, 그 아래서 손에 손잡고 동그라미 그리며 돌아가고 있는 사람들은 하늘의 뜻을 받들어 서로서로 마음을 하나로 합치고 있었다. 서로 다투었던 일, 서로 질시했던 일, 서로 미워했던 일들을 용서하고 이해하며 앞으로 화목하고 다정하게 둥글둥글 살아가자고 말없는 속에서 다짐하는 것이다. 그럴 때 부르는 아리랑은 슬프거나 구성진 가락이 아니었다. 절로 어깨가 들썩거리고 엉덩이가 씰룩거리도록 밝고 빠르고 경쾌한 가락으로 변하게 마련이었다. 아리랑은 때와 기분에 따라 얼마든지 가락을 달리해 가며 부를 수 있는 신통한 노래였고, 장소와 사연에 따라 사람이 아무리 많아도 제각기 가사를 엮어가면서 새록새록 신명을 돋우어나갈 수 있는 가상한 노래였다. 그리고 차례로 돌아가며 가사를 엮어낼 때면 논마지기가 더 있고 없고, 집칸이 더 크고 작고, 인물이 더 잘나고 못나고 간에 아무런 차등도 차별도 없었다.

야박허요 대장님 나도 딜고 가주씨요
왜놈천지 이세상에 어디서 살라허요

아리아리랑 아리아리랑 아리랑이 났네 으으
아리랑 응 어어 응 아르랑이 났네
신작로 복판은 넓어야 좋고
큰애기 보지는 좁아야 좋네

이 엉뚱하게 튀어나온 가사에 모두가 와아 웃음보를 터뜨렸다.
그리고 모두의 어깨춤에는 더 신명이 올랐다.

아리아리랑 아리아리랑 아리랑이 났네 으으
아리랑 응 어어 응 아르랑이 났네
큰애기 수바늘은 가늘수록 좋고
총각놈 자지는 굵을수록 좋다

"어허, 얼씨구!"
"저리 절씨구!"
"조옴도 조옷타!"
제꺽 이어진 화답에 추임새 또한 왁자하고 요란했다. 그들 모두
의 얼굴에는 번들번들 땀이 내배고 있었고, 동그라미를 빙글빙글
돌리고 있는 몸짓들에는 신 내린 듯한 신명이 들려 있었다. 그러나
그 어느 매듭에서도 어깨동무는 풀리지 않았다.

아리아리랑 아리아리랑 아리랑이 났네 으으

아리랑 응 어어 응 아르랑이 났네

우리집 서방님언 명태잡이럴 갔는데

바람아 강풍아 석달열흘만 불어라

"옛끼 순 못된 년!"

"저런 개잡년 보소!"

아리아리랑 아리아리랑 아리랑이 났네 으으

아리랑 응 어어 응 아르랑이 났네

잡년아 썩을년아 지랄발광 말어라

하눌님이 용왕님이 나를 살펴주신다

"그려, 그려."

"어절씨구 자알헌다!"

노랫말잇기가 거의 끝나가고 있었다. 그러나 아리랑가락을 합창하는 그들의 목소리는 지칠 줄을 몰랐고, 온몸에 실려 꿈틀거리고 출렁이는 신명도 사그라들 줄을 몰랐다.

송수익은 새 노랫말이 이어질 때마다 대원 한 사람, 한 사람을 새롭게 마음에 담고 있었다. 나이 차이가 조금씩 있을 뿐 모두가 건장하고 용맹스러운 사람들이었다. 그들과 함께 압록강이고 두만강을 건너가지 못하는 것이 한없이 아쉬웠다. 그런데 그들 중에 양반은 하나도 없다는 사실이 또 마음에 걸렸다. 양반보다는 평민이나 상민이 훨씬 더 많은 탓이라서 그런가? 언제나 그랬던 것처럼 전혀 납득이 안 되는 이유였다. 양반층이 망치고 팔아먹은 나라를 평민이나 상민층이 되찾겠다고 싸움터에 끝까지 남아 있는 것이었다. 송수익은 다시 그들에게 고마움과 함께 부끄러움을 느꼈다. 어느덧 자신의 차례가 와 있었다.

아리아리랑 아리아리랑 아리랑이 났네 으으
아리랑 응 어어 응 아르랑이 났네
나라를 되찾는건 하늘의 뜻일세
자나깨나 나라걱정 맘 변치들 말세나
아리아리랑 아리아리랑 아리랑이 났네 으으
아리랑 응 어어 응 아르랑이 났네

송수익을 끝으로 한바탕 노래판이 막을 내렸다.

그들은 어깨동무를 풀었다. 그들은 땀이 번들거리는 얼굴로 모두 송수익에게 눈길을 모았다. 그들의 눈은 묘한 열기로 이글거리고 있었다.

"여러분, 오늘을 잊지 맙시다. 그리고 꼭 다시 만납시다. 그때까지 몸보존들 잘하기 바랍니다. 자아, 그럼……."

송수익이 지삼출의 손을 잡았다.

"대장님……!"

지삼출이 울컥 울음을 토하듯 하며 고개를 떨구었다. 그러면서 손은 송수익의 손을 으스러져라 맞잡고 있었다.

"그간에 참 애썼소. 몸보존 잘하시오."

"대장님도 무병무사허시게라."

고개를 든 지삼출의 눈에는 눈물이 번지고 있었다.

송수익은 그 다음에 손판석의 손을 잡았다.

"그간에 남들보다 고생이 곱절로 많았소. 공사장에서 도망쳐 나와 다시 부대를 찾아온 그 용맹을 내 평생 잊지 못할 것이오. 몸보존이 제일이오."

"황감허구만요. 대장님도 몸보존 잘허셔야 되는구만이라우."

목이 멘 손판석의 눈에도 눈물이 잡히고 있었다.

송수익은 대원들 한 사람, 한 사람의 손을 차례로 잡으며 작별을 해나갔다. 그들 한 사람, 한 사람이 다 자신의 몸 같기만 했다. 함께 싸우고 함께 죽을 고비를 넘겨온 그들에게서 혈육에 못지않는 뜨거운 정이 얽혀 있었다.

그들은 이제 산을 내려가 왜놈들의 눈을 피해 세상으로 숨어들 것이었다. 그들과 끈을 연결시켜 놓았지만 얼마나 다시 만나게 될지 알 수가 없는 일이었다. 그들은 두셋씩 짝지어 사방으로 흩어져 가기 시작했다.

입을 꾹 다문 송수익은 멀어져 가는 그들의 뒷모습을 지켜보고 있었다.

송수익은 대원들의 모습이 다 사라진 다음에도 한참이나 그대로 서 있었다. 온갖 기억들이 회한으로 쌓이는 무게에 눌려 발길을 돌릴 수가 없었던 것이다.

그들과 헤어지는 허전함만큼 회한의 무게는 컸다.

"그것도 풀고 떠야 헐 업보구만요. 대원덜 해산시킨 담에 한분 걸음 허시는 것이 좋겠는디요."

공허의 말이 발길 돌리기를 재촉하고 있었다.

송수익은 눈을 감았다. 여인의 얼굴이 떠오르지 않았다. 스치듯 한 번 보았을 뿐 더 마음에 담지 않은 여인이었다. 그저 조신한 몸가짐에 함초롬한 인상이었다는 느낌뿐이었다. 한 가지 선명한 것이 있다면 탑돌이하는 모습이었다.

그러나 공허의 말마따나 그 여인과의 만남이 우연이 아니라 인연이라면 마음보시로 어떤 매듭을 지어야만 홀가분할 것 같았다. 끝도 없고 한도 없는 삼천대천세계에서 이루어지는 무수한 일어남과 스러짐, 맺어짐과 흩어짐이 그 어느 것 하나도 우연인 것이 없다고 깨달은 자 석가모니는 가르치고 있었다. 그 인연의 필연성으로 하자면 그 여인을 만날 때 진정의 위로를 앞세웠듯이 헤어질 때도 진실한 위로의 마음을 지니고 인연의 매듭을 짓고 떠나는 것이 도리라고 생각했다.

송수익은 대원들을 따라 풀려나가고 있는 마음의 가닥들을 거두어 절 쪽으로 몸을 돌렸다.

"아이고메, 대, 대장님!"

마른 솔가지를 꺾어 모으고 있던 아기중이 송수익을 먼저 알아보고 비탈을 뛰어내렸다.

"아이고, 운봉 아니신가."

송수익도 반가움에 소리쳤다.

"안직 만주 안 가셨구만요!"

"응, 곧 가야지."

아기중과 송수익은 손을 마주 잡았다. 자기를 속인 공허에게 땡초 땡초 왕땡초라고 욕을 퍼대고 싶었지만 아기중은 쉽게 참아냈다. 공허한테 속은 분함보다는 천년장수가 나타난 반가움이 훨씬 컸던 것이다.

"대장님언 생불이시구만이라."

아기중이 불쑥 말했다.

"생불?"

송수익의 눈이 휘둥그레졌다.

"야아, 보살님이 대장님얼 만내고 잡아 눈이 빠지고 목이 늘어지는 판에 이리 딱 오셨으니 보살님 맘이 어쩌겠능가요. 근심 걱정 싹 가시고 생지옥서 벗어나게 됐응게 보살님헌티야 대장님이 생불이시제라."

"아이고, 이런, 이런!"

송수익은 그만 헛웃음을 터뜨렸다. 야무지기가 차돌 같은 아기중의 말이 너무 기특하고도 얄미워 번쩍 안아주고 싶었지만 명색이 출가한 몸으로 중 행색을 갖추고 있으니 차마 그럴 수가 없었던 것이다.

"짐이라 여기시지 말고 만내보시오. 인생사 부질없다 허나 그것이야 무한계 속에서 볼 적에 그러헌 것이고, 숨쉴 때마동 희로애락이 얼크러지고 설크러지는 인생 육십 고해로 보면 인생사는 또 부질없지가 않소이다. 다 인연이라 헐밖에 없으니 그리 헤아려주시오."

눈을 반쯤 내려감은 주지승의 말은 잔잔하면서도 무거웠다.

"예, 제가 위로를 하겠다고 설익은 글발을 보낸 것이 화근이 된 듯합니다."

송수익은 일의 발단과 책임을 솔직하게 드러냈다.

"아, 화근이라니요. 그리 생각지 마시고 인연의 바다에서 이 물결 저 물결이 자연스리 얽힌 것이라 생각허시랑게요."

"예, 알겠습니다. 하온데……, 어찌 상면을 해야 하는 것인지……."

송수익은 주저하던 말을 얼버무렸다.

"예, 소승도 몰르는 일로 덮고 있구만요. 글발 전허디끼 그리허시는 것이 쉴허고 편허덜 않을란지요."

주지승이 송수익에게 눈길을 보내며 잔잔하게 웃었다.

"아, 예예……."

송수익은 그때서야 아기중을 앞장세우는 손쉽고 자연스러운 방법을 깨쳤다.

"보시가 과허면 발밑이 지옥인지나 아시게라 잉."

공허가 걸쩍하게 걸친 말이었다.

"보살님 어디 계시는지 아나?"

"야아, 쩌그 뒷산서 쑥 캐시능마요. 지럴 따라오시씨요."

송수익이 방에서 나오기를 기다리고 있던 아기중은 신바람 나게 앞장섰다.

"보살님, 보살니임, 오셨구만이라우."

개울을 거슬러 올라가며 아기중이 목청껏 외쳐대고 있었다.

"운봉, 운봉, 경내서 소란 피운다고 부처님이 노하시겠는데."

송수익은 민망해서 아기중의 외침을 붙들려고 했다.

"보살님, 보살니임, 어디 기시요요. 천년장수님이 오셨당께라우우."

아기중은 송수익의 말을 들었는지 못 들었는지 더 큰소리로 외쳐대며 다람쥐처럼 민첩하게 비탈길을 오르고 있었다.

양지바른 마른풀섶 사이에서 파릇파릇 돋아오르고 있는 쑥을 뜯던 홍씨는 문득 손길을 멈추었다. 먼 산울림처럼 들려오는 맑은 소리가 자신을 부르고 있는 것 같았던 것이다.

"보살님, 보살니이임, 어디 기신당가요오. 천년장수님 오셨당게요오."

꿈결에 들은 소리도 아니었고 잘못 들은 소리도 아니었다. 그건 분명 아기중의 목소리였다.

홍씨는 가슴에서 불길이 확 일어나는 충격을 느꼈다. 그 충격의 탄력으로 몸을 벌떡 일으켰다. 온몸으로 퍼지는 전율과 함께 현기증을 느꼈다.

"보살님, 여그 기시능마요. 천년장수님이 오셨당게라."

아기중이 숨을 쌕쌕거리며 말했다.

홍씨는 가벼운 현기증이 스러지는 것을 느끼며 눈을 떴다. 그 순간 홍씨는 소스라치고 말았다. 밤마다 꿈에서 만났던 그 사람이 바로 앞에서 걸어오고 있었던 것이다. 그렇게 바로 대면을 할 줄은 미처 생각지 못한 일이었다.

너무 당황한 홍씨는 그만 급히 돌아섰다. 홍씨의 두 손은 낭자머리를 더듬고 있었다.

"운봉, 애썼어. 이따가 재미난 의병 이야기를 해줄게."

송수익은 아기중을 내려다보며 어깨를 어루만졌다.

"야아, 재미진 이야기 밤새 히주씨요 잉."

아기중은 재빨리 홍씨의 뒷모습을 한번 쳐다보고는 송수익에게 눈을 찡긋해 보이고 돌아섰다.

송수익은 더없이 말이 궁색하여 멀리로 눈길을 보냈다. 첫마디를 어떻게 해야 좋을 것인지 막연하고 난처할 뿐이었다.

곰방대를 꺼내 담배를 재웠다. 부싯돌을 쳐서 불을 붙였다. 여인은 등을 돌린 채로 움직임이 없었다. 달라진 것이 있다면 낭자머리를 더듬고 있던 두 손이 앞으로 모아져 있었다.

담배연기가 푸르게 흩어져 가고, 봄기운 그윽한 창공에 맑은 새소리가 뿌려지고 있었다. 송수익은 발밑을 내려다보았다. 마땅한 말은 전혀 떠오르지 않았다.

여인이 만나기를 원했지만 말을 먼저 꺼내야 하는 건 자신이었다. 그런 남자의 역할이 그리도 곤혹스럽기는 처음이었다. 자신이 무슨 말을 꺼내 이야기를 엮어가지 않고서는 여인은 끝내 몸을 돌려세우지 못할 것이었다. 곰방대에서는 더 연기가 나오지 않고 담뱃진 끓는 소리만 뿌지직거렸다.

"다시 뵙게 되어 반갑습니다. 그간에 벌써 1년 세월이 흘러갔군요."

송수익은 이렇게 말하며 몇 걸음을 옮겼다. 여인이 몸을 돌리지 않아도 되게 하려는 것이었다. 여인의 옆얼굴이 드러났다. 여인의 고개가 더 수그러들었다. 붉은 기운 감도는 여인의 귓불에 부끄러움이 꽃빛으로 돋아 있었다.

수그린 목의 끝자리에 가지런한 잔머리털이며, 해맑게 꿰비치는 듯 발그레하게 돋아오르는 생기이며가 그대로 앳된 모습이었다. 그 청순함을 짓누르듯 하고 있는 낭자머리가 위압스럽고도 서럽게 느껴졌다. 그 낭자머리는 여인의 일생을 옭아매는 어찌할 수 없는 올가미였다. 과부가 되기는 너무 앳된 나이였고, 그 올가미를 벗어나기란 규범이 너무 엄중했다. 송수익은 괴로움을 씹으며 숨을 들이켰다.

세상의 물결이 험악하다 보니 청상들이 생겨나지 않을 수가 없었다. 의병전쟁을 일으키고 나서 도처에서 생긴 청상들이 얼마나 될 것인지 그 수를 짐작하기도 어려운 일이었다. 나라를 빼앗긴 죄로 그 여자들은 일생을 빼앗긴 셈이었다. 며칠 전에 잠깐 만난 아내의 말이 쟁쟁하게 울려왔다.

"지년 어찌 살어야 허능가요."

아내의 이 절박한 한마디 앞에서 자신은 아무 말도 할 수가 없었다. 그저 손을 잡아주고 돌아섰을 뿐이었다.

송수익은 여인의 고개를 들게 해야 된다고 생각했다.

"저는 내일 곧 만주로 떠납니다."

"네에?"

그 갑작스러운 말에 놀라 홍씨는 자신도 모르게 고개를 들었다.

"여기선 더 이상 의병싸움을 계속할 수 없게 된 형편이라 새 방도를 찾아나서는 길이지요."

여인에게는 굳이 필요한 말이 아닌 줄 알면서도 서로 쑥스러움을 면하고 여인이 말문을 열게 하기 위해 송수익은 일부러 그 말을 했다.

"만주로…… 그 먼 만주로……." 낮게 중얼거리는 홍씨의 얼굴에 그림자가 스치는 듯하더니, "만주로 가시면 새 방도가 생기능가요." 조심성이 담긴 목소리였지만 말은 분명했다. 눈길도 송수익의 옆얼굴로 향하고 있었다.

"예, 일찍 만주로 건너간 함경도 평안도 의병들이 압록강 두만강을 넘나들며 잘 싸우고 있습니다."

송수익은 부드럽게 말하며 여인에게로 눈길을 돌렸다.

서로 눈길이 마주쳤다. 송수익은 엷게 웃었고, 홍씨는 잠시 고정시켰던 눈길을 아래로 떨구었다. 그러나 홍씨는 고개를 숙이지는 않았다. 떨구어진 눈길을 따라 가비얍게 내리덮인 눈꺼풀이 파르르 잔 여울을 일으키며 떨리고 있었다.

송수익은 가슴이 꿈틀 요동하는 것을 느꼈다. 도도록한 눈꺼풀의 빠른 떨림은 너무 육감적이었고, 그 떨림이 바로 여인의 심장의 떨림으로 느껴졌던 것이다. 그런 느낌이 일어남과 동시에 그 뜨거운 듯한 떨림의 파장은 큰 물결로 변해 자신의 가슴을 덮쳐오고 있었다.

"하오면 앞날얼 나라 찾는 디에 바치신단 말씸이신가요?"

홍씨는 눈길을 들어 송수익을 바라보았다.

"예, 그것이 장부의 바른길이라고 생각하고 있습니다."

송수익은 여인을 바라보며 정중하게 대답했다. 그러나 내심으로는 꽤나 놀라고 있었다. 여인이 눈을 내려떴을 때와 바로떴을 때와 그 얼굴의 느낌이 너무 달랐던 것이다.

눈을 내려뜨고 있을 때는 그저 곱상하고 안온한 느낌의 생김새였다. 그런데 눈을 바로뜨자 곱상함은 화사한 생기를 품었고 안온함은 묘한 슬픈 기색으로 변해 있었다. 눈을 내려떴을 때가 반쯤 열린 꽃망울이라고 한다면 눈을 바로떴을 때는 활짝 핀 꽃송이였다. 사람의 눈이 얼굴에 자리잡은 이목구비 중에서 제일 중심이라는 것은 알고 있었지만 그렇듯 생김새의 느낌을 현저하게 바꾸어놓는다는 것은 전에 없던 느낌이었다.

두 사람 사이에는 더 말이 이어지지 않았다. 송수익은 더 마땅히 할 말이 없었고, 홍씨는 많은 말을 간추리지 못하고 있었다.

송수익은 다시 담배를 피울까 하다가 그만두고 가는 솔가지 하나를 꺾었다. 그리고는 솔잎을 하나씩 뽑기 시작했다. 여리게 풍기는 솔향기를 맡으며 송수익은 인연이라는 것을 다시 생각하고 있었다. 만나고 헤어지고, 태어나고 죽고 또 태어나고…… 그 깊고 오묘한 세계는 알 듯하면서도 미궁이었다.

"불교는 믿으신 지 오래되셨습니까?"

송수익은 솔가지를 입에 물었다.

"예에, 어려서보톰……."

홍씨는 솔가지끝을 잘근잘근 씹고 있는 송수익의 옆얼굴을 바라보았다.

"그러면 부처님 말씀을 잘 아시겠군요."

"……."

홍씨의 눈길은 먼 데를 바라보고 있는 송수익의 얼굴에 박혀 있었다.

"부처님이 말씀하시기를 인연을 맺지 말라 하셨지요. 인연은 괴로운 것이니, 원수는 만나서 괴롭고, 그리운 사람은 만나지 못해서 괴로운 것이라고요."

홍씨는 그만 고개를 숙였다. 그 말이 무섭게 가슴을 쳤던 것이다.

풀꾹 풀꾹 푸풀꾹 풀꾹.

어디선가 풀꾹새가 울고 있었다. 쉰 듯하면서도 애절하고 슬픈 소리였다. 임 그리워 울다 울다 목이 쉬고, 피를 토해 제 피를 되마셔 잠긴 목을 틔워 다시 운다는 새였다.

"저를 만난 일이 없었던 것으로 잊으십시오. 어차피 다시는 만날 수 없는 사람입니다."

송수익은 씹고 있던 솔가지를 무심하게 마른풀섶 위에 던져버렸다.

그리고 발길을 돌렸다.

"해가 기울었습니다. 그럼 제가 먼저……."

송수익은 걸음을 옮기기 시작했다.

홍씨는 송수익의 모습을 지켜보고 있었다. 그의 모습이 사라지자 홍씨는 그가 떨구고 간 솔가지를 집어들었다.

풀꾹새는 석양빛 속에서 지칠 줄 모르고 울고 있었다.

〈3권에 계속〉

아리랑 2

제1판 1쇄 / 1994년 6월 25일
제1판 53쇄 / 2001년 2월 20일
제2판 1쇄 / 2001년 10월 10일
제2판 28쇄 / 2006년 9월 10일
제3판 1쇄 / 2007년 1월 30일
제3판 39쇄 / 2019년 12월 30일
제4판 1쇄 / 2020년 10월 15일
제4판 5쇄 / 2024년 9월 30일

저자 / 조정래
발행인 / 송영석

발행처 / (株)해냄출판사
등록번호 / 제10-229호
등록일자 / 1988년 5월 11일(설립일자 | 1983년 6월 24일)

04042 서울시 마포구 잔다리로 30 해냄빌딩 5·6층
대표전화 / 326-1600 팩스 / 326-1624
홈페이지 / www.hainaim.com

ISBN 978-89-6574-932-5
ISBN 978-89-6574-943-1(세트)

파본은 본사나 구입하신 서점에서 교환하여 드립니다.